dtv

W0407163

Endlich ergattert Leonie (26) einen Job. Als Produktmanagerin bei einer Fleischgroßhandlung. Nicht cool, aber profitabel. Und der attraktive Juniorchef ist auch nicht zu verachten. Leonies Bruder dagegen sitzt auf der Karriereleiter schon sehr viel weiter oben: Big Business, Big Money und Daniel mittendrin. Da verliebt er sich unsterblich in Svenja, die sich gerade zur Selbstfindung in ein indisches Kloster verabschiedet. Ihr zuliebe ist Daniel bereit, seinem bisherigen Leben abzuschwören.
Während sich Leonie im kräftezehrenden Büroalltag abrackert, entschleunigt Daniel bewusst, kauft nur noch Bio, kündigt Job und Luxusappartement und nistet sich auch noch in Leonies WG ein. Als er sich Ökoaktivisten anschließt, die ausgerechnet Leonies Arbeitgeber ins Visier nehmen, gerät die Geschwisterbeziehung in einige Turbulenzen.

Jutta Profijt wurde 1967 in Ratingen geboren. Ihre Bücher über den vorlauten Geist Pascha und den schüchternen Rechtsmediziner Dr. Martin Gänsewein sind Kult. ›Kühlfach 4‹ war 2010 für den Friedrich-Glauser-Preis nominiert. Mehr über die Autorin: www.jutta-profijt.de

Jutta Profijt

Möhrchenprinz

Roman

Deutscher Taschenbuch Verlag

Von Jutta Profijt
sind im Deutschen Taschenbuch Verlag erschienen:
Kühlfach 4 (21129)
Im Kühlfach nebenan (21185)
Kühlfach zu vermieten (21256)
Kühlfach betreten verboten (21340)
Schmutzengel (21206)
Blogging Queen (21306)

**Ausführliche Informationen über
unsere Autoren und Bücher
finden Sie auf unserer Website
www.dtv.de**

FSC www.fsc.org
MIX
Papier aus verantwortungsvollen Quellen
FSC® C019821

Originalausgabe 2013

Umschlagkonzept: Balk & Brumshagen
Umschlaggestaltung: buxdesign I München unter
Verwendung eines Fotos von gettyimages/i love images
Satz: Greiner & Reichel, Köln
Gesetzt aus der Sabon 9,75/12,25·
Druck und Bindung: Druckerei C.H. Beck, Nördlingen
Gedruckt auf säurefreiem, chlorfrei gebleichtem Papier
Printed in Germany · ISBN 978-3-423-21471-1

Für Carina und Tine

I

»Kommst du?«, fragte ich. Genauer gesagt brüllte ich es, denn die Verbindung war schlecht. Nicht verwunderlich, da das Handy, das ich angerufen hatte, vermutlich gerade im U-Bahn-Tunnel irgendeines aufstrebenden asiatischen Finanzzentrums steckte.

»Zu deiner WG-Party?«, kam es, von Störgeräuschen unterbrochen, zurück.

»Das ist DIE Party des Jahres, Daniel. Und nachdem ich vier Jahre in dieser WG gewohnt habe, solltest du sie kennenlernen, bevor es vorbei ist.«

»Wie gut, dass du endlich aus dem Einflussbereich dieser weichgespülten Ökotante rauskommst«, schrie mein Bruder ins Telefon. »Dann kannst du dich demnächst auch wie ein ganz normaler, erwachsener Mensch benehmen. Kannst Fleisch essen, Auto fahren und Flugreisen machen. Vielleicht besuchst du mich dann ja endlich mal in New York.«

Das Angebot machte er mir seit Jahren, aber es lag nicht nur an meiner Flugverweigerung, dass bisher nichts daraus geworden war. Daniel war einfach nie lange genug an einem Ort, um dort Besuch zu empfangen – und wenn doch, dann hatte er es vorher nicht gewusst, musste seinen Aufenthalt spontan verlängern, ohne zu wissen, wann er den nächsten Flieger besteigen würde. Hauptsächlich deshalb hatte ich seine Einladung seit Jahren nicht angenommen. Die katastrophale Klimabilanz von Transatlantikflügen war dann nur noch ein weiterer Grund.

»Svenja ist keine Ökotante. Sie ist … Na ja, du wirst sie ja kennenlernen.«

»Ich versuche es einzurichten, okay? Aber wenn sich die Situation in Japan verschärft, werde ich wohl …«

Den Rest verschluckte eine technische Störung, aber ich konnte mir schon denken, wie es weiterging. Daniel, mein großer Bruder, war in einem Finanzinstitut für ein Portfolio von mehreren Milliarden Euro verantwortlich und düste um die Welt, wie andere Leute Joggingrunden im Park drehten. Es wäre ein Wunder, wenn er käme.

Es wurde ein Wunder.

Allerdings wünschte ich die nächsten sechs Monate, er wäre nach Japan geflogen, statt zu meiner Party zu kommen.

Und mit diesem Wunsch war ich beileibe nicht allein.

Meine Party fand aus mehreren Anlässen statt. Erstens hatte ich meinen Studienabschluss in der Tasche, genauer gesagt: den zweiten der beiden Abschlüsse in Design und Kommunikationswissenschaft, für die ich in den vergangenen Jahren geschuftet hatte wie ein Straßenkicker, der in die Nationalelf will. Nicht, dass ich ein Fan von Fußball war – der Vergleich stammte von meinem Kumpel Federico, der Fußball liebte, und er gefiel mir. Der Vergleich. Federico gefiel mir auch, seit wir in der Grundschule in der gleichen Bank gesessen hatten, allerdings rein platonisch. Er arbeitete seit vier Wochen in Barcelona, kam aber pünktlich am Tag vor der großen Party in Düsseldorf an und rollte seine Isomatte in meinem Zimmer aus. Damit war auch der letzte Zentimeter des Kämmerleins, das ich in der Vierer-WG bewohnte, belegt.

Der zweite Grund zum Feiern war mein unbefristeter Arbeitsvertrag, den ich als stolze Berufsanfängerin ergattert hatte. Ein ungewöhnlicher Glücksfall, denn die meisten meiner Freunde absolvierten schlecht oder gar nicht bezahlte Praktika oder saßen im Lebensmitteldiscounter an der Kasse. Ich hingegen war zum ersten Februar im Produktmarketing eines mittelständischen Unternehmens gelandet, in dem ich bereits zwei Praktika absolviert hatte. Alle Welt sagte mir, dass ich mich glücklich schätzen dürfe, und das tat ich – sogar mehr, als die meisten Menschen ahnten, denn der Juniorchef des Unternehmens gefiel mir nicht nur in professioneller Hinsicht. Allerdings machte ich mir keine Hoffnungen, denn ein so gut aussehender, intelligenter, erfolgreicher Mann wie er bekam sicher weit attraktivere Angebote als solche von einer pummeligen rothaarigen Berufsanfängerin mit Sommersprossen vom Scheitel bis zum Zeh.

Der dritte Anlass für die Party war einer, der eigentlich noch gar nicht aktuell war, nämlich die Auflösung unserer WG. Ich war auf Wohnungssuche, Svenja war auf dem Weg nach Indien und Conny und Mike maulten rum, dass sie sich die Wohnung zu zweit nicht leisten konnten, aber auch keine Lust auf neue Mitbewohner hatten. Ich konnte ihren Unwillen verstehen, denn es war schon sehr unwahrscheinlich, dass Conny, die Bohnenstange mit der Schlafkrankheit, und Mike, der Macho aus dem Mittleren Westen der USA, noch mal zwei Idioten wie Svenja und mich fänden, die die Bude putzten, den Kühlschrank füllten und den Müll rausbrachten.

Die Vorbereitungen für die Party nahmen Svenja und mich eine ganze Woche in Anspruch, denn wir hatten keine Lust, Fertigfraß minderer Qualität zu kaufen, und kein Geld für Convenienceprodukte aus dem Biomarkt. Also kochten, schnippelten, brutzelten und buken wir wie die Weltmeister, was uns großen Spaß machte. Einige Gäste würden weitere vegetarische oder vegane Salate und Desserts mitbringen. Alles gesund, alles bio und genau das, was mein Bruder Daniel verächtlich als Kaninchenfutter bezeichnete. Das war auch der Grund, weshalb er sich nie bemüht hatte, meine Partys in seinem Terminkalender unterzubringen. Wir lebten einfach in verschiedenen Welten. Trotzdem liebten wir uns heiß und innig, und deshalb war ich optimistisch, dass er dieses Mal kommen würde.

»Leo, Bier ist alle.«

»Leo, gibt's noch Kartoffelsalat?«

»Leo, wo ist der Aschenbecher?«

Ich seufzte. Die Party war in vollem Gange und wie immer legte jeder, der einen Fuß über unsere Türschwelle setzte, sein ganzes Wohlergehen in meine Hände. Warum nicht in Svenjas? Es war ihre Party ebenso wie meine. Aber die Antwort lag auf der Hand: Svenja war viel zu ätherisch für Kartoffelsalat, Bier oder Aschenbecher. Sie trug ein langes, weißes Kleid aus Leinen und Baumwollspitze, ihre zarten Finger waren mit Ringen geschmückt, bunte Bänder betonten die schmalen Handgelenke. Das blonde Haar fiel ihr lose auf die Schultern und sie war, obwohl unsere Wohnung im Winter zugig war, barfuß.

Svenja konnte durchaus zupacken, aber das sah man ihr nicht an und deshalb würde auch niemand sie darum bitten. Sie war ebenso praktisch und lebenstüchtig wie ich, hatte aber zusätzlich diesen Drang nach spiritueller Erfüllung – oder wie immer man das nennen sollte. Seit etlichen Jahren machte sie Yoga und transzendentale Meditation, malte Mandalas und studierte die Lehren Buddhas. Sie war überzeugte Veganerin, dankte Mutter Erde, dass diese sie trug und nährte, und fing Fliegen und Mücken in der Wohnung mit einem kleinen Kescher, um die Viecher dann draußen freizulassen. Sie gehörte zu den verrücktesten Menschen, die ich kannte, und ich würde sie vermissen.

Dachte ich.

Das Vibrieren des Handys riss mich aus meinen Gedanken. Daniels Nummer. Aha, der Herr steckte bestimmt mitten in einem Milliardendeal und rief nur an, um mir mitzuteilen, dass er es selbst mit dem nächsten Flug nicht mehr um die halbe Welt schaffen würde.

»Wo steckst du?«, fragte ich ihn statt einer Begrüßung.

»Kopf noch halb in Hongkong, Füße auf einer grauen Granitstufe, Finger auf deinem Klingelknopf, Sweetie.«

Ich grinste. Wenn Daniel mich Sweetie nannte, hatte er gute Laune. Ich drängelte mich durch den Flur voller Gäste und drückte die Tür auf.

Vegetarische Gemüsesuppe, veganer Kartoffelsalat, panierte Tofuschnitzel mit Walnusspaste, Krautsalat, Sauerkrautsuppe, Vollkornbrötchen und Grünkernfrikadellen, Spinattaschen und Nudelauflauf mit Lauch und Rosenkohl. Bier, Linsensalat, Hummus, Muhammara, Mousse au Chocolat und Tiramisù – Schüsseln und Gläser wurden leer und mussten aufgefüllt werden, Aschenbecher wurden voll und mussten geleert werden und dazwischen wünschten mir Freundinnen und Freunde alles Gute. Leute, die ich nicht kannte, fragten, wo das Klo sei, und zwischendurch grinsten Daniel und ich uns gelegentlich zu.

Mein Bruder sah verdammt gut aus. Sein schwarzes Haar, das er von unserem Vater geerbt hat, war etwas länger als bei unserem letzten Treffen und fiel ihm in einer akkurat verstrubbelten Locke in die Stirn. Seine Haut war wie immer dezent gebräunt und seine breiten Schultern verschafften ihm einen bemerkenswerten ästhetischen Vorteil gegenüber den schmalbrüstigen Jüngelchen, die sich in unserer Wohnung drängten. Dabei war Daniel unverdientermaßen vom Glück begünstigt, denn er trieb niemals Sport und tat außer dem regelmäßigen Besuch des Solariums und seines Hairstylisten in New York nichts für sein Aussehen oder seine Gesundheit. Im Gegenteil. Er lebte von Champagner und Kaviar, Kaffee, Steaks und Junkfood, hetzte für haufenweise Geld in der Businessclass durchs Leben und würde eines nicht allzu fernen Tages vermutlich am Herzinfarkt sterben – aber bis dahin war er ein Bild von einem Mann. Kein Mensch mit weniger als zehn Dioptrien Fehlsichtigkeit würde uns für Geschwister halten.

Gegen Mitternacht wurde es leerer. Diejenigen, die nur hatten satt werden wollen, waren vermutlich auf dem Weg ins Kino oder zu einer anderen Party mit schlechterem Buffet. Zum ersten Mal sah ich die Gelegenheit, mich mit Daniel zu unterhalten. Ich suchte ihn in der Küche, denn Daniel stand grundsätzlich im Zentrum des Universums und das war in einer WG im Allgemeinen und bei einer Party im Besonderen die Küche – aber dort fand ich ihn nicht. Auch in meinem Zimmer hatte ich kein Glück, im Flur war er ebenso wenig. War er zwischendurch ein ordentliches Steak essen gegangen? Ich unterdrückte ein Grinsen. Zuzutrauen wäre es ihm. Ein großes Stück Fleisch, ein Glas Schampus und wenn er standesgemäß satt wäre, käme er wieder. Aber noch gab ich die Suche nicht auf. Nach einer Runde durch die anderen Zimmer fand ich ihn auf dem Balkon.

Der Balkon unserer Wohnung war ein schmales Betonband von etwa zwei Metern Breite, das sich vor Svenjas Zimmer befand. Die Glastür, die hinausführte, klemmte während mindestens neun Monaten des Jahres so fest im Rahmen, dass der Balkon nicht zugänglich war. Irgendjemand hatte es in den letzten Stunden offenbar geschafft, die Tür zu öffnen. Irgendjemand hatte Daniel aus dem Partytrubel auf den bröckeligen Balkon gelockt. Irgendjemand hatte seit mehr als dreißig Sekunden Daniels ungeteilte Aufmerksamkeit. Irgendjemand hatte also hier mehrere Wunder vollbracht. Und dieser Jemand war Svenja.

»Ach, hier seid ihr!«, rief ich erleichtert.

Svenja drehte sich zu mir um und strich sich die Haare aus dem Gesicht. »Hi, Leo. Alles klar? Brauchst du Hilfe?«

Daniel blieb stumm und rührte sich nicht. Seine Augen ließen Svenja nicht eine Millisekunde los.

»Nein, danke. Ich suchte Daniel. Da kommt er schon zu meiner Party und dann habe ich nicht einmal die Zeit, ein paar Worte mit ihm zu wechseln.«

Daniel reagierte auf seinen Namen wie ein Hund, dessen Futter mit Valium versetzt worden war, drehte den Kopf, sah mich an, als hätte er eine Wildfremde vor sich und sagte: »Schon okay«.

Ich starrte noch ein paar Mal von Svenja zu Daniel und zurück, aber niemand interessierte sich für mich. Svenja hielt ihr feengleiches Gesicht mit geschlossenen Augen zum Mond, als könne sie sein silbriges Licht in sich aufnehmen und für schlechte Zeiten speichern, und Daniel glotzte Svenja mit einem triefäugigen Blick an, als sei er ein Rindviech und sie ein ganzer Sack Rüben. Ich verkniff mir ein Grinsen und ging zurück zu meiner Party.

Hätte ich geahnt, welche Auswirkungen dieser Augenblick auf mein Leben haben sollte, hätte ich Daniel etwas von Mikes Marihuana untergeschoben und ihn umgehend verhaften lassen. Ohne Gewissensbisse. Aber damals dachte ich ja noch, dass die elfische Anziehungskraft auf meinen Finanzhai-Bruder einen magischen Moment im Mondschein wirken würde und spätestens mit der Morgendämmerung wie Tau in der Sonne für immer verschwände. Dass dies eine krasse Fehleinschätzung war, bemerkte ich leider viel zu spät.

»Dein Bruder liegt in der Diele und schnarcht«, war das Erste, was ich morgens gegen neun Uhr hörte.

»Hmm?«, antwortete ich wenig eloquent.

»Vor Svenjas Tür, um genau zu sein.«

Federico streckte sich, gähnte, fiel über seine Luftmatratze und landete halb auf meinem Bett.

»Du solltest mal aufräumen«, brummte er. »Hier kann man ja nicht treten.«

»Ich kann treten«, nuschelte ich und beförderte ihn mit einem Tritt auf seine Luftmatratze.

»Miststück!«

Innerhalb von Sekunden war Federico wieder eingeschlafen. Nur ich war jetzt hellwach. Was hatte er über Daniel gesagt? Er schlief hier? In meiner Wohnung? Auf dem Fußboden? Vor Svenjas Tür? Schwachsinn!

Daniel besaß mehrere Apartments auf der ganzen Welt, darunter eins in New York mit Blick auf den Central Park. Sein Hauptwohnsitz allerdings befand sich in Düsseldorf. Genau genommen war sein hiesiges Domizil das Penthouse einer kernsanierten Villa in Oberkassel, deren untere Etagen zwei Steuerberatungsbüros und ein gerade sehr angesagter Architekt als Büroräume nutzten. Daniel hingegen leistete sich das Sahnehäubchen ganz privat. Es erstreckte sich über die zwei oberen Etagen, hatte eine umlaufende Terrasse im Bootsdeckstil und war letztes Jahr in einem Lifestylemagazin als besonders gelungene Verbindung von denkmalgeschützten Jugendstilelementen mit minimalistischem Wohntrend aus Edelstahl und Glas vorgestellt worden.

Warum also sollte er in einer dreckigen, nach Rauch stinkenden Studenten-WG pennen? Noch dazu auf dem Boden.

Ich stand auf, hüpfte vorsichtig um Federicos Luftmatratze herum und öffnete die Tür zur Diele. Tatsächlich. Daniel lag wie ein Hund auf der Schwelle zu Svenjas Zimmer. Ich stürzte zu ihm.

Wenn Daniel sein Luxuspenthouse und sein Dreitausend-Euro-Luxus-Seidenbett gegen ein Nachtlager auf abgewetzten Bodendielen tauscht, musste etwas passiert sein. Etwas Schlimmes. Mindestens ein Schwächeanfall, wenn nicht der bereits erwähnte Herzinfarkt. Ich fühlte seine Stirn. Sie war weder heiß noch kalt noch nass. Ich suchte den Puls am Handgelenk neben der Uhr für siebentausend Dollar, die es nur in ausgewählten Juweliergeschäften in New York, Zürich und Tokio gab, fand ihn aber nicht. Am Hals war er gleich zu spüren: Sechsundsechzig kräftige Schläge pro Minute. Daniels Atem war regelmäßig, seine Gesichtsfarbe gesund, soweit sich das im Dämmerlicht unserer Diele beurteilen ließ.

»Daniel, wach auf. Was ist los?«

Er regte sich. Blinzelte. Fokussierte seinen Blick auf mich und runzelte die Stirn.

»Svenja?«

»Bist du gesund?«, fragte ich besorgt.

»Was ist mit ihr?«

»Mit wem?«, fragte ich zurück.

Er rappelte sich auf, strich sein Tausend-Euro-Jackett glatt und legte das Ohr an Svenjas Tür.

»Ist sie schon wach?«, flüsterte er.

»Sieh mich an!«, verlangte ich in strengem Tonfall.

Daniel blinzelte mich an. Seine Pupillen waren nicht geweitet, die Augen nicht gerötet, auch ansonsten zeigte er keine Anzeichen von Drogenmissbrauch. Ich konnte das beurteilen, denn seit Mike in unserer WG wohnte, war ich Expertin auf diesem Gebiet. Mein Bruder schien also völlig gesund und normal – bis auf die Sache mit dem Dielenlager und der Fixierung auf Svenja.

»Was ist gestern Abend passiert?«, fragte ich.

»Ich habe mich verliebt«, hauchte er.

Das haute mich um.

Mein Bruder Daniel ist acht Jahre älter als ich, also vierunddreißig. Meine einzige Erinnerung an einen verliebten Daniel geht zurück in die Zeit, als ich in die Schule kam. Seit die rotwangige, aber vollbusige Cordula ihm im zarten Alter von vierzehn Jahren das Herz brach, war Daniel nie wieder gefühlsmäßig involviert, wie er selbst das gern nennt. Natürlich hat er immer mal wieder heiße Deals (seine Formulierung, nicht meine!) mit Kolleginnen oder Finanzweltgroupies. Er schwärmt mir gelegentlich von einer taffen Traderin oder einem langbeinigen Model vor, das er in irgendeinem angesagten Club aufgabelt, aber Gefühle sind da nicht im Spiel.

Jedenfalls nicht über der Gürtellinie.

»In Svenja?«, vergewisserte ich mich.

Er nickte.

»Das beruht wohl nicht auf Gegenseitigkeit?«

»Wie kommst du darauf?«

Ich warf einen aussagekräftigen Blick auf den von Daniels Jackett blank gewischten Abschnitt unseres gammeligen Dielenbodens.

»Nein.« Das folgende Seufzen brach mir das Herz. So hatte ich meinen Bruder noch nie erlebt.

»Komm Brüderchen, ich mache dir einen Kaffee.«

»Er hat überhaupt keinen Bezug zum echten Leben«, sagte Svenja vier Stunden später.

Federico war bereits auf dem Weg zu seinen Eltern, Daniel unterwegs nach New York und unsere Mitbewohner Conny und Mike schliefen wie üblich, wenn es etwas zu tun gab. Svenja und ich saßen am Küchentisch und sammelten Mut und Kraft für die notwendige Kernsanierung unserer Wohnung. Ich schüttete die sechste Tasse Kaffee in mich hinein, sie trank heißes Wasser. Svenja hielt nichts von Koffein, Alkohol und anderen Drogen, was zum endgültigen Zerwürfnis zwischen ihr und Marihuana-Mike geführt hatte.

»Er ist ein wirklich netter Kerl«, pries ich Daniel an, der in diesem Moment vermutlich die Sicherheitsinstruktionen des Kabinenpersonals desinteressiert an sich vorbeirauschen ließ und stattdessen unerlaubterweise noch auf seinem Handy oder Laptop ein paar Börsenkurse checkte, bevor er es nach wiederholter Aufforderung als Allerletzter abschaltete.

»Das Einzige, was ihn interessiert, ist Geld«, sagte Svenja.

Diese Einschätzung war leider vollkommen zutreffend, also hatte ich dem nichts entgegenzusetzen.

Es klingelte an der Tür und ich schlurfte in die Diele, drückte mechanisch den Türöffner und ließ mich wieder vor meinem Kaffeebecher nieder. Sicher hatte ein Partylöwe etwas vergessen – zum Helfen jedenfalls war noch nie jemand an den Ort des Geschehens zurückgekehrt.

»Ich muss dich wiedersehen«, erklang eine bekannte Stimme hinter mir im Türrahmen. Daniel!

»Bist du nicht in New York?«, fragte ich fassungslos.

Er stürzte an mir vorbei und sank vor Svenja auf die Knie. »Bitte!«

Daniel hatte geduscht, trug nun eine Designer-Jeans und ein hellblaues Designer-Hemd, handgenähte Lederschuhe und eine andere Uhr als gestern Abend. Vermutlich hätte ich von dem Gegenwert seiner Ausstattung ein ganzes Jahr leben können.

Svenja warf ihm einen halb erstaunten, halb desinteressierten Blick zu.

»Ach, Daniel, du lebst doch auf einem ganz anderen Stern.«

»Ich ziehe um. Auf deinen Stern.«

Wie bitte? War das jetzt romantisch oder lächerlich oder was? Ich starrte Daniel fassungslos an.

»Ich gehe Ende Februar nach Indien in ein Karma-Kagyu-Kloster, um die buddhistische Ethik der ökologischen und sozialen Verantwortung zu lernen.«

»Ich bin regelmäßig in Indien, da kann ich dich besuchen kommen.«

»Das Kloster liegt nicht im Finanzdistrikt.«

»Ich komme, wohin du willst.«

»Dort ist kein Besuch erwünscht.«

»Dann lass mich wenigstens diese vier Wochen an deiner Seite sein. Zeig mir deine Welt. Ich bin lernfähig.«

Zum ersten Mal blickte Svenja Daniel mit echtem Interesse an. »Müsstest du nicht gerade auf dem Weg zu einem neuen Milliardendeal sein?«

»Ich habe den Flug auf morgen früh verschoben. Bitte lass mich bis dahin bei dir sein.«

»Prima«, sagte ich. »Wir können gut noch Hilfe beim Aufräumen gebrauchen.«

Wenn ich mich gefreut hatte, meinen Bruder nun häufiger zu sehen, so wurde ich enttäuscht. Zwar sah ich ihn, aber er mich nicht. Er nahm mich überhaupt nicht wahr, wenn er in unserer Küche saß. Er bemerkte mich nicht, wenn ich ihm Kaffee anbot, was aber nicht weiter schlimm war, da er dem Kaffeegenuss gleich am Sonntag nach unserer Fete abgeschworen hatte. Kaffee sei Gift für den Körper, hatte Svenja ihm erklärt, und Daniel hatte genickt und die Tasse, die ich gerade vor ihn hingestellt hatte, in den Ausguss gekippt. Seitdem trank er Wasser, wahlweise heiß oder kalt, selten als Tee aufgebrüht oder mit einem Pfefferminzblatt aromatisiert. Er behauptete, auch auf seinen Reisen, die er auf die absolut notwenige Dauer reduzierte, keinen Kaffee mehr zu sich zu nehmen, und ich glaubte ihm. Wenn Daniel nämlich eines bereits frühzeitig bewiesen hatte, dann war das seine Fähigkeit zur Disziplin.

Seit seinem sechzehnten Lebensjahr wusste mein Bruder, dass er in die internationale Finanzwelt einsteigen wollte. Er begann über Derivate, Optionen, Zinsswaps, Futures, Credit Default Swaps und Forward Rate Agreements zu fabulieren, was mich wenig beeindruckte. Ich wollte weiter Tierärztin werden, spezialisiert auf Frösche, denn die liebte ich besonders. Daniels Notendurchschnitt lag zum Zeitpunkt seiner Zukunftsplanung bei einer gemütlichen Vier. Als meine Mutter ihn darauf hinwies, dass seine schulischen Leistungen ein Hindernis auf dem Weg zum gewählten Berufsziel darstellen könnten, überdachte er seine Entscheidung, wollte aber nicht davon abrücken und begann zu lernen. Das Abitur machte er mit Eins Komma fünf. Hätte er Sport rechtzeitig abgewählt, wäre das Ergebnis noch besser geworden.

Diese Verbissenheit (er selbst würde sicher das Wort Zielorientierung benutzen) bewies er nun wieder. In jeder möglichen Sekunde hing Daniel an Svenjas Rockzipfel und ließ sich von ihr beschimpfen.

»Geld ist ein System der Unterdrückung und du bist Teil dieser lebensverachtenden Macht.«

Daniel nickte.

»Deine ständigen Flugreisen heizen den Klimawandel erst so richtig an.«

Daniel nickte.

»Ihr Finanzspekulanten stürzt ganze Staaten, ach, was sage ich, ganze Kontinente in Armut und Verzweiflung.«

Daniel nickte.

»Sag mir, was ich tun soll«, forderte er sie dann auf.

Svenja seufzte. »Mein Gott, wo soll ich da anfangen?«

Ich ließ die beiden allein und ging shoppen. Als designierte PR-Managerin des Marketingleiters der Firma Siebendt GmbH, zuständig für die Öffentlichkeitsarbeit einer exklusiven Produktlinie, musste ich schließlich präsentabel aussehen.

2

»Frau Tutz, wie schön, Sie wiederzusehen!«

Dieses Willkommen ließ mein Herz höher schlagen, obwohl ich wusste, dass es nicht so gemeint war, wie ich es gern gehabt hätte. Philip Steffen Siebendt war einfach ein Mann, der wusste, was sich gehört. Und was die Menschen gern hörten. Und er war ein Meister darin, jedem Gegenüber das Gefühl zu geben, willkommen zu sein, respektiert und geschätzt zu werden – und sogar gemocht. Er war nicht nur grundsätzlich verbindlich, sondern von Natur aus charmant und damit genau der Richtige für seinen Job: Leiter Unternehmenskommunikation und Marketing.

Außerdem war Philip Steffen Siebendt der Juniorchef der Siebendt GmbH, was jedem Wort, das er äußerte, zusätzliches Gewicht verlieh. Und er sah genau so aus, wie der Mann, den ich mir selbst machen würde, wenn ich könnte: Einen Meter siebenundachtzig groß, mittelblond, sportlich. Sein sportliches Aussehen täuschte, im Gegensatz zu dem meines Bruder, nicht. Siebendt war mit seinem Club deutscher Meister im Tennis gewesen, bevor er den Leistungssport aufgab, um den Job in der Firma seines Vaters anzutreten. Er lief zwei Marathons im Jahr und segelte Rennen auf der Familienjacht. Die Weihnachts- und die Osterfeiertage verbrachte er auf der Skipiste und jeden

Morgen vor der Arbeit schwamm er tausend Meter im eigenen Pool. Seit einigen Jahren spielte er außerdem noch Polo. Auf eigenen Pferden natürlich.

Seine blaugrünen Augen strahlten, seine schlanke Hand, die nach jedem Segelrennen zerschunden war von der harten Arbeit, drückte meine kleine Hand fest aber vorsichtig, als er mich an meinem ersten Arbeitstag als fest angestellte Mitarbeiterin der Siebendt GmbH willkommen hieß. Meine Hand war nicht feucht, aber damit das auch so blieb, zog ich sie schneller zurück, als ich eigentlich wollte. Handbäder in Salbeitee waren hilfreich, konnten aber keine Wunder wirken.

Ich freue mich, dich wiederzusehen, Liebster, dachte ich.

»Ich freue mich auch, wieder da zu sein«, sagte ich.

»Frau Tutz wird ab jetzt fest hier arbeiten, Josef, Sie werden sie also täglich sehen.«

Der Pförtner, den die Firma Siebendt GmbH sich noch leistete, lächelte mich freundlich an. Josef und ich kannten uns schon von meinem Praktikum. Er hatte in den Achtzigern im Lager gearbeitet und nach einem Unfall in die Pförtnerloge gewechselt. Da Josef alles, was in der Firma geschah, bereits lang vor den Betroffenen erfuhr, war auch diese Information für ihn mit Sicherheit nicht neu.

Frau Wildenroth, die Abteilungssekretärin, begrüßte mich ebenfalls, allerdings deutlich weniger freundlich. Sie musste das Rentenalter inzwischen überschritten haben, aber niemand wagte, ihr den wohlverdienten Ruhestand nahezulegen. Sie war die persönliche Assistentin des Seniorchefs gewesen und hatte, wenn Not am Mann war, ihre Dienste für den Unternehmer auch in die Abendstunden ausgedehnt und gelegentlich auf den damals noch sehr kleinen Philip aufgepasst. Als der Junior dann ins Unternehmen eintrat, bekam er Frau Wildenroth zur Seite gestellt – ob als Assistentin oder Aufpasserin war mir nicht ganz klar. Sicher wusste ich nur, dass sie beides tat, also assistieren und aufpassen, und im Moment überwog eindeutig die zweite Tätigkeit.

Ich war ihr zwar nach meinen beiden Praktika nicht gänzlich unbekannt, hatte aber als Studierende nicht die Wichtigkeit besessen, die Frau Wildenroth zu einer genaueren Inspektion veranlasst hätte. Als fest angestellte Mitarbeiterin allerdings und in meinem professionellen Outfit war ich ihr nun offenbar doch intensivere Aufmerksamkeit wert, und so betrachtete sie mich über ihre Lesebrille hinweg mit kritischem Blick. Als dieser auf dem Weg vom Scheitel abwärts bei meinen Füßen ankam, zuckte ihr großer Busen heftig.

Das Zucken von Frau Wildenroths Busen war ihre Art, Missfallen auszudrücken, und so seufzte ich lautlos und ohne das in mein Gesicht gemeißelte Lächeln auch nur eine Sekunde unbeaufsichtigt zu lassen. Meine brandneuen Schuhe mit den schwarz-goldenen Stilettoabsätzen, die meine zu kurz geratenen Beine streckten und die Knöchel schlanker aussehen ließen, würde ich mir von ihr nicht verbieten lassen, da konnte ihr Busen ganze Morsealphabete hoch und runter zucken.

»Die Herren sind gerade angekommen«, informierte Frau Wildenroth den von ihr vergötterten Philip.

Siebendt lächelte mich an. »Etwas früher als geplant, aber das macht Ihnen hoffentlich nichts aus. Diese Gelegenheit, eine unserer wichtigsten Kundengruppen kennenzulernen, sollten Sie sich jedenfalls nicht entgehen lassen. Kommen Sie.«

Ich eilte in mein Büro, freute mich über den Blumenstrauß auf dem Schreibtisch, legte Jacke und Handtasche ab und folgte Siebendt.

Die Gruppe, um deren Ankunft es ging, bestand aus

zwölf Spitzengastronomen, die den wichtigsten Fachgroßhändler für Fleischwaren aus aller Welt persönlich kennenlernen wollten. Als PR-Managerin für die Produktlinie der exotischen Fleischsorten wie Kudu, Antilope und Bison würde ich in Zukunft genau diesen Leuten unsere Spezialitäten schmackhaft machen müssen. Ich schluckte und bemühte mich, meine Aufregung niederzukämpfen, während ich eilig hinter Siebendt herstöckelte.

Philip Steffen Siebendt führte die Herren und mich durch den ganzen Betrieb, einschließlich Kühlhaus. Geschlachtet wurde hier natürlich nicht, denn die Firma Siebendt GmbH war ein Großhändler, kein Produzent, aber das Kühlhaus war beeindruckend. Nur fertig abgepacktes Fleisch wurde hier gelagert und kommissioniert. Die Mitarbeiterinnen und Mitarbeiter trugen rote Daunenjacken mit Firmenlogo sowie Mützen und Handschuhe, während ich in meinen dünnen Strümpfen und den Pumps fror, was das Zeug hielt. Ich hätte mich über einen Tipp von Siebendt gefreut, bevor wir die Herren am Empfang abholen gingen, dann hätte ich meine Winterjacke gar nicht erst auf den Kleiderständer im Büro gehängt, aber der Juniorchef hatte wohl nicht daran gedacht, weil er selbst nicht fror. Seine Unempfindlichkeit gegen die Temperatur nahe dem Gefrierpunkt veranlasste auch einen der Besucher zu einer entsprechenden Bemerkung.

Siebendt lachte. »Wissen Sie, ich habe an Silvester an der berühmten Frozen-Trousers-Segel-Regatta rund um Helgoland teilgenommen, das war kalt. Dagegen ist unser Kühlhaus der Vorraum einer finnischen Sauna.«

Ich hoffte, dass meine Lippen nicht vor Kälte aufplatzten, als ich seine Bemerkung mit einem breiten Lächeln quittierte.

Nach nur zwei Stunden wäre ich bereit gewesen, mein gesamtes erstes Monatsgehalt für ein paar flache Schuhe zu geben. Um elf Uhr konnte ich dann endlich vom Klo aus Svenja anrufen.

»Kannst du mir meine blauen Schuhe mit den flachen Absätzen in die Firma bringen?«

Svenja lachte.

»Gib sie beim Pförtner ab. Spätestens um zwölf, sonst überstehe ich den Tag nicht«, jammerte ich.

»Wird erledigt«, versprach sie. Ich dankte ihr im Stillen dafür, dass sie auf ein mehr als berechtigtes ›Hab ich's dir doch gesagt‹ verzichtete, denn noch vor wenigen Stunden hatte Svenja mein Schuhwerk mit einem halb ungläubigen, halb entsetzten Blick betrachtet und für eine zweifellos angemessene Bemerkung Luft geholt, die ich mir allerdings mit einer genervten Geste verbeten hatte. Dann war ich stolz wie Oskar und vorsichtig wie ein Fakir auf dem Nagelbrett zur Tür hinausgestöckelt.

»Hier ist ein Paket für Sie«, rief Josef, als ich nach der Mittagspause bei ihm vorbeischaute. »Muss nur kurz in mein Büro«, hatte ich Siebendt nach dem Dessert in der Kantine zugeraunt und seine hochgezogenen Augenbrauen mit einer laienhaften Pantomime beantwortet, die einen Interpretationsspielraum vom Nachziehen des Lippenstifts bis zum Verschließen der Lippen mittels eines imaginären Reißverschlusses zuließ. Er hatte irritiert geschaut, dann aber gnädig genickt.

»Was ist denn mit Ihnen los, Kindchen?«, fragte Josef gleich darauf, als er mein Hinken und die Tränen im Augenwinkel bemerkte.

»Endlich«, quetschte ich hervor und stieg aus den Pumps.

»Ach so.« Sein besorgter Gesichtsausdruck wechselte zu gutmütigem Spott. »Das hätte mich auch gewundert, wenn

Sie das überstehen. Der gnädige Herr hat Sie wohl nicht vorgewarnt, was?«

Ich blickte in den Karton, den Svenja als neutrales Kurierstück getarnt hatte, und hätte vor lauter Dankbarkeit fast noch mehr Tränen verdrückt. Eine Großpackung Blasenpflaster und eine Tafel Bitterschokolade lagen neben meinen alten Schuhen. »Halt durch!«, stand auf einem Zettelchen, das im linken Treter steckte.

Auch Josef hatte es geschafft, einen Blick in den Karton zu erhaschen. Ein zahnlückiges Grinsen erhellte sein fülliges Gesicht.

»Soll ich das hier aufbewahren?«, fragte er.

Ich brauchte einen Moment, um zu kapieren, dass er auf Frau Wildenroth anspielte, der es sicher eine großartige Genugtuung verschaffen würde, mich in meinen alten, flachen Latschen zu sehen. Ich wollte ihr lieber nicht in die Arme laufen, ging stattdessen in die Damentoilette, zog die Strumpfhose aus, versorgte meine blutenden Füße, wechselte die Schuhe, teilte die Schokolade mit Josef und ließ den gut verpackten Beweis meiner Schmach in der Pförtnerloge zurück in der Hoffnung, dem zuckenden Busen für den Rest des Tages aus dem Weg gehen zu können.

Daniel verbrachte drei Tage in New York, zwei in Tokyo und drei in London, bevor er wieder in Düsseldorf landete. Ich erfuhr davon durch Svenja, die mir regelmäßig Grüße von ihm ausrichtete. Regelmäßig bedeutete zwei Mal täglich, nämlich morgens und abends.

»Was läuft da zwischen euch?«, fragte ich, nachdem ich meine erste Arbeitswoche überstanden hatte und wieder in der Lage war, mich für meine Umwelt zu interessieren.

»Er bildet sich ein, dass ich die Frau seines Lebens bin«, erklärte Svenja in ihrer unnachahmlichen Art, als ginge sie all das nichts an. Als sei sie ein Wesen von einem anderen

Stern, das unter Menschen gestrandet war und diese zwar wohlwollend aber distanziert betrachtete. Dabei wirkte sie weder hochnäsig noch unfreundlich, sondern einfach – entrückt.

»Und jetzt versucht er, dich davon zu überzeugen?«, fragte ich.

Sie zuckte mit den Schultern.

»Was hältst du von ihm?«

Svenja sah mich halb spöttisch halb ungläubig an. »Er repräsentiert alles, was in dieser Welt falsch läuft. Sein ganzes Leben dreht sich um Geld. Er scheffelt es als Selbstzweck und verprasst es für Dinge, die absolut wertlos sind. Für Klamotten, Uhren, Wohnungen, die er nicht bewohnt, und ein Auto, das an dreihundertfünfzig Tagen im Jahr auf seinem teuer bezahlten Platz in der Tiefgarage steht. Er …«

»Schon gut«, sagte ich. Grundsatzdiskussionen mit Svenja konnten ermüdend sein.

»Leute wie Daniel sind der Grund dafür, dass ich diese sogenannte zivilisierte, westliche Welt verlasse und nach Indien gehe. Leute wie er geben hier den Ton an. Dein Bruder steht für einen Lebensstil, der immer noch als erstrebenswert gilt. Er steht für die vollkommene Sinnlosigkeit der menschlichen Existenz.«

»Er ist der Antichrist«, schlug ich vor.

»Das Christentum ist genauso fatal wie alle anderen monotheistischen Religionen mit ihrem Absolutheitsanspruch.«

Svenja wirkte weiterhin heiter und gelassen, während sie ihre Weltanschauung darlegte, in der mein Bruder eine wichtige Rolle im Reich des Bösen spielte.

»Gibt es gar nichts, was dir an ihm gefällt?«, fragte ich neugierig.

»Doch.« Svenja lächelte. »Er ist charmant.«

Der so Gelobte stand wenige Tage später in unserer Diele und bat um eine Audienz bei Svenja. Er trug eine schlichte Jeans, ein einfaches Hemd und ein paar Chucks, die ich seit Jahren nicht an ihm gesehen hatte. Aber es waren seine, das erkannte ich an den Graffitis, die ich im zarten Alter von zwölf Jahren auf die Schuhe gemalt hatte, damit mein Bruder ein bisschen cooler wirkte. Ich war geschockt, dass er die alten Dinger überhaupt noch besaß.

Ich musste wohl vorübergehend einen leicht katatonischen Eindruck gemacht haben, denn er schnippte mit den Fingern vor meiner Nase herum und erkundigte sich besorgt, ob mir nicht gut sei.

»Alles prima«, erklärte ich. »Klopf ruhig bei Svenja, sie schläft noch. Ich muss zur Arbeit.«

Vielleicht wäre die Katastrophe abwendbar gewesen, wenn Svenja geblieben wäre. Daniel wäre ihr noch eine Zeit lang wie ein Hündchen nachgelaufen, aber irgendwann hätte er festgestellt, dass auch die schönste Liebe nichts taugt, wenn sie nicht erwidert wird. Abwesende Geliebte allerdings können nicht enttäuschen. Sie können nicht langweilen und müssen sich nicht im Alltag bewähren. Stattdessen bieten sie Projektionsmöglichkeiten für alles, was das liebende Herz sich wünscht und idealistisch überhöht. Insofern besiegelte der Tag, an dem Svenja nach Indien aufbrach, mein Schicksal.

Um neun Uhr klingelte Daniel an der Haustür und Svenja beendete die Meditation in ihrem nun fast leeren Zimmer. Daniel umarmte mich, ohne mich wirklich wahrzunehmen, und griff dann nach Svenjas Gepäck. Ein großer Koffer und ein Trekkingrucksack enthielten ihre Garderobe nebst Klangschalen und Gebetsmühlen. Zwei Kartons mit weiteren Habseligkeiten warteten im Keller auf ihre Rückkehr, ihre Möbel hatte sie in den letzten Tagen an Selbstabholer verschenkt, nur ein Regal und einen Sessel hatte sie mir vermacht.

Svenja blickte sich noch einmal aufmerksam um, dann umarmte sie mich.

»Pass auf deine Füße auf«, sagte sie mit ihrem überirdischen Lächeln, dann schritt sie leichtfüßig hinter Daniel her.

Daniel lud Svenjas Gepäck in den Kofferraum seines citytauglichen Geländewagens, dessen Anschaffungspreis weit über dem lag, was ich für eine Eigentumswohnung zu zahlen bereit gewesen wäre, und half ihr auf den Beifahrersitz.

»So kommt das gute Stück doch mal zu einem sinnvollen Einsatz«, sagte er, während er sich in den fließenden Verkehr drängelte. Auf eine Lücke zwischen zwei Autos zu warten gehörte nicht zu seinem Fahrstil.

Ich verkürze die Darstellung der folgenden eineinhalb Stunden, obwohl Daniel sie mir in allen Details schilderte, wie er überhaupt ab diesem Zeitpunkt sehr mitteilsam wurde, weshalb ich die Geschehnisse verhältnismäßig umfassend darstellen kann – auch solche, die ich nicht selbst miterlebt habe. Allerdings nehme ich mir die Freiheit, meine persönliche Sicht der Dinge in die Erzählung einfließen zu lassen. Schließlich ist dies mein Buch und nicht Daniels.

Svenja gestattete Daniel, ihr noch ein Glas heißes Wasser zu besorgen, und so zog er los zu der Kaffeebar, in der er als Geschäftsflieger Stammgast war. Svenja hatte erst Bedenken wegen der Ausrichtung der Theke gehabt, die nach Feng-Shui-Kriterien das Unglück anzog, aber dann hatte sie Daniel angewiesen, sich der Bar nur von der rechten Seite zu nähern und mit den Getränken nicht unter dem darüberhängenden Werbebanner durchzugehen. Daniel hielt sich an die Vorschriften und verlangte zwei Becher heißes Wasser.

»Nanu, heute keinen dreifachen Espresso?«, fragte die hübsche Frau an der Theke.

Daniel zwinkerte ihr zu. »Nein, nie mehr.«

Sie starrte ihn an.

»Kaffee ist eine Droge, sie sollte genauso verboten werden wie Alkohol und Nikotin.«

Daniel suchte nach Kleingeld.

»Was ist denn mit Ihnen passiert?«, fragte die Bedienung. »Früher konnten Sie nicht genug davon bekommen. Zwei- oder drei Dreifache hintereinander waren doch üblich, bevor Sie in den Flieger gestiegen sind.«

»Jetzt weiß ich es besser. Ich habe erkannt, wie schlecht mein Leben war.«

»Schlecht?«, fragte die Bedienung fassungslos und mit gerunzelter Stirn. »Sie sind in der ganzen Welt unterwegs, haben die tollsten Klamotten und Uhren und erzählen mir, dass Ihr Leben schlecht war? Wollen Sie mich verarschen?«

Daniel legte fünf Euro auf die Theke und griff nach den Bechern. »Wenn ich Ihnen einen Rat geben darf: Suchen Sie sich einen neuen Job. Die Abflughalle ist eine Katastrophe, was die Lebensenergie angeht und speziell diese Bar ist nach Feng-Shui-Kriterien äußerst gefährlich. Hoffentlich werden Sie nicht krank!«

»Danke für den Tipp«, entgegnete die Bedienung ätzend. »Dann suche ich mir eben einfach einen neuen Job. Kein Problem, die Angebote stapeln sich ja in meinem Briefkasten.«

Und während Daniel sich von der Bar entfernte, hörte er noch, wie sie »arrogantes Arschloch« murmelte.

»Vielen Dank für deine Hilfe, Daniel«, sagte Svenja vor der Sicherheitsschleuse. Sie stellte sich auf die Zehenspitzen und hauchte ihm einen Kuss auf die Wange.

»Für dich tue ich alles«, quetschte Daniel um den Kloß in seinem Hals herum. »Sag mir einfach, was du willst.«

Svenja blickte ihn aus ihren Feenaugen ernst an. »Sei vorsichtig mit dem, was du versprichst.«

»Ich meine es ernst.«

Svenja legte den Kopf schief, dann erschien ein Lächeln auf ihrem Gesicht und sie nickte. »Gut, dann habe ich einen Wunsch: Schwöre dem Geld ab und richte dein Leben an echten Werten aus. An Fairness, Mitgefühl und, ja, obwohl das Wort abgenutzt ist, an Nachhaltigkeit. Übernimm Verantwortung für dein Tun.«

Daniel fuhr sich mit beiden Händen durch die Haare und hielt die Luft an. Dann stieß er sie heftig aus. »Okay«, sagte er und legte die rechte Hand auf sein Herz. »Ich schwöre, dass ich ab sofort nachhaltig handeln und leben werde.«

Svenja runzelte die Stirn. »Das ist ein Schwur, der dein Leben von Grund auf verändern wird.«

Daniel nickte. »Das ist mir klar.«

»Du wirst viele Menschen vor den Kopf stoßen, wenn du dich so fundamental änderst.«

Daniel nickte. »Die sind mir egal.«

Svenja zuckte zusammen. »Aber genau diese Die-anderen-sind-mir-egal-Haltung ist nicht gut, Daniel. Dadurch ist unsere Welt in diese Schieflage gekommen.«

»So meinte ich das auch nicht«, stammelte Daniel. »Ich meinte, dass ich jetzt ein Ziel habe, das den Konflikt wert ist.«

Svenja nickte.

»Wenn du wiederkommst, werde ich deiner würdig sein.«

»Du solltest das nicht für mich tun, sondern für dich, Daniel.«

Mein Bruder nickte. Zu diesem Zeitpunkt hatte er mit Sicherheit noch keinerlei Ahnung, worauf er sich einließ.

»Leb wohl«, sagte Svenja, drehte sich um und ging.

Daniel stand noch so lange vor dem Durchgang zur Sicherheitsschleuse, bis Svenjas leuchtendes Haar im Strom der Reisenden um die nächste Ecke verschwand. Sie drehte sich nicht ein einziges Mal zu ihm um.

Eine Stunde später saß Daniel in meiner Küche und nahm einen Becher heißes Wasser entgegen. Für mich hatte ich einen Kaffee gekocht.

»Sag mal, ist der fair gehandelt?«, fragte er.

»Klar«, murmelte ich.

Im Geiste erstellte ich bereits eine ganze Liste von Dingen, die ich dringend erledigen wollte. Das Kostüm musste in die Reinigung, ich brauchte mehr Blusen, neue Schuhe, musste waschen und bügeln, und zu essen war auch nichts mehr im Haus. Conny und Mike hatten meine Einkäufe der letzten Tage aus dem Kühlschrank gemopst, während ich arbeiten war, und abends hatte ich keine Kraft mehr gehabt, die beiden Schmarotzer zur Rede zu stellen oder Nachschub zu kaufen.

»Ich werde nämlich ab sofort Verantwortung für mein Handeln übernehmen.«

»Bisher hast du völlig verantwortungslos gehandelt?«, fragte ich überrascht.

»Nein, ich meine – ja. Irgendwie schon.«

»Komisch. Ich erinnere mich daran, dass dich gerade die Verantwortung für die Milliardendeals so an deinem Job gereizt hat.«

Daniel schüttelte den Kopf. »Nein, das meine ich nicht. Das ist ja nur Geld.«

Dieser Spruch aus dem Mund meines Bruders jagte mir einen Schauer über den Rücken. Ich betrachtete ihn besorgt. »Hast du Fieber?«

»Was ich jetzt meine, ist Verantwortung im echten Leben.

Für die Umwelt und meine Mitmenschen. Sowohl die jetzigen als auch die nachfolgenden Generationen.«

Das klang verdächtig nach dem Untertitel eines beliebigen Lehrbuches aus Svenjas Studium der Sozialen Ökologie. Ich kniff die Augen zusammen und versuchte, den Mann, der mir an meinem Küchentisch gegenübersaß, völlig unvoreingenommen und sachlich zu analysieren.

»Du hast den Verstand verloren«, lautete meine Diagnose.

»Das Herz, nicht den Verstand.« Der Feststellung folgte ein langer Seufzer. »Hätte ich sie doch früher kennengelernt! Ich hätte sie von dieser Reise abhalten können und wir hätten mehr Zeit miteinander gehabt.«

Diesen Daniel, der sich selbst für den Mittelpunkt des Universums hielt und davon ausging, dass alle anderen Planeten, Monde oder sonstiger Weltraumschrott nur um ihn kreisten, erkannte ich nicht wieder.

»Wenn du sie so sehr liebst, solltest du nicht danach streben, sie von der Verwirklichung ihrer Träume abzuhalten«, neckte ich ihn.

»Du hast recht«, gab Daniel nach einer Weile zu.

Der Schauer kroch jetzt auch die Arme empor.

»Ach, ich muss so viel Neues bedenken. Als Erstes wollen wir mal feststellen, wie das mit dem Kaffee ist.«

»Woher weißt du überhaupt, dass es fair gehandelten Kaffee gibt?«, fragte ich.

»Glaubst du vielleicht, ich lebe hinter dem Mond?«

»Schlimmer«, sagte ich. »Ich glaube, du lebst in einem Paralleluniversum, in dem die Erde keine Kugel sondern eine Goldmünze ist, von deren Rand man heruntergestoßen wird, wenn man nicht genug Kohle hat.«

Daniel schien mich gar nicht zu hören, denn er stand kommentarlos auf und studierte die klein gedruckten Informationen des Kaffeepäckchens. »Fair gehandelt, aber nicht bio. Das solltest du unbedingt ändern. Ab sofort gibt es nur noch Bio-Kaffee.«

Er warf das noch halb volle Päckchen in den Mülleimer.

Mühsam kontrollierte ich meine Schnappatmung. »Wenn du dein Leben ändern willst, tu es von Herzen gern, liebstes Brüderlein«, flötete ich mit einem zugegebenermaßen leicht ätzenden Unterton. »Aber lass mich damit in Frieden.«

»Verantwortung übernehmen«, murmelte Daniel, während er seine Jacke vom Stuhl nahm und zur Tür ging. »Für sich und andere.«

3

Ich holte den Kaffee aus dem Müll und räumte meinen Tisch und einige Regale in Svenjas Zimmer, für das ich anteilig die Miete übernahm. Alleine mit Conny und Mike in der Wohnung fühlte ich mich wie eine Zoowärterin, die dafür sorgte, dass die Faultiere zu fressen und ein sauberes Klo hatten, und hoffte, dass der Zustand nicht lange andauern würde. Mit dem zusätzlichen Raum hatte ich immerhin etwas mehr Platz. Da Svenjas Zimmer nach Westen ging, schien abends nach der Arbeit noch ein bisschen Sonne hinein und – sofern die Tür nicht klemmte – würde ich, sobald das Wetter sich besserte, sogar den Balkon nutzen können. Wenn ich nicht bis zum Frühjahr bereits eine eigene Wohnung hatte, was ich schwer hoffte.

Zunächst arbeitete ich allerdings abends so lang, dass die Sonne das leere Zimmer beschien und schon lang untergegangen war, bis ich zu Hause ankam.

Das herausragende Büroereignis dieser ersten Märzwoche hatte nichts mit der Marketingkampagne für exotische Fleischsorten zu tun, sondern hieß Martina.

»Cooles Büro«, sagte eine Stimme von der offenen Tür her. Es war Viertel nach sieben und ich wollte gerade Feierabend machen.

Im Türrahmen lehnte ein Mensch, so viel konnte selbst ich erkennen. Viel mehr aber auch nicht.

»Ich bin Tin-Tin«, sagte sie. »Eigentlich Martina, aber so nennt mich nur mein Opa.«

»Leonie«, entgegnete ich. Zu mehr war ich einfach nicht in der Lage.

»Er hat gesagt, dass ich mal Hallo sagen könnte. Ist das okay für dich?«

»Klar.«

Ich war überfordert. Das Mädchen war vielleicht zehn, obwohl sich das wirklich kaum schätzen ließ. Es hatte porzellanweiße Haut, mandelförmige Augen, blauschwarzes Haar und einen klapperdürren Körper. Die Augen waren schwarz umrandet, die Haare standen in Stacheln vom Kopf ab und an den schwarzen, löchrigen Klamotten baumelte kiloweise Metall. Ich fragte mich, ob sie den Metalldetektor, der jedes eingehende Stück Wildfleisch untersuchte, unbehelligt passieren könnte – oder ob das Ding wegen Überlastung in spontane Selbstentzündung übergehen würde.

»Du bist neu hier«, sagte sie.

»Seit Anfang des Monats. Ich habe aber schon mal ein Praktikum gemacht.«

»Ich weiß.«

Sie stand immer noch in der Tür und starrte mich eindringlich an.

»Wer ist denn dein Opa?«

»Wie geht es deinen Füßen?«

Ich grinste. »Josef.«

Mit dem Grinsen, das sie erwiderte, ging die Sonne auf. Erst im direkten Vergleich fiel mir auf, wie ernst ihr Blick bisher gewesen war.

»Isst du auch Tiere?«, fragte Tin-Tin.

»Manchmal.« Das war die Wahrheit. Ich lebte nicht konsequent vegetarisch, aß aber auch nicht viel Fleisch.

»Ich hatte mal ein Meerschweinchen«, sagte sie.
»Hamster«, hielt ich dagegen.
»Hast du den auch gegessen?«
Ich schüttelte den Kopf.
»Gut.« Sie drehte sich um und verließ mein Büro.
Als ich an der Pförtnerloge vorbei nach Hause ging, saß sie in ein Buch vertieft hinter Josefs Stuhl auf einem Hocker und blickte nicht auf.

Der Vorteil bei einer Fleischgroßhandlung war, dass man es nur mit keimfrei abgepackten Delikatessen zu tun hatte und keine toten Tiere zu Gesicht bekam. Trotzdem verlangte Siebendt senior von jedem Mitarbeiter einen Besuch im Schlachthof. Mir wurde die Ehre zuteil, von PS, wie der Juniorchef intern genannt wurde, höchstpersönlich zu diesem Ausflug eingeladen zu werden.
»Der Schlachthof steht auf jeden Fall während der Probezeit auf dem Plan, am liebsten ist es meinem Vater, wenn wir den Punkt innerhalb des ersten Monats abhaken. Dann können die Mitarbeiter, die ein Problem damit haben, sich frühzeitig überlegen, ob sie das Unternehmen doch lieber wieder verlassen.«
Ich schluckte.
PS grinste. »Machen Sie sich mal keine Sorgen, so schlimm wird es nicht.«
Zum Glück hatte er mich dieses Mal am Vortag informiert, sodass ich mit langen Hosen und festen Schuhen angemessen gekleidet war. Wir fuhren in seinem Auto nach Norden, dorthin, wo das Land flacher und der Rhein breiter wurde. Schlachthöfe standen schon lange nicht mehr in Innenstädten, nicht einmal mehr in Randbezirken. Die Massen an Tieren, die täglich lebend hin und tot wieder weggeschafft wurden, waren umliegenden Anwohnern nicht mehr zuzumuten. Ehemalige Schlachthöfe wurden zu

denkmalgeschützten Gewerbegebieten aufgehübscht oder als Theater genutzt, neue Schlachthöfe entstanden auf der grünen Wiese.

Diesen Termin hatte ich gefürchtet wie der Teufel das Weihwasser und daher nicht gut geschlafen. Natürlich war mir, als ich die Stelle bei Siebendt annahm, klar gewesen, dass die Firma mit Fleisch handelte. Und wer Fleisch essen will, muss vorher ein Tier schlachten, auch das war mir klar. Aus genau diesem Grund aß ich ja so wenig Fleisch. Meine Mutter hatte mich schon in frühester Jugend immer wieder ermahnt, mehr Fleisch zu essen, das sei für ein gesundes Wachstum nötig, aber ich musste immer an die Tiere denken, die ich lebend doch so viel lieber mochte. Nur ab und zu kaufte ich Biofleisch, von dem ich wusste, dass die Tiere vor ihrem frühzeitigen Tod zumindest einigermaßen artgerecht gehalten wurden.

Vor PS allerdings wollte ich nicht wie eine Heulsuse dastehen, deshalb hatte ich mich gewappnet. Ja, ich würde tote Tiere sehen, aber ich würde kein Mitleid empfinden. Nur die technischen Fragen würden mich interessieren. Wie viele Tiere wie schnell getötet werden konnten, wie schnell die zerlegten Teile vakuumiert und steril verpackt in unserem Kühlhaus landeten. Geschäftliche Details zu dem Produkt, das wir verkauften. Dieses Mantra sagte ich mir vor, seit ich heute Morgen um halb sechs verschwitzt aus einem Albtraum erwacht war, in dem ich inmitten Hunderter toter Schweine auf einer abschüssigen Rampe Richtung Fleischwolf rutschte.

Wir wurden an der Pforte in Empfang genommen, bekamen Überschuhe, Kittel und Hauben, die wie Duschhauben aussahen und sich ähnlich unangenehm anfühlten.

Ein groß gewachsener Mann von Mitte fünfzig, dessen Namensschild ihn gleich als Betriebsleiter Ernst Daubinger kenntlich machte, begrüßte PS mit einem verschwörerischen Grinsen und mich mit einem prüfenden Blick.

»Hält sie durch?«, fragte er PS.

»Keine Frage.«

PS zwinkerte mir zu und ich zwang mich zu einem Lächeln, das hoffentlich zuversichtlicher aussah, als es sich anfühlte.

Daubinger führte uns um das riesige, weiße Gebäude herum zur Abladerampe. Drei Sattelzüge standen an den hermetisch abgeriegelten Rampen und nur an den rot blinkenden Warnlampen war zu erkennen, dass sie offenbar gerade entladen wurden. Ich hätte erwartet, die Schweine quieken zu hören, aber es war gespenstisch still.

»Fünfzehntausend Schweine machen wir am Tag, damit sind wir die zweitgrößte Schlachtung in Deutschland.«

Fünfzehntausend am Tag machte sechshundertfünfundzwanzig pro Stunde, machte mehr als zehn Schweine pro Minute, kalkulierte ich heimlich. Was als Rechenaufgabe zur Ablenkung vom Geschäft des Tötens gedacht war, machte mir die Ungeheuerlichkeit des Massenmordes erst recht deutlich. Vielleicht sollte ich den grausigen Erläuterungen des bulligen Herrn Daubinger ab sofort gar nicht mehr zuhören. Ich ahnte allerdings schon, dass mir das nicht gelingen würde.

Er öffnete eine Tür, durch die wir in die Halle traten, genauer gesagt in einen Gang, von dem aus wir einen hervorragenden Blick auf die weiteren Stationen des Schlachtbetriebs hatten. Zunächst blickten wir in eine große Halle voller Schweine.

»Hier ist die Ruhezone, damit sich die Tiere nach der Aufregung des Transports etwas erholen können.«

Ich wusste, dass die Erholung nicht der Beruhigung der Tiere sondern der Fleischqualität diente, denn zu viel Adrenalin im Blut führte zu einem strengen Geschmack.

»Dort hinten geht es dann weiter, da können wir nicht rein. Dort werden die Tiere betäubt.«

Er zeigte auf ein Tor in der Wand, durch das jeweils sechs oder sieben Tiere in den dahinter liegenden Bereich geleitet wurden.

»Aber den nächsten Schritt können wir wieder aus der Nähe sehen.«

Daubinger grinste mich erwartungsvoll an. Der nächste Schritt? Das konnte ja nur die Schlachtung sein.

Tatsächlich traten wir am Ende des Ganges durch eine Tür und standen praktisch direkt vor dem kopfunter baumelnden Kadaver eines Schweins. Der Geruch, der uns hier entgegenschlug, war süßlich, es war deutlich wärmer. Ich spürte, wie mir das Blut aus dem Kopf sackte.

»Geht es noch?«, fragte PS hinter mir. »Sie sind ein bisschen blass um die Nase.«

»Alles prima«, quetschte ich hervor. »Ist nur der Temperaturwechsel.«

Ich rang mir ein Lächeln ab, das vermutlich nach Bauchspeicheldrüsenentzündung aussah, aber PS nickte und klopfte mir auf die Schulter. »Gut.«

Vor meinem geistigen Auge liefen Bilder von Besuchen im Streichelzoo ab, die ich meinen Eltern jahrelang jeden Sonntag aufgezwungen hatte. Ich liebte die Ziegen und die Schweine. Kaninchen auch, aber die waren ja mehr für die Kleinkinder. Ich mochte die Rüssel der Borstenviecher und ihre Schlappohren. Wenn die Tiere so richtig dreckig waren, fühlte ich mich ihnen verbunden. Meine Mutter hatte sich jahrelang beklagt, dass ich jeden Sonntag eine komplette Garnitur einschließlich Schuhen mit stinkendem Schlamm einsaute. Ich hingegen bettelte um ein eigenes Schwein. Unsere Positionen waren unvereinbar, meine Mutter saß am längeren Hebel.

Ein Schlag auf den Kopf brachte mich in die Gegenwart zurück. Es war kein Schlag, wie sich schnell herausstellte, sondern ein Schutzhelm, den PS mir aufgesetzt hatte.

»Helmpflicht«, sagte Daubinger fröhlich. »Aber keine Sorge, diese Schweine hier können nicht mehr fliegen.«

Der Betriebsleiter erläuterte die einzelnen Stationen mit Genuss und guter Laune. »Nach zwei Minuten Betäubung mit Kohlendioxid werden die Tiere angehängt und kopfüber am Band zum Halsbruststich gebracht. Den sehen wir hier.«

Zwei Männer standen sich gegenüber, zwischen ihnen zogen die betäubten Schweine kopfunter hängend vorbei. Jeder von ihnen hielt eine Vorrichtung in der Hand, die ich in kleinerem Maßstab von der Blutspende kannte: Eine dicke Kanüle mit scharfer, angeschrägter Spitze, die vorn an einem langen Schlauch befestigt war. Die Männer stachen jeweils einem Schwein in den Hals und ließen es ausbluten. Alle sechs Sekunden starb auf diese Art ein Tier am Fließband. Ich konnte mir das Mitzählen nicht verkneifen. Eins, zwei, drei, vier, fünf, tot. Eins, zwei, drei ... Ein Schwein, das offenbar nicht richtig betäubt war, brachte die Stecher aus dem Rhythmus, aber sie hatten sich schnell wieder gefangen und dem Tier die Nadel in den Hals gerammt. Es ruckelte am Fließband hinter den anderen her und seine Bewegungen wurden schnell kleiner. Mein Magen hob sich, obwohl er nur Müsli enthielt.

Direkt hinter den Stechern an der Blutwanne stand ein weiterer Mitarbeiter, der den Schweinen den Kopf abtrennte.

»Toller Job«, flüsterte PS mir von hinten ins Ohr. »Jeden Tag fünfzehntausend Schweine enthaupten.«

Daubinger hatte die Bemerkung gehört und winkte mit

einem breiten Grinsen ab. »Wir arbeiten Schicht. Mehr als fünftausend darf keiner killen.«

Er lachte über seinen eigenen Witz, der sich mir nicht erschloss. Ich glaubte nicht, dass die Mitarbeiter hier waren, weil sie Spaß daran hatten, Schweinen die Köpfe abzuschneiden – aber wer wusste das schon? Vielleicht war es für sie tatsächlich nicht einfach ein Job sondern eine Gelegenheit, Macht auszuüben. Diesen Gedanken schob ich schnell von mir, denn die Umgebung war bedrückend genug, auch ohne dass ich mir vorstellte, hier von mordlüsternen Psychopathen umgeben zu sein.

Wir gingen weiter durch die Zerlegung, wo es so kühl war, dass das noch warme Fleisch dampfte, und so laut, dass man sein eigenes Wort kaum verstehen konnte. Die Menschen an den Fließbändern, denen man unter ihren Schürzen und Mützen und Handschuhen nicht ansah, ob sie Mann oder Frau waren, zerlegten die Tiere in Handarbeit. Daubinger hatte offenbar etwas gesehen, das ihm nicht gefiel, denn er ging zu einem Mitarbeiter, kontrollierte das Stück Fleisch, das dieser ausgelöst hatte, und war nicht zufrieden.

»Die Schnittführung ist das Wichtigste«, erklärte PS mir, während wir Daubinger bei seinem Disput mit dem Zerleger zusahen. »Das Fleisch muss mager sein, das will die Kundschaft. Ist zu viel Fett dran, sinkt der Preis. Bleibt zu viel Fleisch am Knochen, ist das ein Totalverlust. Es geht oft um Millimeter, die über Qualität, Preis und Auftragslage entscheiden.«

»Wer nimmt denn diese ganzen Massen Fleisch ab?«, fragte ich zurück. Lieber über Vertriebswege nachdenken als darüber, dass das Filet vor wenigen Minuten noch lebte.

»Supermärkte, Discounter und wir natürlich als Lieferant für die Gastronomie.«

Wir passierten riesige Container mit Abfällen, Hautfetzen, Knochen und Sehnen. Je weiter wir kamen, desto weniger Abfälle gab es. Am Ende der Halle verschwand das Band durch ein Loch in der Wand in den dahinterliegenden Bereich.

»Die Verpackung«, erklärte Daubinger, der sich wieder zu uns gesellt hatte. »Uninteressant.«

Ja, das konnte ich mir vorstellen. Wenn die kleine Besucherin bis hierher durchgehalten hatte, war in der Verpackung auch keine Ohnmacht mehr zu erwarten. Wie langweilig.

Daubinger führte uns in einen Umkleideraum, in dem wir die Schutzkleidung ablegen konnten, und dann in einen Besprechungsraum, wo er uns Kaffee, Saft und Wasser anbot. Auf dem Tisch standen Plätzchen in einer Schale – keine Frikadellen. Auf meine diesbezügliche Bemerkung reagierten beide Herren mit anerkennendem Nicken. So, so, die Kleine hatte ihren Humor nicht verloren. Eigentlich hatte ich das schon, aber das ging außer mir niemanden etwas an. Wenn ich etwas gelernt hatte von Daniels Großkotzigkeit, dann das.

Daubinger schenkte reichlich Kaffee aus, der meinem gereizten Magen nicht gerade zuträglich war, beantwortete noch ein paar Fragen und verabschiedete uns bald. Ich war froh, aus dem Gebäude zu kommen, dessen Flurwände mit Fotos von in die Kamera blinzelnden Schweinen dekoriert waren, die genauso freundlich guckten wie die Sau in dem Streichelzoo damals. Diese hier auf den Fotos waren allerdings sauber. Vermutlich verlangten die Hygienevorschriften Bilder von reinen Schweinen.

Auf dem Rückweg beruhigte sich mein Magen allmählich, und als PS den Wagen auf seinen reservierten Parkplatz lenkte, fühlte ich mich wieder einigermaßen normal. PS zog den Schlüssel ab und hielt mich am Arm zurück, als ich aussteigen wollte.

»Wollen Sie den Job noch?«

»Keine Frage«, wiederholte ich seine Worte von früher.

Er nickte. »Gut. Statistisch gesehen verbringen Kollegen mehr wache Zeit miteinander als Ehepartner. Ich finde, wir sollten uns wenigstens die Umstände mit der förmlichen Anrede ersparen.«

Ich verfolgte die Frage, warum er in dieser Situation von Ehepartnern sprach, nicht weiter und nickte still, um nicht zu jauchzen vor Freude.

»Philip reicht.«

»Leonie.«

»Ich weiß.«

Er reichte mir förmlich die Hand und drückte sie sacht. »Willkommen im Team.«

4

»Aus welcher Haltung kommen die Tiere für euer Fleisch?«, fragte Daniel, nachdem ich meinen Bericht mit dem Hinweis beendet hatte, dass ich meinen Chef nun duzte. Dass ich ihn außerdem hemmungslos liebte, verschwieg ich sogar meinem Bruder. Meinen Chef wollte ich ganz für mich allein.

Daniel war abends mit einem »Welt-Care-Paket« bei mir aufgetaucht, wie er es genannt hatte. Nicht mir müsse man helfen, sondern der Welt. Ich hatte die Papiertüte noch nicht ausgepackt, sondern sie nur auf die Anrichte gestellt, wo sie mich nicht beim Nudelessen störte. Daniel hatte auch eine Portion Nudeln genommen, nachdem ich ihm versichert hatte, dass die Sauce ausschließlich aus Tomatenpüree, Sahne und gehackten Chilischoten bestand. Meine Leib- und Magenspeise bei physischen oder psychischen Belastungsstörungen aller Art. Und die Besichtigung im Schlachthof war beides gewesen.

»Die Schweine kommen von achttausend verschiedenen Mastbetrieben, alle konventionell. Das, wofür ich demnächst zuständig sein werde, ist allerdings kein Schwein sondern Wildfleisch, das kommt aus gar keiner Haltung.«

Mein Versuch, auch hier das artgerechte Leben in den

Vordergrund meiner Gedanken zu stellen, misslang. Im Geiste sah ich elegante Antilopen an den Hinterläufen hängend an mir vorbeiziehen, während die Blutsauger ihre Kanülen in den schönen Hals stachen, aber ich versuchte, mir nichts anmerken zu lassen.

»Und das Kobe-Rind?«

»Das bekommt täglich einen Liter Bier und zwei Stunden Massage, du Hirni«, erwiderte ich. »Dem geht es besser als mir.«

»Trotzdem wäre es natürlich besser, wenn man nur Fleisch aus kontrolliert ökologischer Aufzucht äße.«

»Okay, ich sage den afrikanischen Antilopen, dass sie bitte nur Ökosteppengras fressen sollen.«

Mein Humor verpuffte wirkungslos.

»Vor allem sollte man viel weniger Fleisch essen. Der Konsum in Deutschland liegt mit sechzig Kilo direktem Verzehr pro Kopf und Jahr viel zu hoch. Du selbst isst kaum Fleisch. Hast du gar kein Problem damit, in einer Großhandlung für tote Tiere zu arbeiten?«

Seit ich in der Kantine aß, war mein Fleischkonsum gestiegen, aber das musste ich meinem Bruder ja nicht auf die Nase binden. Und die Gewissensbisse wog ich regelmäßig gegen die Zusammenarbeit mit dem Mann meiner Träume ab. Aber auch das ging meinen Bruder nichts an. »Seit wann machst du dir Gedanken um die moralischen Implikationen meiner Arbeitsstelle?«

»Seit ich versuche, richtig zu leben.«

»Dann solltest du vermutlich dringend Vegetarier werden«, schlug ich vor.

Ich war mir sicher, einen guten Witz gemacht zu haben, denn Daniel aß an mindestens sechs Tagen in der Woche außer Haus und zwar meist Steak mit Salat.

»Ja, das habe ich auch schon überlegt«, sagte er ernst. »Für den Anfang esse ich nur noch Biofleisch.«

Ich brauchte eine Weile, bis ich diese Information verdaut hatte.

»Du spinnst«, stellte ich dann freundlich fest. Allzu große Sorgen machte ich mir zu dem Zeitpunkt nicht, denn ich war sicher, dass Daniels Wandlung vom Ökoschwein zum Klimarettungspropheten nicht von Dauer wäre.

Ich hatte mich so was von getäuscht.

Während ich die Teller abspülte, packte Daniel seine Mitbringsel aus. Biokaffee, Bioschokolade und Matetee aus fairem Handel, eine Luffagurke als Spülschwamm und eine Packung Müsliriegel, die aussahen wie das, was wir früher unserem Kanarienvogel in den Käfig gehängt hatten.

Während Daniel sich wie der Weihnachtsmann aufführte, kamen Mike und Conny in die Küche geschlurft.

»Es riecht so gut, gibt es was zu essen?«, nuschelte Conny.

»Alles weg«, erklärte ich mit nur mühsam kaschierter Schadenfreude. »Aber vielleicht wollt ihr ja einen Müsliriegel?«

Conny griff nach der Packung, aber Mike schüttelte angewidert den Kopf. »*Bird food.*«

Genau.

»Alles bio«, nuschelte Conny angesichts der Mitbringsel um die Körner herum, die mit reichlich Honig an ihren Zähne klebten. »Gut.«

Ich starrte sie an. Sie hatte niemals auch nur ein Wort über die Qualität der Lebensmittel verloren, die sie mir regelmäßig aus dem Kühlschrank klaute.

»Ich bin übrigens Daniel, Leos Bruder«, sagte Daniel. »Freut mich, euch kennenzulernen.«

Jetzt starrte ich Daniel an. Er hatte bis vor Kurzem nicht einmal meine Wohnung gesehen und jetzt schloss er gleich Freundschaft mit den zwei nichtsnutzigsten Menschen meiner Umgebung.

Mike nickte Daniel zu, Conny schenkte ihm ein körniges Lächeln. »Hi, ich bin Conny. Gut, dass du darauf achtest, was du kaufst. Bio und so.«

Ich ließ mich auf meinen Stuhl sinken und legte den Kopf auf den Tisch. Mich brauchte hier offenbar niemand mehr.

»Boss, ich brauche Redezeit«, kündigte Daniel beim Teambriefing am folgenden Montag an.

Jeff Boskurt, Abteilungsleiter und aus naheliegenden Gründen von seinem Team Boss genannt, nickte knapp und ging dann zu den Themen des Tages über: Eurokrise, drohender Stromausfall für ganz Europa und dessen mögliche Folgen für den DAX, die Börse in Tokyo und den Warenterminmarkt in Chicago. Und das waren nur die Stichworte, die ich verstanden und behalten hatte, als Daniel mir von diesem Gespräch erzählte.

Während die Kollegen den in Stahl und Glas gehaltenen Besprechungsraum mit Blick über die Düsseldorfer Skyline verließen, machte der Boss es sich auf seinem Platz am Kopfende des Tisches etwas bequemer.

»Ich finde, wir sollten unsere Flugreisen CO_2-frei stellen.«

Der Boss runzelte die Stirn. Da seine Stirn von störendem Haarwuchs unbeeinträchtigt bis in den Nacken reichte, war dieses Schauspiel durchaus eindrucksvoll.

»Sorry?«

Daniels Vorgesetzter lebte zwar schon einige Jahre in Deutschland, weigerte sich aber, wann immer möglich, deutsch zu sprechen. Und in der Welt der Megafinanzen war das praktisch immer möglich. Besonders gern griff er auf seine Muttersprache zurück, wenn ein Thema ihn entweder aufregte oder verunsicherte.

»Wir alle fliegen Tausende von Kilometern durch die Weltgeschichte. Das gehört zu unserem Job und ist ja auch in Ordnung, aber es belastet das Klima.«

Der Boss blickte Daniel reglos an.

»Dass gerade die Flugreisen besonders schädlich sind, wird von allen Klimaexperten einhellig bestätigt. Deshalb sollte man, wenn man schon auf die Flüge selbst nicht verzichten kann, wenigstens einen Ausgleich schaffen. Es gibt einen Verein, der diesen Ausgleich schafft. Er heißt Atmosfair und ist seriös, ich habe das gecheckt.«

Daniel legte einen Computerausdruck auf den Tisch.

»Es ist ganz einfach. Man gibt die Strecken an, die man fliegt, und zahlt für den Ausgleich. Alles Weitere übernimmt Atmos-fair.«

»Was machen die?«

»Sie fördern Klimaschutzprojekte. Stromerzeugung aus Paranussschalen in Bolivien, aus Abwasser in Thailand, aus Ernteresten in Indien. Sie fördern Energieeffizienz und Windenergie oder bezahlen Umweltbildung an Schulen …«

Der Boss schwieg, während er sich die Nasenwurzel massierte. »Wozu?«, fragte er dann.

Daniel zuckte mit den Schultern. »Es wäre fair.«

»Es kostet Geld.«

»Der Stern-Report hat bewiesen, dass die Vermeidung des Klimawandels ökonomisch günstiger ist als …«

»Ich kenne Nicolas Stern persönlich und halte ihn für einen netten Typen, aber sein Bericht ist für mich irrelevant.«

»Der Mann war Chefökonom der Weltbank und arbeitet jetzt als wichtigster Berater für die britische Regierung und …«

»Ich weiß.«

Daniel nickte.

»Trotzdem beschäftigen wir uns hier mit Geldanlage und nicht mit Klimapolitik.«

»Wir sind Menschen, die dazu beitragen, die Erde unbewohnbar zu machen«, hielt Daniel dagegen. »Und es gibt einen Weg, unsere Fehler zumindest teilweise wiedergutzumachen.«

»Das kostet Geld.«

»Aber es ist letzten Endes billiger, den Klimawandel zu verhindern, als nachher mit den katastrophalen Folgen zu leben«, wiederholte Daniel.

»Das gilt nur, wenn es alle machen.«

»Die anderen warten darauf, dass jemand anfängt.«

»Dieser Jemand werden nicht wir sein.«

»Boss, es wäre ...«

»Danke für die Anregung, Daniel, aber im Moment lautet die Antwort: Nein.«

Daniel ging zurück an seinen Arbeitsplatz und zog den Reisekosten-Ordner aus dem Schrank. Die nächste halbe Stunde verbrachte er mit der Berechnung der Menge an CO_2, die er allein in diesem Jahr bereits durch Flugreisen in die Atmosphäre geblasen hatte. Diese Zahl notierte er, um sie später bei Atmos-fair anzumelden. Dann verfasste er ein Memo an alle Kollegen.

»Hast du was geraucht?«, fragte Penny in der Mittagspause, die sie auf Daniels Anregung im Asia-Imbiss verbrachten. Die kleine, dickliche Kollegin verdankte ihren Spitznamen der unerfreulichen Tatsache, dass sie in dem Trader-Team, das sie mit einem Kollegen bildete, immer miserable Renditen erzielte. Da ihrem männlichen Gegenpart große Deals gelangen, wurde er Money genannt. Gemeinsam ergab das einen Spitznamen, den sich Daniel ausgedacht hatte und der das Team inzwischen seit Jahren begleitete – zur Freude des einen, zum Leid der anderen und zur Belustigung der übrigen Kollegen.

»Wir können es uns leisten«, hielt Daniel dagegen.

»Ja, klar«, ätzte Penny. »Es gibt viele Dinge, für die wir

unser Geld verschleudern könnten. Bloß ist am Ende dann nichts mehr übrig.«

»Wir reden über einen Betrag von ein paar Hundert Euro pro Jahr«, sagte Daniel und nahm sein vegetarisches Curry in Empfang. »Das sind noch nicht einmal Peanuts, das sind nur Krümel von Peanuts.«

»Es sind ein paar Hundert Euro herausgeschmissen an irgendwelche Ökos, die sich an Bäume ketten, weil sie lieber Borkenkäfer züchten als Geld für die Entwicklungshilfe zu verdienen.«

»Wir verdienen Geld für die Entwicklungshilfe?«, fragte Money mit einem Augenzwinkern. Er nutzte jede Gelegenheit, seine Teamkollegin zu trietzen, weshalb die gesamte Abteilung davon überzeugt war, dass er sie heimlich liebte.

»Ich meine ja nur«, entgegnete Penny. Ihre Wangen glühten vom Wasabi, von dem sie wie immer zu viel nahm. »Die armen Länder haben jetzt schon kein Geld. Was soll daran besser werden, wenn wir auch keins mehr haben?«

»Aber das ist ja der Witz«, sagte Daniel. »Das Geld geht in Länder, die unserem Wohlstandsmodell folgen wollen und wird dort eingesetzt, damit sie in ihrer Entwicklung nicht dieselben Fehler begehen wie wir.«

»Du weißt doch, Penny, dein Geld ist nicht weg, es ist nur bei jemand anderem.«

Mit diesem Spruch neckte Money seine Kollegin bei jedem Verlust, den sie verbuchen musste.

Penny warf ihm einen vernichtenden Blick zu. »Trotzdem verstehe ich nicht, wie gerade Dago auf so eine dämliche Idee kommen kann«, nuschelte sie mit vollem Mund.

Daniels Spitzname Dagobert erfüllte ihn mit großem Stolz, auch wenn er darum gebeten hatte, den ›Bert‹ doch bitte wegzulassen. »Diese Ökospinner haben dich doch bisher immer nur aufgeregt.«

»Da hatte ich auch noch keine Ahnung.«

»Glaubst du etwa, dass es der Welt irgendetwas hilft, wenn du einem dubiosen Verein Geld in den Rachen wirfst?«

»Der Verein ist seriös. Und ja, ich glaube, dass es der Welt hilft, wenn wir für unsere Handlungen die Verantwortung übernehmen.«

Money und Penny starrten Daniel wortlos an.

»Ich jedenfalls werde das Geld für die CO_2-Kompensation aus meiner Tasche zahlen«, erklärte Daniel. »Wer will die Internetadresse von Atmos-fair haben?«

Money winkte der Bedienung. »Bringen Sie dem Herrn bitte einen starken Kaffee, damit er in die Wirklichkeit zurückfindet.«

»Danke, keinen Kaffee. Aber wenn Sie biologisch angebauten grünen Tee hätten ...?«

Das folgende Schweigen wurde nur von Pennys Husten unterbrochen, die sich am letzten Sushi verschluckte.

Zwei Wochen hörte und sah ich nichts von Daniel und hielt das für ein gutes Zeichen. Wie sehr ich mich getäuscht hatte, stellte ich fest, als der Geburtstag unserer Mutter nahte.

»Kannst du mich mitnehmen?«, fragte ich ihn am Telefon, nachdem er mir bestätigt hatte, dass er in der Stadt sei und auch zu Feier komme.

»Mitnehmen? Wie meinst du das?«

»Im Auto, Brüderchen. Ich komme frühestens um sechs aus dem Büro ...«

»Ich hab's verkauft.«

Im ersten Moment kapierte ich gar nicht, was er meinte, dann glaubte ich, er wollte mich veräppeln. »Was hast du verkauft?«

»Ich habe mein Auto verkauft. Ich lebe mitten in der Stadt, ich brauche gar kein Auto.«

Das stimmte. Genauso hatte ich es ihm auch Jahre lang immer wieder erklärt, aber das hatte Daniel nicht davon abgehalten, sich jährlich ein neues, teures Spielzeug in die Tiefgarage zu stellen. Es gehörte einfach zu seiner Vorstellung von Freiheit, sich jederzeit in sein Auto setzen und überall hinfahren zu können. Auch wenn er zu dieser Art von Freiheit zunächst eine Mindestmenge Freizeit benötigt hätte, die er irgendwo hätte verbringen können. Schon allein daran hatte es in den letzten Jahren gehapert, sodass der Wertverlust am Tag des Verkaufs jedesmal deutlich über der Kilometerleistung lag.

Nun hatte er es also endlich eingesehen und gleich gehandelt. Ich schickte Svenja im Stillen einen Gruß nach Indien. Sie hatte ohne jegliche Diskussion das geschafft, wofür ich mir jahrelang den Mund fusselig geredet hatte.

»Und jetzt?«, fragte ich.

»Fahren wir mit der Bahn.«

Daniel hatte inzwischen offenbar sowohl das Tarifsystem als auch die Fahrpläne des regionalen Verkehrsverbundes auswendig gelernt, denn er konnte die Verbindungen, Fahrtzeiten und Preise fehlerfrei aufsagen. Das musste ich ihm lassen: Wenn er etwas anfing, dann machte er auch gleich Nägel mit Köpfen.

Ich vereinbarte mit unserem Vater, dass er uns am Bahnhof abholte, denn der Bauernhof, den meine Eltern vor dreißig Jahren am Niederrhein gekauft und in Eigenarbeit saniert hatten, lag denkbar ungünstig auf dem platten Land, das nach neunzehn Uhr von den öffentlichen Verkehrsmitteln gemieden wurde.

Ich erschrak beim Anblick unseres Vaters, der auf dem Bahnsteig stand, um uns abzuholen. Er war dünner geworden, blass und stand mit hängenden Schultern da, während er uns noch in der Menge der aussteigenden Fahrgäste suchte. Grau, war das Wort, das mir spontan einfiel. Mein Vater sah grau aus, obwohl sein Haar immer noch voll und dunkel war. Aber seine Ausstrahlung hatte sich verändert, Lebensfreude und Zufriedenheit waren verschwunden.

Er begrüßte mich mit einer sehr langen, sehr festen Umarmung und Daniel mit dem üblichen Schulterklopfen. Er fragte gedankenverloren nach Daniels Auto, reagierte aber kaum auf die Nachricht, dass es verkauft sei. Auch auf der Fahrt vom Bahnhof nach Hause war er auffallend schweigsam, schob es aber, als ich nach dem Grund fragte, auf die Arbeit. Das kam häufiger vor, aber mehr erzählte er darüber nicht, denn er arbeitete als Steuerprüfer für Großunternehmen beim Finanzamt. Diskretion gehörte zu diesem Job wie der Taschenrechner, daher fragte ich nicht weiter nach. Allerdings nahm ich mir vor, seine seltsam stille Verschlossenheit im Auge zu behalten.

Die Feier war bereits in vollem Gange, als wir ankamen. Die üblichen Verdächtigen vom Landfrauenverein saßen um den riesigen Eichentisch herum, die wenigen anwesenden Herren hatten die gemütlichen Sessel belegt. Meine Mutter war in ihrem Element. Sie hatte gekocht und gebacken und hielt ihre Gäste auf mütterliche Art zum Essen und Trinken an. Nicht, dass es nötig gewesen wäre, denn die »Dörfler«, wie meine Eltern ihre Nachbarn auch nach dreißig Jahren noch nannten, ließen sich nicht zweimal bitten.

»Aha, der Finanzhai und die Studentin«, hörte ich von links.

»Mein Gott, wie die Zeit vergeht, schaut euch die Kinder an«, kam von rechts.

»Leonie hat zugelegt, findest du nicht auch?« Das kam natürlich von Rita Lewejohann, der Nachbarin, die mich noch nie hatte leiden können.

Die Abneigung beruhte auf Gegenseitigkeit, seit mein

Fußball in ihr Teeservice mit dem goldenen Rand geflogen war. Die olle Rita hatte einen Ersatz für das *unersetzliche* Service verlangt und mein Vater hatte mir das Taschengeld gekürzt, bis ich wenigstens einen kleinen Anteil am Schaden beglichen hatte. Zu Lernzwecken sei das, hatte er mir in einem Vater-Tochter-Gespräch erklärt, in dem seine humorvollen Augen so ernst blickten wie selten. Ich lernte also, dass auch unersetzliche Erbstücke ersetzt werden müssen und zwar auf Kosten eines sechsjährigen Wildfangs, der den Ball schoss, den der unsportliche Bruder im Tor nicht fing. Mein Bruder musste nichts zahlen. Zwei Tage lang versuchte ich verzweifelt, Daniel für diese Ungerechtigkeit zu hassen, aber es funktionierte nicht. Also änderte ich die Strategie, vergötterte Daniel weiterhin und konzentrierte meinen ganzen zahnlückigen Hass auf »Tante Rita«.

Die Tatsache, dass die Lewejohann mit ihrer Betrachtung über mein Körpergewicht recht hatte, trug auch nicht zu einer späten Aussöhnung bei. Ich aß inzwischen jeden Mittag in der Kantine, futterte Schokolade für die Nerven und war abends oft so müde, dass ich mich vom Sofa nur noch erhob, um aufs Klo oder ins Bett zu wanken. An Sport oder wenigstens mal einen Spaziergang war gar nicht zu denken.

»Du siehst toll aus, Kleines«, raunte mein Vater mir zu. »Lass dich von der alten Ziege nicht ärgern.«

»Immer noch im Subventionsbetrug tätig?«, fragte Daniel Rita mit seinem charmantesten Lächeln.

Rita lachte schrill, als hätte Daniel einen Witz gemacht. Alle Versammelten wussten, dass das nicht der Fall war, aber alle lachten mit. Es gibt Themen, bei denen ganze Dorfgemeinschaften im Glashaus sitzen und sich lieber die Hand abhacken würden, als nach dem Stein zu greifen.

Ich knuffte meinen Bruder dankbar in die Seite, dann standen wir auch schon vor dem Geburtstagskind.

Meine Mutter wurde achtundfünfzig und über die Frage,

ob man ihr das ansah, konnte man sich trefflich streiten. Sie hatte kaum Falten, war nur ein bisschen zu füllig und wie immer völlig mit sich selbst und ihrer Umwelt im Reinen. Im Gegensatz zu manch anderen Frauen ihres Alters, die von Arbeit, Haushalt, Kindern und Enkeln überfordert oder von Geldsorgen geplagt waren, wirkte sie also deutlich weniger gebeugt. Andererseits war sie in den letzten zwanzig Jahren, in denen sie ausschließlich Hausfrau und Mitglied des Landfrauenverbandes war, ziemlich altbacken geworden. Ihre Kleidung war unmodern und langweilig, ihre Themen reichten kaum über den Garten hinaus und ihre Ausstrahlung war die einer behäbigen Matrone. Das war umso unverständlicher, als sie gelernte Kosmetikerin war, die in jüngeren Jahren die neuesten Trends mit großer Begeisterung ausprobiert hatte.

Mama strahlte uns an, wir gratulierten mit Küsschen und Umarmungen, dann überreichte ich ihr mein Geschenk.

»Ein Seidentuch!«, rief sie begeistert aus. Sie nestelte den Schal, den sie trug, vom Hals und legte das Tuch um. Seit sie ein Farbseminar besucht und die Wirkung von farbigen Schals kennengelernt hatte, trug sie ständig entweder ein Tuch oder einen Schal. Da sie außerdem die Farbwahl ihrer Kleidung grundsätzlich auf ihre grün-goldenen Augen abstimmte, wusste ich genau, in welchem Bereich der Skala ein neues Tuch angesiedelt sein musste, und so passte natürlich auch dieses Geschenk gleich perfekt zu ihrer honigfarbenen Bluse und der Baumwollhose in Flaschengrün. Meine Mutter zu beschenken war leicht, aber, wie sie selbst eben auch, etwas langweilig. Hauptsache, sie freute sich.

»Alles Gute zum Geburtstag«, wiederholte nun auch Daniel und überreichte sein Geschenk. Es hatte das Format eines Bildes und meine Neugier erregt, aber er hatte nur geheimnisvoll gelächelt und gesagt, es sei etwas, womit niemand von uns rechnen würde. Mir war bei dieser Bemerkung ein wenig flau geworden, denn Mama mochte keine Überraschungen. Deshalb wartete ich jetzt genauso gespannt auf ihre Reaktion wie Daniel, der mit vorfreudigem Lächeln auf Mama herunterblickte. Sie schaute argwöhnisch auf das Geschenk. Ihr Kunstgeschmack unterschied sich dramatisch von dem ihres Sohnes.

Mama zerriss den Einschlag, der aus dunkelgrün gefärbtem Packpapier bestand, und holte den Glasrahmen vorsichtig aus der Umhüllung.

»Ein Zertifikat?«, murmelte sie, während sie das Papier im Glasrahmen mit gerunzelter Stirn studierte. »Atmos-fair«, entzifferte sie nur mühsam ohne ihre Lesebrille. »Aha.«

»Solange du noch ein eigenes Auto hast, ist ein Ausgleich für die CO_2-Belastung das Mindeste, was man zur Klimarettung tun kann«, erläuterte Daniel. »Deshalb habe ich deine Autofahrten für ein ganzes Jahr ausgeglichen. Über Alternativen zum Auto müssten wir uns dann aber bald mal unterhalten.«

Der Blick meiner Mutter glitt immer noch unsicher über das schön gerahmte Zertifikat, dessen Sinn sie ganz offensichtlich noch nicht verstanden hatte. Sie wollte das Thema aber nun auch nicht vertiefen, denn mit einer entschlossenen Geste stellte sie den Rahmen zur Seite und räusperte sich. »Das ist, äh, sehr schön, mein Großer.«

Es dauerte nur wenige Sekunden, bis sie sich wieder im Griff hatte und Daniel mit dem üblichen Mutterstolz anstrahlte. »Bei dir muss man ja immer mit einer Überraschung rechnen, das hält jung!«

5

In der darauf folgenden Woche hielt mit dem April nicht nur endlich ein atlantisches Hoch Einzug in Westdeutschland, sondern ich erhielt mein zweites Monatsgehalt und konnte mir weitere Klamotten leisten. Die Arbeit machte mir Spaß, wenn sie auch noch mit einigen Überstunden verbunden war. Der einzige Wermutstropfen lag darin, dass ich mit PS viel weniger zu tun hatte, als erhofft. Dafür legte ich regelmäßig auf dem Heimweg einen Zwischenstopp in der Pförtnerloge ein, um ein paar Worte mit Josef zu plaudern. Meist saß Tin-Tin um diese Uhrzeit auf einem Hocker in der Ecke und lauschte mit geschlossenen Augen der Musik aus ihren Ohrstöpseln.

»So eilig, heute?«, fragte Josef am Donnerstag, als ich im Laufschritt in der Halle erschien.

»Wohnung ansehen!«, rief ich.

Ich wollte keinen schlechten Eindruck machen, indem ich den Vermieter gleich warten ließ. Mein jugendliches Alter war den meisten sowieso ein Dorn im Auge, da half auch der Verdienstnachweis nicht viel, den die Personalabteilung mir freundlicherweise ausgestellt hatte.

»Wie spät?«, keuchte ich, als ich Daniel vor dem Gebäude traf.

»Punktum.«

Frau Langer und ich starrten ihn ungläubig an.

Ich fasste mich als Erste wieder. »Daniel, das ist genau mein Traum.«

»Es ist ein energetischer Albtraum, das steht schwarz auf weiß im Energieausweis. Jahrzehnte hinter der Energieeinsparverordnung zurück.«

»Die gilt für Neubauten«, warf Frau Langer schnippisch ein.

»Sie sollte für alle Gebäude gelten.« Daniel nahm meinen Ellbogen. »Komm, wir gehen.«

Ich wand mich aus seinem Griff.

»Entschuldigen Sie, Frau Langer, mein Bruder hat keine Entscheidungsbefugnis über mein Leben. Ich möchte die Wohnung gern mieten.«

»Du wirst dein ganzes Geld für Nebenkosten herauswerfen und es bleibt trotzdem kalt«, warf Daniel ein.

Frau Langer warf ihm einen Blick zu, der mir das Blut in den Adern gefrieren ließ.

»Du weißt genau, dass ich nie friere«, zischte ich Daniel zu. Er war die Frostbeule in unserer Familie, nicht ich.

»Willst du dafür arbeiten gehen? Dass du dein ganzes Geld zum Fenster hinaus heizt? Und im Sommer wirst du hier eingehen vor Hitze. Das Dach ist überhaupt nicht gedämmt.«

»Ich will eine Wohnung im Dachgeschoss und zwar eine bezahlbare.«

»Sie ist nicht bezahlbar, wenn du an die Nebenkosten denkst.«

»Außerdem will ich JETZT eine Wohnung.«

»Um spätestens in einem halben Jahr wieder auszuziehen?«

Der Kopf der Vermieterin zuckte von rechts nach links, von Daniel zu mir und zurück, während wir uns gegenseitig anzickten. Dann stoppte er abrupt, als habe sie einen

Kolbenfresser in der Halswirbelsäule. Stattdessen schnellte auf einmal ihre rechte Hand hoch. Daniel und ich starrten sie an.

»Die Wohnung ist bereits anderweitig vergeben.«

»Wie bitte?«, stammelte ich.

»Der Herr, der heute Vormittag hier war, war sehr interessiert. Und er ist …«, sie ließ einen herablassenden Blick an mir herunterrutschen, »… SEHR seriös.«

»Das bin ich auch«, entgegnete ich mit dem ganzen, kläglichen Rest an Würde, den Daniels Einmischung mir noch gelassen hatte. »Und meinen Bruder hätten Sie nie wieder gesehen.«

Damit drehte ich mich um und verließ meine Traumwohnung für immer.

»Hey, sei froh, dass ich dir die Enttäuschung erspart habe!«, rief Daniel hinter mir her.

Ich hatte das Gehen auf hohen Absätzen inzwischen ganz gut drauf und das Treppen-Hinaufsteigen war überhaupt kein Problem, aber treppab war ich nicht halb so schnell wie gewünscht. Ich konzentrierte mich auf meine Füße und blieb die Antwort schuldig.

»Die Wohnung ist der reinste Klimakiller. Du kannst genauso gut direkt den winterlichen Nachthimmel heizen.«

»So wie die Bars und Lounges mit ihren bescheuerten Terrassenstrahlern, in denen du dich herumtreibst!«, rief ich über die Schulter.

»Genau«, sagte Daniel, »darüber hast du dich doch immer aufgeregt und mich zum Boykott dieser Terrassen aufgefordert. Und jetzt willst du selbst den ganzen Winter über die Heizungsluft zum geöffneten Fenster hinausblasen.«

»Ich mache nie gleichzeitig das Fenster auf und die Heizung an«, korrigierte ich Daniel.

»Das würdest du in dieser Wohnung wohl sowieso tun, wenn auch unfreiwillig, weil die Fenster so undicht sind, dass du sie überhaupt nicht richtig schließen kannst.«

Endlich stand ich wieder auf sicherem Boden und drehte mich zu Daniel um. »Es war ein Fehler, deine Hilfe bei der Wohnungsbesichtigung zu erbitten. Du hast mich erstens vor dieser Frau wie ein kleines Dummchen dastehen lassen und mir außerdem die Chance auf die tollste Wohnung, die überhaupt gerade auf dem Markt ist, versaut. Ich hasse dich.«

Bei dem letzten Satz, den ich unter Tränen hervorgepresst hatte, stampfte ich mit dem rechten Fuß auf, wie ich es schon seit meinem dritten Lebensjahr tat, wenn Daniel mich zur Weißglut trieb. Der Absatz meiner brandneuen Pumps gab mit einem hässlichen Geräusch nach, mein Knöchel sandte einen stechenden Schmerz nach oben. Natürlich. Wenn der Tag im Eimer war, goss gleich noch jemand Gülle drauf. Ich zog den kaputten Schuh aus und humpelte heulend vor Wut zum nächsten Taxistand. Daniel sah mir mit hängenden Armen nach.

Der Streit mit Daniel war mir genauso nahegegangen wie die Enttäuschung darüber, dass ich die Wohnung nicht bekommen hatte. Jede Verstimmung zwischen uns machte mich traurig, aber diesmal war ich ihm wirklich böse – und dieses Gefühl bescherte mir natürlich gleichzeitig ein schlechtes Gewissen. Ich war sicher, dass er keine derartige Qual litt. Das schlechte Gewissen hatte in unserer geschwisterlichen Beziehung immer ich.

Diesmal aber wollte ich nicht klein beigeben und rief ihn nicht an. Da auch er sich nicht meldete, stürzte ich mich mit noch mehr Engagement in meine Arbeit, um auf andere Gedanken zu kommen.

Mein Job bestand darin, den Marktanteil exotischer Fleischsorten in Deutschland zu vergrößern. Das Marketing richtete sich an zwei Kundengruppen: Die Gastronomie und den Endverbraucher. Die Strategien für die beiden Zielgruppen waren unterschiedlich, aber letzten Endes galt es, in den Köpfen der Gastronomen und der Verbraucher jeweils ein Bild zu erzeugen: Das Bild vom würdevollen, eleganten Wildtier, das ein erfülltes Leben in einer intakten Natur lebte und nach seinem kurzen, schmerzlosen Tod als gesundes Fleisch auf dem Teller moderner, gebildeter Menschen landete, die bewusst und nachhaltig genießen wollten. Also das genaue Gegenteil von dem, was in der Meinung unserer Zielgruppe die Massentierhaltung ausmachte: unter unwürdigen Bedingungen dahinvegetierende Schweine, deren Fleisch zu Lebzeiten mit Antibiotika gemästet und im Todeskampf mit Angsthormonen überflutet wurde und daher nur zur billigen Fütterung des Prekariats zu gebrauchen war.

Leider durfte ich diese Karte nicht ausspielen, da das wichtigste Standbein der Siebendt GmbH genau diesen Massenmarkt bediente. Erst wenn die Exoten rentabel starben, wollte PS den Massenmarkt verlassen.

Trotz dieser Einschränkung war mein Job nicht allzu schwierig. Das Bild der frei umherschweifenden Wildtierherden in afrikanischen Savannen wurde in endlosen Fernsehberichten, Fotokalendern und nicht zuletzt in Reiseprospekten, die Fotosafaris in Namibia zum Schnäppchenpreis anboten, aufrechterhalten. Der Appetit unserer Kundschaft auf exotische Gerichte stieg unaufhaltsam und war nicht mehr damit zu befriedigen, dass man Rindfleisch einfach mal asiatisch zubereitete. Nein, es sollte auch kein Rindfleisch mehr sein, sondern Bison.

Bei dem Stichwort Bison, das ich in das Mindmap einfügte, welches ich für eine Besprechung mit PS anlegte, musste ich wieder an Daniel denken. Er hatte Bisonfleisch geliebt. In New York war ein spezielles Restaurant, das sich darauf spezialisiert hatte, praktisch zu seiner Zweitwohnung geworden. Ob die dort Bio-Bison anboten? Und wenn nicht: Ob er tatsächlich darauf verzichtete? Ich schüttelte den Kopf und konzentrierte mich wieder auf meine Arbeit.

»Nun?«

PS saß in locker entspannter Haltung am Kopfende seines Besprechungstisches, der mit mattschwarzem Leder bezogen war. Nach den Ausmaßen des Leders zu urteilen, das die Platte nahtlos überspannte, musste es mindestens von einem Elefanten stammen. Oder einem Mammut – falls es noch irgendwo eins gab.

Ich räusperte mich. »Ich denke, dass wir unsere Kommunikation zielgruppenspezifischer platzieren sollten«, begann ich. »Die üblichen Medien der gebildeten Genießer bieten zu große Streuverluste, denn etliche dieser Medien werden auch von Menschen gelesen, die eine eher verhaltene Beziehung zum Verzehr von importiertem Wildfleisch oder Fleisch generell haben.«

Damit hatte ich eine schöne Formulierung für die Tatsache gefunden, dass viele linksalternative Akademiker das Abschießen und Importieren von Wildtieren für eine weitere Variante kolonialer Machtausübung hielten, mit der wir unseren parasitären Lebensstil nun auch in die Steppen Afrikas exportierten. Svenja hatte im letzten Jahr eine Hausarbeit zu dem Thema verfasst, die mir bei der Vorbereitung dieser Besprechung unerwartet detailreich in Erinnerung gekommen war.

PS nickte.

»Menschen, die einen emotionalen Bezug zu Afrika haben, den Kontinent bereisen möchten oder schon einen Urlaub dort verbracht haben, sind eher für den Verzehr von afrikanischem Wildfleisch zu begeistern. Wahrscheinlich haben diejenigen, die dort waren, schon davon gekostet und freuen sich, wenn sie nun hier ihre Urlaubserinnerungen wieder aufleben lassen können.«

Mit derartigen Situationen kannte ich mich aus. Meine Eltern hatten jedes Jahr nach den Sommerferien einen »landestypischen« Abend für Nachbarn und Freunde ausgerichtet. In manchen Jahren, wenn wir mit dem Wohnwagen in Italien, Frankreich oder Spanien gewesen waren, freute ich mich darauf. Nach den Urlauben in Norwegen, Schlesien und Holland bestand mein Abendbrot aus Käsestullen und Schokolade.

»Und wie genau erreichen wir unsere Zielgruppe?«, fragte PS.

»Wir filtern die Afrika-Reisenden direkt heraus. Durch Anzeigen in entsprechenden Ausgaben von Reisemagazinen und geografischen Journalen, durch Werbung in Reisekatalogen und natürlich durch direkte, zielgruppengenaue Internet-Kampagnen.«

»Wie geht das?«, fragte PS.

Ich fiel auf seine Frage nicht herein. Natürlich kannte er die Antwort. Er wollte mich nur testen.

»Im Internet hinterlassen die User Spuren, wenn sie Eingaben in Suchmaschinen machen, wenn sie in Social Networks auf die ›Gefällt-mir‹-Buttons klicken oder was auch immer sie sonst tun. Sogar wenn sie auf einer virtuellen Landkarte ein bestimmtes Ziel eingeben, tun sie das nicht unbemerkt. Jeder, der sich auf diese Weise als potenzieller Kunde zu erkennen gibt, bekommt von uns Werbung in Form von Bannern, als Newsletter oder SMS. Damit ist der Streuverlust praktisch eliminiert.«

PS gab seinen skeptischen Gesichtsausdruck auf und lächelte mich an. »Sehr gut.«

te. Er verlangsamte seine Schritte, damit ich mit ihm mithalten konnte, und blieb vor dem Stall stehen.

»Sorry, in den Stall dürfen nur Beteiligte, aber wenn du kurz hier wartest, bin ich gleich wieder da.«

Ich wartete und schaute mich derweil um.

Die Gäste des Season-Opener-Turniers eines der größten deutschen Polo-Clubs waren eventuell auch hier, um zu sehen, aber vor allem wollten sie gesehen werden. Aufgebrezelte Damen hingen am Arm solariumgebräunter Herren, bei denen man kaum wusste, wo der Hals aufhörte und die Wildlederjacke begann. Die Szenerie erinnerte mich an den alten Film ›My Fair Lady‹, in dem Audrey Hepburn beim Pferderennen einen Gaul anfeuert mit den Worten: »Nun lauf, sonst streu ich dir Pfeffer in den Arsch.« Zumindest war dies meine Erinnerung an die deutsche Fassung, die meine Eltern statt eines gemeinsamen Musikstücks als Ausgangspunkt ihrer Ehe betrachteten. Sie hatten sich im Programmkino anlässlich des zehnten Jubiläums der Musicalverfilmung kennengelernt.

Als PS wieder erschien, führte er ein Pferd am Zügel neben sich her.

»Das ist mein ganzer Stolz: Fantasy.«

Hatte ich schon erwähnt, dass ich Tiere liebte? Pferde gehörten natürlich auch dazu, auch wenn ich selbst nie reiten durfte. Aber im Stall meiner Freundin helfen, striegeln und füttern hatte mir völlig gereicht. Ich war also sofort Feuer und Flamme für das Pferd, dessen Fell nur wenig dunkler glänzte als mein Haar.

»Mir scheint, sie mag dich auch«, sagte PS lächelnd, als das Pferd zielstrebig in meinen Hosentaschen nach Essbarem suchte. Leider vergeblich.

»Gleich fängt das Turnier an. Du solltest dir einen Platz suchen.«

Der Platz am Spielfeldrand war ein Stehplatz in der prallen Sonne. Das Spielfeld war deutlich größer als ein Fußballplatz, ich schätzte es auf mindestens sechsfache Größe, wenn nicht mehr. In jedem Team spielten vier Reiter und das Spiel war so schnell und chaotisch, dass ich ihm nicht folgen konnte. Es war mir aber auch völlig egal, denn ich hatte nur Augen für PS. Er saß elegant im Sattel und führte sein Pferd in unglaublicher Geschwindigkeit und Geschicklichkeit hinter dem Ball her. Kraftvoll und zielgerichtet drosch er mit dem Bambusschläger auf den Ball ein und erzielte mehrere Tore für seine Mannschaft. Es war ein lächerliches Gefühl, das war mir bewusst, aber ich war stolz.

In jedem der vier Abschnitte kamen die Spieler mit einem anderen Pferd auf den Platz. Der Kommentator versuchte gelegentlich, dem Publikum die eine oder andere Regel zu erklären, zum Beispiel, dass nach jedem Tor die Richtung des Spiels wechselte, was sehr verwirrend war, aber die meisten interessierten sich für die Regeln ebenso wenig wie ich. Ich interessierte mich mehr und mehr für die Frage, wie dieser Tag weitergehen würde.

Würde PS den ganzen Tag mit seinen Sportkollegen verbringen? Wahrscheinlich. Würde er auch den Abend mit ihnen verbringen? Ziemlich sicher. Hier? Oder in einem Restaurant? Gäbe es für mich die Möglichkeit, dabei zu sein? Ich wünschte es mir sehr, denn am Abend allein zu Hause zu hocken, während der Mann meiner Träume strahlend und erfolgreich im Kreis guter Freunde feierte, schien mir immer weniger verlockend.

Ich hatte offenbar ganz schön lange meinen Gedanken nachgehangen, denn plötzlich ertönte das Signal, das Spiel war vorbei und das Team von PS hatte dieses Match gewonnen. PS grinste mir zu, während er Stock schwingend an mir vorbeiritt und meine Glückwünsche mit einer Geste entgegennahm, wie sie die Queen macht, wenn ihr Volk ihr huldigt.

Ich schlenderte Richtung Stall, da mich das nächste Spiel nicht interessierte, und setzte mich auf einen Strohballen, um auf PS zu warten. Ob er sich umziehen würde vor dem nächsten Spiel? Dann würde es natürlich etwas länger dauern, aber ich hatte den ganzen Tag Zeit. Ich genoss die Sonne, behielt aber den Zugang zu den Mannschaftsumkleiden im Blick, um nicht zu verpassen, wenn PS wieder auftauchte. Was er allerdings nicht tat. Irgendwann war ich so durstig, dass ich mich dazu durchringen musste, meinen Beobachtungsposten aufzugeben und mir ein Wasser zu besorgen. Und dabei sah ich ihn.

PS trug noch sein Sportzeug – besser gesagt Hose und Stiefel, aber kein Hemd. Das Hemd lag neben ihm im Stroh, wo sich auch der Hut der Frau befand, unter deren Bluse die Hand meines Chefs steckte. Es war nicht die blonde Schlange, so viel war klar. Diese hier war dunkelhaarig, aber der Körper genauso makellos wie die meisten Körper hier – von meinem mal abgesehen. Die beiden waren so in ihren Kuss versunken, dass sie von der restlichen Welt nichts mitbekamen. Das war mir recht, denn noch schlimmer, als Zeugin dieser Szene zu sein, wäre es gewesen, beim Zuschauen erwischt zu werden. Ich verzichtete auf das Wasser, verließ schnurstracks das Gelände und heulte abends mein Kissen voll. Der Sonnenbrand, den ich mir im ganzen Gesicht geholt hatte, schmerzte die ganze Nacht, allerdings deutlich weniger als die Seelenpein, die mich vom Schlafen abhielt.

6

Während ich am Montag danach im Büro PS gegenüber so tat, als hätte ich das Turnier verlassen, weil mir die Hitze nicht bekommen wäre, und mich verbissen um die Marktpositionierung afrikanischen Wildfleisches und japanischen Kobe-Rindes verdient machte, betrieb Daniel die Ökologisierung eines der größten Finanzinstitute Deutschlands. Er übernahm den Einkauf des Abteilungskaffees von der Assistentin und kaufte fair gehandelten Biokaffee. Er beauftragte die Hausverwaltung, Toilettenpapier in Recyclingqualität zu bestellen, und verlangte vom Gebäudemanagement, alle Glühlampen gegen Energiesparbirnen auszutauschen. Da er keine Weisungsbefugnis für diese Bereiche hatte, wurden seine Anweisungen ignoriert. Daraufhin tauschte Daniel selbst die Glühbirnen gegen Energiesparlampen aus. Auf eigene Kosten.

Penny bekam am dritten Tag der neuen Energiesparzeit einen Tobsuchtsanfall.

»Diese blöde Birne braucht zwanzig Sekunden, bis sie überhaupt hell ist. Bis dahin hocke ich auf dem dunklen Klo und warte auf Licht. Ist das vielleicht ökologisch?«

»An der Effizienz wird permanent gearbeitet. Diese Lampen hier sind schon deutlich schneller als …«, wandte Daniel ein.

»Mich interessiert nicht, wie überragend schlecht diese Dinger früher waren, mich macht es fertig, wie schlecht sie heute sind«, keifte Penny.

»Du sollst auf dem Klo nicht lesen«, warf Money ein. »Und für alles andere ist es wohl hell genug, oder?«

Da die männlichen Kollegen offenbar keinem vernünftigen Argument zugänglich waren, beschloss Penny, sich selbst zu helfen. Sie ließ das Licht in der Damentoilette dauerhaft brennen. Diese Strategie funktionierte so lange, bis Daniel begann, das Flurlicht auszuschalten, sobald der Flur unbenutzt war. Dabei fiel ihm der Lichtschein unter der Tür zum Damenklo auf. Er klopfte, wartete, öffnete die Tür, fand die Toilette unbenutzt und schaltete das Licht aus.

Penny beschwerte sich beim Boss, der wiederum Daniel zu sich zitierte.

»Ich habe Beschwerden über die Qualität des Kaffees, der Toilettenbeleuchtung, des Toilettenpapiers und darüber, dass neuerdings eine Biotonne in der Teeküche steht und stinkt.«

»Die stinkt nicht«, stellte Daniel klar.

»Unser Reinigungsdienst trennt keine Bioabfälle«, sagte der Boss.

»Dann sollte der Reinigungsdienst das schnellstens einführen.«

»Das wird nicht passieren.«

»Dann nehme ich den Biomüll abends mit nach Hause.«

So kam es, dass mein Bruder an den Tagen, die er im Büro verbrachte, auf dem Heimweg nicht nur seine neue, fünfzehnhundert-Euro-teure, vegetabil gegerbte Ledertasche, sondern auch eine tropfende Tüte voll Biomüll mit nach Hause nahm und in die Biomülltonne seines Luxus-Penthouse warf.

»Hast du denn in deiner Wohnung auch schon alle Lampen ausgetauscht?«, fragte ich, als er mir entrüstet von der Inflexibilität seiner Kollegen berichtete.

»Natürlich. Aber da ich selten zu Hause bin, lohnt es sich eigentlich gar nicht.«

»Stimmt«, entfuhr es mir und vielleicht war das der Tropfen, der das Ökologisierungsfass in Daniels Hirn zum Überlaufen brachte. Jedenfalls quälte ich mich danach noch monatelang mit der Frage, ob die Katastrophe abwendbar gewesen wäre, wenn ich an dieser Stelle anders reagiert hätte.

Zunächst suchte ich weiter nach einer Wohnung, kaufte Kleidung und Schuhe und genoss es, wenigstens zwei Zimmer mein Eigen nennen zu können. Nur Conny und Mike störten mein Wohlbefinden, indem sie stundenlang das Badezimmer blockierten, meine Vorräte aus dem Kühlschrank klauten oder abends, wenn ich schlafen wollte, die Musik aufdrehten. Natürlich beteiligten sie sich weiterhin nicht am Hausputz, und nach Svenjas Abreise musste ich nun alles allein ertragen und alles allein erledigen. Ich fragte mich, wann ich den beiden Schnorrern endlich entrinnen würde.

Es geschah am siebenundzwanzigsten April, dem sechsundfünfzigsten Tag nach Svenjas Abreise. Es war ein Samstag. Der Sonnenbrand vom Polo-Wochenende war abgeklungen, nur die Haut auf der Nase pellte sich noch. Alle diese Details werde ich vermutlich mein ganzes Leben lang nicht vergessen, so wie andere Leute sich daran erinnern, was sie gerade taten, als die Berliner Mauer fiel oder andere einschneidende Ereignisse dem Leben, wie man es bis dahin gekannt hatte, eine neue Richtung gaben.

Ich war kurz zuvor aufgestanden und leicht griesgrämiger Stimmung, weil das sonnige Frühlingswetter des März gegen das graue Regenwetter des April verloren hatte und weil mein Wochenende öd und leer vor mir lag. Die meisten meiner Freundinnen und Freunde hatten inzwischen Jobs gefunden und Düsseldorf verlassen. Federico hatte eigentlich am Wochenende kommen wollen, aber dann doch abgesagt, weil er mit Fieber im Bett lag.

Dann stellte ich fest, dass sowohl mein Joghurt als auch die Sauerkirschen aus dem Kühlschrank verschwunden waren, und stellte Conny und Mike zur Rede, die in Connys Zimmer schliefen. Oder im Koma lagen, wenn ich die Luftqualität im Zimmer richtig deutete.

»Ich habe es satt, dass ihr mir meine Lebensmittel klaut. Es ist mein Geld, von dem ihr lebt. Und es ist mein Aufwand einzukaufen, obwohl ihr Penner den ganzen Tag nichts tut. Ich arbeite die ganze Woche und am Wochenende kann ich mir noch nicht mal mein Müsli machen, weil ihr beiden mich nach Strich und Faden ausnehmt.«

Von der Matratze auf dem Boden drang ein unterdrücktes Stöhnen, dann murmelte Mike: »*Stop yelling and piss off.*«

»Jetzt sofort und auf der Stelle geht einer von euch Schmarotzern mir ein Frühstück kaufen«, sagte ich und riss den beiden die Decke weg.

Weder Conny noch Mike öffneten auch nur eins ihrer vier Augen. Sie drehten sich synchron von mir weg und zur Wand hin.

»ICH WILL MEINEN JOGHURT!«, brüllte ich aus vollem Hals.

»*Answer the door*«, nuschelte Mike und ich dachte, er wäre immer noch high, aber dann läutete es wieder an der Tür.

»Dieses Thema ist noch nicht erledigt«, zischte ich, nahm die Bettdecke mit und warf sie ins Bad, bevor ich die Wohnungstür öffnete.

Vor der Tür, die ich schwungvoll und wütend aufriss, stand Daniel. Mit einem großen, schwarzen, teuer aussehenden Koffer.

»Hilf mir mal«, sagte er und wuchtete das Plastikmonster halb über die Schwelle.

»Was ist das?«, fragte ich, während ich die Hand an den Griff legte.

»Ich ziehe bei dir ein.«

Der Koffer stand auf der Schwelle, daher konnte ich die Tür nicht einfach wieder zuwerfen. Sprechen konnte ich auch nicht. Ich öffnete zwar den Mund, aber es kamen keine Worte heraus, höchstens ein Geräusch, das jeden Sanitäter in höchste Alarmbereitschaft versetzt hätte.

»Na los! Je länger die Tür offen steht, desto mehr Wärme geht verloren«, drängelte Daniel. Er bückte sich und schob den Koffer mit einem Ruck weiter.

Ich schrie auf. Das Monstrum war auf meinem Zeh gelandet.

»Mein Gott, du bist doch sonst nicht so ungeschickt«, maulte Daniel.

Das reichte. Ich drehte mich um, ging zurück in die Küche und setzte Kaffee auf.

Ich hörte Daniel mit seinem Koffer hantieren, hörte ihn die Tür schließen, hörte, wie er seine Jacke auszog und in die Küche kam. Er stellte sich hinter mich und umarmte mich, während wir auf den Kaffee warteten. Ich nahm mir eine Tasse und setzte mich an den Tisch. Daniel bediente sich selbst und setzte sich zu mir.

»Seit wann trinkst du wieder Kaffee?«

»Kaffee an sich ist weder unökologisch noch unsozial und über die gesundheitlichen Vor- oder Nachteile gibt es widerstreitende Aussagen. Kaffeetrinken schadet also nicht der Nachhaltigkeit.«

»Solange er bio und fair ist.«

Daniel nickte. »Was ist, freust du dich gar nicht?«

»Spinnst du?«, fragte ich. »Hier ist kein Zimmer frei.«

»Natürlich, Svenjas.«

»Das ist meins.«

»Du hast doch eins. Nebenan.«

Ich atmete tief ein und aus, wie Svenja es getan hätte. »Ich habe zwei Zimmer.«

Daniel schüttelte den Kopf. »Das eine hat dir doch bisher auch gereicht.«

Meine Atemtechnik war fruchtlos, ich spürte, wie sich eine Wutwolke im oberen Bauchraum zusammenbraute. »Hat es nicht, ich war …«

»Wenn dir das Abendlicht besser gefällt, darfst du mich besuchen kommen.« Er tat, als wäre die Angelegenheit ein lustiger Streich, den wir zusammen ausheckten.

»Ich will aber zwei Zimmer ganz für mich.«

Aus dem belustigten Zwinkern wurde ein irritiertes Stirnrunzeln. »So viel Platz ist unökologisch.«

Ich stieß ein schrilles Lachen aus, das vermutlich genau so hysterisch klang, wie ich mich fühlte. Aber dann kam mir die rettende Idee. Sofort ploppten Bilder von weiten Sofalandschaften in weißem Leder vor meinem geistigen Auge hoch, ein Flachbildfernseher von der Größe meines Küchentischs, ein Bad aus Granit mit einer freistehenden Badewanne und einer bodengleichen Dusche. »Okay, ich habe einen Vorschlag: Du lebst ökologisch in dieser Horrorbude und ich bekomme dein Penthouse.«

Daniel schüttelte den Kopf. »Das ist vermietet. An den Steuerberater, der seine Kanzlei eine Etage tiefer hat.« Er zwinkerte mir zu. »Ich glaube, der braucht ein Liebesnest, von dem seine Frau nichts weiß.«

»Dann frag Mike, ob er mit Conny ein Zimmer teilen will und dir seins gibt. Die beiden hängen sowieso immer zusammen.«

Daniel dachte immerhin darüber nach. »Das muss ich mir ansehen.«

Wir gingen zu Mikes Tür und öffneten sie vorsichtig. Die Achtsamkeit war heute unnötig, es kam uns kein Kaninchen, keine Maus und kein Vogel entgegen. Eingefangene Tiere waren das Einzige, was Mike gelegentlich mit nach Hause brachte, Lebensmittel oder andere nützliche Dinge hatte er noch nie besorgt.

Trotzdem bot das Zimmer keinen erfreulichen Anblick. Mangels Schränken oder Regalen lag alles, was Mike besaß, auf dem Boden, und zwar völlig durcheinander. Auf zwei Böcken ruhte eine grobe Holzplatte, die als Tisch diente, wobei keine lebende Kreatur Mike jemals an einem Tisch hatte arbeiten oder lernen sehen. Die verstreuten Klamotten rochen unangenehm nach Schweiß und anderen Aromen, deren genaue Herkunft ich lieber nicht ergründen wollte, und mindestens drei zweckentfremdete Teller enthielten Berge von Kippen und Asche und Reste von riesigen Joints.

»Nein«, sagte Daniel und schloss die Tür. »Da müssten erst der Schädlingsbekämpfer, die Seuchenkontrolle und der Maler durch, das möchte ich mir nicht antun.«

»Ach, da nimmst du mir lieber mein Zimmer weg«, maulte ich. »Aber da hast du dich geschnitten.«

»Sweetie, sieh es doch mal von der positiven Seite: Ich zahle natürlich die Miete für den Raum, ich biete dir Verstärkung gegen die Kiffer-Fraktion und wir zwei haben doch immer viel Spaß zusammen gehabt. Ich freue mich richtig darauf, dass wir jetzt zusammen wohnen.«

Ich schlang die Arme um die hochgezogenen Knie, legte den Kopf darauf und fragte mich, aufgrund welcher Verfehlungen ich plötzlich so mieses Karma hatte.

Daniel trug meine Sachen hinüber in mein Zimmer und richtete sich in »seinem« ein.

Ich verweigerte jede Hilfe, schnappte mir meine Jacke und verließ die Wohnung.

Ziellos wanderte ich durch die Stadt, schlenderte am Rheinufer entlang, fror aber schon bald in dem nasskalten Wetter. Ich zog es vor, mich in ein Café zu setzen. Auf dem Wandbord lagen Zeitschriften, und da ich nichts Besseres zu tun hatte, griff ich nach der erstbesten. Es war ein Reisemagazin mit dem Titel: ›Für Entdecker, Abenteurer und Aktivurlauber‹.

Gleich die erste Geschichte riss mich aus meiner Lethargie. Fotosafari in Namibia. Die Bilder, die ich sah, faszinierten mich. Rote Sanddünen, ausgebleichte Knochen von riesigen Tieren im Sand, gut aussehende Menschen beim Sandboarden, eine strubbelige Pflanze, der in ihrem ganzen Leben nur zwei Laubblätter wuchsen, die dann über die Jahrhunderte verwitterten, ein tiefer Canyon, einzigartige Landschaften, der unvermeidbare Sonnenuntergang und natürlich Tiere. Löwen, Zebras, Elefanten, Antilopen und Nashörner, aber auch so putzige Exemplare wie Borstenhörnchen.

Meine Stimmung war wie ausgewechselt. Ich würde nach Afrika fahren. Gleich nach meiner Probezeit würde ich Urlaub nehmen und die Tiere und Landschaften, die ich in den letzten Wochen auf wunderschönen Hochglanzfotos bewundert hatte, in natura sehen.

Namibia, ich komme!

Mit dieser Aussicht kam meine eigentlich ziemlich unerschütterliche Gelassenheit zurück und ich genoss den Tag in der Stadt, ließ mich treiben, aß asiatisch zu Mittag, fuhr mit der Straßenbahn zum Wildpark, ging im Grafenberger Wald wandern und später ins Kino. Als ich nach Hause kam, lag von Daniel nur ein Zettel auf meiner Türschwelle: »Komme erst Montag wieder, XXX. D.«

Fast war ich ein wenig traurig, dass ich den regnerischen Sonntag allein verbringen musste.

»Das kommt gar nicht in Frage«, erwiderte PS am folgenden Montag, als ich ihm von meinen Reiseplänen berichtete und um Urlaub bat. »Den Urlaub bekommst du natürlich. Aber nach Namibia, da fliegen wir beide gemeinsam hin.«

Ich öffnete und schloss den Mund wie ein Goldfisch im Nudelsieb.

»Du willst die Eleganz der Tiere und ihr natürliches Lebensumfeld als zentrales Argument der Marketingkampagne herausstellen – dann solltest du es auch mit eigenen Augen gesehen haben. Und gleichzeitig können wir ein paar Geschäftskontakte auffrischen.«

Natürlich nickte ich. Natürlich wurde ich knallrot. Natürlich lief vor meinem geistigen Auge sofort ein Film ab, in dem PS und ich in einem Baumhaus einen furchtbar kitschigen Sonnenuntergang beobachten, bevor er mein Kinn hebt und mich küsst …

Leider schob sich das Bild von PS und dem Model im Pferdestall dazwischen. Ob er mit dieser Tussi liiert war? Würde ich so tief sinken, dass ich in den Klatschspalten der einschlägigen Magazine nach seinem Namen suchen würde? War PS überhaupt so wichtig, dass er in diesen Klatschspalten auftauchte? Eine einfache Suche im Internet wäre ja noch nichts Ehrenrühriges, das taten heute doch alle, wenn sie etwas über jemanden in Erfahrung bringen …

»… besten bald. Mal sehen, ob wir auf die Schnelle einen Termin finden.«

Kein Sonnenuntergang, kein Kuss, sondern hektisches Wischen am Display seines Smartphones. Irgendwann blickte er auf und zuckte mit den Schultern. »Okay, ich gebe es auf. Sprich den Termin mit Frau Weishaupt ab, die findet immer eine Lösung.«

Frau Weishaupt fand eine, allerdings nicht so bald, wie ich gehofft hatte. Erst im Juni sollte es losgehen. Ab sofort würde ich die Tage bis zur Abreise zählen. Von heute an waren es noch zweiundvierzig. Eine Ewigkeit!

7

Ich kam in Hochstimmung nach Hause und war fest entschlossen, Daniel und seiner Hausbesetzung mit Gelassenheit zu begegnen. Der gute Vorsatz hielt ungefähr zweieinhalb Minuten, nämlich genau die Zeit, die ich brauchte, um meine Schuhe abzustreifen (ich hatte mich inzwischen an hohe Hacken gewöhnt, freute mich aber trotzdem, wenn ich sie ausziehen konnte), in die Küche zu gehen und nach der Kanne der Kaffeemaschine zu greifen, um mir einen Kaffee zu machen.

Es gab keine Kaffeemaschine mehr. Dort, wo sie einmal gestanden hatte, befand sich nun ein Wasserkocher. »Bitte nur die benötigte Menge Wasser kochen« hatte Daniel auf einen Klebezettel gekritzelt. Daneben standen eine Thermoskanne, ein Kaffeedauerfilter und unsere Kaffeedose.

»*Where's the coffee machine*?«, nuschelte Mike, der hinter mir im Türrahmen erschienen war. Er hatte es wirklich drauf, den ganzen Tag im Halbschlaf zu verbringen, aber meine Heimkehr abzupassen, um mich gleich mit irgendwelchen Beschwerden, Aufträgen oder Grundsatzdiskussionen zu nerven.

»Hast du gehört, dass ich gerade nach Hause gekommen bin?«, fragte ich.

Mike nickte verpennt. Oder bekifft. Oder dämlich.

»Das bedeutet, dass ich den ganzen Tag weg war. Arbeiten, um genau zu sein. Woher zum Teufel soll ich also wissen, WO DIE BESCHEUERTE KAFFEEMASCHINE ABGEBLIEBEN IST?«, fragte ich mit steil ansteigender Lautstärkekurve.

»*Toilet paper's shitty, too*«, nuschelte Mike noch, dann schlurfte er zurück in sein Zimmer.

Ich machte mir einen Kaffee von Hand, was den Nachteil hatte, dass ich dabei bleiben und immer wieder kochendes Wasser in den Filter gießen musste, während ich eigentlich nur den Knopf drücken und währenddessen duschen wollte. Also erst mal keine Dusche.

Endlich war der Kaffee in der Tasse und ich griff in die Kühlschranktür, dorthin, wo üblicherweise meine Packung Vollmilch steht – aber ich griff ins Leere. Keine Milch. Stattdessen ein Klebezettel: Milch ist sehr klimaschädlich – bitte maximal einen Liter pro Woche trinken.

Gut, heute war Montag und ich hatte die Milchpackung erst gestern geöffnet und etwa hundert Milliliter herausgenommen. Wo also war meine Milch?

Ich stürmte zu Mikes Zimmer, das leer war, rannte weiter zu Connys, riss dir Tür auf, fand die beiden in einen süßlich riechenden Nebel gehüllt und fragte: »Wo ist die Milch?«

»Brauchte ich für's Müsli«, murmelte Conny, die auf ihrem Bett lag und strickte. Mein Müsli war demzufolge auch weg und mein Frühstück am folgenden Tag somit gleich doppelt hinfällig.

»Seit wann isst du Müsli?«, fragte ich zurück.

»Seit es keine Aufbackbrötchen mehr gibt.«

Tatsächlich. Die zwei Tiefkühlfächer, die unseren Kühlschrank zu einem vollwertigen WG-Mitglied gemacht hatten, waren außer Betrieb. Keine Aufbackbrötchen, von denen Conny sich praktisch ausschließlich ernährte, lagen in den Schubladen, allerdings auch kein Klebezettel. Nur die Bedienungsanleitung. Darin stand ausdrücklich, dass die Tiefkühlfächer und der Kühlschrank an einer einzigen Steuerungseinheit hingen und nicht unabhängig voneinander ein- und ausgeschaltet werden konnten. Ich ahnte Schlimmes. Daniel hatte als Kind begeistert mit Elektrobaukästen gespielt. Offenbar hatte er eine Möglichkeit gefunden, die Tiefkühlfächer vom Kühlschrank abzukoppeln. Allerdings bezweifelte ich, dass es eine zerstörungsfreie Manipulation war, die er rückgängig machen könnte (wenn er denn wollte) …

Nach dem langen Arbeitstag, dem milchlosen Kaffee und dem Schreck der diversen Veränderungen meines Lebensumfeldes freute ich mich auf eine heiße Dusche, aber unser Duschkopf, dessen Strahl man auf »Regentropfen« oder »Massagestrahl« einstellen konnte, war weg. Stattdessen hing ein seltsames Plastikding am Duschschlauch, dessen breiteres Ende entfernt an einen alten Telefonhörer erinnerte. Damit meine ich ein Telefon mit Wählscheibe und schwarzer, hochstehender Gabel, das heute vermutlich nur noch im Deutschen Museum zu besichtigen ist, bei meinen Eltern aber bis weit in die Achtziger in Betrieb war. Bei genauerem Hinsehen entdeckte ich einige große Löcher, durch die das Duschwasser wohl kommen sollte, also zog ich mich aus und drehte das Wasser an. Es wurde allerdings nicht heiß. Ich drehte den Temperaturregler auf kalt, dann wieder auf heiß, aber das Wasser blieb kalt. Fröstelnd stieg ich aus der Dusche und tappte zum Durchlauferhitzer. Er war eingeschaltet und betriebsbereit. Ich tappte zurück in die Dusche und probierte es wieder. Kein heißes Wasser. Inzwischen fror ich erbärmlich. Wieder verließ ich die Dusche, hüpfte über die eiskalten Fliesen und drückte auf den Schalter des Heizstrahlers. Das Ding hatten wir zwar für die ganz kalten Wintertage angeschafft, wenn die Zentralheizung des Altbaus die Wohnung nur unzureichend erwärmte, aber in Notsituationen fand ich es angemessen, die zusätzliche Wärmequelle zu nutzen. Dies war eine Notsituation. Allerdings ohne zusätzliche Wärmequelle. Der Heizstrahler war weg.

»Ich will meine Kaffeemaschine, ich will meinen Heizstrahler und ich will heißes Wasser!«, brüllte ich Daniel zwei Stunden später an.

Von heiterer Gelassenheit keine Spur.

»Die Energieeffizienz von Kaffeemaschinen ist katastrophal, über den Heizstrahler brauchen wir in einer Wohnung mit Zentralheizung gar nicht zu diskutieren und das heiße Wasser kommt wieder, sobald der neue Durchlauferhitzer da ist.«

Ich starrte ihn ungläubig an. Wir hatten Monate mit dem Vermieter um das jetzige Gerät gerungen, nachdem das Vorkriegsmodell wochenlang nicht richtig funktioniert hatte. Und jetzt gab es wieder ein neues?

»Elektronisch geregelt, sehr energieeffizient.«

»Bestimmt sauteuer, das haut der uns doch auf die Miete drauf.«

Daniel grinste selbstzufrieden. »Den bezahle ich selbst. Eine sehr lohnende Investition. Damit stellst du die Temperatur ein und dann kommt sie exakt auf das Grad genau so heraus.«

»Mir würde heißes Wasser reichen, es muss gar nicht exakt sein, sondern einfach nur *heiß*!«, schrie ich.

»Ich vermute, dass der Durchfluss des neuen Wassersparkopfes zu gering für den alten Durchlauferhitzer ist. Wenn nicht genug durchgeht, springt er nicht an.«

»Wenn das das Problem ist, gehe ich jetzt schwallduschen.«

Ich holte die Rohrzange aus der untersten Badezimmerschublade, in der sie jederzeit griffbereit lag, um notorisch tropfende Wasserhähne von Zeit zu Zeit zu entkalken, schraubte den Duschkopf vom Schlauch und planschte geschlagene zehn Minuten unter einem daumendicken Strahl heißen Wassers herum. Daniel klopfte und schrie vor der Badezimmertür, dass eine Dusche maximal zwei Minuten dauern dürfe, alles andere sei nicht nachhaltig, schon gar nicht ohne Duschkopf, sprich: Durchflussbegrenzer. Ich sang etwas lauter, um sein Gezeter nicht mehr hören zu müssen.

Die nächsten acht Tage verbrachte Daniel im Ausland, was Mike, Conny und mir die Gelegenheit gab, unser einigermaßen geregeltes Leben wieder aufzunehmen. In Mikes und Connys Fall bedeutete das ausgiebiges Kiffen, ausgiebiges Pennen, Wegfressen aller Lebensmittel aus dem Kühlschrank, weshalb ich die wirklich wichtigen Dinge inzwischen in einer Edelstahlkassette mit Vorhängeschloss unterbrachte. In meinem Fall bedeutete das ausgiebiges Duschen, freien Milchkonsum und den öffentlichen Gebrauch einer Leih-Kaffeemaschine von Josef, dem Pförtner. Er war, wie ich inzwischen wusste, ein Genie im Beschaffen von schwer beschaffbaren Dingen. Dazu gehörten Kaffeemaschinen üblicherweise nicht, diese besondere aber schon. Es war eine Miniaturausgabe für eine einzige Tasse Kaffee mit dem Vorteil, dass dieses Gerät keine Kaffeepads benötigte, sondern einen Dauerfilter besaß, sodass Daniel im Müll, den er regelmäßig nach Verbotenem durchsuchte, nichts Verräterisches fand. Außerdem war die Maschine, im Gegensatz zu dem asthmatischen Vorgänger, praktisch unhörbar leise.

Während Daniels Anwesenheit stand die Maschine unter meinem Bett und blubberte konspirativ vor sich hin, während ich morgens duschte. Bei der Milch hatte ich mich inzwischen mit ihm auf zwei Liter pro Woche geeinigt.

Die ständigen Diskussionen, Rechtfertigungen und Daniels Belehrungen waren so ermüdend, dass ich die Arbeit, die mich ebenfalls forderte, als Erholung empfand. Wenigstens tat ich dort etwas Sinnvolles und kämpfte nicht wie die einzig überlebende Normalbegabte gegen einen Haufen irrer Zombies.

»Sinnvoll nennst du deine Aufgabe?«, fragte Daniel, als ich ihm während eines Streits meinen Frust über seine Bevormundung und die Eingriffe in mein Leben vorwarf. »Was tust du doch gleich?«

»Ich bin Teil eines Unternehmens, das über hundert Mitarbeiter beschäftigt, und entwerfe eine sehr innovative Werbekampagne.«

Er runzelte die Stirn. »Für Kannibalismus.«

»Für die Qualität von Premiumfleisch.«

»Was genau verstehst du unter Premiumfleisch?«

Ich erläuterte die Eckdaten der neuen Produktlinie und meine Pläne für die Kampagne.

»Der Fleischkonsum sollte sinken, nicht steigen«, knurrte Daniel.

»Wildfleisch ist etwas ganz anderes als Mastschwein aus Oldenburg«, hielt ich dagegen.

»Dann lass die Afrikaner ihre Antilopen futtern und wir Europäer essen Rind und Schwein aus ökologischer Tierhaltung, und zwar ungefähr fünf Kilo im Jahr statt sechzig.«

»Die Welt ist globalisiert, lieber Bruder, willst du den freien Handel etwa auch abschaffen?«

»Solche Sprüche aus deinem Mund«, sagte Daniel erschüttert.

Natürlich wusste ich genau, was er meinte. Bis vor Kurzem hatte ich selbst kaum Fleisch gegessen, aber das lag natürlich auch daran, dass Svenja Veganerin war und wir meist gemeinsam gekocht hatten. Zu Hause aß ich weiterhin viel Gemüse und Salat, aber in der Kantine schmeckten mir die Fleischgerichte besser als das welke Grünzeug der Großküche.

»Übrigens habe ich noch keine Mietzahlung von dir erhalten. Dein Anteil liegt bei hundertzwanzig Euro einschließlich Nebenkosten.«

Daniel griff in seine Hosentasche, holte ein altes, abgegriffenes Portemonnaie heraus und drückte mir zwei Fünfzigeuroscheine und einen Zwanziger die Hand.

»Wo ist deine Brieftasche?«, fragte ich erstaunt. Als Mann von Welt besaß Daniel natürlich eine Brieftasche aus Straußenleder, in der seine Karten steckten und immer ein paar Scheine Bargeld. Große Scheine. Kleinere Scheine hatte er in der Hemdentasche in einem Geldclip aus Platin, Münzen pflegte er in der Hosentasche zu tragen.

»Ich habe dem sinnlosen Konsum abgeschworen und die Platinum-Karten zurückgegeben. Eine normale Kreditkarte und ein paar kleinere Scheine und Münzen passen in ein einfaches Portemonnaie.«

»Und dieses alte Ding hattest du noch in der Nachttischschublade liegen?«

»Das habe ich secondhand gekauft.«

Jetzt war es an mir, erschüttert den Kopf zu schütteln.

8

Als ich am nächsten Morgen ins Büro kam, hockte Tin-Tin in meinem Büro auf dem Besucherstuhl.

»Nanu, hast du keine Schule?«

Sie blickte mich mit fiebrigen Augen an.

»Krank?«

Sie nickte.

»Was denn?«

»Mandelentzündung«, krächzte sie.

»Gehörst du da nicht ins Bett?«

Sie lächelte leicht und hob die Schultern.

Ich rief Josef an.

»Bei Ihnen hat sie sich versteckt? Das hätte ich mir ja denken können.« Ich konnte die Erleichterung in seiner Stimme hören. »Entschuldigen Sie, dass die Kleine Sie belästigt. Die Nachbarin kommt sie gleich abholen ...«

»Sie stört mich nicht. Sagen Sie einfach Bescheid, wenn ich sie herunterbringen soll.«

Tin-Tin hatte sich derweil wieder der Pinnwand zugewandt, auf der eine Auswahl von etwa fünfzig Fotos hing. Es waren die Bilder für die geplante Werbekampagne, aus denen ich die gewünschten Motive aussuchen musste.

»Die sind schön«, sagte Tin-Tin und strich sanft mit dem

Finger über die Fotos, als würde sie die eleganten Antilopen streicheln. »Warum hast du die Bilder hier hängen?«

»Die sind für eine Werbekampagne.«

»Für eine Reise?«

»Nein. Wir verkaufen ...« Ich zögerte. Wusste sie eigentlich, dass das hier eine Fleischgroßhandlung war? Dass wir diese wunderschönen Tiere in küchenfertigen Teilen verkauften?

»Ihr verkauft die Tiere, nicht wahr?« Ihre fiebrigen Augen blickten mich anklagend an.

Ich nickte.

Die Augen füllten sich mit Tränen, die Hand, die das Foto mit der Antilope streichelte, stockte.

»Wenn Opa Fleisch von hier mitbringt, ist das dann von denen?«

Würde ich Josef jetzt in Schwierigkeiten bringen, wenn ich ehrlich antwortete? »Ich weiß nicht ...«, murmelte ich.

Das Klingeln des Telefons rettete mich, Josefs Nachbarin war da. Ich begleitete Tin-Tin zur Pförtnerloge und wünschte ihr gute Besserung, aber sie sah mich nur mit gerunzelter Stirn vorwurfsvoll an. Na super. Neben meinem Bruder, der zu Hause nach Kräften versuchte, mir ein schlechtes Gewissen einzureden, hatte ich nun auch noch im Büro Tin-Tin gegen mich.

Neben dem schlechten Gewissen hatte Tin-Tins Besuch in meinem Büro allerdings auch einen praktischen Nutzen gehabt. Von den fünfzig Fotos, die ich an die Wand gepinnt hatte, musste ich eins als Leitmotiv für die Kampagne auswählen. Die Fotos hingen seit drei Tagen dort und ich hatte sie immer wieder aufmerksam betrachtet, wobei meine Augen regelmäßig zu zwei Bildern wanderten, zwischen denen ich mich nicht entscheiden konnte. Tin-Tin hatte zielstrebig eins der beiden angesteuert und versucht, die Antilope auf dem Bild anzufassen. Wenn das kein Zeichen war, dann wusste ich es nicht. Ich nahm das Foto von der Pinnwand und legte es auf den Schreibtisch. Damit war mein Konzept komplett. Jetzt konnte ich mir das Okay von PS holen und dann Anzeigenplätze buchen.

Nach einer Woche anstrengender Arbeit, einem Wochenende mit unergiebigen Wohnungsbesichtigungen und einem stressigen Wochenbeginn im Büro fuhr ich am Montagabend in Hochstimmung nach Hause. Es war der dreißigste April, zwei Monate nach Svenjas Abreise, und da der nächste Tag ein Feiertag war, konnte ich mitten in der Woche ausschlafen. Trotzdem wollte ich nicht feiern gehen, sondern freute mich auf einen ruhigen Abend auf dem Balkon. Daniel würde erst zur Wochenmitte aus den USA zurückkommen, und so könnte ich die Abendsonne mit den Füßen auf dem Geländer seines Balkons und einer Tasse Kakao gegen die abendliche Kühle genießen.

Daraus wurde nichts. Daniel war zu Hause. Er trug die Jeans, die er seit seinem Gesinnungswandel praktisch ständig trug, ein T-Shirt mit dem Abbild eines mit Pfeil und Bogen bewaffneten Engels und war barfuß.

»Ich habe gekündigt«, empfing er mich. »Dieses Leben im Dienste des schnöden Mammons ist nicht sinnvoll, nicht nachhaltig und nicht gesund. Der Boss hat mich gleich gehen lassen, denn es gibt nichts Gefährlicheres als einen angepissten Trader, frag die Griechen.« Er grinste so breit, dass ich die Stellen sehen konnte, wo ihm vor fünfzehn Jahren die Weisheitszähne entfernt worden waren.

Ich schnappte nach Luft.

»Ach, Sweetie, ich freue mich auf die Freiheit!«

Er kam auf mich zu, umarmte mich, hob mich hoch und wirbelte mich herum.

»Und jetzt?«, fragte ich matt.

»Jetzt feiern wir.«

Daniel lud mich auf seinen Balkon ein, der eigentlich meiner sein sollte, und spendierte eine Flasche Rotwein aus kontrolliert-biologischem Anbau. Ich schüttete das erste Glas in einem einzigen Schluck runter und trank mehr, als mir guttat. Daniel referierte darüber, was er nun mit seinem Leben alles anfangen würde, um die Welt doch noch zu retten, bevor sie völlig durch den Abfluss strudelte.

»Daniel, meinst du nicht, dass du übertreibst? Nur um es Svenja recht zu machen?«

Er stutzte. »Natürlich will ich mich auch ändern, damit Svenja mich akzeptieren kann, wenn sie zurückkommt, aber das ist doch nicht mehr der einzige Grund, Sweetie. Ich habe eingesehen, dass mein Leben falsch war.«

Eigentlich hatte ich gehofft, dass mit zunehmender Entfernung und längerer Trennung zwischen dem Liebenden und seiner Angebeteten eine Ernüchterung bei Daniel einsetzen und er wieder zu sich kommen würde, aber das schien mir jetzt aussichtslos.

Ich seufzte.

»Nicht traurig sein, Sweetie, wir retten die Welt schon noch. Lass mich nur machen.«

Leider kapierte Daniel nicht einmal ansatzweise, dass es nun mein Leben war, das den Bach runterging, weil mein Bruder eben ein Weltenretter und kein Schwesternretter sein wollte. Womit hatte ich das verdient? Ich musste dringend hier weg.

Ich erwachte, weil Daniel gegen meine Tür hämmerte, meinen Namen rief und ein Wort, das wie Demo klang.

Mein Bruder hasste Demos. Er war nie auf einer einzigen Demo gewesen, während ich in den letzten Schuljahren und mein ganzes Studium hindurch für und gegen alles Mögliche demonstriert hatte. Gegen den Irakkrieg, für Frieden im Nahen Osten, gegen den Afghanistaneinsatz, für den Atomausstieg, gegen Studiengebühren, für das Bleiberecht eines ausländischen Kommilitonen, gegen den Lauschangriff, für das Kommunalwahlrecht für ausländische Mitbürger ... Genau genommen war dieser erste Mai der erste seit geschätzten zehn Jahren, den ich ohne Demo verbringen wollte.

»Was?«, nuschelte ich, als ich ihm endlich gegenüberstand. Er hatte nicht aufgehört, gegen die Tür zu hämmern, bis ich sie geöffnet hatte.

»Wir gehen zur Demo. Die Sonne scheint, es ist warm und ...«

»Welche Demo? Erster Mai? Bist du jetzt in der Gewerkschaft, damit dein Millionenbonus um sechs Prozent erhöht wird?«

»Ich habe gekündigt, vergessen?«

Das Hämmern in meinem Kopf legte an Stärke zu. Vergessen war eine prima Sache, befand ich und überlegte, statt zu frühstücken gleich wieder zum Alkohol zu greifen.

»Die Demo, zu der wir gehen, ist total abgefahren. Sehr lohnend. Zieh dich an, in einer halben Stunde geht es los!«

Ich hatte abhängen wollen, am Rhein entlangbummeln, ein Eis essen, normale Dinge eben, die umso reizvoller wurden, je mehr Überstunden man machte, aber Daniel ließ keine Ausrede gelten. Ich zog mich an, schüttete eine Tasse Kaffee runter, die Daniel gekocht hatte, löffelte eine kleine Schüssel Müsli und latschte immer noch schläfrig hinter meinem ausgerasteten Bruder her, der voller Tatendrang durch die frühsommerlichen Straßen schritt.

An der Rheinpromenade war das übliche Gewimmel von Skatern, Radfahrern, Spaziergängern, Rentnern in hellen Sommermänteln und aufgebrezelten Blondinen, die am Sylter Imbiss Garnelen futterten. In der Beachbar lagen die ganz Coolen in den Liegestühlen, schlürften wässrige, überteuerte Drinks und beobachteten die Vorbeiziehenden.

Noch vor wenigen Wochen hätte Daniel mit einer blondierten Bohnenstange Meeresgetier gegessen, Champagner getrunken und wäre später zu den Cocktails übergegangen. Das alles in Designerklamotten, von denen ein Outfit mehr kostete, als ich im Monat verdiente. Heute würdigte er diese Welt des lässigen Konsums mit keinem Blick, sondern strebte eilig in Richtung Landtag.

»Im Landtag ist heute keiner, da kannst du demonstrieren, bis du schwarz wirst«, sagte ich.

»Keine Panik, ich will nicht in die Politik.«

Das gepflegte Rheinufer wurde ungepflegter, je näher wir dem Parlamentsgebäudes kamen, aber Daniel interessierte sich nicht für das wuchernde Unkraut oder die dilettantisch geflickten Glastreppen-Wasserfälle. Er lief weiter in Richtung Medienhafen, bog aber auch nicht zum Rheinturm ab, sondern ging geradeaus das Parlamentsufer entlang.

»Da vorn ist Ende«, klärte ich ihn auf, aber mein Tonfall war eindeutig nicht mehr zickig, sondern neugierig. Welcher Spinner plante eine Demo auf der Landzunge, die den kleinen Yachthafen zu Füßen des WDR vom Rhein trennt, bevor sich die Ufermauer öffnet und die große Zufahrt zum Medienhafen freigibt? Diese Stelle, die nur an warmen Sommertagen zum Mittelpunkt des Picknick-Interesses wird, war so ziemlich der ungeeignetste Ort, um mit einer Demo öffentliche Aufmerksamkeit zu erzielen.

Daniel strebte zum Anleger der Hafenrundfahrten, der fast ganz am Kopf der Mole lag. Noch weiter vorn kam nur noch der Anleger des Polizeibootes, das aber gerade nicht vertäut war. Am Molenkopf hockte eine Gruppe von Leuten, die die Köpfe zusammensteckten und angeregt miteinander zu diskutieren schienen. Auf diese Gruppe steuerte Daniel zu.

»Hi, wer ist Arno?«, fragte Daniel.

Ein langer Schlaks blickte auf, reckte sich vor, um Daniel die Hand hinzustrecken und nickte mir über Daniels Schulter freundlich zu.

»Daniel und Leonie«, stellte Daniel uns vor.

Ich nickte zurück.

»Badesachen dabei?«, fragte Arno.

Daniel nickte.

Ich starrte Daniel an, er grinste zurück. »Keine Sorge, du musst nicht, wenn du nicht willst.«

»Was?«, fragte ich.

»Mitmachen.«

Bevor ich weiter fragen konnte, erhoben sich die Mitglieder der Gruppe um Arno, entrollten ein langes Banner, auf dem stand: »Uns steht das Wasser bis zum Hals – stoppt den Klimawandel«, liefen den Anlegesteg hinunter und sprangen ins Wasser. Voll bekleidet. Daniel drückte mir sein Portemonnaie in die Hand und sprang hinterher.

Jeder griff nach dem Banner, alle zupften und zogen schwimmend so lang daran herum, bis es gerade auf dem Wasser lag und gut lesbar war. Dann schwamm die Gruppe um den Molenkopf herum durch die Hafeneinfahrt hinaus in das schnell strömende Wasser des Rheins.

Ich stand mit offenem Mund und klopfendem Herzen dabei und konnte nicht fassen, was ich da sah. Jedes Jahr ertranken Menschen im Rhein, weil die Strömungen tückisch und stark waren. Und diese Irren hüpften gleich rudelweise in das vermutlich auch noch rattenkalte Wasser und schwammen mit ihrem Banner an der versammelten Spaßgemeinde auf der Düsseldorfer Rheinpromenade vorbei.

Ich rannte zum Geländer, an dem der Rhein vorbeiströmte, und sah Daniel mit einer Hand an dem Banner in dem reißenden Wasser paddeln.

»Daniel«, schrie ich. »Komm sofort raus!«

Hinter mir, auf der Landseite des kleinen Hafenbeckens, an dem wir standen, kam Unruhe auf. Natürlich! Wir standen direkt vor dem Gebäude des WDR. Ich hatte zwar nicht den Eindruck, dass die Demo dort angekündigt war, denn den kühnen Sprung ins Wasser hatte niemand gefilmt, aber jetzt rannten mehrere Mitarbeiter über den Vorplatz in Richtung Rhein – einer hatte eine Kamera auf der Schulter und blieb hinter den Kollegen zurück. Das Gerät schien mächtig schwer zu sein.

Ich wandte meine Aufmerksamkeit wieder den Schwimmern zu und hastete am Ufer entlang, um ihnen zu folgen. Sie hatten bereits eine ordentliche Strecke zurückgelegt und kamen langsam ins Blickfeld der Düsseldorfer Rheinpromenierer.

»Hey, seht mal, die Spinner!«, rief einer, der mit einer Bierflasche in der Hand am Ufer hockte.

»Ruf mal jemand die Küstenwache!«, brüllte ein älterer Herr aufgeregt.

»Wirf den Jungs den Rettungsring zu!«, »Lass sie doch absaufen, wenn sie unbedingt wollen«, »Um Himmels willen, machen die das freiwillig?«, »Letztes Jahr ist hier ein Kind ertrunken«, »Gut so! Wenn man keine spektakuläre Aktion macht, nimmt einen ja niemand wahr.«

Die Kommentare zogen an mir vorbei, ohne dass ich ihnen weitere Beachtung schenkte.

Ich rannte auf der Promenade neben der Gruppe her, die in der Strömung schnell an mir vorbei trieb. Ich rannte Leute um, weil ich versuchte, Daniel nicht aus den Augen zu lassen. Er war nie ein besonders guter Schwimmer gewesen, selbst in Badehose, geheiztem Wasser und mit Bademeister. Hier, im kalten, strömenden Rheinwasser, mit Jeans, T-Shirt und Schuhen waren die Bedingungen ungleich schlechter. Ich machte mir wirklich Sorgen.

Schrie seinen Namen. Wurde noch nervöser, als ich sah, wie sich sein begeisterter Gesichtsausdruck, den er anfangs noch hatte, langsam in eine Maske aus Anspannung und beginnender Sorge verwandelte. Dann verzerrte sich sein Gesicht im Schmerz und ich brüllte lauter. Daniel hatte immer schon zu Wadenkrämpfen geneigt – kein Wunder bei jemandem, der sich eigentlich nie bewegte.

Das durchdringende Geräusch einer sich nähernden Sirene machte mir Hoffnung.

»Hierher!«, brüllte ich und suchte nach dem Rettungswagen. Am Ufer kam eine Ambulanz die Promenade entlang, auf dem Rhein näherte sich das knallrote Löschboot der Feuerwehr.

Inzwischen hatten sich Trauben von Gaffern gebildet, die mit ihren Smartphones die vorbeitreibenden Demonstranten filmten.

»Kommen Sie aus dem Wasser!«, schallte eine Stimme aus dem Boot über das Wasser.

Die Demonstranten waren sich offenbar uneins. Einige strebten in Richtung Ufer, andere wollten weiterschwimmen. Das Banner verlor an Spannung und verschwand halb in den Wellen.

Das Rettungsboot hatte inzwischen die ersten Schwimmer erreicht und griff nach zwei Männern, von denen sich einer wehrte. Der andere ließ sich freiwillig ins Boot ziehen.

»Daniel! Holen Sie Daniel aus dem Wasser!«, schrie ich aus Leibeskräften.

Daniel hangelte sich inzwischen an dem Banner entlang in Richtung des Bootes. Zwei junge Frauen, die sein verzerrtes Gesicht offenbar richtig deuteten, halfen ihm weiter und riefen den Rettern etwas zu. Die ließen ein Netz ins Wasser, mit dem sie Daniel an Bord hievten, und es erneut auswarfen, um den nächsten Schwimmer einzufangen.

Daniel blieb gekrümmt an Deck liegen und umklammerte sein Bein. Aber obwohl er offenbar erhebliche Schmerzen hatte, hob er den Kopf, suchte die Menge der Gaffer am Ufer mit den Augen ab und traf dann meinen Blick. Er verzog sein Gesicht zu einer Grimasse, die wohl das Resultat eines zufriedenen Grinsens unter dem Einfluss heftiger Schmerzen war, und hob den Daumen der rechten Hand.

Es war dieses Bild, das am nächsten Tag in der Zeitung mit den großen Buchstaben erschien.

9

»Wie konntest du das zulassen?«, quakte die Stimme meiner Mutter aus dem Hörer. »Du weißt genau, wie schlecht Daniel schwimmt.«

»Mama, ich wusste von nichts.«

»Du hältst immer zu ihm, das war schon immer so. Aber das ist kindisch, Liebes. Irgendwann musst auch du begreifen, dass deine blindwütige Verteidigungsstrategie ihm eines Tages schaden wird.«

Ich seufzte. Daniel machte Blödsinn und ich bekam eine Standpauke von meiner Mutter. Das war ja mal wieder typisch. Dabei lag mir nichts ferner, als Daniel zu verteidigen. Im Gegenteil! Ich versuchte gerade, ihn richtig reinzureiten. Aber selbst das gelang mir nicht. Entweder hörte meine Mutter mir nicht zu, oder sie nahm mich nicht ernst. Warum sollte ich überhaupt mit ihr darüber diskutieren? Aber im Schweigen war ich auch nicht sehr gut, also startete ich einen neuen Versuch.

»Daniel ist dickköpfiger als ein Maulesel mit Verstopfung. Er hat mich nicht eingeweiht, Mama.«

»Aber du hättest ihn sicher zurückhalten können, wenn du es nur gewollt hättest«, sagte sie vorwurfsvoll.

Mein Bruder war einen ganzen Kopf größer als ich, vermutlich zwanzig Kilo schwerer und er hat, obwohl er so unsportlich ist, bei unseren Rangeleien immer gewonnen. Was also stellte meine Mutter sich vor? Dass ich ihn mit einem gezielten Handkantenschlag gegen den Hals ruhig stellte – aber nur ja nicht verletzte?

»Mama, ich bin die kleine Schwester, schon vergessen?«

»Ihr seid beide erwachsen, Leonie, also komm jetzt nicht mit der Geschichte von der kleinen Schwester.«

»Nein, Mama, Daniel ist eben nicht erwachsen. Er ist vollkommen durchgeknallt. Er hat seine Wohnung aufgegeben, seinen Job …«

»Du hast das doch immer am lautesten kritisiert, Liebes. Das hat ihn sehr geschmerzt.«

Mein Gott, von welchem Menschen redete meine Mutter? Von meinem Bruder? Den hat meine Kritik niemals auch nur ansatzweise erreicht, geschweige denn geschmerzt.

»Warum soll immer ich schuld sein, wenn Daniel Mist baut?«, fragte ich erschöpft.

»Daniel ist Daniel, das weißt du genau.«

Das alte Argument, das keins war, aber jede Diskussion umgehend beendete. Er war eben so. Und ich war offenbar anders und darum war es meine Schuld. Ich seufzte.

»Geht es ihm denn wieder gut?«, fragte meine Mutter mit ihrer Gluckenstimme.

»Frag ihn doch am besten selbst.«

»Seit du diese Arbeit hast, bist du wirklich zickig geworden, da hat Daniel schon recht.«

Ich schnappte nach Luft.

»Sei so lieb und bitte ihn, mich anzurufen. Ich komme auf seinem Telefon nicht durch, da ist nur die Mailbox. Mach's gut, Liebes, und arbeite nicht so viel.«

»Sag mal«, fragte Daniel am folgenden Freitagabend, als er in die Küche kam, eine Zeitschrift in der Hand, »ist das nicht der Laden, für den du arbeitest?«

Er hielt die Fachzeitschrift für Gastronomie hoch, der PS ein Interview gegeben hatte. Das ganzseitige Foto von meinem Chef war besser als der Bravo-Starschnitt und verursachte mir sofort und auf der Stelle wieder einmal Herzklopfen. Er war nicht liiert, jedenfalls nicht offiziell, das hatte ich im Internet herausgefunden. Und ja, er gehörte zu jenen Menschen, deren Name in Klatschspalten auftauchte, wenn auch nicht in den Zeitschriften, die meine Mutter beim Friseur las. Aber die Magazine, die mit modernen Männern, Unternehmern oder Sport zu tun hatten, interessierten sich auch für Philip Steffen Siebendt.

Ich nickte stolz.

»Kannst du dich noch erinnern, dass du früher Kröten über die Straße getragen hast?«, fragte Daniel.

Mein Lächeln verschwand.

»Du hast mit den anderen Kindern an der Landstraße zwischen den Baggerseen jeden Abend im März und April die schleimigen Viecher aus den Eimern zwischen den Fangzäunen geholt, sie über die Straße getragen und sogar noch aufgeschrieben, wie viele Männchen und Weibchen es waren und aus welcher Richtung sie kamen.«

»Und du hast dich genau darüber lustig gemacht«, erwiderte ich. »Was für einen Unterschied macht es, ob diese hässlichen Kröten platt gefahren werden oder nicht – davon kannst du dir nichts kaufen«, äffte ich meinen großen Bruder nach, der sich damals gerade entschlossen hatte, in der internationalen Finanzspekulation sein Lebensglück zu finden. Die Feststellung, dass man sich von etwas nichts kaufen könne, war damals das denkbar vernichtendste Urteil gewesen.

»Und in der Igel-Auffangstation bei der ollen Becker hast du geholfen und …«

»Daniel, komm zum Punkt oder halt die Klappe.«

Eigentlich wollte ich gar nicht wissen, was er mir damit

sagen wollte, denn ich hatte natürlich eine sehr genaue Ahnung, in welche Richtung die Diskussion ging.

»Und jetzt verhökerst du Fleisch von Tieren, die du vor ein paar Jahren noch hättest adoptieren wollen.«

Ich schnibbelte weiter Petersilie für Taboulé, meinen Lieblingssalat aus Couscous, Petersilie, Paprika, Tomaten und Zwiebeln.

»Du kannst schon mal den Spargel schälen, während du deine neu entdeckten Lebensweisheiten zum Besten gibst«, forderte ich ihn auf. Er zerknüllte das Interview, in dem PS von der »neuen Fleischeslust« redete, mit demonstrativem Missfallen, warf es in den Papiermüll und setzte sich an den Küchentisch.

»Meinst du nicht, dass es Blödsinn ist, erst die Kröten zu retten und sich dann zur Feier des Tages mit einem saftigen Steak zu belohnen?«

»Daniel, fällt dir nicht selbst auf, dass du bis vor wenigen Wochen der Antichrist in Sachen Umweltverhalten warst? Und jetzt hast du dich in einem unerklärlichen Hormonrausch dem Extremismus am anderen Ende der Skala verschrieben und kritisierst mich, deren erstes Wort nicht Papa und nicht Mama war sondern ›Klima‹?«

»Dein erstes Wort war ›dada‹, was jeder phonetisch auch nur halbwegs gebildete Mensch eindeutig mit Daniel übersetzen kann.«

Wir grinsten uns an. Daniel hatte recht und diese Tatsache hatte vermutlich zu dem latent zerrütteten Verhältnis zwischen meiner Mutter und mir geführt. Mein Vater hatte mir die sprachliche Entgleisung im selben Moment verziehen.

»Du hättest doch sicher einen anderen Job finden können, oder?«

Mein Grinsen erstarb. Ich sagte lieber nicht, dass ich die Tiere opferte, weil ich den Chef haben wollte, denn meine Schwärmerei für PS wollte ich auf jeden Fall geheim halten. Zumal das ja auch Quatsch war. Wildfleisch war schon lange kein Geheimtipp mehr auf dem Markt und es wurde auf jeden Fall importiert, ob nun mit meiner Hilfe oder ohne sie.

»Warum sagst du nichts?«, fragte mein Bruder. »Insgeheim bist du meiner Meinung, richtig?«

Ich brummte genervt, weil diese Feststellung eins von Daniels Lieblingsargumenten in jeder Diskussion war. Eigentlich waren sowieso alle seiner Meinung, sie trauten sich nur nicht, es zuzugeben. Oder waren sich selbst noch nicht darüber im Klaren.

»Na also, habe ich es mir doch gedacht«, kommentierte Daniel mein Brummen. »Dann sei konsequent und kündige.«

»Ich habe weder zugestimmt noch bin ich deiner Meinung noch kann ich es mir leisten, den Job zu kündigen. Ich verdiene dort das Geld, von dem ich lebe.«

Keine Frage, mein Tonfall klang zickig, was sicher daran lag, dass Daniels plötzliche Fokussierung auf meinen Arbeitgeber sämtliche Alarmglocken in meinem Kopf auslöste. Bei Daniels Radikalisierungstempo würde er ab morgen täglich nur mit einem Antilopenfell bekleidet vor der Siebendt GmbH demonstrieren, wenn er sich einmal auf das Thema eingeschossen hatte.

»Geld, Geld, da haben wir es wieder. Für Geld werfen die Leute all ihre Moralvorstellungen über Bord.«

Das sagte mein Bruder, der sich zwar aktuell redlich bemühte, Spargel zu schälen, aber bis vor wenigen Tagen selbst ein nicht unerheblicher Teil der institutionellen Unmoral war, die unter anderem für die Finanzkrisen in Südamerika, Asien und Südeuropa verantwortlich war und ganze Gesellschaften an den Rand des Ruins getrieben hatte und weiterhin treiben würde.

»Du kannst dir dein plötzlich erwachtes Gewissen natürlich leisten«, erwiderte ich also spöttisch, »nachdem du dir durch deine Spekulationen ein nettes finanzielles Polster ergaunert hast. Wie viel Kohle hast du auf dem Konto? Eine Million? Zwei?«

Ich drehte mich um und wir starrten uns in unserer kleinen Küche aufgebracht an. Daniel war von Spargelschalen umgeben, selbst auf seiner Schulter lag eine. Keine Ahnung, wie die da hingekommen war.

Daniel grinste. »Sweetie, man nennt mich Dagobert.«

Ich wusste zwar, dass er die Kohle säckeweise gescheffelt hatte, aber aus studentischer Sicht sind schon zwei Millionen eine Menge Geld. Ich wurde also blass und fragte heiser: »Zehn?«

Er zuckte mit den Schultern. Aha, so genau wollte er es lieber nicht sagen. Vermutlich hatte er zwanzig Millionen auf dem Konto – oder besser gesagt in irgendwelchen Papieren stecken, die rasant an Wert verloren. Oder gewannen? Weiß der Teufel, ob es sich bei seinem Vermögen um realisierte Gewinne oder veränderliche Buchwerte handelte. Vielleicht war mein Bruder gestern noch Millionär gewesen und morgen schon Bettler. Oder umgekehrt. Ich schüttelte den Kopf.

»Egal. Ich habe jedenfalls einen Kontostand von ungefähr dreitausendvierhundert Euro, von denen ich die Kaution für eine Wohnung bezahlen und diese Wohnung einrichten möchte. Wenn dann noch etwas übrig bleibt, wäre ich glatt bereit, in Urlaub zu fahren. Ein sorgenfreies Leben bietet dieses Guthaben allerdings leider nicht und deshalb gehe ich weiter bei Siebendt arbeiten.«

»Ich höre mich mal nach einem anderen Job für dich um«, sagte Daniel in diesem speziellen »Ich-mach-das-schon,-Kleines«-Tonfall, den ich noch nie hatte leiden können. Ich warf ihm eine Tomate an den Kopf und bekam eine Handvoll Spargelschalen in den Nacken. Lachend floh ich zum Wasserhahn, den ich voll aufdrehte. Mit dem Daumen am Hahn dirigierte ich den Strahl durch die Küche und spritzte den schreienden Daniel nass. Der Feigling floh unter den Tisch, wodurch der Wasserstrahl den Mann erwischte, der plötzlich in der Tür aufgetaucht war.

Wo kam der Typ auf einmal her?

Wer war das überhaupt?

Und warum grinste er von einem Ohr zum anderen, während der Che Guevara auf seinem nassen T-Shirt aussah wie eine Wasserleiche?

»Da sitzt der Held, der sein eigenes Leben aufs Spiel setzt, um gegen den Klimawandel zu demonstrieren, unter dem Tisch, weil er wasserscheu ist?«, fragte der Kerl an der Tür.

Erst jetzt nahm ich die Hand vom Wasserkran und drehte den Hahn zu.

Erst jetzt bemerkte Daniel den Besucher.

Erst einmal wechselten Daniel und ich einen Blick und prusteten wieder los.

Dann krabbelte Daniel unter dem Küchentisch hervor, ging auf den Besucher zu und streckte ihm die Hand hin.

»Hi, ich bin Daniel.«

»Thomas.«

»Die Furie am Spülbecken ist Leonie.« Daniel musste wieder lachen, während er mich mit einem Blick über die Schulter vorstellte.

»Freundin?«, fragte Thomas.

»Schlimmer. Schwester.«

»Blödmann«, brummte ich und schob mich an den beiden vorbei in Richtung Bad.

»Ich sag ja: schlimmer!«, rief Daniel mir hinterher.

Ich brachte Daniel sein Handtuch und eins für Thomas und ging duschen. Als ich zurückkam, war die Küche einigermaßen trocken und der Aufnehmer müffelte auf dem

Heizkörper vor sich hin. Daniel und Thomas saßen am Tisch, dampfenden Kaffee vor sich.

»Auch eine Tasse?«, fragte Daniel und schenkte ein, ohne auf eine Antwort zu warten.

»Wo waren wir stehen geblieben?«

Thomas hatte sein nasses T-Shirt ausgezogen und zeigte einen Oberkörper, der zwar nicht werbetauglich aber auch nicht allzu peinlich war.

»Ich möchte bei euch mitmachen«, wiederholte Thomas.

Er war vermutlich nur wenig älter als ich, Ende zwanzig oder Anfang dreißig, etwas kleiner als Daniel und mittelblond. Seine Frisur war keine, die diesen Namen verdiente, und die letzte Rasur lag einige Tage zurück. Er trug Jeans, die ihren ausgefransten Look tatsächlich durch jahrelange Benutzung bekommen hatten und Markenturnschuhe, die selbst die Altkleidertonne wieder ausgespuckt hätte. Seine Augen waren grün und leuchteten hell aus dem schmalen, ebenmäßigen Gesicht. Ein Lederhalsband mit einer kleinen, silbernen Walflosse war der einzige Schmuck, den er trug.

»Erklär mir noch mal, wie du mich gefunden hast«, sagte Daniel.

»Da es kein Bekennerschreiben und kein Logo auf eurem Banner gab, war das nicht so leicht. Aber du warst auf dem Bild in der Zeitung. Auf dem Feuerlöschboot. Ich weiß, dass die Jungs immer nach dem Namen des Geretteten fragen. Wegen Datenschutz dürfen sie den natürlich nicht weitersagen, aber ich habe da eine Quelle …«

Daniel grinste mich an. »Der Mann hat was auf dem Kasten.«

»Was machst du beruflich?«, fragte ich.

Thomas zuckte unverbindlich mit den Schultern.

»Du hast also Zeit, ja?« Daniel klang begeistert.

»Meistens.«

»Super! Dann können wir endlich ein paar aufwändigere Aktionen planen. Arno, der die Demo im Rhein organisiert hat, ist ganztags berufstätig, das blockiert ihn ungemein.«

Ich seufzte. War ich denn nur noch von untätigen Herumhängern umgeben? Conny, Mike, Daniel und jetzt auch noch dieser Thomas. Und ich war die Einzige, die morgens aufstehen und arbeiten musste und abends ein Chaos in ihrer Küche vorfand, das sie dann allein beseitigte, weil es alle anderen nicht störte?

»Und du?«, fragte Thomas mich.

Ich verschluckte mich fast an meinem Kaffee. »Ich habe mit der Sache nichts zu tun«, beeilte ich mich zu sagen.

»Sie ist eine ordentliche, kleine Sekretärin in einem Fleischgroßhandel.«

»PR-Managerin«, korrigierte ich.

Daniel zwinkerte mir zu. Ich zeigte ihm einen Vogel, konnte mir aber ein Grinsen nicht verkneifen. Trotz seiner bescheuerten Weltenretter-Attitüde war mir mein Bruder immer noch der liebste Chaot. Mit wem sonst konnte man sich schon an einem normalen Freitagnachmittag eine Wasserschlacht in der eigenen Küche leisten?

Auch dieser Thomas machte einen relativ vernünftigen Eindruck und würde hoffentlich einen positiven Einfluss auf Daniel ausüben. Vielleicht konnte er meinem Bruder dabei helfen, endlich von seinen Extrempositionen zu lassen und das rechte Maß zu finden. Ich war also verhalten optimistisch. Auch wenn ich genau wusste, dass ich mich an Strohhalme klammerte.

»Wir waren gerade bei den Vorbereitungen für das Abendessen, als du hereingeplatzt bist. Willst du mitessen?«, fragte Daniel seinen neuen Freund.

Thomas grinste mich übermütig an. »Wenn das die Essensvorbereitungen waren, möchte ich gar nicht erleben, wie euer Abwasch aussieht.«

10

»Wir müssen dich langsam in die Fachwelt einführen«, sagte PS statt einer Begrüßung.

Er saß an meinem Schreibtisch, als ich montags ins Büro kam. Das Wochenende war für mich gut gelaufen, denn ich hatte endlich mal wieder Erfolg beim Shoppen gehabt. Daniel hatte mit seinen neuen Kumpeln Arno und Thomas stundenlang Pläne geschmiedet. Abends waren wir alle zusammen an den Rhein gegangen, diesmal ohne Bad und Banner. Wir hatten auf den Stufen am Ufer gesessen, den Gitarrenspielern zugehört und uns mal wieder darüber amüsiert, dass dort grauhaarige Ehepaare neben Hippies neben japanischen Touristen neben Börsengurus neben pubertierenden Schulkindern saßen. Die Obdachlosen saßen nicht dabei, sie sammelten das Leergut ein, das die meisten Stufenhocker ihnen freiwillig und gern überließen. Ein Überlebensmodell so ganz nach Daniels neuestem Geschmack.

»Guten Morgen«, erwiderte ich wenig eloquent auf die Begrüßung meines Chefs. Ich war unangenehm berührt durch sein überraschendes Auftauchen, denn für den Weg zur Arbeit und zurück trug ich inzwischen bequeme Schuhe, die ich erst im Büro gegen High Heels tauschte. Mein neu erstandenes Businesskostüm machte aber mit Leinensneakers an den Füßen keinen eleganten Eindruck.

»Du fährst mit mir nach Sydney zur FoodService Australia«, fuhr PS fort. Er spielte mit einem meiner Stifte und versuchte, das Gekritzel und Geschmiere auf meiner Schreibtischunterlage zu entziffern. Zum Glück war mir die Geschichte einer Freundin eine Lehre gewesen, die super Cartoons zeichnen konnte und eines Tages voller Wut ein hübsches Bild von der Hinrichtung ihres Chefs malte. Der kleine Spaß hatte sie den Job gekostet – ihr dann allerdings einen Vertrag als Illustratorin eingebracht, als der Chef voller Entrüstung seinem Bruder das Geschmiere zeigte und dieser ihr Talent erkannte. Ich besaß kein Zeichentalent und verzichtete konsequent auf private Notizen im beruflichen Umfeld, hatte also kein PS+LT mit einem Herzchen drum herum gemalt.

»Neben den Afrikanern mit ihren Springböcken, Zebras und Straußen sind ja auch die australischen Wildtiere inzwischen im Supermarkt angekommen. Känguru, Wasserbüffel, Emu und australisches Krokodil haben wir allerdings vernachlässigt, da gibt es einen badischen Importeur, der uns die Show verdirbt. Also fahren wir da runter und knüpfen die Kontakte direkt vor Ort.«

Ich spürte, wie meine Knie weich und die Ohren heiß wurden. »Und ich soll mitkommen?«

»Klar.« PS gab die Inspektion meiner Schreibtischkritzeleien auf und blickte mir direkt in die Augen. Die Knie wurden noch eine Spur weicher. »Erstens macht es auf die Aussis immer einen besonders guten Eindruck, wenn der Entscheider sich von einer schönen Frau begleiten lässt …«

Na super, dafür könnte er ja auch einen Escort-Service mieten …

»… und wenn diese Frau dann auch noch die verantwortliche PR-Managerin für die Produktlinie ist, kapieren sie schnell, wie ernst uns die Sache ist.«

Ich zog meine Jacke aus und warf einen Blick in den Tischkalender.

»Wann, sagtest du, ist diese Messe?« Ich angelte betont lässig nach einem Stift.

»Ende Juni.« Er nannte die genauen Daten.

»Okay, das geht.« Ich trug den Termin ein.

PS lachte mich aus. »Natürlich geht das, ich habe es schon in deinen OTP eingetragen. Keine Ahnung, wozu du dieses Ding hier noch liegen hast.«

Ich zuckte mit den Schultern. Der OTP, also *online-task-planner* im firmeninternen Netz, war natürlich Pflicht und nützlich war er auch, aber trotz aller Vorteile von digitalen Terminplanern pflegte ich einen unerklärlichen, sentimentalen Hang zu Kalendern und Notizbüchern aus Papier, den ich mir auch von meinem Chef nicht madig machen ließ.

»Aber ich mag deine Art, cool zu tun, auch wenn deine rot glühenden Ohren dich verraten. Kleiner Tipp: Wenn es wirklich wichtig wird, solltest du die Haare nicht hochstecken.«

Dabei strich er mir eine widerspenstige Strähne hinter das linke Ohr, ließ die Hand noch einen Moment auf meiner Schulter liegen und wandte sich zur Tür. Mein Herz stolperte ein paar Mal vor sich hin, bevor es seinen Rhythmus wiederfand. PS drehte sich noch einmal um.

»Ist es in Ordnung, wenn ich dich heute Abend zum Essen ausführe und wir dann schon mal über die Reise reden? Es gibt noch einiges vorzubereiten.«

Ich nickte.

»Ich hole dich um sechs hier ab, ja?«

»Klar.«

Erst als PS weg war fiel mir ein, dass sich mein Vater für heute Abend angekündigt hatte, um etwas mit Daniel und mir zu besprechen. Aber das ließ sich bestimmt verschieben.

Ich rief die neuesten Zahlen der Agentur ab, die unsere als Meinungsumfrage getarnte Kampagne im Internet betreute, und freute mich über das Ergebnis. In der Statistik konnte ich sehen, wie viele User sich durch ihre per Internetsuchfunktion dokumentierten Interessensgebiete als Teilnehmer qualifiziert hatten. Unglaublich, dass noch vor gar nicht langer Zeit für diese Art von Information Adressen gekauft wurden. Heute war der Zugang zu derartigen Daten so viel einfacher – und die User lieferten uns die Informationen durch ihr Online-Verhalten selbst und freiwillig. Der Bericht der Agentur zeigte auch, wie viele Sekunden die mit der Umfrage-Ankündigung konfrontierten User gewartet hatten, bevor sie die Banner weggeklickt hatten und wie viele User dem Link gefolgt waren. Die Auswertung der Antworten folgte, die uns allerdings nicht wirklich interessierte. Natürlich hatten die Leute angekreuzt, dass sie sich für die Qualität des Fleisches auf ihrem Teller interessierten und dass sie das unnötige Leiden von Tieren ablehnten. Alles andere hätte mich auch sehr gewundert.

Ich telefonierte fast den ganzen Tag und hatte abends um sechs wieder rote Ohren, allerdings mehr vor Anstrengung als vor Aufregung. Jeder einzelne Fernsehkoch, mit dem ich heute telefoniert hatte, wollte zwar eine Kooperation nicht grundsätzlich ausschließen, bat aber um einen schriftlichen Konzeptvorschlag, bevor er gemeinsame PR-Maßnahmen in Erwägung ziehen würde. Dabei hatte ich von PS die Freigabe erhalten, einen oder mehrere dieser Herren zu einer Reise nach Afrika einzuladen, um die Wildspezialitäten vor Ort zuzubereiten. Was erwarteten die Herrschaften eigentlich sonst noch? Ein paar Blutdiamanten gratis im Samtsäckchen?

Ich war entsprechend mundfaul, während PS mir die Autotür öffnete und ich mich in den Ledersitz sinken ließ. Aus welchem Leder wurden eigentlich Autositze hergestellt?, fragte ich mich flüchtig. Rind? Lamm? Antilope? Krokodil war es jedenfalls nicht, so viel konnte ich feststellen. Ich musste über mich selbst grinsen. Ein Krokositz hätte mich ein bisschen nervös gemacht, obwohl das natürlich schwachsinnig war. Aber ich hatte immer schon Angst davor gehabt, dass sich ein gefährliches Tier von hinten an mich heranschleicht und mir in den Hintern beißt und da wäre ein Sitz aus Krokoleder …

»Was amüsiert dich denn so?«

Himmel, hatte ich etwa wirklich so dämlich gegrinst, wie ich mich gerade gefühlt hatte?

»Äh, ich dachte an die Herren Meisterköche …«

»Hast du etwa mit den Herren selbst gesprochen? Nicht mit ihren Managerinnen, Producerinnen, Agentinnen oder wer auch immer sonst die hohen Herren vor der multimedialen Bedrohung von außen abschirmt?«

»Mit dreien habe ich selbst gesprochen, nachdem ich letzte Woche bereits die Kontakte zu den betreffenden Turmdrachen hergestellt hatte.«

PS lachte. »Und?«

Ich seufzte. »Die tun so, als sei eine Einladung erster Klasse in eine First-Class-Lodge eine Zumutung, die sie nur ungern auf sich nehmen.«

»Tja, ich schätze, dass sie es sich leisten können.«

Ich seufzte wieder. Ich hatte mir diesen PR-Gag ausgedacht, weil ich wusste, wie viele Menschen Kochsendungen sahen. Menschen jeden Alters, beiderlei Geschlechts und mit jedem beliebigen Bildungsstand. Mir war das immer ein Rätsel gewesen, denn das ständige Gelaber beim Kochen ging mir auf den Keks. Aber Product-Placement war eine sehr wirksame Marketingstrategie und Fernsehköche waren die idealen Werbeträger.

PS hatte einen Tisch in einem kleinen aber feinen Restaurant in Niederkassel reserviert, das bemüht bodenständig aussah – bis man einen Blick auf die Preise warf. Damit hatte ich heute zum Glück nichts zu tun.

»Welchen Wein trinkst du?«, fragte PS mich nach einem Kennerblick in die Weinkarte.

Das Rotweinbesäufnis mit Daniel vor seiner bescheuerten Schwimmdemo drängte sich in mein Gedächtnis. »Auf jeden Fall weißen.«

PS bestellte einen Weißwein zu einem Preis, bei dem ich an ein Paar neue Schuhe dachte, Seeteufel mit Zitronenrisotto für sich selbst und eine Bouillabaisse für mich. Sowohl das Essen als auch der Wein waren himmlisch, und nachdem ich mich gestärkt hatte, fühlte ich mich den Planungen für die australischen Delikatessen gewachsen.

»Kennst du den Film ›Crocodile Dundee‹?«, fragte PS beim Espresso.

Ich verdrehte die Augen. Das war einer der Lieblingsfilme meiner Mutter, den sie erst auf Video, später auf DVD besaß und mindestens einmal monatlich anschaute. »Yep.«

»Das ist die Vorlage für die Australien-PR.«

Ich nippte an der Espressotasse, obwohl sie längst leer war. War offener Widerspruch angebracht, wenn der Chef Unfug faselte? Crocodile Dundee ging ja wohl gar nicht!

Ich räusperte mich. »Hm, ich weiß nicht, ob dieses Ideal vom naiven Naturburschen wirklich noch aktuell ist. Ich denke, dass sich das Männerbild doch ziemlich geändert hat …«

»Also ich wollte immer so sein. Mit einem Griff in den Nacken die Machete ziehen und sagen: *Das* ist ein Messer!«

Er schaute verträumt ins Leere.

»Und dann diese Wirkung auf Frauen! Ob sie es zugeben oder nicht, Tatsache ist, dass die Frauen genau so einen Kerl wollen. Einen, den nichts aus der Ruhe bringt, der ihnen ihr Abendessen frisch erlegt und noch blutig auf den Tisch knallt und der auch sonst von jedem Weichspülgang verschont geblieben ist.«

Das wurde ja immer schlimmer! Mit so einer Kampagne konnte man kein einziges Steak verkaufen, damit schaufelte ich mir mein eigenes Grab.

»Nun, vielleicht sollten wir das Thema von einem Experten untersuchen lassen. Es gibt ja Studien, die genau diese Rollenvorbilder und Ideale zielgruppengenau erfassen und ...«

Ich schaute auf, um zu sehen, wie PS meine mangelnde Begeisterung wohl aufnehmen würde, und blickte in sein Gesicht, dem das mühsam verhaltene Lachen eine rötliche Farbe und aufgeplusterte Wangen verlieh. Als er meinem Blick begegnete, lachte er laut und ungehemmt los, bis ihm die Tränen kamen.

»Okay«, japste er, als er sich etwas beruhigt hatte, »das war ein Scherz. Du hast es wirklich drauf, auf diplomatische Art zu sagen, dass die Idee scheiße ist.«

Ich warf meinen unbenutzten Zuckerstick nach ihm und versuchte ein Lächeln, von dem ich spürte, dass es ziemlich schief wurde. »Gibt es auch schon eine ernst zu nehmende Strategie?«

Die folgende halbe Stunde verbrachten wir mit einem geradezu göttlichen Tiramisù und einem ernsthaften Gespräch über die Reise zur Gastromesse nach Sydney. Die Planungen konnten mich sogar kurzzeitig davon ablenken, dass vorher noch die Reise nach Afrika auf dem Plan stand. Mir standen wahrlich aufregende Zeiten bevor.

Es war schon halb elf, als PS mich vor der Haustür absetzte.

»Mir hat ein Arbeitsessen selten so viel Spaß gemacht«, sagte er.

»Danke.«

Ich reichte ihm die Hand.

Er fasste meine Hand wie zum Armdrücken, hob sie an seine Lippen und hauchte einen Kuss auf meinen Handrücken. Dabei zwinkerte er mir zu. »Schlaf gut, Leo.«

Ich stolperte aus dem Auto, knickte um und humpelte zur Haustür, all das in einem Zustand höchster Verwirrung.

Hatte PS mich da gerade angemacht?

Wollte er dasselbe wie ich?

Oder war er einfach ein unglaublich attraktiver Mann, der manchmal ein bisschen zu charmant war?

Wollte er mich reizen, um zu sehen, ob ich den nächsten Schritt machte? Und wie sollte der aussehen? Wie die pubertäre Knutscherei hinter dem Stall?

Mir schwirrte derartig der Kopf, dass ich gar nicht mehr an den Besuch meines Vaters dachte. Bis ich den Zettel auf dem Küchentisch fand.

Wir sind in der Altstadt – Daniel und Papa.

In der Altstadt? Papa? Was war denn mit dem los? Mein Vater trank fast nie Alkohol und wenn, dann schon gar nicht in einer Kneipe. Ein oder zwei Gläser Wein zu Hause bei klassischer Musik waren für ihn der Himmel. Eine Kneipe mit Bier trinkenden Männern, die sich schlüpfrige Witze erzählten oder der Bedienung in den Hintern kniffen, die Hölle. Mein Vater jedenfalls wollte vor meinem geistigen Auge einfach nicht in eine Düsseldorfer Altstadt-Kneipe passen. Aber vielleicht waren sie auch nicht in einer Kneipe, sondern einer Cocktailbar, einem Nachtclub oder sonst einer angesagten Location, die Daniel dort kannte.

Egal, im Moment hatte ich im Hirn nicht eine einzige Windung frei, die sich mit dem seltsamen Verhalten meiner männlichen Verwandtschaft beschäftigen konnte, denn alle hatten mit PS genug zu tun. So lag ich wach, obwohl ich todmüde war, und hörte, wie Daniel gegen drei Uhr in sein Zimmer torkelte. Danach schlief ich endlich ein.

Die nächsten beiden Tage vergingen ereignislos, wenn man davon absah, dass Daniel offenbar irgendeine coole Aktion plante, über die er aber kein Sterbenswörtchen verraten wollte. Und auch, was mein Vater eigentlich so Dringendes hatte besprechen wollen, verriet er mir nicht. Papa werde es mir selbst sagen, sobald er es für richtig hielte, wurde mir beschieden, und ich fragte mich nicht länger, worum es wohl gehen mochte. Mein Vater war ein grundsolider, anständiger, leicht untersetzter, meist korrekt gekleideter, etwas langweiliger Steuerprüfer, von dem keine aufregende Neuigkeit zu erwarten war.

Dachte ich.

Ich konnte ja nicht ahnen, wie sehr ich mich getäuscht hatte.

11

Die nächste Aufregung kam allerdings nicht von meinem Vater, sondern von Daniel. Und ich regte mich wirklich auf. Aber der Reihe nach.

Die Siebendt GmbH hat einen Stand auf dem Carlsplatz in der Düsseldorfer Innenstadt. Der seit Jahrhunderten an Ort und Stelle bestehende Markt ist ein einziges Delikatessenparadies, dessen Preise man sich leisten können muss. Dafür bekommt man dort Käsespezialitäten, die sonst nur in ihrer Ursprungsregion erhältlich sind, es gibt die exotischsten Früchte, den besten Spargel und so weiter und so fort. Obst und Gemüse, Fisch, Fleisch, Öle, frischen Backfisch und andere Mahlzeiten und sogar Töpfe und Pfannen kann man an sechs Tagen in der Woche dort kaufen. Und es gibt einen Stand der Firma Siebendt GmbH aus der Zeit, als Siebendt noch als Groß- und Einzelhändler tätig war. Dieser Stand ist heute der einzige verbliebene Direktverkauf an Endverbraucher. Er wird nicht nur aus sentimentalen Gründen erhalten, sondern dient außerdem der Meinungsforschung. Nur hier hat das Unternehmen die Möglichkeit, mit den Endverbrauchern zu kommunizieren, deren Vorlieben und Abneigungen ungefiltert und unverblümt in Erfahrung zu bringen und neue Produkte auf ihre Akzeptanz zu testen.

An diesem Marktstand spielte sich an einem strahlend schönen Samstag im Mai die nächste Aktion meines Bruders und seiner Demo-Kumpel ab.

Um elf Uhr, zur besten Marktzeit, sollte ich zum Carlsplatz kommen, hatte Daniel mir gesagt. Es werde interessant. Zu diesem Zeitpunkt hatte ich nicht einmal im Entferntesten die Verbindung zwischen dem Carlsplatz und dem Stand der Siebendt GmbH hergestellt. Ich stand also am Rand des Platzes, auf dem fast einhundert Stände zahlreiche Kunden lockten. Plötzlich entstand in einer der hinteren Reihen Unruhe.

Wo Unruhe war, konnte Daniel nicht weit sein, dachte ich, und ich hatte mich nicht getäuscht. Allerdings erkannte ich ihn zunächst nicht.

Im Gang der Fleischverkäufer trippelte eine zitternde Antilope unruhig hin und her und tat so, als wäre sie auf der Flucht vor etwas. Okay, es war ein mit Fellkostüm verkleideter Mensch, auf dessen Kopf ein echter Antilopenkopf saß, ausgestopft und von Motten zerfressen, aber unverkennbar. Die Antilope wurde verfolgt von einem Mann, der eine Safari-Montur trug, ein Tuch um Mund und Nase gebunden hatte und mit einem Gewehr auf die Antilope zielte. Die Antilope suchte Schutz hinter einem Marktstand, dann hinter zwei Frauen, die Arm in Arm durch die Gasse schlenderten. Genau vor dem Stand der »Fleisch-Spezialitäten Siebendt« blieb die Antilope stehen und drängelte sich zwischen die Kunden, die ihre Wochenendeinkäufe tätigten. Dann gab es einen Knall, die Antilope fiel um und der Jäger brüllte: »Getroffen!« Er ging zu dem reglosen Tier, griff unter das Fell und holte ein großes Stück blutigen Fleischs hervor. Darauf klebte er das Logo der Siebendt GmbH und klatschte es auf den Tresen des Verkaufsstandes.

Das Publikum, das bei dem Schuss bereits erschrocken

und gebannt auf das Schauspiel gestarrt hatte, wich angewidert zurück, eine der Kundinnen kreischte hysterisch und floh in großen Sprüngen. Dafür tauchten in dem nun gebildeten Halbkreis mehr Aktivisten in Tierkostümen auf. Auch sie wurden der Reihe nach »erschossen«, jedes Mal holte der Jäger Fleisch oder Schlachtabfälle aus der Verkleidung des Tieres hervor und schmiss sie auf den Tresen, dass das Blut in alle Richtungen spritzte.

Nachdem auch das fünfte Tier auf diese Art getötet und zum Verkauf angeboten worden war, sprangen alle Tierdarsteller auf und verschwanden mitsamt ihrem Mörder im Laufschritt vom Markt. Niemand hielt sie zurück.

Auf der Theke des Marktstands blieben vier große, bluttropfende Stücke Fleisch und ein stinkendes Fell zurück. Der Fleischsaft rann hinter der Vitrine in die Auslage und lief vorn am Glas entlang. Neben dem Stand heulten drei Kinder lautstark. Ihre Mutter tröstete sie mit dem Hinweis auf die Tatsache, dass alle Tiere noch lebten, denn sie waren ja zusammen weggerannt, aber die Kleinen ließen sich nicht beruhigen.

Die Verkäuferin stand wie gelähmt hinter dem Verkaufstresen und beobachtete, wie die ersten Fliegen sich auf das verdorbene Fleisch setzten. Im selben Moment erholten sich die umstehenden Zuschauer und begannen ein lautstarkes Palaver über die »widerliche Aktion«, »den längst fälligen Konflikt zwischen Tierschutzgesetz und massenhaftem Fleischkonsum«, die »Idioten, die glaubten, sie müssten anderen Leuten ihre Ernährung vorschreiben« und weitere Meinungen. Ich bekam all das nur wie durch Ohrenstöpsel mit, nahm die Diskussionen wahr, ohne wirklich hinzuhören und stand zitternd und wie festgewachsen an meinem Platz, während das übliche Gedränge und Geschiebe in der Marktgasse wieder Fahrt aufnahm.

Ich hatte den Schützen erkannt. Es war Daniel. Sein quietschgrünes Plastikgewehr war unzweifelhaft als Spielzeugwaffe zu erkennen gewesen. Das hatte er klug angestellt, so viel Respekt musste ich ihm zollen, auch wenn ich ihn im Moment am liebsten mit einem echten Gewehr abgeknallt hätte.

Wie kam er dazu, meinen Arbeitgeber derart anzugreifen?

Es gab andere Fleisch- und Fischstände auf dem Markt, die er als Ziel für seine Aktion hätte aussuchen können. Und wenn er schon gegen Siebendt vorgehen wollte, wäre das Fleisch aus Massentierhaltung ein lohnenderes Ziel gewesen. Allerdings wurde das hier auf dem Delikatessenmarkt weniger verkauft, in dieser Auslage lagen hauptsächlich Spezialitäten. Schade, dass gerade das Wildfleisch der Geschäftsbereich war, für den ich tätig war. Oder war das kein Zufall sondern Absicht?

Wollte er meine Entlassung provozieren? Denn die würde kommen, sobald jemand die Verbindung zwischen diesem verrückt gewordenen Aktivisten und der PR-Managerin der Firma Siebendt herstellte.

Ich hatte noch nie im Leben einen solchen Hass auf meinen Bruder empfunden.

Die Kundin, die offenbar als Nächste an der Reihe gewesen war, stellte sich vor den Marktstand und verlangte von der Verkäuferin, »die Schweinerei« wegzuräumen und ihr endlich den vorbestellten Braten zu geben.

»Dat würd isch lassen, Evi, dat jibt Ärger, hasse dat jehört?«, rief der Mann vom Geflügelstand gegenüber.

Die Verkäuferin nickte immer noch wie betäubt. »Der Hubert hat recht. Ich darf hier nichts mehr verkaufen. Tut mir leid, aber ich muss den Stand schließen und erst mal sauber machen. Hygienevorschrift.«

»Die Vorbestellung haben Sie doch bestimmt unten in

der Kühlung, da kann doch nichts drangekommen sein«, wandte die Kundin ein.

»Das Risiko kann ich nicht eingehen«, murmelte die Verkäuferin. »Nein, ich mache hier zu.«

Sie drehte sich um und wählte mit zitternden Fingern eine Nummer auf ihrem Handy. Die Kundin schrie und zeterte, gab aber bald auf und stampfte wütend von dannen. Kurz darauf kam die Polizei und nahm desinteressiert die diversen Augenzeugenberichte entgegen.

Die anderen Marktbeschicker und die Käufer wandten sich ihren eigenen Geschäften zu und bald lief der Betrieb an den umliegenden Ständen wie jeden Samstag um diese Zeit.

Nur ich stand immer noch auf dem Markt und heulte vor Wut auf meinen Bruder.

Ich war außer mir und wusste nicht, was ich tun sollte. Nach Hause gehen kam nicht in Frage. Was sollte ich dort? Zum Lesen war ich viel zu aufgewühlt und das einzig Sinnvolle, das mir immer wieder half, Wut abzubauen, war exzessives Fensterputzen. Das allerdings wollte ich liebend gern in einer neuen Wohnung machen, aber keinesfalls noch einmal in der alten.

Ich brauchte Bewegung, sonst würde ich schreien und ziemlich lange nicht mehr damit aufhören. Also lenkte ich meine Schritte zum Rhein und die Promenade flussabwärts bis zur Tonhalle. Ich schlenderte nicht, sondern ging im Stechschritt, und das Marschieren baute ein wenig von dem Adrenalin und der Wut ab, die sich in mir angestaut hatten. Ich überquerte die Brücke nach Oberkassel und ging dort auf dem Rheindeich weiter flussab. Ich trug zwar meine bequemen Sneaker, aber für stundenlange Wanderungen waren sie nicht gemacht. Der linke Schuh drückte am kleinen Zeh, doch das war mir egal. In einem Zustand völliger Leere im Kopf setzte ich einen Fuß vor den anderen. Ich ignorierte meinen knurrenden Magen, kaufte am Strandbad in Lörick eine Cola gegen den Durst und marschierte weiter flussab. Erst auf Höhe der neuen Autobahnbrücke, weit jenseits von Meerbusch, kam ich einigermaßen zur Besinnung. Ich war fast zwei Stunden sinn- und ziellos geradeaus gegangen und befand mich abseits jeglicher Zivilisation. Wenn man von dem Monster aus Beton und Stahl absah, über das der automobile Wahnsinn von rechts nach links und von links nach rechts raste.

Ich hatte Hunger und Durst.

Ich blickte zurück und konnte kaum glauben, wie weit ich gegangen war. Den ganzen Weg wieder retour zu latschen, kam mir unmöglich vor. Das Adrenalin und damit der Bewegungsdrang hatten nachgelassen, ab jetzt war jeder Schritt zu viel. Ich konnte nach Meerbusch-Büderich abzweigen, aber dort kannte ich mich nicht aus, wusste nicht, wie ich von dort nach Düsseldorf zurückkäme.

Etwa eine halbe Stunde flussab lag die Rheinfähre von Langst-Kierst nach Kaiserswerth und von dort fuhr eine Straßenbahn bis fast vor meine Haustür.

Ich entschied mich für den Weg nach vorn.

In Kaiserswerth bevölkerten Ausflügler die Rheinpromenade, die Gassen und Cafés. Ich gönnte mir ein großes Eis und eine Eineinhalbliterflasche Mineralwasser und stieg müde und verschwitzt in die Straßenbahn. Was ich jetzt brauchte, waren eine heiße Dusche, einen Kaffee und eine große Portion Nudeln. Kohlenhydrate mit scharfer Sauce halfen bei mir gegen fast alle Beschwerden.

Schon im Flur stolperte ich über einen riesigen Hartschalenkoffer und hatte im ersten Moment ein geradezu unwirkliches Glücksgefühl. Daniel zog aus!

Leider gewöhnten sich meine Augen schnell an das Dämmerlicht im Flur und damit kam die Erkenntnis, dass der Koffer gar nicht wie Daniels aussah, denn dieser hier war rosa.

In der Küche saßen meine Mietschmarotzer Conny und Mike mit meiner Mutter.

Meine Mutter und Conny hielten sich an den Händen und heulten, Mike drehte einen Joint.

»Hi«, sagte Conny, als sie mich in der Tür erblickte. »Gut, dass du kommst.«

Das wollte ich nun überhaupt nicht hören. Ich wollte nicht gebraucht werden, wollte niemanden in meiner Nähe haben, der Ansprüche an mich stellte, wollte einfach nur meine Ruhe. Das war offenbar nicht möglich.

»Ich brauche einen Kaffee«, war das Einzige, was mir einfiel.

Natürlich hätte ich sofort zu meiner Mutter eilen müssen, um zu hören, was ihr fehlte. Genau genommen hätte ich sie sofort in den Arm nehmen und trösten müssen, noch bevor ich sie nach dem Grund für die Tränenflut fragte. Aber ich konnte einfach nicht. Ich hatte nach dem Verrat durch Daniel immer noch keine Lust, mich mit den Problemen anderer Menschen auseinanderzusetzen. Auch nicht, wenn es sich um meine Mutter handelte. Und schon gar nicht, wenn diese mit einem riesengroßen, rosafarbenen Koffer anrückte.

Mike gab meiner Mutter den Joint.

Ich setzte Kaffee auf.

Meine Mutter zog an dem Joint und begann zu husten.

Mike grinste zufrieden und zeigte ihr den hochgereckten Daumen.

Conny raunte mir zu, dass ich Kaffee für alle machen sollte.

Ich setzte mehr Kaffee auf.

Ich würde mich nicht ewig vor der familiären Verpflichtung drücken können, aber erst einmal ging ich ins Bad und kühlte mir die heiß gelaufenen Füße mit einem kalten Wasserguss. Dann stellte ich mich den Herausforderungen, kehrte in die Küche zurück, setzte mich an den Tisch und fragte: »Was ist denn los?«

Meine Mutter zog inzwischen an dem Joint wie eine Ertrinkende am Mundstück der Pressluftflasche. Mike lachte laut über ihre Gier und freute sich offensichtlich schon auf das Ergebnis.

»Dein Vater hat mich verlassen«, brachte meine Mutter zwischen dem abebbenden Schluchzen und dem gierigen Saugen hervor. »Er zieht zu seinem Freund.«

»Zu Klaus?«, fragte ich verdutzt.

Klaus war Papas bester Freund und wohnte nur ein paar Häuser von meinen Eltern entfernt. Klaus war mit Evelyne verheiratet, die Papa nicht ausstehen konnte, was auf Gegenseitigkeit beruhte. Ich persönlich hegte den Verdacht, dass auch zwischen Klaus und Evelyne eine gegenseitige Abneigung herrschte, aber das ging mich nichts an und war mir daher egal. Trotzdem konnte ich mir nicht erklären, warum Papa gerade zu Klaus ziehen sollte.

»Doch nicht zu Klaus!«, keifte meine Mutter. »Dein Vater ist schwul und jeder im Dorf weiß Bescheid!«

Erst einmal sagte ich gar nichts, denn die Eröffnung, dass der eigene Vater schwul war, traf mich unvorbereitet. Ich hatte, wie schon vormittags auf dem Markt, den Eindruck, in einer Luftblase zu stecken. Die Geräusche, die Mike und Conny machten, als sie aufstanden und sich in Connys Zimmer verkrümelten, drangen wie durch einen Filter zu mir. Meine Gedanken wiederholten immer nur das eine Wort: schwul. Dann gesellte sich ein zweites dazu: Papa. Schwul. Papa. Schwul. Keine Ahnung, wie lange ich in dieser Schleife festhing, aber irgendwann hörte ich mich selbst fragen: »Willst du auch Nudeln?«

Als ich keine Antwort bekam, löste ich den Blick von dem Fleck auf dem Tisch und schaute auf. Meine Mutter hatte mich nicht gehört. Sie starrte in ihren Kaffeebecher und murmelte etwas, das ich nicht verstand. Dann begann sie ein Lied zu summen. Nach ein paar Takten erkannte ich die Melodie von »Er gehört zu mir wie mein Name an der Tür«, der Schwulenhymne von Marianne Rosenberg.

Ich dankte Mike heimlich für den Joint, verschob die Nudeln auf später und ging duschen.

Ich duschte ausgiebig, was mit dem neuen Durchlauferhitzer luxuriöser war als je zuvor, und beeilte mich auch danach nicht. Maniküre, Pediküre, Augenbrauenzupfen, das alles kam normalerweise zu kurz, wurde husch-husch erledigt, weil ich dafür morgens vor der Arbeit keine Zeit hatte und ansonsten meist jemand das Bad belegte, wenn mich mal die Lust auf Wellness überkam. Jetzt hatte ich das Bad für mich und keine Veranlassung, mich zu beeilen. Im Gegenteil. Ich wollte gar nicht mehr raus aus der dampfigen Höhle, aber irgendwann machte sich doch der Hunger so stark bemerkbar, dass ich mich anzog, die Tür öffnete und einigermaßen gelassen in den Flur trat. Das gerade mühsam wiedererlangte seelische Gleichgewicht geriet mit einem einzigen Satz aus dem Mund meines heimgekehrten Bruders gleich wieder in erhebliche Schieflage. Dieser Satz lautete:

»Natürlich kannst du hier wohnen.«

Er galt meiner Mutter, die Daniel mit glasigem Blick anstarrte.

Mein Bruder bemerkte mich und sprach gleich weiter. »Ich denke, es ist am besten, wenn ihr zwei Mädels ein Zimmer teilt. Mama wird ja nicht bei mir schlafen wollen.«

»Keinesfalls«, lallte meine Mutter und meinte damit die Gemeinschaft mit Daniel.

»Keinesfalls«, erklärte ich und meinte damit die Gemeinschaft mit meiner Mutter.

»Es ist ein Notfall«, erklärte Daniel.

»Genau.« Ich spuckte das Wort förmlich aus. »Mein Leben ist ein einziger Notfall, seit du hier aufgetaucht bist. Du hast dich in meine Wohnung gedrängt, du hast mit deiner Aktion heute auf dem Markt meinen Arbeitgeber geschädigt und meinen Job aufs Spiel gesetzt und du wirst jetzt nicht auch noch für mich entscheiden, dass ich mein Zimmer mit meiner Mutter teile.«

So stoned Mama auch war, das hatte sie begriffen. Sie begann wieder zu heulen.

»Nun wirf die Dinge nicht durcheinander«, sagte Daniel. »Diese Sache hier ist ein familiärer Notfall und hat mit der Aktion vorhin überhaupt nichts zu tun.«

Wäre ich nicht so erledigt gewesen, hätte ich mich augenblicklich wieder auf eine lange Wanderung begeben, und zwar nicht nur bis zur nächsten Brücke. Ich wäre den ganzen Rhein hinuntergelaufen, bis nach Rotterdam, und dann als blinder Passagier auf einem Containerschiff nach Hongkong oder Panama gefahren – egal, nur weg von hier. Aber dafür fehlte mir die Energie.

»Ich verstehe sowieso nicht, warum Mama nicht zu Hause bleibt«, sagte ich matt.

»Weil das ganze Dorf sich das Maul über sie zerreißt, die fünfunddreißig Jahre mit einem Schwulen gelebt und nix geschnallt hat«, sagte Daniel.

Meine Mutter heulte lauter.

»Ist nicht böse gemeint, nun reg dich nicht auf«, sagte Daniel und legte Mama einen Arm um die Schulter. Dann sah er mich an. »Komm, lass uns dein Zimmer fertig machen.«

Ich gab den aussichtslosen Kampf gegen die verschworenen Familienbande fürs Erste auf und kochte stattdessen ein halbes Kilo Nudeln mit scharfer Sauce, die aus Sahne, Tomatenmark, Paprikapulver und gemahlenem Chili bestand. Meine Nervennahrung schlechthin, da konnte mir jede Schokolade gestohlen bleiben.

»Du weißt schon, dass Sahne sehr klimaschädlich ist?«, sagte Daniel, als er verschwitzt vom Umräumen wieder in die Küche kam. »Milchprodukte überhaupt, aber Sahne und Käse besonders.«

»Halt die Klappe.«

»Aber man kann ja mal eine Ausnahme machen«, fuhr er grinsend fort, nachdem er am Topf geschnuppert hatte. »Ich habe ganz schönen Kohldampf.«

»Finger weg von meinen Nudeln, von meinem Leben und von meinem Job«, ranzte ich ihn an, schüttete die Sauce in den Topf mit den abgegossenen Nudeln und schloss mich zum Essen im Bad ein. Ein eigenes Zimmer hatte ich ja jetzt nicht mehr.

Meine Mutter verbrachte den Großteil des Wochenendes auf Daniels Balkon, was mir wenigstens tagsüber etwas Privatsphäre gewährte. Die Nächte allerdings waren die Hölle. Ich ging sowohl Samstag- als auch Sonntagabend ins Kino. Keine Ahnung, welche Filme ich sah, ich wollte einfach nur weg von zu Hause, weg von meiner heulenden Mutter, die gelegentlich mit Conny gemeinsam heulte, wenn ich auch nicht wusste, weswegen die phlegmatische Schlafpille flennte. Außerdem wollte ich weg von Daniel, mit dem ich nicht mehr gesprochen hatte, seit er meine Mutter in meinem Zimmer einquartiert hatte, und das Denken abschalten wollte ich auch. Spät nachts schlich ich dann in mein Zimmer, in dem meine Mutter bereits schlief, und machte es mir im Schlafsack auf der Luftmatratze so bequem es eben ging. Es ging nicht besonders gut. In der Nacht von Sonntag auf Montag warf ich mich so häufig von rechts nach links und von links nach rechts, dass meine Mutter aufwachte.

»Leonie, bist du wach?«

Ich seufzte leise. »Ja, Mama.«

»Was habe ich nur falsch gemacht?«

Von welchem Standpunkt aus?, dachte ich. Aus meiner Sicht war es einfach. Du hast dich nach dem Umzug aufs Land überangepasst. Hast dich von allem verabschiedet, was dir in der Stadt noch wichtig gewesen war: deinem gepflegten Aussehen, dem kulturellen Anspruch, dem Kontakt mit den ehemaligen Kolleginnen, überhaupt dem Kontakt mit Menschen in anderen Lebenssituationen. Wenn man aber nur von Gleichdenkenden umgeben ist, wird man selbstgerecht und träge. Deine Gedanken kreisten nur um deine kleine Welt. Das alles hatte allerdings nichts mit der Tatsache zu tun, dass mein Vater meine Mutter verlassen hatte, deshalb antwortete ich ins Dunkel hinein: »Nichts, Mama. Du hast nichts falsch gemacht. Papa auch nicht. Es ist einfach so.«

»Danke, Kleines«, murmelte meine Mutter. Im nächsten Moment schnarchte sie entspannt in meinem Bett, während ich weiter wach lag.

Ich überlegte, ins Haus meiner Eltern umzusiedeln, das ja jetzt leer stand, aber es lag zu weit außerhalb. Ich bräuchte ein Auto, um zur Arbeit zu fahren, wollte mir aber keines anschaffen. So ganz hatte ich die Hoffnung auf eine passende Wohnung schließlich noch nicht aufgegeben, auch wenn der Wohnungsmarkt wie leer gefegt und das Preisniveau aller neueren Angebote für mich unerschwinglich war. Gegen fünf Uhr schlief ich endlich ein und entsprechend gerädert fühlte ich mich, als lausige zwei Stunden später der Wecker meine Nachtruhe beendete.

12

Der »Anschlag«, wie die Aktion inzwischen genannt wurde, war am Montagmorgen das Thema schlechthin im Büro. Der alte Siebendt hatte noch am Wochenende Anzeige gegen unbekannt erstattet wegen Sachbeschädigung und Verleumdung. Der Schaden, der sich aus der unverkäuflichkeit der Marktwaren berechnete, lag im vierstelligen Bereich, der Schaden aus der Verleumdung ließ sich nicht so einfach kalkulieren. Der Anwalt, der die Firma seit zwanzig Jahren vertrat und auch in diesem Fall eine führende Rolle übernehmen sollte, war bereits im Haus, als ich kam. All das erfuhr ich von Josef, der in heller Aufregung die Polizei, den Anwalt und mehrere Vertreter der Presse empfangen beziehungsweise abgewimmelt hatte. Er sah alt und müde aus.

»Sie werden sehen, es stellt sich am Schluss alles nur als Dummer-Jungen-Streich heraus«, sagte ich matt, obwohl ich hoffte, dass sich gar nichts herausstellte, denn das hätte ja bedeutet, dass die Identitäten der Aktivisten bekannt geworden wären. Ohne Identität keine Information über die Hintergründe der Tat.

Es sei denn, es gäbe ein anonymes Bekennerschreiben, schoss es mir durch den Kopf.

Auf dem Weg durch die Flure zu meinem Büro dachte ich über diese Möglichkeit nach. Vielleicht sollte ich ein

Bekennerschreiben veröffentlichen, in dem ich irgendeinen blöden Grund für die Aktion angab und mich dann öffentlich dafür entschuldigte. Ich würde meine Ersparnisse verwenden, um den tatsächlichen Sachschaden zu begleichen und hoffen, dass Siebendt dann die Sache auf sich beruhen ließe. Ich hatte den Gedanken noch nicht zu Ende gedacht, als PS mich schon zur Krisensitzung in sein Büro bat.

»In der Krise zeigt sich, was die PR eines Unternehmens wert ist«, sagte er in einem sehr sachlich-kühlen Tonfall statt Begrüßung.

Oder was die PR-Managerin wert ist, dachte ich bei mir.

Der Handkuss am Freitag hatte eine Intimität entstehen lassen, von der nichts mehr übrig war. Das und die Tatsache, dass mein professioneller Einstieg total in die Hose gegangen war, hatte ich Daniels Aktion zu verdanken. Ich verfluchte ihn heimlich aber herzhaft, bevor ich mich auf meine Gegner konzentrierte. Der Seniorchef und der Anwalt waren ebenfalls anwesend, was mein Unwohlsein verstärkte. Siebendt senior war das, was man sich spontan vorstellte, wenn das Wort »Patriarch« fiel. Er war noch größer als sein Sohn und leicht übergewichtig. Sein graues Haar war streng zurückgekämmt, der dunkelblaue Anzug saß tadellos und die Krawatte sah aus, als stammte sie aus einer englischen Elite-Uni. Er trug einen Trauring und einen Siegelring, eine protzige Uhr, goldene Manschettenknöpfe und er war sehr schlecht gelaunt. Der Anwalt hingegen wirkte im schwarzen Dreiteiler wie eine Mischung aus Beerdigungsunternehmer und Pfarrer und war mindestens einen ganzen Kopf kleiner als Siebendt. Sein kahler Schädel glänzte. Obwohl ich Menschen, deren Leidenschaft den juristischen Paragraphen galt, immer mit einer gewissen Fassungslosigkeit betrachtete, war er mir nicht unsympathisch.

»Was schlägst du vor?«, fragte PS.

Ich setzte mich auf den mir zugewiesenen Platz, schaute die Herren der Reihe nach an und versuchte, durch ruhiges Ein- und Ausatmen meinen fliegenden Puls zu beruhigen und einen klaren Gedanken zu fassen.

»Zunächst ist festzustellen, dass wir keine typische PR-Krise haben. Die würde vorliegen, wenn das Unternehmen selbst etwas falsch gemacht hätte. Die schlimmste Reaktion in solch einem Fall wäre entweder gar keine Reaktion oder ein Dementi, das dann später widerrufen werden müsste.«

»Aber wir haben ja nun einmal nichts falsch gemacht!«, bollerte Siebendt.

Ich räusperte mich. »Es ist sehr wichtig, dass wir uns darüber ganz sicher sind. Es gab nie eine Beanstandung des Amtes für Verbraucherschutz über die Hygiene an dem Marktstand oder an irgendeiner anderen Stelle des Unternehmens …?«

Ich konnte förmlich zusehen, wie Siebendts Blutdruck stieg, aber der Anwalt schüttelte den Kopf und sagte schnell: »Nein, definitiv nicht. Da können wir uns ganz beruhigt zurücklehnen.«

»Danke.«

Der Anwalt nickte, die beiden Siebendts blickten mich einfach nur ausdruckslos an. Mir wurde heiß. Dann konzentrierte ich mich auf meine Idee mit dem Bekennerschreiben. Leider hatte ich noch keine Zeit gehabt, aus dem Gedankenspiel eine Strategie zu entwickeln, aber trotzdem hätte ich fast gelächelt, so groß war die Erleichterung über den Ausweg, der sich hier auftat, und dessen Ausführung in meinem Hirn langsam Gestalt annahm.

»In Bezug auf die Demonstration von letztem Samstag ist die Siebendt GmbH das Opfer eines Zwischenfalls, nicht der Täter. Uns wurde ein Unrecht angetan und zwar ohne ein Verschulden unsererseits, das Anlass zu dieser Aktion gegeben hätte. Jetzt geht es darum, dass wir die Deutungshoheit darüber bekommen, welches Unrecht uns angetan wurde, von wem und warum. War es eine Demonstration gegen Fleisch im Allgemeinen? Gegen die Firma Siebendt im Speziellen? Oder …«, wieder musste ich mich räuspern, »war es nur die ziemlich schräge Vorstellung eines Improvisationstheaters?«

Siebendt senior runzelte ärgerlich die Stirn. »Sie sollten diese Dinge nicht verharmlosen, junge Frau.«

»Doch«, sagte der Anwalt. »Genau das ist eine gute Idee.«

Mir fiel ein Stein vom Herzen.

»Aber …«, brummte der alte Siebendt.

»Lass sie erklären, wie sie sich das vorstellt, Maximilian.« Der Anwalt nickte mir zu.

Ich holte Luft und hoffte, dass meine Stimme nicht zitterte. »Wenn wir auf eine Provokation inhaltlich reagieren, wird das Thema auf diese Weise immer weiter durchgekaut. Nehmen wir an, wir würden die Aktion als Kritik am Fleischkonsum generell verstehen, dann würden wir in unserer Stellungnahme auf die gesundheitlichen Vorteile von mäßigem Fleischkonsum hinweisen und klarstellen, wie schwer es zum Beispiel Vegetarier haben, sich ausgewogen zu ernähren. Das führt zu einer Gegenargumentation der Vegetarier, die wir wieder aufgreifen, und so weiter. Auf diese Weise wird ein sehr kontroverses, allgemein-gesellschaftliches Thema mit dem Namen Siebendt verbunden. Damit ziehen wir die Ablehnung einer wachsenden Gruppe Menschen gegen übermäßigen Fleischkonsum auf uns. Das ist wie damals mit der Ölbohrplattform, die ein großer Konzern versenken wollte. Greenpeace hat eine Kampagne gegen diesen Ölkonzern gestartet und Millionen Autofahrer haben bei der Konkurrenz getankt, obwohl die ganz genau dieselben Umweltschweinereien machten wie ihre

Kollegen. Noch heute ist der Firmenname mit diesem PR-Desaster verbunden.«

Der Anwalt nickte heftig, PS schaute inzwischen deutlich interessiert und der Seniorchef schüttelte wenigstens nicht mehr den Kopf, sah aber immer noch düster drein. Ich war überrascht über so viel Verständnis in Sachen Öffentlichkeitsarbeit bei dem Paragraphenreiter, genervt von der Ablehnung des Seniors und sauer auf PS, der mir in keiner Weise Unterstützung zukommen ließ. Aber ich beherrschte meine Gefühle und konzentrierte mich wieder auf meine Argumentation.

»Wenn Siebendt sich nun inhaltlich auf eine öffentliche Diskussion einließe, hätte das einen anhaltenden Schlagabtausch zur Folge, der wochenlang durch die Medien geistern würde und immer mit dem Namen Siebendt verbunden wäre. Von solchen Scharmützeln bleibt immer ein Schatten zurück, auch wenn wir uns nichts vorzuwerfen haben. Letztlich steht dann Siebendt für das gesamte fleischlastige Ernährungsmodell am Pranger und für den Verbraucher ist es ein Leichtes, weiterhin mit gutem Gewissen Fleisch zu essen, solange das Fleisch nicht von Siebendt kommt.«

»Na super«, murmelte der Seniorchef.

»Dazu soll es ja gar nicht kommen«, entgegnete ich schnell. »Wir werden gar keine Diskussion über das Fleischessen an sich oder die Menge des Konsums oder die Einfuhr von exotischem Fleisch aufkommen lassen, weil wir dem Anschlag einen ganz anderen Hintergrund geben.«

»Und der wäre?«, fragte Siebendt senior.

»Das Impro-Theater ist eine witzige Idee, aber ob uns das jemand abkauft?«, sagte der Anwalt. Er lächelte. Mir fiel ein Stein vom Herzen.

»Ein Junggesellenabschied?«, schlug ich vor. »Die müssen doch immer solche dummen Sachen machen …«

Siebendt senior schnaubte durch die Nase. »Das glaubt uns doch kein Mensch.«

Jetzt schaltete sich auch PS endlich ein: »Es sei denn, wir hätten jemanden, der sich vor die Presse stellt und sagt: Ich war's!«

Dieser Gedanke war mir auch schon durch den Kopf gegangen und ich hatte dafür noch keine Lösung gefunden, aber der Anwalt winkte ab.

»Wir sagen einfach, dass der Übeltäter sich bei uns gemeldet und entschuldigt hat. Wir sind nicht nachtragend, wollen seinen weiteren Lebensweg nicht mit diesem dummen Streich belasten und haben ihm zugesichert, seine Identität nicht preiszugeben. Natürlich hat er sich im Gegenzug verpflichtet, den verursachten Schaden zu ersetzen und zukünftig solchen Unsinn nicht mehr zu machen.«

»Glaubst du im Ernst, dass uns das jemand abnimmt?«, fragte der Seniorchef den Anwalt.

Der zuckte mit den Schultern. »Unter zwei Bedingungen: Erstens müssen die wahren Übeltäter den Mund halten, sonst steht Aussage gegen Aussage, und das wird in der Öffentlichkeit genau die Diskussion lostreten, die wir vermeiden wollen. Und zweitens müssen wir die Anzeigen zurückziehen.«

Siebendt senior schüttelte den Kopf. »Da mache ich nicht mit.«

Ich ließ die Schultern hängen, aber der Anwalt zwinkerte mir unauffällig zu, bevor er sich an den Senior wandte.

»Der wirtschaftliche Schaden, den du am Samstag auf dem Markt erlitten hast, ist nichts gegen die Katastrophe, die sich aus dieser Aktion ergeben kann, wenn wir jetzt passiv bleiben.«

»Aber dann kommt der Verantwortliche ungeschoren davon …«, maulte Siebendt senior.

»Aber er wird sich ein Loch ins Hemd ärgern, weil wir

ihm den Wind aus den Segeln genommen haben. Niemand interessiert sich mehr für seine Kritik, die er mit dem Blödsinn zum Ausdruck bringen wollte, die ganze Aktion verpufft einfach und er wird als Depp in der Öffentlichkeit dargestellt.«

»Wir reden noch darüber«, brummte der Seniorchef und der Anwalt gab PS durch eine Geste zu verstehen, dass er mit dem Alten allein sein wollte.

PS erhob sich und bedeutete mir, mit ihm zu kommen. An der Tür drehte er sich noch einmal zu seinem Vater um. »Ich habe ja gesagt, dass sie die Richtige für den Job ist. Berufserfahrung hin oder her.«

»Lass uns in zwei Wochen noch einmal darüber sprechen«, entgegnete sein Vater, nickte mir aber immerhin zum Abschied zu.

Einige Stunden später stand unsere Strategie im Detail fest. Der Anwalt hatte mehrere juristische Bedingungen gestellt und Formulierungen vorgeschlagen und dann seine Zustimmung zu dem von mir ausgearbeiteten Konzept gegeben. PS hatte mir die Durchführung der Täuschungsaktion übertragen. Natürlich wusste ich, dass er das nicht tat, weil er von meiner Professionalität überzeugt war, sondern um seine eigene Weste fleckenlos weiß zu halten. Falls die echten Demonstranten sich doch noch meldeten und unsere Strategie als Ablenkungsmanöver enttarnt wurde, würde mein Kopf rollen, nicht seiner.

Ich war immer noch überzeugt, dass wir die bestmögliche Vorgehensweise gewählt hatten, aber ich wusste ja auch etwas, was sonst niemand wusste, nämlich dass der Ober-Demonstrant mein eigener Bruder war.

Ich war kein religiöser Mensch, aber jetzt sandte ich ein Stoßgebet zu jedem, der es hören wollte, mit der Bitte, dass diese Wahrheit für immer und ewig verborgen bliebe.

Ich verschickte die Pressemitteilungen um halb zwei, für die meisten Empfänger gerade rechtzeitig vor der Redaktionskonferenz am Nachmittag. Schon wenige Minuten später begann mein Telefon zu klingeln und ich wiederholte ständig dieselben Beteuerungen. Ja, es habe sich um einen dummen Scherz gehandelt und Siebendt sei zufällig zur Zielscheibe geworden, es hätte auch jeden anderen Stand treffen können. Nein, es sei keine Demonstration für oder gegen irgendetwas gewesen, das mit der Firma Siebendt oder ihren Premium-Produkten zu tun hätte. Ja, wir hätten mit dem Anführer der Gruppe persönlich gesprochen und sein Name sei uns bekannt. Nein, wir würden den Namen des Mannes nicht veröffentlichen und ihn nicht anzeigen. Ja, er würde den entstandenen Schaden ersetzen, aber damit sei die Sache dann auch ein für alle Mal erledigt. Man wolle dem jungen Mann seine Zukunft nicht verbauen und glaube ihm, dass er aus der Erfahrung gelernt habe. Ja, das sei ungewöhnlich, aber das Unternehmen sei ein Familienunternehmen und habe daher eine Kultur der Verantwortung gegenüber seinen Mitarbeitern und der Gesellschaft. Es sei niemandem damit geholfen, wenn man die Sache aufbausche und daher habe man beschlossen, dem übermütigen Tunichtgut mit einer gehörigen Portion Nachsicht zu begegnen.

Ich gab diese Antworten den Tageszeitungen, den Wochenzeitungen, den Anzeigenblättern und mehreren Radiosendern. Immer freundlich, immer jovial, immer im Brustton der Überzeugung. Einige Journalisten schienen mir die Geschichte nicht wirklich abnehmen zu wollen, aber ich blieb bei der vereinbarten Darstellung.

Um sechs Uhr war ich verschwitzt, hungrig und zittrig von dem Kaffee, den ich den ganzen Nachmittag über in mich hineingeschüttet hatte, aber ich war auch zufrieden.

Bis Tin-Tin in mein Büro kam.

»Das ist doch gelogen, oder?«, fragte sie noch an der Tür.

Ich seufzte. Ich mochte das Mädchen, ich mochte seinen Großvater und ich wollte sie nicht anlügen, aber ich hatte mir geschworen, bei meiner Geschichte zu bleiben. Wenn man schon log, musste man das konsequent tun, hatte Daniel immer gesagt. Damals, als er noch ein schlechter Mensch war. Schon als schlechter Mensch hatte mein Bruder meist recht mit dem, was er sagte.

»Wie kommst du darauf?«

»Die wollen nicht, dass wir die Tiere töten.«

»Wir töten keine Tiere.«

»Du weißt genau, was ich meine.«

Ja, Mädchen, dachte ich, ich weiß genau, was du meinst. Ich höre das von morgens bis abends in meiner eigenen Wohnung.

»Woher weißt du überhaupt davon?«

Sie blickte mich mit ihren schwarzen Augen an, als sei ich nicht ganz zurechnungsfähig.

»Alle reden darüber. In der Schule hat unsere Lehrerin davon erzählt. Sie war dabei.«

Mir wurde heiß. Wenn sie eine der Aktivisten war, war ich geliefert. Dann kannte Tin-Tin bereits die ganze, fiese Wahrheit. Und der Rest der Schule auch. Ich räusperte mich, damit meine Stimme nicht so zittrig und kraftlos klang, wie mir zumute war. »Wo war sie dabei?«

»Sie hat auf dem Markt eingekauft, als die Leute kamen.«

Ich nahm die normale Atemtätigkeit wieder auf.

»Ich war auch dabei«, sagte ich.

Tin-Tin blickte mich nur an. Bei diesem Blick lief mir ein Schauer über den Rücken, so intensiv und forschend war er. Ich nahm mir vor, Josef zu fragen, was mit diesem Kind nicht stimmte. Sie war einfach nicht wie andere Mädchen ihres Alters. Sie war so ernst. Sie wirkte furchtbar jung und steinalt zugleich. Selten hatte ich einen Menschen getroffen, den anzulügen mir dermaßen zuwider war. Ich log prinzipiell nicht viel, aber bei den Journalisten hatte es mich nicht so sehr gestört. Tin-Tin anzulügen hingegen verursachte mir körperliches Unwohlsein.

»Ich mache jetzt Schluss, ich bin total fertig«, sagte ich und begann, meine Sachen zusammenzupacken.

Sie drehte sich wortlos um und verließ mein Büro. Obwohl ich wusste, dass abrupte Abschiede ihre typische Art waren, empfand ich ihr Verhalten als Vorwurf. Und ich wusste, dass er berechtigt war.

Leider ließ die nächste unerwünschte Konfrontation nicht auf sich warten, denn auf dem Mäuerchen vor dem Gebäude der Siebendt-GmbH saß Thomas. Er warf mir einen desinteressierten Blick zu, schaute zurück zum Eingang und dann wieder zu mir. Er bekam große Augen. Ich blickte verunsichert an mir herunter, konnte aber nichts Ungewöhnliches feststellen. Bis ich kapierte, dass er mich bisher nur in Jeans und T-Shirt kannte. Heute hingegen hatte ich mich besonders sorgfältig gekleidet und die Haare hochgesteckt, um das größtmögliche Maß an Professionalität und Glaubwürdigkeit auszustrahlen. Mein Kostüm und die High Heels, die PS mit keinem Blick gewürdigt hatte, schienen Thomas zu beeindrucken, wenn ich das langsame Auf- und Abwandern seiner Augen richtig interpretierte. Ich wurde rot.

Er hatte sich während der Inspektion erhoben und schenkte mir ein schiefes Lächeln.

»Hi, Leo.«

Ich war ihm genauso böse wie Daniel, daher nickte ich ihm nur zu und ging weiter Richtung Straßenbahnhaltestelle.

»Es tut mir leid, Leo. Ich wusste nicht, dass du bei Siebendt arbeitest.«

Er schlenderte neben mir her, die Hände in die Hosentaschen vergraben. Keine Ahnung, wie er es schaffte, völlig entspannt und lässig mit mir mitzuhalten, während ich mit energischen Schritten auf knallenden Absätzen versuchte, ihm zu entkommen.

»Na und wenn? Hättest du dann nicht mitgemacht?«, fragte ich. Mein Tonfall war zickig und ich erwartete keine Antwort.

»Nein, hätte ich nicht.«

Ich blieb stehen und drehte mich zu ihm um, ein spöttisches Grinsen im Gesicht. »Schwachsinn!«

Er schüttelte den Kopf. »Absolut nicht. Ich hätte Daniel dazu gebracht, dass er seine Demo vor einem anderen Stand macht.«

Ich lachte bitter. »Niemand bringt Daniel von einer seiner Ideen ab. Das wirst du schon noch feststellen.«

Thomas ließ ein Grinsen sehen, das schon deutlich weniger zerknirscht und deutlich mehr verschmitzt daherkam. »Ich nehme die Herausforderung an.«

Ich musste gegen meinen Willen lächeln.

»Wenn du das schaffst, dann …«

»Ja? Was ist der Wetteinsatz?« Er blickte mich erwartungsvoll an.

»Dann koche ich dir die besten Nudeln, die du je gegessen hast.«

Die Antwort verblüffte ihn sichtlich, dann brach er in lautes Gelächter aus. »Der Deal gilt.«

Wir gaben uns feierlich die Hände.

»Komm, ich lade dich auf ein Eis ein.«

»Ich will kein Eis«, sagte ich schnippisch.

Thomas blickte enttäuscht.

»Ich will Nudeln.«

Er griff nach meinem Arm. »Spaghetti-Eis?«

»Höchstens als Nachtisch.«

Ich ließ es zu, dass er meine Jacke trug und folgte ihm in die Straßenbahn und zu einem kleinen italienischen Restaurant, das in einer offenen Küche aus hausgemachten, frischen Nudeln hervorragende Spaghetti all'arrabiata machte.

Während des Essens redeten wir nicht viel, aber vorher und nachher fragte Thomas mich regelrecht aus.

»Wie stehst du zu dem plötzlichen Engagement deines Bruders?«

»Warum bist du selbst offenbar von klein auf umweltbewusst gewesen, während dein Bruder sich nur für Geld interessierte?«

»Wenn du jetzt nicht Vollzeit arbeiten müsstest, würdest du dann bei diesen Aktionen mitmachen?«

»Hast du Gewissensbisse bei deiner Arbeit für einen Fleischhandel?«

Viele Fragen konnte ich nicht beantworten, die letzte allerdings schon.

»Nein«, sagte ich, heftiger als vielleicht nötig. »Habe ich nicht. Warum auch? Wenn die Leute Fleisch essen wollen, werden sie das tun, egal ob ich oder jemand anders bei Siebendt arbeitet. Aber die Firma ist ein toller Arbeitgeber, sehr sozial eingestellt, die kümmern sich noch um ihre Mitarbeiter und ich bin als Berufsanfängerin froh, einen unbefristeten Vertrag mit einem vernünftigen Gehalt ergattert zu haben. Das ist alles andere als selbstverständlich.«

Thomas hob die Hände, um mich zu beschwichtigen. »Hey, ich finde das völlig in Ordnung, ich wollte dich nicht anklagen. Und ich würde dich nicht bei deinem Bruder verpetzen, wenn du mir jetzt gestehen würdest, dass du insgeheim doch ein schlechtes Gewissen …«

Ich warf meine Serviette nach ihm, musste aber genau

wie er grinsen. Sein Interesse hatte mir geschmeichelt. Wann hatte zuletzt jemand so genau wissen wollen, was ich dachte, wie ich zu den wichtigen Fragen des Lebens stand oder warum ich dieses oder jenes tat oder nicht tat? Ich konnte mich kaum daran erinnern.

»Danke für den schönen Abend«, sagte Thomas, als wir uns an der Straßenbahnhaltestelle vor dem Restaurant verabschiedeten. Ich wollte endlich unter die Dusche und hatte sein Angebot, mich noch nach Hause zu bringen, abgelehnt. Müde, wie ich war, wäre ich keine interessante Gesprächspartnerin mehr gewesen. Ich freute mich darauf, in der Bahn den Kopf gegen das Fenster zu lehnen und zwanzig Minuten zu dösen.

»Danke für die Nudeln«, entgegnete ich.

»Das Eis holen wir dann mal nach«, sagte Thomas, während ich in die Bahn stieg.

Ich hob die Hand zum Gruß oder zur Bestätigung, ich wusste es selbst nicht so genau, dann ließ ich mich auf den Sitz fallen und nickte fast augenblicklich ein.

13

Zu Hause erwartete mich eine große Überraschung – und zur Abwechslung war sie positiv. Mein Zimmer gehörte wieder mir. Alle Sachen meiner Mutter waren verschwunden, als wäre die ganze Aktion nur ein böser Traum gewesen. Ich hätte heulen können vor Glück und suchte genüsslich bequeme Klamotten heraus, die ich mit ins Bad nahm. Dort allerdings blieb mir das fröhliche Pfeifen im Halse stecken: Die Kosmetikartikel meiner Mutter waren noch immer an Ort und Stelle. War sie etwa doch zu Daniel ins Zimmer gezogen? Das konnte ich mir nicht vorstellen.

Ich duschte, zog zum ersten Mal in diesem Jahr eine luftige Sommerhose an und setzte mich mit einer Tafel Schokolade auf Daniels Balkon in die Abendsonne. Mamas Sachen waren auch hier nicht zu finden, aber ich zuckte die verspannten Schultern. Das Rätsel des mütterlichen Aufenthaltes würde sich noch früh genug lösen.

Ich musste wohl eingeschlafen sein, denn das Nächste, was ich wahrnahm, waren die Stimmen von Daniel und meiner Mutter – beide lachten vergnügt, während sie mich mit halb belustigten, halb mitleidigen Blicken anschauten. Mit steifem Nacken und platt gesessenem Po hing ich auf meinem Stuhl wie ein Affe auf dem Ast im Zoo. Jede Bewegung, um mich aus meiner misslichen Lage zu befreien, den Rücken durchzustrecken und den Kopf wieder in eine aufrechte Position zu bringen, entlockte mir ein gequältes Stöhnen und ihnen neue Heiterkeitsausbrüche. Zwar hatte ich mir gewünscht, dass meine Mutter endlich mit dem Heulen aufhörte, aber dass sie sich dann gleich auf meine Kosten amüsierte, hätte auch nicht sein müssen.

»Du hast ja so nette Mitbewohner, Kind, ich kann gar nicht verstehen, dass du dich so oft über die beiden beschwert hast.«

Meine einzige Hoffnung war, dass auch dies noch ein Traum war.

»Der nette, junge Mann hat sein Zimmer für mich frei gemacht und schläft bei Cornelia, solange ich hier bleiben möchte.«

Ich fühlte den dringenden Wunsch, meine Finger um Mikes Hals zu legen und fest zuzudrücken. Monatelang hatte ich ihm in den Ohren gelegen, dass ich sein Zimmer haben wollte, aber mir hatte er die Bude nicht gegeben. Daniel wiederum hatte die Behausung aus hygienischen Gründen abgelehnt, aber meine Mutter und Mike waren sich spontan einig geworden? Wie hatten sie in nur einem einzigen Tag Mikes Müllkippe in einen Zustand gebracht, in dem meine Mutter mehr als zwei entsetzliche Sekunden verbringen wollte?

»Was hat er dafür verlangt?«, nuschelte ich noch halb verschlafen.

»Verlangt? Nichts. Er ist einfach sehr hilfsbereit.«

Ich träumte definitiv noch. Mike tat nichts ohne Gegenleistung oder zumindest ohne Hintergedanken. Das würde meine Mutter schon noch merken. Da ich nicht abschätzen konnte, in welcher seelischen Verfassung sie sich aktuell befand, ließ ich sie in dem Glauben, dass Mike ihr aus reiner Nächstenliebe einen Gefallen getan hatte.

Daniel kam zurück auf den Balkon und brachte drei Weingläser und eine Flasche biologisch angebauten Rotwein von der Ahr mit. Oberflächlich wirkte er ausgeglichen, aber die Blicke, die er mir gelegentlich zuwarf, waren für mich Beweis genug, dass er sauer war. Sehr sauer. Ich war ihm das ganze Wochenende demonstrativ aus dem Weg gegangen und hatte kein Wort mit ihm gesprochen. Heute hatte ich unsere geniale Verteidigung gestartet, er hatte inzwischen mit Sicherheit meine Stellungnahme zu seiner Aktion vom vergangenen Samstag im Radio gehört. Er musste sich maßlos darüber ärgern, dass der Effekt, den er hatte erzielen wollen, nach meinen dreisten Lügen wirkungslos verpufft war. Ich schenkte ihm ein zuckriges Lächeln.

»Du hast gelogen«, zischte Daniel mir hinter Mamas Rücken zu.

»Du hättest dir für die Aktion eben eine andere Firma aussuchen sollen«, flüsterte ich zurück. »Wer sich mit mir anlegt, ist selbst schuld.«

»... hat er mir jahrelang etwas vorgemacht. Eine Geliebte wäre ja noch akzeptabel gewesen, aber ein Mann?«

Ich stellte fest, dass meine Mutter während unseres kleinen Schlagabtausches ungerührt weitergesprochen hatte. Die Tatsache, dass mein Vater nach fünfunddreißig Jahren Versteckspiel als Schwuler aus dem Schrank gekommen war, hätte mich eigentlich schockieren müssen. Tatsächlich war diese Vorstellung so absurd, dass ich es noch gar nicht glauben konnte und sich daher auch noch keine emotionale Reaktion eingestellt hatte. Zumal ich mit meinen eigenen Problemen jede Menge zu tun hatte.

»Was sagst du dazu?«, fragte Mama allerdings plötzlich an mich gewandt.

Hoppla, jetzt bloß nichts Falsches sagen, dann kamen sicher wieder die Tränen.

»Ich bin völlig überfahren. Seit wann wisst ihr es denn?«

»Ich weiß es seit letztem Montag«, sagte Daniel. »Da hattest du es eigentlich auch erfahren sollen, aber du musstest ja mit deinem Chef Fleisch essen gehen statt deinem Vater bei seinem Coming-out zuzuhören.«

Ich schnaubte unwillig. »Woher hätte ich wissen sollen, dass er dieses Geheimnis mit uns teilen wollte? Zu dem Zeitpunkt seines Besuchs war es nämlich noch genau das – ein Geheimnis.«

»War es nicht«, mischte meine Mutter sich ein. In ihrer Stimme schwang schlecht unterdrückter Zorn mit. »Rita Lewejohann wusste es schon seit Wochen und hat es jedem erzählt, der es hören wollte.«

»Und denen, die es nicht hören wollten, vermutlich auch«, ergänzte Daniel.

Aha, meine Lieblingsfeindin Rita mit dem zerschossenen Teeservice hatte sich auch in dieser Angelegenheit hervorgetan. Das wunderte mich nicht.

»Jedenfalls war ich die Letzte, die es erfahren hat.«

»Nein, das war Leo«, betonte Daniel.

»Danke für die Richtigstellung«, flötete ich.

»Immerhin hast du es aus der Familie erfahren. Mama hat es von Rita.«

Das war wirklich grausam.

»Hast du mit Papa seitdem gesprochen?«, fragte ich meine Mutter.

»Nein. Und ich will auch nicht mit ihm sprechen.«

Das war typisch. Mama ging den unangenehmen Dingen des Lebens gern aus dem Weg. Deshalb wohnte sie jetzt nicht zu Hause, wo die Nachbarn sich das Maul zerrissen, und aus diesem Grund gab sie auch meinem Vater keine weitere Gelegenheit zur Aussprache.

Ich seufzte. Es war also nur eine Frage der Zeit, bis mein Vater herausfand, wo Mama abgeblieben war und selbst hier vor der Tür stand. Ich jedenfalls würde ihn nicht belügen oder abwimmeln. Das mussten die beiden unter sich ausmachen.

Ich ging bald schlafen, denn ich war ja auch die Einzige, die am nächsten Morgen wieder früh rausmusste. Als ich das laut aussprach, reagierte Daniel wie erwartet mit einem Blick, der mich hätte töten sollen, aber da er ja neuerdings lebende Kreaturen verschonte, war die Feuerkraft seines Blickes erloschen. Ich ging unverletzt zu Bett.

Der nächste Arbeitstag verging ohne allzu große Aufregungen, aber bei der Heimkehr erwartete mich eine unerfreuliche Überraschung. In der Küche war der Inhalt praktisch aller Schränke auf der Arbeitsfläche, dem Küchentisch, ja sogar auf dem Fußboden ausgebreitet. Inmitten des Chaos stand ein riesiger Umzugskarton, in dem bei meinem Eintreffen gerade die Rührschüssel verschwand.

»Was passiert mit meiner Rührschüssel?«, fragte ich alarmiert.

Daniel und Thomas, die das Chaos veranstaltet hatten, drehten sich zu mir um.

»Hi, Leo«, sagte Thomas.

»Wir verbannen alle Erdölprodukte aus der Wohnung«, erklärte Daniel.

Erdölprodukte? Natürlich wusste ich, dass Kunststoff aus Erdöl gemacht wurde, aber wenn das bedeutete, dass Daniel keinen Kunststoff mehr duldete, war meine Küche gleich leer.

»Aber …«

»Wir haben schon Ersatz besorgt«, erklärte Thomas mit einem breiten Grinsen. Er zeigte auf einen Stapel Geschirr, das wie die Sammlung für einen Polterabend aussah. Glasierte Ton- und Porzellanschüsseln in allen möglichen Größen und Dekorationen erinnerten an die Auslage eines Garagentrödels. Küchen- und Brotmesser mit Holzgriff, einige große Holzlöffel, ein Schneebesen, ein rostiger Sparschäler mit einer Vergangenheit, deren Beginn in den dunklen Jahren vor dem zweiten Weltkrieg liegen mochte, ein verbeulter Messbecher aus Metall und eine Wärmflasche aus Kupfer rundeten das Bild des Grauens ab. Das Sahnehäubchen aber waren gehäkelte Topflappen in Weiß und Blau.

»Was soll ich damit?«, fragte ich.

»Schon mal etwas von Peak Oil gehört?«, fragte mein Bruder.

»Ich hatte die Bedeutung dieses Begriffs kapiert, bevor du auch nur wusstest, wie man das schreibt.«

»Wir sollten also so schnell wie möglich weg vom Öl.«

»Schön. Also keine neuen Plastikprodukte mehr. Aber wieso willst du mir die alten Sachen wegnehmen?«

Ich schnappte nach meinem Teigschaber, den Thomas in den Karton legen wollte, und zog am Stiel, während er am Schaber zog. Er machte ein Kindergartenduell daraus, stellte sich in Positur, zog mit verbissenem Gesichtsausdruck, ließ wieder etwas locker und zog wieder, wenn ich dachte, dass ich gewonnen hatte. Ich musste lachen und er überließ mir den Teigschaber mit einer Verbeugung. Mit schnellem Griff rettete ich außerdem das Nudelsieb, die Topflappen aus Silikon und den Pürierstab.

»Wir sind so schlau, dass wir uns vom dummen Konsumismus emanzipiert haben und die Dinge tun, von denen wir wissen, dass sie richtig sind. Andere Leute sind noch nicht so weit. Die wollen weiterhin Rührschüsseln aus Plastik haben. Sollen sie bekommen – aber wenigstens keine neuen mehr. Wenn du deine alte Schüssel an solche Unverbesserlichen abgibst, muss keine neue produziert werden.«

»Bietest du in deinem Trödelmarkt auch Hochzeitslisten an?«, fragte ich spöttisch.

»Als Nächstes gehen wir die Klamotten durch«, verkündete Daniel, während er den Karton, in dem meine Schüsseln verschwunden waren, zuklebte.

Ich drehte mich um und sprintete zur Garderobe. Meine brandneue Outdoorjacke mit einzippbarem Fleece würde er nicht bekommen. Und wenn ich sie mit meinem Leben verteidigen müsste.

»Wir haben einen Termin auf dem Carlsplatz. Das Fernsehen will einen kurzen Bericht drehen.«

Toll, ich darf im Fernsehen lügen, dachte ich, sprach es aber natürlich nicht aus. PS war guter Dinge, er hatte mich gelobt und dabei seine Hand auf meine Schulter gelegt. Ein tiefer Blick in meine Augen begleitete seine freundlichen Worte und sorgte bei mir für akute Atemnot.

Es schien tatsächlich, als ob unsere Strategie gegen die Aktion vom vergangenen Samstag aufging, denn ebenso wie die Radiosender bereits am Montagabend auf unsere Meldung angesprungen waren, hatten die meisten Zeitungen am Dienstag und einige Nachzügler am heutigen Mittwoch unser Statement widerspruchslos abgedruckt.

»Ist es denn überhaupt sinnvoll, das Thema noch zu verlängern?«, fragte ich vorsichtig.

»Ins Fernsehen zu kommen ist eine riesige Chance. Beste Sendezeit. Das Thema dient ja nur als Aufhänger.«

Er ließ es sich nicht ausreden und so fuhren wir kurz vor Mittag los. Die Verkäuferin am Marktstand war eine andere als vergangenen Samstag.

»Frau Badena hat sich krankgemeldet«, erklärte die füllige Mittfünfzigerin in der weißen Schürze auf Nachfrage. »Wegen Trauma.«

»Davon sagen Sie nichts, wenn man Sie fragt«, erklärte PS in derart schneidendem Tonfall, dass die Verkäuferin den Kopf zwischen die Schultern zog. »Am besten sagen

Grundsatz, den er mit aller Strenge vertreten hatte, und das war das Gebot der Ehrlichkeit.

»… Dumme-Jungen-Streich?«

Häh? Ich hatte überhaupt nicht aufgepasst und jetzt starrten mich sowohl die Fernsehtussi als auch das riesige, dunkel und unheimlich glänzende Kameraauge erwartungsvoll an.

»Entschuldigung, ich war abgelenkt. Können Sie die Frage noch einmal stellen?«

»Was, glauben Sie, hat den jungen Mann auf die Idee zu diesem Dumme-Jungen-Streich gebracht? Es muss ja einen Auslöser gegeben haben. Immerhin hat er nicht vor dem Nachbarstand demonstriert.«

»Es war keine Demonstration«, erwiderte ich reflexartig.

Rechts war ein Geflügelstand, ich aber drehte den Kopf nach links, wo der Nachbarstand Pfannen verkaufte. »Und eine Verkleidung als Pfanne wäre vermutlich deutlich schwieriger gewesen.«

Die Umstehenden lachten. Am lautesten lachte mein Vater. Ich bemühte mich, nicht in seine Richtung zu schauen, bemerkte aber trotzdem aus dem Augenwinkel, dass er den Daumen hochreckte.

Auf diese Art ging es weiter. Ich wich jedem Versuch, mir eine Stellungnahme zum Thema Töten abzuringen, aus und wiederholte die Geschichte vom besonders ausgefallenen Junggesellenabschied. Ich erzählte, dass der Täter sich gemeldet und entschuldigt hätte und den Schaden ersetzen würde. Ich fügte sogar noch hinzu, dass wir uns mit ihm auf eine Ratenzahlung geeinigt hatten, denn die ganze Summe hätte der junge Mann leider gerade nicht flüssig. Dann wurde die Marktverkäuferin um eine Stellungnahme gebeten, die sie weisungsgemäß ablehnte. Insgesamt waren die Informationen und Neuigkeiten so wenig ergiebig, dass ich mich fragte, ob der Sender den Beitrag überhaupt bringen würde.

Bis mein Bruder auftrat. Plötzlich stand er in seinem Kostüm vom vergangenen Samstag einschließlich quietschgrünem Spielzeuggewehr unter den Zuschauern. Woher hat Daniel von diesem Interview gewusst?, schoss es mir durch den Kopf. Papa war überrascht gewesen, mich hier zu treffen, aber Daniel hatte sich vorbereitet. In seinem Kostüm stand er hier, um mir die Show zu versauen. Mit verschränkten Armen und einem spöttischen Lächeln im Gesicht beobachtete er das verzweifelte Bemühen des Fernsehteams, irgendetwas von Belang über die Angelegenheit in Erfahrung zu bringen. Dann zeigte einer der Zuschauer mit dem Finger auf ihn.

»Der war's! Das ist der Typ von Samstag«, rief er so laut, dass es niemand überhören konnte. Die Tontechnikerin wirbelte herum und hielt dem Mann das Mikrofon unter die Nase. Er sah aus wie ein Marktverkäufer, ich glaubte, ihn weiter vorn bei den Eiern und Milchprodukten gesehen zu haben. Mit dem Mikro vor der Nase wiederholte er noch einmal: »Der hat am Samstag die Tiere abgeschossen.«

»Sagen Sie uns doch bitte Ihren Namen«, forderte die Fernsehtussi nach einer Sekunde der Desorientierung aufgeregt von Daniel. Die Tontechnikerin mit dem Mikro stand noch bei dem Eiermann und konnte daher Daniels Antwort nicht einfangen, als er sagte: »Mein Name tut nichts zur Sache.«

»Was haben Sie mit Ihrer Aktion bezweckt?«

Ich stand inzwischen außerhalb des Kreises, den die Zuschauer um Daniel bildeten. Die Tontechnikerin kämpfte sich in den Kreis hinein und auch der Kameramann rempelte sich an eine Stelle, von der er freies Sichtfeld auf Daniel hatte. Mein Bruder warf mir einen siegessicheren Blick zu und holte Luft, um mir den tollsten Job der Welt und die Aussicht auf ein Leben an der Seite meines Traummannes zu nehmen, als eine Hand auf seiner Schulter erschien. Die Hand unseres Vaters.

Daniel drehte den Kopf, sah Papa und erstarrte. Papa schüttelte leicht den Kopf. Daniel versuchte, Papas Hand abzustreifen, aber erfolglos.

»Was haben Sie mit Ihrer Aktion bezweckt?«, wiederholte die Journalistin mit leichter Verunsicherung in der Stimme.

Daniel warf ihr noch einen abschätzigen Blick und mir eine Kusshand zu, drehte sich um und ging. Die Menge teilte sich vor und schloss sich hinter ihm. Zurück blieb mein Vater, der nun den neuen Mittelpunkt des Interesses bildete.

»Die Hormone«, sagte er mit einem Achselzucken und einer leichten Kopfbewegung in Daniels Richtung. Die Umstehenden lachten. Papa verbeugte sich vor der Fernsehtante und verdrückte sich aus dem Kreis. Damit stand nur noch das Fernsehteam in einem Ring aus erwartungsvoll blickenden Zuschauern.

»Was sollte denn das mit der Kusshand?«, fragte die Fernsehmaus verwirrt. »Kennt jemand den Mann?« Sie drehte sich zu mir. »Was sagen Sie dazu?«

Der Kameramann nahm die Kamera von der Schulter und wischte sich den Schweiß von der Stirn. Dann heftete er einen vernichtenden Blick auf die Journalistin. »So was Dilettantisches habe ich ja noch nie erlebt«, brummte er. »Einem von den beiden Typen hättest du folgen müssen! Warum ist der Kerl von Samstag hier wieder aufgetaucht? Wer ist er? Und wer ist die Tunte, die ihm so innig die Pfote auf die Schulter tatzt? Mein Gott, da bietet sich dir die Chance, aus der langweiligsten Geschichte seit der Schneeschmelze eine Story zu machen und du stehst hier und stellst der

Tussi, die dir schon eine Stunde lang ein weichgespültes PR-Märchen erzählt hat, noch mal dieselben Fragen von vorn. Mit so Leuten arbeite ich nicht. Ich mache Feierabend.«

Der Kameramann drängelte sich aus dem Kreis und verschwand zwischen den Zuschauern. Die Journalistin warf mir einen giftigen Blick zu, steckte ihre Fragekärtchen in die Tasche und stapfte wütend hinter ihm her. Die Tontechnikerin folgte den beiden sichtlich genervt. Das Publikum wartete noch einige Augenblicke unentschlossen auf eine Fortsetzung des Theaters, zerstreute sich dann aber bald. Ich stand die ganze Zeit reglos an meinem Platz und wagte kaum zu hoffen, dass die Tragödie damit beendet war.

»Du hast dich hervorragend gehalten.«

PS hatte sich auf die andere Seite der Plane geschlichen, die die Seitenwand des Marktstandes bildete. Seine Stimme klang zufrieden.

»Beinahe hätte dieser Idiot die ganze Show geschmissen.«

Mir wurde heiß. Ich hätte wirklich superdämlich dagestanden, wenn Daniel seine Version der Ereignisse zum Besten gegeben hätte. PS kam um die Plane herum und stand nun direkt vor mir. Ich wurde rot.

»Aber zum Glück hat dieser Farbrausch in Lila den Spinner daran gehindert, uns reinzureiten. Mein Gott, was für ein Auftritt.«

Er legte sich in einer gespielt melodramatischen Geste den Handrücken an die Stirn und rollte mit den Augen.

»Kleines, du warst hinreißend«, ertönte die Stimme meines Vaters direkt hinter mir.

Jetzt stand mein Kopf in Flammen.

»Kleines?«, fragte PS irritiert.

Die beiden Männer blickten sich über meinen Scheitel

hinweg an. Keiner von beiden ergriff die Initiative, also war es wieder einmal meine Aufgabe, die Situation zu retten.

»Papa, das ist Herr Siebendt, mein Chef. Philip, das ist mein Vater.«

Das Schweigen dauerte an und ich fand, dass ich für den Moment genug geleistet hatte. Ich ließ die beiden stehen und ging zur Straßenbahn. Die Anrufe meines Vaters auf dem Handy drückte ich weg. Eine halbe Stunde später saß ich in meinem Büro und heulte leise, damit Frau Wildenroth mich nicht hörte.

14

Der Fernsehbericht wurde am selben Abend gesendet und ich schaute ihn mir gemeinsam mit PS in seinem Büro an. Da meine Auskünfte nicht besonders erhellend waren und von der Demonstration selbst keine Bilder existierten, musste die Moderatorin im Studio zunächst die Ereignisse des Samstags zusammenfassen. Danach wurde meine Erklärung eingespielt, dass es sich um einen Streich zum Junggesellenabschied handelte und der Schuldige seine Tat bereute, danach sprach die Moderatorin mit einem Experten im Studio nicht etwa über die Frage, wie viel Fleischkonsum gesund oder klimafreundlich sei, sondern über Sachbeschädigung! PS und ich schauten uns an und prusteten los vor Lachen. Derweil erklärte der Experte, dass heutzutage immer mehr Streiche die gesetzlichen Grenzen überschritten. Abiturienten verwüsteten ihre Schule, Kinder sprühten an Halloween Graffitis an Hauswände und Junggesellen demolierten Züge, klauten Fahrräder oder belästigten Passanten auf ihren exzessiven Abschiedspartys. Je abgefahrener, desto besser – die Frage des guten Geschmacks oder der Legalität zähle da nicht mehr.

»Das wird meinen Vater endgültig davon überzeugen, dass meine Entscheidung, dich einzustellen, eindeutig richtig war.«

Er entkorkte eine Flasche Champagner, die er aus dem Kühlschrank hinter seinem Schreibtisch geholt hatte.

»Auf die unbeschädigte Reputation des Namens Siebendt«, toastete er.

Ich ließ mein Glas an seines stoßen, nahm einen Schluck des exquisiten Tröpfchens und genoss den Augenblick.

PS schaute auf seine Uhr. »Oh, sorry, aber ich muss weg. Nimm das Glas mit in dein Büro und trink in Ruhe aus, es wäre ja zu schade um den guten Tropfen.«

Ich war über das abrupte Ende unserer Siegesfeier enttäuscht, hatte ich doch heimlich gehofft, dass wir den Abend mit einem gemeinsamen Essen ausklingen lassen würden, aber als PS mir zum Abschied einen Kuss auf die Wange hauchte, war ich versöhnt. Genüsslich leerte ich das Glas mit den Füßen auf meinem Schreibtisch und schlief auf dem Heimweg in der Straßenbahn ein. Alkohol auf leeren Magen bekam mir einfach nicht.

Daniel verriet mir nicht, wer ihn über das geplante Interview auf dem Carlsplatz informiert hatte. Immerhin schien der Kontakt nicht aus dem Sender zu kommen, sonst wäre Daniels Name mit Sicherheit bereits an die Öffentlichkeit gelangt. Ich vermutete eine Beziehung zur Marktleitung, denn außer dem Sender, PS und mir war diese Stelle als einzige im Voraus über die Filmaufnahmen informiert worden, aber da die Sache für mich glimpflich ausgegangen war, interessierte es mich nicht weiter. Mit Daniel über diese Dinge zu streiten, war sowieso aussichtslos.

Die Tage im Büro wurden ruhiger wenn auch nicht weniger arbeitsintensiv. Die Abende und das folgende Wochenende verbrachte ich teilweise am Rhein, teils zu Hause, wo ich mit meiner Mutter oder mit Daniel oder mit beiden kochte und die Stimmung sich langsam normalisierte. Daniel war nicht mehr zänkisch und meine Mutter heulte von Tag zu Tag seltener. Meinen Vater hatte ich seit dem Auftritt während meines Fernsehinterviews weder gesehen noch gesprochen. Ich ertappte mich immer wieder bei dem Gedanken, dass er vom Antlitz der Welt verschwunden war, denn dass der Mann im violetten Hemd mein Vater sein sollte, war für mich unvorstellbar. Ich wusste nicht, wie ich mit der Situation umgehen sollte, und tat das, was angesichts meines aufreibenden Jobs das Einfachste war: nichts.

Eines Abends erwartete mich meine Mutter bei meiner Heimkehr in einer eigenartigen Stimmung. Sie summte, während sie Sahne schlug. Mit einem Handmixer von dem Typ, den ich zuletzt in einem Freilichtmuseum zum bäuerlichen Leben des vorletzten Jahrhunderts gesehen hatte. Der elektrische Mixer war meinem Bruder zum Opfer gefallen. Ich stand einen Moment in der Küchentür und betrachtete das Bild auf der Suche nach dem Fehler. Endlich fiel es mir auf. Mama trug kein Seidentuch.

»Wie geht es dir?«, fragte ich, als sie den Schneebesen zur Seite legte und der Lärmpegel auf ein erträgliches Maß sank.

»Gut, danke der Nachfrage.«

»Ich weiß zwar nicht, was es gibt, aber kann ich mitessen?«

»Nun …« Das klang eindeutig ablehnend.

Ich seufzte. Ich war wieder mal nicht zum Essen gekommen, daher hing mir der Magen inzwischen in den Kniekehlen.

»Kein Problem, ich mache mir selbst etwas«, murmelte ich.

Ich zog mich um und ging wieder in die Küche. Nudeln wären jetzt genau richtig. Meine Mutter saß am Tisch und schaufelte Erdbeeren mit Sahne in sich hinein. Mindestens ein Kilo Erdbeeren und mindestens einen ganzen Becher Sahne. Genug für drei. Aber mir hatte sie nichts abgeben wollen. Na toll.

»Weißt du, ich muss jetzt Pläne für mein Leben machen«, sagte sie, während ich Wasser aufsetzte. Es klang auswendig gelernt.

»Viele Frauen in meinem Alter finden sich in derselben Situation wieder. Die Kinder aus dem Haus und der Mann …«

Ich holte eine weitere Handvoll Nudeln aus der Packung.

»Ich werde mir überlegen müssen, wo ich wohnen möchte, ob ich noch einmal arbeiten gehe oder nur Hobbys pflege. Ich werde ins Theater gehen und mich vielleicht ehrenamtlich für etwas engagieren.«

All das hättest du schon lang tun können, dachte ich bei mir, sagte aber nichts.

»Und ich werde endlich einmal nur an mich denken. Nicht an meinen Mann, nicht an die Kinder, die Familie, sondern nur an mich.«

Das hatte sie schon drauf, ein Blick auf den Berg Erdbeeren, den sie vor meinen Augen verdrückte, genügte.

»Du trägst gar kein Tuch«, sagte ich.

»Mit den Tüchern ist es vorbei«, erklärte meine Mutter streng. »Das war vor vielen Jahren mal modern.«

Schade, in Zukunft müsste ich mir für ihren Geburtstag etwas anderes ausdenken. Es sei denn, sie kehrte von ihrem Selbstverwirklichungstrip zurück, zog wieder zu Hause ein und gab auch ihren Seidentüchern eine zweite Chance. Nicht, dass sie sie wirklich verdient hätten …

»Etwas abnehmen muss ich auch«, fuhr meine Mutter fort. »Erdbeeren sind da schon ganz richtig.«

Genau. Und die Sahne half dem Stoffwechsel beim Abspecken.

»Und morgen gehe ich zum Friseur.«

Ich unterdrückte ein Stöhnen. Das Mensch gewordene Klischee der verlassenen Ehefrau saß in meiner Küche und lud all seine Sorgen in meinem Leben ab. So wie Daniel seine Spinnereien auf meinem Rücken austrug. Womit hatte ich das verdient?

Ich arbeitete weiter fleißig an der Verbreitung unserer exotischen Fleischsorten, zum Beispiel indem ich Gastronomen, die unser Fleisch kauften, Informationsmaterial an die Hand gab, das sie in Ihre Speisekarten einfließen lassen oder zur Schulung des Personals nutzen konnten. So gab es Menschen mit Tierproteinallergien, die aber Antilopenfleisch vertrugen. Die meisten wussten allerdings nichts davon, weil sie Antilope noch nie probiert hatten. Da tat Aufklärung not.

Außerdem erstellte ich eine Liste mit Veranstaltungen, die unsere Zielgruppe interessieren könnten, und suchte Leute, die sie durchführen konnten. Im Alpenverein wurde ich fündig, was einen Vortrag über die Besteigung des Kilimandscharo anging, ein Reiseveranstalter vermittelte mir den Kontakt zu einem Mann, der jedes Jahr ehrenamtlich bei der Zählung von Antilopen in einem Nationalpark half, und der Chef des Reiseveranstalters schlug vor, selbst einen Diavortrag über die unterschiedlichen Landschaften Afrikas zu gestalten, vom Hohen Atlas im Nordwesten bis zu den Weinbergen am Kap ganz im Süden. Mit diesen Vorschlägen wandte ich mich an Restaurantchefs und Hoteliers und gewann viele von ihnen für Kooperationen, in denen die Restaurants die Vorträge in Verbindung mit einem Dinner anboten, das die jeweiligen Spezialitäten auf den Teller brachte.

Tin-Tin besuchte mich weiterhin regelmäßig nachmittags in meinem Büro und las die Informationsblätter, schaute die Fotos an oder hörte einfach zu, wie ich meine Ideen am Telefon anpries. Manchmal teilte sie ihren Apfel oder eine Möhre mit mir, manchmal auch ein Stück Schokolade. Irgendwann schlich sie dann wieder hinaus, so leise, dass ich ihr Fehlen oft erst bemerkte, wenn ich den Telefonhörer auflegte.

Ich wurde aus dem Mädchen nicht schlau und so fragte ich Josef eines Abends, als ich das Büro verlassen wollte, ob ich mich ein paar Minuten zu ihm setzen dürfe.

Er rückte mir den Hocker, auf dem sonst Tin-Tin saß, zurecht und blickte mich besorgt an.

»Was ist eigentlich mit Tin-Tin los?«, fragte ich geradeheraus. »Hat sie gar keine Freundinnen?«

Josef seufzte. »Das Mädchen ist schwierig.«

»Inwiefern?«

»Seit dem Unfall ...« Er schluckte. »Martinas Eltern sind vor einem halben Jahr gestorben. Bei einem Autounfall.«

Ach du liebe Güte, dachte ich, konnte aber eine entsprechende Bemerkung gerade noch zurückhalten. Josef saß mindestens zwölf Stunden am Tag in dieser Pförtnerloge, wie konnte er sich um ein elternloses Mädchen kümmern?

Er musste meine Bestürzung bemerkt haben, denn er nickte mit zusammengekniffenen Lippen. »Ich habe sie sehr gern bei mir, nicht, dass Sie mich falsch verstehen, aber ein alter Mann wie ich ist eigentlich nicht der ideale Umgang.«

Ich hielt den Mund.

»Martinas Großeltern mütterlicherseits sind sehr wohlhabend. Sie leben in einem großen Haus mit Garten, haben Pferde und Hunde und Martina hat sie mit ihrer Mutter zusammen häufig besucht. Es war also irgendwie selbstverständlich, dass Martina die ersten drei Monate bei ihnen lebte, aber dann ging ihr sauertöpfisches Gesicht der

Dame des Hauses auf die Nerven. Sie steckte sie in ein Internat, von wo Martina drei Mal ausriss. Seitdem lebt sie bei mir.«

»Gibt es denn sonst niemanden …«

»Sie geht immer noch regelmäßig zur Therapie, aber ich weiß nicht, ob das hilft. Sie hat ihr Lachen bisher nicht wiedergefunden.«

Genau deshalb saß ich hier.

»Ich habe die Therapeutin gefragt, ob es besser wäre, wenn ich die Arbeit aufgäbe und mich ganz dem Mädchen widme, aber sie hat mir dringend davon abgeraten. Hier ist der einzige Ort, an dem Martina unter Leute kommt. Außer der Schule natürlich, aber da sondert sie sich auch ab.«

»Wie ist sie denn in der Schule?«, fragte ich, weil mir nichts Besseres einfiel.

»Gut. Sie bekommt tolle Noten. Sie ist sehr klug und lernt leicht. Sie muss sich keine Mühe geben, Dinge zu verstehen und zu behalten.« Der ganze Stolz des Großvaters schwang in diesen Worten mit und sein Gesicht hellte sich merklich auf. Allerdings verdüsterte es sich gleich wieder.

»Aber die Noten sind nicht so wichtig. Wichtiger wäre mir, dass das Kind wieder lacht.«

»Kann ich irgendwie helfen?«, fragte ich.

Er zuckte mit den Schultern. »Sie ist gern bei Ihnen. Es wäre also schön, wenn Sie ihr das weiter erlauben. Natürlich nur, solange sie Sie nicht stört.«

Ich nickte. »Sie stört überhaupt nicht.«

Nach diesem Gespräch ging ich in dem Gefühl nach Hause, dass es gut war, überhaupt eine Familie zu haben. Selbst wenn sie so vollkommen durchgeknallt war wie meine.

Zu Hause wurde diese Einstellung gleich wieder auf eine harte Probe gestellt, denn laute Stimmen drangen aus unserer Wohnung bis ins Treppenhaus. Ich erkannte Daniels

Stimme und die von Mike, eine andere war leiser und daher nicht so klar zuzuordnen. Vermutlich Conny.

Meine Ahnung hatte mich nicht getäuscht. Daniel und Thomas saßen am Küchentisch, Conny und Mike standen davor.

»... aber doch nicht wir. Das ist Nötigung.«

Es klang in meinen Ohren immer wieder total lächerlich, wenn Mike, der faule Dauerkiffer, mit schwerem amerikanischem Akzent deutsche Gesetze zitierte, aber seine Rechte kannte er, das musste man ihm lassen.

»Ist es auch Nötigung, wenn ich dich davon abhalte, deine Freundin zu ermorden?«, fragte Daniel.

Conny starrte Mike an.

»Das ist was anderes.«

»Nein«, erklärte Daniel. »Du sollst deine Freundin nicht töten und aufessen und du sollst keine Tiere töten und aufessen.«

»Es geht nicht um das Töten von Tieren ...«

»Doch. Weil ein Ei zu einem Küken werden soll und nicht zu deinem Brotbelag.«

Mir schwante Schreckliches. Ich drängelte mich an Mike vorbei und öffnete den Kühlschrank. Die Eier waren verschwunden, ebenso Käse, Milch, Butter und Sahne und alles andere, was tierischen Ursprungs war, darunter das halb volle Glas Mayonnaise, das ich für meinen Kartoffelsalat eingeplant hatte.

Mein Bruder hatte die Stufe vom Vegetarier zum Veganer geschafft.

»Das ist Schwachsinn«, sagte Mike.

»Du würdest mich also töten?«, fragte Conny.

»*Bullshit!*«, brüllte Mike und stürmte an mir vorbei aus der Küche.

»So ein Arschloch«, nuschelte Conny und latschte hinter ihm her.

»Willkommen zu Hause«, murmelte ich und ging duschen.

Daniel und Thomas saßen noch in der Küche, als ich aus dem Bad kam, und steckten die Köpfe über einem Blatt Papier zusammen. Sie blickten wie ertappt auf, als ich eintrat.

»Na, was macht der Lügenbaron?«, fragte Daniel, aber sein Tonfall und sein Gesichtsausdruck waren freundlich.

Thomas, der dem Streitgespräch vorhin lässig zurückgelehnt gelauscht hatte, grinste mich fröhlich an. Ich hatte ihn seit dem gemeinsamen Nudelessen nicht mehr getroffen und freute mich, ihn zu sehen. Allerdings hoffte ich, dass die Herren ihre Bekehrungsversuche jetzt nicht an mir fortführen wollten, denn ich war müde und hungrig. Ein bisschen Harmonie war alles, was ich wollte. Und Kartoffelsalat. Darauf hatte ich schon den ganzen Tag einen fürchterlichen Heißhunger.

»Wo ist meine Mayo?«, fragte ich also zurück und ließ mich auf einen freien Stuhl fallen.

Daniel grinste mich frech an. »Was bekomme ich für die Antwort?«

»Entweder einen Tritt in den Allerwertesten oder einen Kuss. Das kommt auf die Antwort an.«

»Im Kühlschrank«, sagte Thomas. Dann grinste er noch breiter als Daniel. »Kuss?«

Ich stand auf, um erstens im Kühlschrank nach der Mayonnaise zu suchen und zweitens meine Verwirrung zu verstecken. Wollte Thomas wirklich einen Kuss von mir? Oder wollte er mich nur in Verlegenheit bringen? Egal, auf leeren Magen interessierte mich das alles überhaupt nicht. Ich wandte mich dem Kühlschrank zu.

Statt der tierischen Produkte, die heute früh noch alle an ihren Plätzen gestanden hatten, herrschte gähnende Leere.

Bis auf das unterste Fach, in dem zwei Schüsseln standen. Ich machte die größere auf. Kartoffelsalat!

»Daniel wollte die Sachen wegwerfen, aber das habe ich verhindert. Damit ist niemandem geholfen«, sagte Thomas. »Und was macht man aus Eiern, Mayonnaise, Sahne und Milch?«

Ich öffnete die zweite Schüssel. Hirsepudding!

»Definitiv Kuss«, sagte Daniel.

Ich strahlte die beiden an, ging um den Tisch herum und drückte erst Daniel, dann Thomas einen Kuss auf die Wange. Thomas drehte seinen Kopf dabei schnell und unerwartet herum, sodass mein Kuss seine Lippen streifte. Ich spürte, wie ich rot wurde. Mein Gott, als hätte ich noch nie einen Kerl geküsst, den ich kaum kannte. Diesen Teil meiner ansonsten recht robusten Natur hasste ich wirklich wie die Pest.

Er grinste mich an. »Ich kann noch mehr kochen.«

Ich gab ihm einen leichten Klaps auf den Hinterkopf. »Ich auch.«

Daniel lachte laut. »Sie mag dich, sonst hätte dein Hinterkopf jetzt ein Loch von der Größe eines Gänseeis.«

»Blödmann«, entgegnete ich, während der nächste Blutrausch über meine Wangen zog.

Mit den beiden Schüsseln und einem großen Löffel verzog ich mich auf Daniels Balkon, während die Revolutionäre an unserem Küchentisch weitere Anschläge planten.

15

Am nächsten Morgen begegnete mir eine fremde Frau auf dem Weg ins Bad. Sie erinnerte mich vage an eine Tussi, die ich vor Jahren in irgendeiner Werbung gesehen hatte – ihre Haare waren auf Kinnlänge zum Bob geschnitten und in schreiendem Rot gefärbt. Die Frau schien mich allerdings sehr gut zu kennen.

»Ist es nicht mehr üblich, sich einen guten Morgen zu wünschen?«, fragte sie mit leicht angesäuertem Tonfall, den ich seit frühester Kindheit kannte.

»Mama???«

»Ja, da staunst du, was?«

Sie fuhr sich mit der Hand über das Haar, das im trüben Flurlicht zu leuchten schien.

»Hast du ihn verklagt?«, fragte ich.

»Wen?« Sie wirkte ehrlich verwirrt.

»Den Friseur natürlich.«

»Die Farbe ist etwas intensiver geraten als geplant, aber der Friseur meinte, das stünde mir ausgezeichnet.«

Ja, wenn wir noch Februar hätten und Karneval unmittelbar bevorstünde, hätte der Friseur sicher recht.

»Und ich habe schon positive Reaktionen bekommen.«

Ich verkniff mir die Frage, von wem, denn ich musste mich beeilen. Ich war sowieso schon spät dran.

Ich brachte den Tag hinter mich, obwohl es mit meiner Konzentration heute haperte. Ständig spukte mir der leuchtend rote Pagenkopf meiner Mutter vor Augen herum. Der Tag wurde auch nicht besser, als PS am späten Nachmittag mein Büro betrat. Zu meiner Schande muss ich gestehen, dass ich seinen Namen wieder gegoogelt hatte und daher wusste, dass er die letzte Woche, in der ich fleißig an der großen Kampagne für das Wildfleisch gearbeitet hatte, bei einer Segelregatta auf Mallorca verbracht hatte. Er sah göttlich aus. Seine übliche Sonnenbräune war noch tiefer, sein Haar von der Sonne gebleicht, seine Schultern schienen mir breiter und seine Hüften schmaler geworden zu sein. Ich hatte ihn vermisst. Und ich fieberte mehr denn je unserer Reise nach Namibia entgegen, die in genau elf Tagen beginnen würde. Dann könnte ich seine Gegenwart eine ganze Woche lang genießen. Ich unterdrückte ein wohliges Seufzen.

»Wie läuft es?«, fragte er, während er mir den Rücken zuwandte, um an meiner Pinnwand die neuesten Fotos und Projektblätter zu studieren.

Die Haltung gab mir die Gelegenheit, seinen knackigen Po in der Designerjeans zu bewundern, was ich ausgiebig tat. Ich riss mich zusammen.

»Gut.« Ich erläuterte ihm die mit den Gastronomen geplanten Aktionen und konnte nur an seinem Nicken erkennen, dass er überhaupt zuhörte.

»Du erinnerst dich sicher, dass du mir bei dem Fernsehtermin auf dem Markt nach Abschluss der Dreharbeiten deinen Vater vorgestellt hast?«

Das Thema traf mich unvorbereitet und erzeugte ein erhebliches Unwohlsein. Von der aufflammenden Gesichtsröte ganz zu schweigen. Trotzdem bemühte ich mich um einen gelassenen Tonfall.

»Natürlich erinnere ich mich.«

»Und dann hast du uns zwei da einfach stehen gelassen und bist abgehauen. Das war ziemlich unhöflich, findest du nicht?«

Endlich drehte er sich um. Sein Gesichtsausdruck war zwar nicht feindselig, aber auch nicht freundlich.

Natürlich war das unhöflich, aber ich hatte in dem Moment ganz andere Probleme gehabt, von denen PS allerdings keinesfalls jemals erfahren durfte, daher entschied ich mich für den einfachsten Ausweg. »Tut mir leid.«

PS nickte. Dann grinste er. »Immerhin hast du eine interessante Familie. Und der Begleiter deines Vaters, den ich dann auch gleich noch kennengelernt habe, ist Mauro Gantini.«

Ich hatte den Namen noch nie gehört und reagierte daher mit hochgezogenen Augenbrauen auf diese Information.

»Er könnte ein wichtiger Kunde für uns werden, denn Herr Gantini eröffnet nächste Woche eine Restaurantkette mit dem schönen Namen ›eat meat‹.«

Ich starrte PS an, um zu sehen, ob er einen Witz gemacht hatte, aber abgesehen davon, dass er sich über den Zufall des familiären Zusammentreffens zu amüsieren schien, war er vollkommen ernst. Mein Gott, dachte ich, wenn das mein Bruder erfuhr!

»Er hat uns für heute Abend zu einem Preview-Dinner für die Presse und geladene Gäste eingeladen. Hast du Lust?«

»Ist mein Vater etwa auch da?«

»Das weiß ich nicht.« PS wirkte irritiert. »Würde dich das in deiner Entscheidung beeinflussen?«

Ich verfluchte mich selbst, weil ich das nötige Gespräch mit meinem Vater immer wieder vor mir hergeschoben hatte. So etwas rächte sich üblicherweise und hier hatten wir wieder einmal den Beweis. Aber es würde mir nicht im Traum einfallen, meinem Boss gegenüber meine familiären Probleme zum Thema zu machen oder mein töchterliches

Versagen in dieser Angelegenheit, daher reckte ich das Kinn und drückte den Rücken durch. »Nein, natürlich nicht.«

Wir kamen auf die Minute pünktlich vor dem Restaurant in einer Seitenstraße der Luegallee an und PS fand auch sofort schräg gegenüber einen Parkplatz, was in dieser Gegend der Stadt einem Lottogewinn gleichkam.

»Wir haben da ein bisschen nachgeholfen«, antwortete der junge Mann, der uns vorn am roten Teppich in Empfang nahm, auf PS' Bemerkung. Ich wollte lieber gar nicht darüber nachdenken, mit welchen Mitteln man die Anwohner dazu brachte, ihren Wagen ein paar Straßen weiter zu parken, damit die geladenen Gäste nicht mehr als zehn Schritte zu Fuß gehen mussten. In dieser Gegend war eigentlich nur eine finanzielle Lösung vorstellbar.

Jeder Gast bekam ein Glas Champagner in die Hand gedrückt und dann standen wir herum und sahen und wurden gesehen. Bis auf die lange Bar aus poliertem Holz mit Barhockern aus Edelstahl und Leder sowie einige Stehtische war der Raum leer. Die Wände waren mit Wandmalereien in Pastelltönen verziert, die einen Sonnenuntergang über der afrikanischen Steppe, den Kilimandscharo mit Schneehäubchen oder einen Kolibri an einer riesigen Blüte zeigten. Diejenigen Tiere, deren Fleisch hier zum Verzehr angeboten wurde, tauchten auf den Gemälden nicht auf.

Die Flügeltüren zum Restaurant wurden bald darauf von Mauro Gantini geöffnet, dem Mann, den ich einmal an der Seite meines Vaters gesehen hatte, als er ihm seinen Arm um die Hüfte gelegt hatte.

»Herzlich willkommen«, rief er mit weit ausgebreiteten Armen. »Vielen Dank, dass Sie heute gekommen sind, um mein neues Restaurant mit mir gemeinsam einzuweihen. Bitte, nehmen Sie Platz!«

Auf den Tischen standen Namenskärtchen und wir fanden die uns zugewiesenen Plätze problemlos. Es war ein Vierertisch am Fenster mit Blick in einen wunderschön beleuchteten Garten.

»Kann man im Sommer auch draußen essen?«, fragte die Frau, die von Mauro an unseren Tisch geleitet wurde.

»Das ist wegen der Anwohner leider nicht möglich«, flötete Mauro, küsste der Dame die Hand und eilte zum nächsten Gast, der seinen Platz suchte.

Der Gast war mein Vater.

Mauro führte ihn an unseren Tisch.

Ich wollte nur noch weg.

»Leonie, wie schön, dich zu sehen«, sagte mein Vater aufgeräumt, gab mir die Hand und zwinkerte mir zu wie früher immer, wenn wir zwei etwas verbrochen hatten, von dem meine Mutter nichts wissen durfte. Zum Beispiel am Pudding genascht hatten, bevor er ganz abgekühlt war.

»Herr Siebendt.« Knappes Kopfnicken auf beiden Seiten.

»Mein Name ist Tutz, Volker Tutz, guten Abend.« Mein Vater gab der anwesenden Dame die Hand und setzte sich dann auf den Stuhl mir gegenüber.

»Bettina Haltermann, sehr erfreut.«

Brot, Oliven, Aioli und Wasser wurden gebracht, währenddessen sagte niemand etwas. Ich bemühte mich, nicht zu hyperventilieren und starrte auf den Platzteller aus echtem Silber.

»In welcher Eigenschaft sind Sie denn heute Abend hier?«, fragte Frau Haltermann ziellos in die Runde, während sie nach einem Stück Brot griff. »Ich muss Sie allerdings warnen, ich bin Journalistin und aus beruflichen Gründen anwesend. Alles, was Sie sagen, kann also gegen Sie verwendet werden.«

Sie lachte bei ihren Worten und präsentierte nicht ganz ebenmäßige, naturweiße Zähne unter einer niedlichen Stupsnase. Ihre blonden Haare waren zum Pferdeschwanz gebunden und ihre Kleidung war schlicht und praktisch: Jeans, Leinenbluse und Pullunder.

»Ich bin mit dem Inhaber bekannt«, begann mein Vater, der neben ihr saß. »Sie dürfen mich zitieren, wann immer Sie möchten, denn ich habe klare Anweisungen von Mauro bekommen, was ich sagen darf und was nicht. Zensur also im Vorfeld, das erspart allen Anwesenden späteren Ärger.«

Die beiden verstanden sich auf Anhieb und mir blieb vor Staunen der Mund offen stehen. So weltgewandt war mein Vater bisher nicht aufgetreten.

»Siebendt, sehr erfreut. Ich bin ein Geschäftspartner von Herrn Gantini. Meine PR-Managerin, Frau Tutz.«

Brigitte Haltermann hatte beim Namen Siebendt die Augen leicht aufgerissen und bei der plötzlichen Wiederholung des Namens Tutz zusammengekniffen. Es fiel ihr sichtlich schwer zu entscheiden, welcher Spur sie zuerst nachgehen sollte. Sie entschied sich, wenig überraschend, für PS.

»Herr Siebendt, natürlich, ich hätte Sie gleich erkennen müssen, Ihrem Bild begegnet man ja überall, ob im beruflichen oder im sportlichen Umfeld.«

PS fühlte sich sichtlich geschmeichelt, winkte aber ab. »Für welches Medium arbeiten Sie denn?«

Sie nannte den Namen einer Gourmet-Zeitschrift, in der ich Anzeigen schalten würde. Das Blatt fühlte sich dem gehobenen Segment der Gastronomie verpflichtet, hatte eine entsprechende Aufmachung und daran angepasste Anzeigenpreise. Eine bodenständig wirkende Journalistin wie Brigitte Haltermann hätte ich in dem Umfeld nicht erwartet, denn die Leute, mit denen ich bisher Kontakt gehabt hatte, waren ausnahmslos höflich, aber ein bisschen hochnäsig gewesen.

»Ich schreibe auch über andere Themen und für andere Auftraggeber, aber der erste Bericht über ein neues Restaurantkonzept ist natürlich exklusiv für den Branchenführer.«

»Wie schön, dass die Redaktion gerade Sie geschickt hat«, sagte PS mit einem neckischen Augenzwinkern.

Frau Haltermann lachte. »Ja, nach den ganzen Neueröffnungen von vegetarischen, veganen, Rohkost- oder Sushi-Restaurants darf es gern mal wieder Fleisch sein.«

Ein helles Klingeln lenkte unsere Aufmerksamkeit zu Mauro Gantini, der in der Mitte des Restaurants stand und mit seinem silbernen Ring gegen den Sektkelch geschlagen hatte. Ich warf einen verstohlenen Blick zur Hand meines Vaters. Er trug keinen Ring. Gut so.

Ich erschrak über diesen Gedanken, denn eigentlich hätte am Ringfinger sein Ehering stecken sollen, ohne den ich ihn niemals gesehen hatte. Nichts. Ich schluckte. Vielleicht wurde mir erst in diesem Moment so richtig klar, dass meine Eltern sich getrennt hatten, und zwar für immer.

Dass es für immer wäre, daran hatte ich in diesem Moment nicht den geringsten Zweifel, denn dass Männer nach einem wilden Seitensprung mit einer jüngeren Freundin reuig in den Schoß der Ehe zurückfanden, hatte ich schon gehört. Aber dass ein Mann seine homosexuelle Neigung entdeckte, ihr nachgab, mit einem Lover eine heiße Zeit verbrachte und dann wieder zur Ehefrau zurückkehrte, davon hatte ich noch nie gehört. Ab jetzt gehörte ich nicht mehr zu den wenigen Menschen, deren Eltern seit Ewigkeiten miteinander verheiratet waren, sondern zur Masse der Trennungskinder. Na gut, das war in meinem Alter jetzt ein bisschen melodramatisch, immerhin war ich erwachsen und stand auf eigenen Füßen, aber ich fühlte mich so, und das war ausschlaggebend.

Gantinis Stimme holte mich in die Gegenwart zurück.

»Liebe Gäste, ich habe mich seit Wochen auf diesen Tag

gefreut und jetzt bin ich glücklich, dass er endlich da ist – und dass Sie da sind!«

Applaus. Puh, das würde ja noch ein langer Abend werden, wenn jeder Satz beklatscht würde.

»Ich will nicht lange reden, aber ein paar Bemerkungen werden Sie ertragen müssen. Das Restaurant ›eat meat‹ wendet sich an Fleischesser, die mehr vom Leben wollen als das gute alte Schnitzel.«

Leises Gelächter.

»Hier finden Sie Spezialitäten aus aller Welt. Vom brasilianischen Rodizio bis zum Krokodilsteak in Ingwermarinade verwöhne ich Sie mit den besten Fleischsorten und erlesenen Beilagen. Für heute Abend habe ich eine Auswahl vorbereitet, die Ihnen einen Vorgeschmack geben soll auf das, was Sie demnächst hier erwartet. Ich wünsche Ihnen und mir einen geschmackvollen Abend.«

Er hob das Glas, prostete in die Runde und trank einen Schluck, während die Gäste erst applaudierten und dann ebenfalls zu ihren Gläsern griffen.

Ich hatte während der Ansprache meinen Vater beobachtet, der wie gebannt an Gantinis Lippen hing. Ein halb stolzes, halb seliges Lächeln lag auf seinem Gesicht, das ich nicht mehr gesehen hatte, seit Daniel sein Abiturzeugnis entgegengenommen hatte. Bei meiner eigenen Zeugnisvergabe hatte ich Papas Gesicht im Zuschauerraum der Aula nicht erkennen können.

»Und Sie sind mit Herrn Gantini bekannt?«, fragte Bettina Haltermann. Vor dem Wort »bekannt« hatte sie eine winzige Pause gemacht, womit klar war, dass sie wusste oder zumindest vermutete, in welcher Art von Beziehung die beiden zueinander standen.

Papa räusperte sich und schickte mir einen kurzen Seitenblick, dessen Bedeutung mir nicht ganz klar war. Eine Entschuldigung? Eine Bitte, ihn nicht lächerlich zu machen? Wofür hielt er mich?

»Genau. Ich habe allerdings mit dem Restaurant selbst gar nichts zu tun. Im Gegenteil, ich vertrete den Feind.«

Haltermann zog eine Augenbraue hoch.

»Ich bin Steuerprüfer.«

Alle am Tisch lachten, ich auch. Mein Vater lachte am lautesten. Er wirkte erleichtert. Bettina Haltermann hatte ein feines Gespür für gutes Timing, denn noch in das allgemeine Gelächter hinein fragte sie mich: »Und wie hängen Sie nun alle zusammen? Ihr Vater ein Bekannter des Inhabers und Sie die Assistentin des Fleischgroßhändlers, also sind Sie die Schlüsselfigur?«

PR-Managerin, hätte ich gern richtiggestellt, oder besser gesagt hätte ich mir gewünscht, dass PS Frau Haltermann korrigierte, aber er sagte nur: »Das ist Zufall. Der Kontakt ist jedenfalls nicht über Frau Tutz zustande gekommen.«

»Indirekt schon …«, murmelte mein Vater, aber PS ließ ihn nicht zu Wort kommen.

»Herr Gantini und ich …« Meine Aufmerksamkeit schweifte ab, wie aus weiter Entfernung bekam ich nur mit, wie PS von gemeinsamen Zielen sprach und eine seiner Standardreden zum Thema gehobene Qualität versus Massenware vom Stapel ließ. Bettina Haltermann lauschte interessiert und machte sich Notizen, bis die Vorspeise aufgetragen wurde.

»Carpaccio vom Kobe-Rind mit grünem Meerrettich und Bambussprossen«, erklärte Mauro, der in der Mitte des Raumes stand und seine Kellner dirigierte. »Guten Appetit.«

Wir futterten uns durch diesen und vier weitere Gänge, deren Hauptbestandteil Fleisch in allen Variationen war, und ich musste zugeben, dass alles ganz hervorragend schmeckte. Ich blendete die Gespräche zwischen PS und der

Journalistin aus, denn alles, was er sagte, kannte ich schon. Manche Texte hatte ich selbst geschrieben.

Stattdessen unterhielt ich ab dem zweiten Gang ein wortloses Gespräch mit meinem Vater. Diese Art der Verständigung hatten wir in jahrelanger Übung perfektioniert, weil Mama schon immer zu Sprechdurchfall neigte. Unzählige gemeinsame Mittagsmahlzeiten vergingen damit, dass Mama ununterbrochen redete, Daniel gelegentliche Aufmerksamkeitsgeräusche einstreute, ohne jedoch auch nur ein einziges Wort von dem aufzunehmen, was Mama von sich gab, während Papa und ich uns mit Gestik und Mimik unterhielten.

An diesem Abend im ›eat meat‹ nahm Papa diese Form der Unterhaltung wieder auf. Mit einer fast unmerklichen Kopfbewegung und einer hochgezogenen Augenbraue deutete er auf PS: Wie ist er?

Ich legte den Kopf leicht schief und lächelte: Er ist toll!

Papa tippte sich mit der rechten Hand auf die linke Brust: Bist du verknallt?

Ich nickte.

Papa machte eine Kopfbewegung von PS zu mir: Beruht das auf Gegenseitigkeit?

Ich zuckte mit den Schultern, nickte dabei leicht mit dem Kopf und zog eine Grimasse: Keine Ahnung, glaube ja, bin aber nicht sicher, ach ...

Im weiteren Verlauf unseres Gespräches bekam ich heraus, dass Papa Mauro liebte, dass das auf Gegenseitigkeit beruhte, er fragte mich, ob ich ihm böse sei, ich antwortete mit einem »kann sein«, das ihn sehr erschütterte, worauf ich spezifizierte, dass ich sauer sei, dass er mir nichts gesagt hatte und er mir bedeutete, er hätte es mir ja sagen wollen, aber an dem Abend sei ich nicht da gewesen. Ich sah, wie Mauro und mein Vater sich gelegentliche Blicke zuwarfen und korrigierte meine Aussage: Nein, ich war ihm nicht böse. Aber verwirrt. Daraufhin machte Papa eine derart auffällige Grimasse, die »verwirrt bin ich auch!« bedeutete, dass sogar PS aufmerksam wurde. Papa täuschte einen Hustenanfall vor, ich verkniff mir ein Grinsen und beugte mich vor, um ihm auf den Rücken zu klopfen, und als endlich das Dessert serviert wurde, zwinkerten Papa und ich einander konspirativ zu. Ich fühlte mich glücklich und unbeschwert und verputzte das Zitronensorbet mit Basilikum und den anschließenden Espresso im Bewusstsein, dass dieser Abend rundum gelungen war.

Diese Euphorie hielt an, bis PS und ich vor die Tür traten, um nach Hause zu fahren.

An eine Heimfahrt war gar nicht zu denken, denn die Straße vor dem Restaurant wurde von einem riesigen Sattelschlepper verstopft. Auf dem Auflieger befanden sich vier Baumstämme von über zehn Metern Länge. Jeder Baumstamm hatte einen Durchmesser von mehr als einem Meter.

Der Sattelzug hatte sich nicht verfahren. Er war absichtlich in die enge Straße manövriert worden. Das musste jedem Betrachter klar sein, der des Lesens mächtig war, denn über die Baumstämme war eine Plane gelegt, auf der stand: »Jedes Steak vernichtet so viel Regenwald«.

Ich kannte nur einen Menschen in Düsseldorf, der aktuell einen Feldzug gegen alles führte, was nicht nachhaltig war. Und nur einen, der es sich leisten konnte, mal eben einen Sattelschlepper mit ein paar Tonnen Holz zu chartern, um pünktlich zur Presse-Preview die Straße vor einem Restaurant mit fleischlastiger Speisekarte zu verstopfen.

Daniel.

Er selbst war nicht zu sehen, was mich unendlich erleichterte. Es hätte mir wahrlich keinen Spaß gemacht, meinem Chef nach dem schwulen Vater gleich das nächste Familienmitglied vorzustellen. Und noch weniger hätte es mich amüsiert, dass eine verdammt clevere Journalistin, die den Namen Tutz heute Abend bereits ein Mal zu oft gehört hatte, gleich einem weiteren Vertreter dieses Clans begegnete.

Bettina Haltermann war es dann auch, die aussprach, was wohl alle Gäste dachten, die nach und nach vor der Restauranttür erschienen: »Ich glaube, ich spinne.« Was sie nicht daran hinderte, eine Digitalkamera aus der Tasche zu ziehen, zwanzig Fotos von dem Sattelschlepper und dem Banner zu machen und die vor dem Restaurant herumstehenden Gäste zu fragen, was sie dazu sagten.

Ich hatte nur Augen für meinen Vater, der neben Mauro vor die Tür getreten war und nun mit Tränen in den Augen auf die Baumstämme starrte. Ich ging zu ihm.

»Papa, es sieht schlimmer aus, als es ist«, flüsterte ich. »Die Werbung, die euch diese Aktion bringt, wird Gold wert sein, glaub mir.«

»Wer tut uns nur so etwas an?«, jammerte Mauro.

Papa und ich tauschten einen panischen Blick, dann ergriff PS meine Hand und zog mich weg von den zwei Häuflein Elend und in Richtung Luegallee.

»Diese verdammten Gemüsefresser«, knurrte er unterwegs. An der Luegallee rief er ein Taxi und brachte mich nach Hause. Leider fiel die von mir so heiß ersehnte Verabschiedung mit Kuss und guten Wünschen für süße Träume heute aus – PS sprach kein Wort mehr, bis der Wagen vor meiner Haustür hielt.

»Morgen früh um acht in meinem Büro«, sagte er stattdessen.

»Aber morgen ist Christi Himmelfahrt …«, wagte ich einzuwenden.

»Um acht!«, wiederholte er.

Es klang wie eine Drohung.

16

Hätte ich gewusst, dass ich am nächsten Morgen arbeiten musste, hätte ich nicht so viel getrunken. Okay, ein Glas Champagner und zwei Gläser Wein waren nicht allzu viel, aber in Verbindung mit dem fleischlastigen Essen führte der Alkohol dazu, dass ich am nächsten Morgen fast verschlafen hätte. Und das nach einer Nacht, in der ich mich stundenlang schlaflos hin und her gewälzt hatte.

Warum suchte Daniel sich seine Aktionen immer so aus, dass seine eigenen Familienmitglieder zu Schaden kamen? Es gab doch tausend lohnende Ziele auf der Welt, die sowohl mir als auch meinem Vater egal gewesen wären. Warum demonstrierte Daniel nicht vor den Fischrestaurants im Medienhafen gegen die Ausbeutung der Meere? Oder vor einem Autohaus gegen die deutschen Luxus-Spritschleudern? Oder am Flughafen gegen Billigflieger oder gegen schlechtes Essen in Schulkantinen oder von mir aus auch gegen blütenweißes Klopapier im Landtag. Aber nein, das war ihm wohl nicht aufregend genug. Richtigen Spaß machte ihm der Aktionismus nur, wenn er aus erster Hand mitbekam, wie das Opfer litt.

Ich fragte mich, woher mein Bruder sich das Recht nahm, mir mein Leben dermaßen zu versauen? Noch vor wenigen Wochen hätte ich allen Grund gehabt, Daniel jedes einzelne

Detail seines Lebenswandels vorzuwerfen. Die ständigen Flugreisen, seinen Fleischkonsum, seine Wegwerfmentalität, seinen Konsumrausch, seinen Raum- und Energiebedarf ... Und jetzt das!

Ich schreckte um zehn nach sieben aus unruhigem Schlaf hoch, sah auf die Uhr, verfluchte mich selbst, weil ich gestern Abend vergessen hatte, den Wecker wieder anzustellen, und wollte ins Bad. Keine Chance.

»Geh wieder schlafen«, tönte die Stimme meiner Mutter aus dem Bad. »Ich brauche jetzt einfach mal ein bisschen Zeit für mich.«

Sie ließ sich nicht erweichen, blieb in der Badewanne liegen und zwang mich zu einer Katzenwäsche am Spülbecken in der Küche. Auf dem Weg zur Haltestelle kaufte ich einen Kaffee und ein belegtes Brötchen in der einzigen Bäckerei, die am Feiertag so früh geöffnet hatte, und verschlang dieses grässliche Frühstück in der Straßenbahn. Bei jedem Bissen schmiedete ich Mordpläne.

Meine Mutter würde ich in der Badewanne ertränken, das war klar. Aber welche Tötungsart wäre für Daniel angemessen? Etwas Schnelles, Sauberes, vielleicht gar Schmerzfreies kam nicht in Frage. Sein Tod müsste vielmehr sehr, sehr langsam und qualvoll sein. Ich nahm mir vor, spätestens am nächsten Tag in der Buchhandlung nach dem blutrünstigsten Serienmörder-Thriller zu schauen. Ich würde mich beraten lassen, welcher Krimi den grausamsten, schmerzvollsten Todeskampf bot, würde fragen, wie kompliziert die Nachahmung wäre (ich besaß schließlich weder Folterinstrumente noch eine abgelegene Hütte, in der ich Daniel langsam verhungern lassen konnte), und würde dann eine Auswahl an passender Lektüre kaufen. Die würde ich genussvoll lesen und mir Notizen darüber machen, was zu beachten wäre, damit niemand Daniels Leiden verkürzen könnte. Wenn ich ihn zum Beispiel mit Honig bestrichen an einen Baum binden wollte, an dessen Fuß ein Ameisenhaufen stand, dann sollte ich das nicht am Rundwanderweg A1 im Aaper Wald machen, denn da kamen ständig irgendwelche Jogger, Hundefreunde oder Spaziergänger vorbei. Sicher gab es weitere Vorsichtsmaßnahmen, die es zu beachten galt und die mir allein nicht in den Sinn kämen. Deshalb die Unterstützung aus den Kriminalromanen. Leute, die so etwas schrieben, waren schließlich gewissermaßen Experten auf dem Gebiet von Mord und Totschlag und gaben – im Gegensatz zur Polizei – gern und beredt Auskunft.

»... bietet das Fleisch wild lebender Tiere eine nachhaltige und ökologische Alternative. Die Tiere leben in ihrem natürlichen Ökosystem, das sie aufrechterhalten. Durch die Beweidung verhindern sie die Verbuschung der Savannenlandschaft, sie sind Teil des Gleichgewichts aus Jäger und Beute und werden nur im Fall einer Überpopulation zur Bejagung durch den Menschen freigegeben. Die natürliche Nahrungskette bleibt, ebenso wie das Ökosystem, vollständig intakt.«

PS lehnte sich zufrieden zurück und betrachtete mich mit einem siegessicheren Lächeln.

»Den Absatz setzen wir auf unsere Homepage und den wirst du in Zukunft bei jedem Infopaket, jedem längeren Text und überall, wo es sich anbietet, mitliefern.«

Ich nickte erschöpft. Drei Stunden hatten wir an dem Text gearbeitet. Ursprünglich wollte PS schreiben, dass für unser Wildfleisch kein Baum gefällt und kein Sojafutter angebaut wurde, aber diese Art von Negativ-Aussagen gingen immer nach hinten los. Nur mühsam hatte ich ihn davon überzeugen können, obwohl er bisher den Eindruck gemacht hatte, diese Mechanismen zu kennen. Ob auch bei ihm langsam die Nerven dünn wurden?

Meine Nerven jedenfalls hingen am letzten, seidenen Faden. Wenig Schlaf, keine Dusche und nur ein pappiges Brötchen, dessen Remouladensauce mir immer wieder aufstieß, waren keine gute Grundlage für harte Arbeit am Feiertag. Nun, immerhin hatten wir jetzt etwas vorzuweisen. Ich unterdrückte ein Gähnen. PS blickte auf die Uhr. Prima, sicher hatte auch er am Feiertag noch etwas anderes vor, daher würden wir unser spontanes Arbeitstreffen jetzt hoffentlich beenden. Ich sehnte mich nach einer Dusche, einem großen, gemischten Salat und einem ruhigen Nachmittag in der trüben Sonne. Vielleicht würde ich am Rhein spazieren gehen oder Fahrrad …

»Es wäre gut, wenn du hierbleiben würdest, für den Fall, dass Anfragen von der Presse wegen gestern Abend kommen«, sagte PS, als er aufstand und sein Jackett von der Stuhllehne zog. »Ich weiß, dass ich mich auf dich verlassen kann.«

Er strich mir leicht über die Wange, zwinkerte mir zu und ging.

Ich saß da wie vom Donner gerührt. Wie bitte? Ich sollte meinen Feiertag im Büro verbringen für den Fall, dass eventuell irgendjemand anrief? Warum sollte ein Journalist hier anrufen? Erstens wussten die Journalisten genau, dass heute ein Feiertag war, an dem ein normales, deutsches Unternehmen geschlossen hatte. Zweitens hatte die Demo gestern Abend vor einem Restaurant stattgefunden – und nicht vor unserer Kühlhalle. Wir waren, soweit ich wusste, noch nicht einmal Lieferant von ›eat meat‹. Es gab nun also wirklich keinen einzigen triftigen Grund für mich, hierzubleiben.

Trotzdem traute ich mich nicht, einfach zu gehen. Vielleicht rief PS später noch einmal an. Vielleicht rief doch noch ein Journalist an. Vielleicht …

Mitten in meine Überlegungen hinein klingelte mein Handy.

»Wo steckst du?«, fragte Daniel ohne Begrüßung.

»Im Büro.«

Er stockte, dann lachte er lauthals los. Ich hielt den Hörer vom Ohr weg.

»Das ist deine Schuld«, schob ich hinterher, als er sich wieder beruhigt hatte.

»Komm nach Hause, es gibt ein Feiertagsfrühstück. In einer halben Stunde, Sweetie, sonst wird es kalt.«

Ich hatte immer noch eine Mordswut auf Daniel, aber gleichzeitig erinnerten mich sein Lachen und seine fröhliche Aufforderung daran, dass er doch eigentlich ein sehr liebenswerter Mensch und dies hier mein gesetzlich verbriefter Feiertag war. Und wenn Daniel gute Laune hatte, dann würde das Frühstück unterhaltsam bis genial, denn weder er noch ich konnten wirklich lange nachtragend sein. Ich packte hastig meinen Kram zusammen und rief ein Taxi. Ich wusste zwar nicht, welcher Art ein warmes, veganes Frühstück wohl sein mochte, aber je schneller ich zu Hause war, desto schneller würde ich eine Antwort auf meine Frage kriegen.

Ich hörte Daniels Stimme bereits im Flur, wo ich die hohen Schuhe auszog und meine Tasche abstellte.

»... und dann musste der arme Fahrer ins Röhrchen pusten und, nachdem das Ergebnis negativ war, musste er zur Blutabnahme und ...«

»Und dir war der Spaß so viel Geld wert, dass du ihm den ganzen Ärger bezahlst?«, fragte ich.

Daniel wandte mir sein breitestes Grinsen zu. »Und dir ist ein gutes Frühstück sogar ein Taxi wert.«

Wir grinsten uns über den abgefressenen Frühstückstisch hinweg an, obwohl ich ihm eigentlich am liebsten immer noch böse sein wollte. Aber es ging einfach nicht. Die Marmeladenreste reichten ihm bis fast an die Ohren und seine

Begeisterung war mitreißend. Obwohl – nein, so weit, mich von seiner Begeisterung anstecken zu lassen, ging die Liebe dann doch nicht.

»Was hast du denn heute im Büro gemacht?«, fragte meine Mutter mit einem vorwurfsvollen Unterton. Sie thronte am Kopfende unseres Küchentisches und wischte sich gerade mit einer Serviette die Mundwinkel ab. Vorsichtig, damit der Lippenstift nicht verschmierte. Meine Mutter mit Lippenstift! Beim Frühstück!

»Ich musste ins Büro, weil mein bescheuerter Bruder Daniel mal wieder gegen meinen Arbeitgeber demonstriert hat«, sagte ich etwas zickiger als geplant. Dabei lag meine Gereiztheit nicht nur an Daniels Aktion, sondern auch an dem Vorwurf im Ton meiner Mutter. Immerhin war sie diejenige, die mich heute Morgen nicht in mein eigenes Bad gelassen hatte.

»Ts, ts, ts«, machte Daniel. »Dass du aber auch immer alles persönlich nehmen musst. Die Demo richtete sich gegen dieses neue Restaurant mit dem bezeichnenden Namen ›eat meat‹. Dass ihr zwei Großimporteure da wart, habe ich erst hinterher erfahren.«

»Und Papa?«, fragte ich, wusste aber im gleichen Moment, dass es ein Fehler gewesen war.

Mama stockte, blinzelte und fragte mit zitternder Stimme, was Papa damit zu tun hätte. Mist!

»Wie war das mit dem warmen Essen?«, fragte ich zerknirscht.

»Lenk jetzt nicht ab, Leonie«, maßregelte meine Mutter.

Daniel stand auf und machte sich an der Pfanne zu schaffen. Spiegeleier mit Speck wären jetzt der Himmel schlechthin, aber natürlich war daran nicht zu denken. Mein Bruder briet Tofuwürstchen, die er vor ein paar Wochen nicht einmal probiert hätte. Ich setzte mich und goss mir einen Becher Kaffee ein.

»Leonie, ich warte«, drängte meine Mutter.

»Papa war auch da, gestern Abend«, sagte ich betont lässig, als sei das nichts Besonderes. »Er kennt wohl den Inhaber.«

Ich verschwieg, dass Papa vor Glück gestrahlt und wie befreit gewirkt hatte, dass er weltmännisch und selbstsicher gewesen war und wir uns glänzend unterhalten hatten. All das verschwieg ich, aber meine Mutter konnte es mir offenbar trotzdem von der Stirn ablesen. Manchmal denke ich, meine Sommersprossen sind für sie das, was die Brailleschrift für Blinde ist.

»Ist das sein Lover?«, fragte sie.

»Wer hat einen Lover?«, nuschelte Mike von der Tür her. Er schlurfte in Unterhosen in die Küche, schnupperte an den Würstchen, die Daniel für mich briet, wurde von meinem Bruder freundlich beiseitegeschoben, schüttelte die Kanne, in der kein Kaffee mehr war, und verschwand unfreundlich grunzend wieder, nicht ohne die Aufforderung: »Mach doch noch mal Kaffee.« Keine Ahnung, wen er damit meinte. Von uns dreien rührte sich jedenfalls niemand.

»Leonie, ich habe dich etwas gefragt!« Kasernenhofton. Aha, sie hatte sich also wieder unter Kontrolle.

»Ich nehme es an«, sagte ich. »Vermutlich schon.«

Mama blickte mich mit gerunzelten Augenbrauen und Mordlust im Blick an.

»Ja.«

»Du weißt, dass ich es nicht leiden kann, wenn du drumherum redest.«

Ich nickte.

»Du weißt, dass dieses Wischiwaschi nicht hilft.«

»Ja, Mama.«

»Du weißt …«

»Leo, willst du die Würstchen mit Pfeffer oder nur mit Salz?«

»Mit Chili-Öl«, sagte ich. Zwanzig Sekunden später liefen mir die Tränen über die Wangen. Dass Daniel aber auch immer gleich so übertreiben musste!

Als Mike zum zweiten Mal in der Küche erschien, trug er eine Jeans. Immerhin. Daniel erzählte Mama von seiner Aktionsgruppe »Hot Spott«, in der er inzwischen zum wichtigsten Mann aufgestiegen war.

»Vorstandsvorsitzender?«, neckte ich, aber er winkte ab.

»Wir haben keine feste Organisationsform, keine Struktur, keine Hierarchie. Jeder bringt sich ein mit dem, was er kann.«

»Und du kannst gut gegen Siebendt hetzen, viel Zeit verplempern und mit Geld nur so um dich werfen«, lästerte ich weiter.

Mike stand halb nackt neben der Kaffeemaschine und wartete darauf, dass sie endlich fertig wurde. Er hatte offenbar geduscht, denn er roch gut. Es dauerte einen Moment, bis ich kapierte, dass mir der Duft so sympathisch war, weil er von meinem Duschgel stammte. Ich seufzte.

Daniel redete weiter. Mike reckte sich gähnend und wippte auf den Fußballen. Mama starrte auf Mikes Hintern.

»Wir wollen die Leute mit lustigen Aktionen aufmerksam machen. Flugblätter bringen ja nichts, die lesen nur diejenigen, die sich sowieso schon für das Thema interessieren.«

Mamas Blick glitt an Mikes Beinen hinab.

»Du solltest dein Leben auch umstellen, Ma«, sagte Daniel. »Das wird dich wieder ins Gleichgewicht bringen. Dich zufrieden machen. Es ist so ein gutes Gefühl, das Richtige zu tun.«

»Lass mal, mein Schatz, ich muss jetzt vor allem an mich denken«, sagte Mama.

Ich verkniff mir ein gehässiges Grinsen. Damit hatte Dani-Schatz nicht gerechnet. Mama wurde jetzt nämlich auch erwachsen.

Es klingelte wieder an der Tür und Thomas kam, wurde von Daniel begrüßt und konspirativ in Daniels Zimmer geschoben, dann ging die Tür zu. Mike nahm den ganzen Kaffee mit in das Zimmer, das er jetzt mit Conny teilte, und so blieben meine Mutter und ich zurück.

Mama stand auf, räumte das Geschirr vom Tisch und drehte den Heißwasserhahn auf. Dann drehte sie ihn wieder zu.

»Ach was, ich will jetzt auch endlich mal mein eigenes Leben haben und nicht immer nur hinter allen anderen herräumen«, sagte sie patzig und verließ die Küche.

Ich seufzte. Wenn sich hier jeder selbst verwirklichte, blieb die Hausarbeit wohl an mir hängen. Ich schüttelte den Kopf, stand auf und spülte.

»Es geht nicht gegen deinen Arbeitgeber und es wird eine superlustige Sache, versprochen.«

Daniel stand in meiner Tür und legte all seinen Charme in den Versuch, mich zu überreden. Zunächst war ich aber einfach nur baff und konnte seinen Worten kaum Aufmerksamkeit schenken.

Mein Bruder sah aus wie früher. Er trug einen grauen Anzug mit einem hellblauen Hemd, eine Seidenkrawatte, die vermutlich mehr gekostet hatte als alle meine Businessklamotten zusammen, feinste Lederschuhe und seinen vegetabil gegerbten Lederkoffer. Seine aus der Form geratene Frisur hatte er mit Gel gebändigt, eine Sonnenbrille schaute aus seiner Brusttasche.

»Ist das Weltenretter-Virus abgeklungen und du bist wieder du?«, fragte ich nach einer gründlichen Inspektion des brüderlichen Outfits.

»Wärst du dann glücklich?«

Ich überlegte. Zuckte mit den Schultern. Dann schüttelte ich den Kopf. Obwohl der Klimaretter eindeutig anstrengender war als der Finanzjongleur, mochte ich den neuen Daniel irgendwie mehr. Bis auf die Sache mit seinen Aktionen gegen PS, natürlich. Und seinen Missionierungsdrang in meiner Wohnung. Und seine kompromisslose Verbohrtheit und …

»Also, kommst du mit?«

Ich wollte es ihm so schwer wie möglich machen, obwohl ich weder Lust hatte, den Rest des Feiertags hier in der Bude abzusitzen noch allein spazieren zu gehen. Shoppen fiel leider aus, obwohl ich ein paar leichtere Klamotten fürs Büro gut hätte brauchen können.

»Worum geht es denn?«, fragte ich kritisch.

»Überraschung! Aber es wird wirklich lustig, versprochen.«

Daniel hatte auch die Aktion auf dem Carlsplatz lustig gefunden. Und die Sache mit dem Holzlaster vor dem ›eat meat‹.

Thomas quetschte sich neben Daniel und nickte lächelnd. »Sehr lustig«, wiederholte er.

Seine Augen glitten durch mein Zimmer, das so aussah wie mein Leben: chaotisch. Überall lagen Klamotten herum, außerdem Zeitschriften, die ich aus dem Büro mitbrachte, weil ich die Medien für unsere große Kampagne kennen lernen wollte. Im Büro kam ich ja nicht dazu, sie zu lesen.

»Schön«, sagte Thomas grinsend. »Wer ist er?« Er zeigte auf einen Frosch aus grünem Plüsch, den ich im Handarbeitsunterricht der Grundschule selbst genäht hatte.

»Das ist Leos Freund, der Einzige, der es länger als zwei Wochen mit ihr ausgehalten hat«, kommentierte Daniel gehässig.

»Dafür ist Daniels Flamme bis nach Indien geflohen, um vor ihm in Sicherheit zu sein«, konterte ich.

Thomas schüttelte lachend den Kopf. »Streiten könnt ihr euch auch unterwegs. Wir sollten los, sonst verpassen wir den Zug.«

»Es ist keine Aktion gegen Siebendt?«, vergewisserte ich mich noch einmal.

»Nein«, sagten Thomas und Daniel im Chor.

»Die Worte Fleisch oder Tier werden nicht fallen«, fügte Thomas hinzu.

»Großes Indianer-Ehrenwort.« Mein Bruder legte die Hand aufs Herz.

Ich gab jeden vorgetäuschten Widerstand auf, zog bequeme Chucks an und warf mir meine Tasche über die Schulter. Ich war wirklich gespannt.

Wir gingen zum Hauptbahnhof und stiegen in den Regionalexpress nach Essen.

»Ich wünschte wirklich, sie wäre hier«, sagte Daniel plötzlich leise.

»Wer?«, fragte Thomas.

»Svenja.«

Thomas blickte mich an, ich nickte. »Svenja ist die Flamme, die nach Indien geflohen ist.«

Daniel schüttelte den Kopf. »Sie hatte ihr Ticket schon, als ich sie kennenlernte. Ich wüsste so gern, wie es ihr geht.«

»Es geht ihr gut«, tröstete ich meinen Bruder. »Svenja ist eine Lebenskünstlerin. Sie sieht zwar nicht so aus, aber sie ist unerschütterlich. Mach dir um sie keine Sorgen.«

Daniel nickte und versank wieder in Schweigen.

»Ich kann es nicht abwarten, bis sie endlich wieder da ist«, murmelte Daniel nach einer Weile.

Thomas wischte sich eine imaginäre Träne aus dem Augenwinkel und schniefte theatralisch. »Mein Gott, wie romantisch.«

Wir lachten erst zu zweit, dann fiel Daniel mit ein.

Um nichts in der Welt hätte ich jetzt woanders sein wollen.

Am Hauptbahnhof stiegen wir aus und wandten uns nach Süden. Da ich auch während der Fahrt nichts über den Tagesplan erfahren hatte, fing ich an zu raten. Südlich des Hauptbahnhofs lagen die Oper, die Philharmonie – mehr fiel mir allerdings nicht ein, so gut kannte ich Essen nicht. Ich kapierte es erst, als wir direkt vor dem gläsernen Turm standen, vor dessen Eingangsportal Fahnen mit dem Firmennamen im leichten Maiwind flatterten. Natürlich! Die Stromtankstelle vor der Tür, das riesige Banner am Gebäude mit einer Sonne, drei Windturbinen und dem fett gedruckten Wort ENERGIEWENDE, das alles sollte den Eindruck erwecken, dass wir es hier mit einem Stromversorger der Zukunft zu tun hatten. Neue, saubere, regenerative Energie von einem modernen Unternehmen. Ich war zwar kein Extremist wie die beiden Typen an meiner Seite, aber selbst ich wusste seit Jahren, dass der Strommix der Energie-Dinosaurier schwarz und dreckig war. Deshalb bezog selbst unsere notorisch klamme Studenten-WG seit Jahren grünen Strom – der auch nicht viel mehr kostete als die Energie aus Essen.

Vor dem Haupteingang war ein Stehpult aufgebaut, an dem bereits die Mikrofone der Radio- und Fernsehsender klemmten, deren Ü-Wagen die Straße verstopften.

»Was wird das?«, fragte ich Daniel.

»Das wird die Welt gleich erfahren. Ich muss los. Bleib du hier, das ist der Logenplatz.« Er grinste breit und stieg in einen Mercedes mit getönten Scheiben, der neben uns gehalten hatte. Der Wagen fuhr wenige Meter die Straße hoch und bog dann in die Zufahrt zu dem Glasturm ein. Dort verschwand er aus unserem Blick.

Thomas nahm meinen Arm und schob mich weiter nach vorn. Tatsächlich hatte ich von diesem Standpunkt einen perfekten Blick auf das Rednerpult und die Journalisten, die sich inzwischen davor sammelten.

»Ich muss dich leider auch allein lassen, meine Rolle ruft«, sagte Thomas. Dann stutzte er. »Es sei denn, du willst mitmachen.«

Ich zuckte mit den Schultern. »Wenn mir mal endlich jemand sagt, worum es hier eigentlich geht …«

»Eine Pressekonferenz«, sagte Thomas. »Sieht man doch, oder?«

Sein breites, schelmisches Grinsen sagte mir deutlich, dass diese Pressekonferenz eine ganz besondere werden würde.

»Und was könnte meine Rolle sein?«

»Ich spiele den investigativen Journalisten und du könntest die Fotografin an meiner Seite sein.«

Er holte eine professionell aussehende Kamera aus seiner Tasche und hielt sie mir hin. »Schon mal so ein Ding in der Hand gehabt?«

Ich nickte. Die Studiengänge Kommunikationswissenschaft und Design bringen eine ganze Reihe interessanter Erfahrungen mit sich.

»Also, bist du dabei?«

Seine Begeisterung steckte mich an, ich nickte unternehmungslustig.

»Okay, also dann sind wir zwei ein Team.« Er legte mir den Arm um die Schultern und dirigierte mich zur wachsenden Menge der Medienvertreter. Dort herrschte aufgeregte Spannung.

»Wer weiß schon was?«, fragte eine Frau mit schwarz gefärbten Rastalocken in die Runde. Niemand antwortete.

Wortjournalisten besprachen sich mit ihren Fotografen, die Radio- und Fernsehleute prüften Ton und Bildqualität und manch einer grüßte Thomas mit einem freundlichen Nicken. Thomas nickte gelegentlich zurück, achtete ansonsten aber darauf, dass ich nicht abgedrängt wurde, und verschaffte mir einen Platz in den vorderen Reihen. Er blieb dicht hinter mir stehen und beugte sich immer wieder vor, um auf meine Fragen zur Bedienung des Fotoapparates zu antworten. Ich war aufgeregt wie früher als Kind am Nachmittag des Heiligen Abends, wenn der Weihnachtsbaum geschmückt wurde und Daniel und ich in der Küche warten mussten, bis wir ins Wohnzimmer durften.

Dann ging es endlich los.

Die Tür der Konzernzentrale ging auf und mehrere Männer in schicken Anzügen sowie zwei Frauen im dunklen Kostüm strebten zügig zum Rednerpult. Einer der Männer war Daniel!

Der, den ich für einen Buchhalter oder Kofferträger gehalten hätte, trat ans Pult. Sofort herrschte totale Stille im Publikum.

»Sehr verehrte Dames en Heren, danke, dass Sie so spontan am Feiertag unserer Einladung gefolgt sind. Ich möchte Ihnen heute die neue Konzernausrichtung bekannt geben.«

Ein Holländer? Ich war offenbar die Einzige, die sich wunderte. Die nicht mehr ganz junge Frau neben mir kicherte. »Ich kann mir nicht helfen, er erinnert mich an Rudi Carell.«

»Neue Ausrichtung?«, raunten einige Stimmen hinter und neben mir.

»Er ist echt gut, oder?«, flüsterte Thomas in mein Ohr.

Was sollte das heißen? War der Typ gar kein Holländer?

»Die Konzernspitze hat beschlossen, dass wir als erster der vier großen Energieversorger die Energiewende vom ersten Juni an vorwegnehmen. Damit beginnt der größte Umbau in der Konzerngeschichte. Innerhalb von fünf Jahren werden alle unsere Kraftwerke, die mehr als fünfhundert Gramm Kohlendioxid pro Kilowattstunde erzeugtem Strom ausstoßen, abgeschaltet.«

Einige Journalisten schnappten nach Luft, andere hörten ungerührt weiter zu. Ich vermutete, dass den Schnappatmern die Tragweite der Aussage bekannt war. Ich gehörte zu der anderen Fraktion.

»Die Details dazu erklärt Ihnen jetzt unser neuer Nachhaltigkeitsdirektor, Daniel Trust.«

Er sprach den Namen englisch aus. Der Mann ignorierte die Rufe der Journalisten, die ihm Fragen stellen wollten, und trat zurück. Daniel trat ans Mikrofon.

»Wir sind als Konzern groß geworden mit der Erzeugung von Energie, die das menschliche Leben auf diesem Planeten gefährdet. Wir haben Gewinne in Milliardenhöhe gescheffelt auf Kosten der Allgemeinheit. Wir haben eingesehen, dass diese Unternehmenspolitik falsch ist und werden sie korrigieren.«

Jetzt schnappten alle Journalisten nach Luft.

»Unsere Steinkohlekraftwerke haben einen Ausstoß von neunhundertfünfzig Gramm pro Kilowattstunde, unsere Braunkohlekraftwerke sogar über elfhundert Gramm – im Gegensatz zu vierundzwanzig Gramm bei Windkraftstrom und hundert Gramm bei Solarzellen. Über Atomkraft brauchen wir nicht zu reden, denn wir haben mit Entsetzen feststellen müssen, dass wir eine günstige Kohlendioxidbilanz durch apokalyptische Gefahren erkauft haben.«

Um mich herum war es inzwischen so still geworden, dass das Geräusch, das mein Fotoapparat machte, als ich meinen Bruder vor der Trutzburg seines aktuellen Lieblingsfeindes fotografierte, ungebührlich laut klang.

»Über Feinstaub, die Vernichtung von Heimat durch Braunkohletagebau und den Verbrauch riesiger Mengen Kühlwasser haben wir dabei noch gar nicht gesprochen. Alles das werden wir aufgeben.«

»Was passiert mit den ganzen Arbeitsplätzen?«, rief jemand von hinten.

Daniel warf dem Rufer einen durchdringenden Blick zu. »Wollen Sie Ihren Kindern erklären, dass wir ihre Zukunft verheizt haben, damit einige Leute noch einige Jahre länger Geld verdienen konnten, um unnütze, mit dreckiger Energie hergestellte Dinge zu kaufen?«

Eine Frau hinter mir lachte schrill auf.

»Wir werden eine völlig neue Arbeitsplatz- und Finanzstrategie einführen«, fuhr Daniel ungerührt fort. »Die Löhne und Gehälter werden reduziert, ebenso wie die Arbeitszeit. Es wird keine Millionengehälter und keine Boni mehr geben. Außerdem werden wir unser Tarifsystem für die Kunden umstellen. Bisher werden diejenigen Abnehmer begünstigt, die viel Strom brauchen, in Zukunft wird es umgekehrt sein. Es wird keine Großabnehmertarife mehr geben. Unser Know-how wird in Zukunft darauf gerichtet sein, Energie zu sparen, sie effizienter einzusetzen und sie in Produktionsprozessen zurückzugewinnen.«

»Wird das dazu führen, dass wir demnächst unsicheren Atomstrom aus Tschechien importieren?«, rief Thomas.

»Wir werden selbst keinen Atomstrom mehr importieren und fordern von der Regierung und allen Mitspielern in den Bereichen Wirtschaft, Handel und von den Konsumenten, auf den Import von Atomstrom zu verzichten. Nur dann ist die Energiewende glaubhaft und sinnvoll. Österreich hat das Importverbot von Atomstrom vorgemacht. Was die können, wird uns auch gelingen.«

»Was sagen denn Ihre Aktionäre dazu?«, rief ein Mann von hinten.

»Ich fordere hiermit alle Menschen, die den neuen Unternehmenskurs mittragen, auf, Aktien unseres Unternehmens zu kaufen. Ich bin sicher, dass es genügend Interesse gibt.«

»Ich kaufe!«, brüllte Thomas.

Daniel nickte ungerührt. »Sehen Sie? Es geht schon los.«

Dann brach die Hölle los. Alle schrien durcheinander, jeder Journalist und jede Journalistin riefen Fragen nach der Energiesicherheit, nach der Zukunft der Tagebauregionen, nach der schieren Möglichkeit, die Kraftwerke zurückzubauen und zu entsorgen (wohin mit all dem Schutt?), nach dem Auslöser für die Entscheidung, nach der Reaktion der anderen drei Versorger, was die Kanzlerin dazu sage, ob es eine Krisensitzung der Europäischen Union gebe und so weiter und so fort.

Daniel beantwortete alle Fragen völlig ungerührt und mit unzweifelhafter Seriosität. Er hatte das Vokabular drauf, er hatte die arrogante Haltung, die man von einem Typen in seiner Position erwartete, er war schlichtweg vollkommen überzeugend.

»Ich danke Ihnen für Ihre Aufmerksamkeit«, sagte er irgendwann mitten in die weiteren Fragen hinein. »Sie haben sicher Verständnis dafür, dass wir jetzt einige wichtige Telefongespräche führen müssen.«

Damit drehte Daniel sich um, verließ das Rednerpult, schüttelte dem »Boss« die Hand, nahm seinen Aktenkoffer und ging mit dem Rest der Truppe zurück zur Konzernzentrale. Dort wurde ihnen die Tür von einem sichtlich unterwürfigen Wachmann geöffnet, die Meute spazierte hinein, die Tür ging wieder zu und dann brachten sich die Fernsehjournalisten vor dem nun leeren Rednerpult in Stellung.

Ich knipste weiter, hingerissen von den entgeisterten Gesichtern der Medienvertreter, aber Thomas nahm meine Hand und zog mich aus dem Gedränge heraus. Seine Augen strahlten.

»Das war ja noch besser als erwartet«, flüsterte er. »Daniel hat es aber auch echt drauf.«

Da musste ich ihm zustimmen.

»Wo ist er jetzt?«, fragte ich mit einem mulmigen Gefühl

in der Magengrube. Dass er in die Höhle des Löwen marschiert war, gefiel mir gar nicht. Vielleicht hatte der Wachmann inzwischen längst einen Anruf vom echten Boss bekommen und hielt Daniel und die anderen Aktivisten nun fest, bis die Polizei kam.

»Wir treffen ihn drüben im Park.«

Wir liefen immer noch Hand in Hand, überquerten die Straße und tauchten in den Schatten des Stadtgartens ein. Cafés und Restaurants hatten geöffnet und wir entdeckten einen freien Vierertisch auf einer Terrasse unter einer riesigen Kastanie. Wir setzten uns, Thomas bestellte zwei Kaffee und dann saßen wir da und blickten mit banger Erwartung in die Richtung, aus der Daniel kommen müsste.

»Es ist bestimmt alles gut gegangen«, sagte Thomas nach einer Weile.

»Hm.« Ich reckte weiter den Hals.

»Mach dir keine Sorgen. Daniel hat alles minutiös geplant. Er kennt sich aus in dieser Welt.«

Ich nickte, ohne den Blick von der Stelle abzuwenden, an der ich Daniels Erscheinen erwartete. Dann fiel mir etwas ein, was ich Thomas schon länger hatte fragen wollen.

»Was machst du eigentlich, wenn du nicht gerade an diesen Aktionen teilnimmst?«

Er zuckte mit den Schultern.

»Auch Spekulationsmillionär?«

Er lachte. »Nein, leider nicht.«

»Student?«

»Da kommt er ja, der Held!«

Tatsächlich, da kam Daniel in Jeans und T-Shirt lässig auf uns zugeschlendert. Nur die Schuhe waren noch dieselben wie vorhin bei seinem großen Auftritt. Ich ließ also Thomas vom Haken, nahm mir aber vor, gelegentlich in Erfahrung zu bringen, was er den ganzen Tag lang trieb.

Ob er arbeitete und wenn ja, was. Oder ob er einer von diesen Schmarotzern war, die gegen die Gesellschaft demonstrierten, während sie ihre Sozialleistungen ungeniert in Anspruch nahmen.

»In deinem wichtigen Lederköfferchen transportierst du also schmutzige Klamotten?«, neckte ich Daniel, als er an unseren Tisch trat.

»Und ein paar Cracker für den Notfall – falls man uns einkassiert hätte«, gab er zurück.

Ich schnitt eine Grimasse und umarmte ihn stürmisch. Er sah so verdammt glücklich aus.

»Hat euch der Wachschutz wieder rausgelassen? Wie seid ihr überhaupt da reingekommen? Und wer war der Holländer? Sieht der große Boss wirklich so aus?«

Daniel lachte mich aus. »Stopp. Erst Kaffee und Torte.«

Ich winkte der Kellnerin und orderte mehr Kaffee und Schokoladentorte für drei.

»Der Wachmann tat das, was Wachleute eben so tun: nämlich nichts. Und er erwartete auch nichts außer einer langweiligen Schicht an einem Tag, an dem alle anderen Menschen frei haben. Insofern haben wir ihn auf dem falschen Fuß erwischt, als Nils, das ist der ›Boss‹, Einlass verlangte. Dann machte Nils den armen Mann gleich zur Sau, wieso noch nichts vorbereitet sei, wo das Catering wäre und so fort. Der arme Wachmann wusste auf keine dieser Fragen eine Antwort, aber wir haben alle wahnsinnig eilig und busy getan und Nicole, das ist die sogenannte Presse-Referentin, hat ihm aufgetragen, die Szene von drinnen aus zu beobachten und weder ans Telefon zu gehen noch jemanden selbst anzurufen. Er sollte uns Rückendeckung geben, falls es zu Ausschreitungen käme.«

»Ausschreitungen?«, fragte ich.

Daniel nickte. »Bei dem Wort ist der arme Wachmann auch ganz blass geworden.«

Thomas grinste. »Nicole ist einsame Spitze, sie kann wirklich sehr überzeugend sein.«

Seine Worte gaben mir einen Stich, dessen Ursprung ich im Eifer des Gefechts aber nicht verfolgen wollte.

»Wir haben ihm also gar keine Chance gegeben, einen klaren Gedanken zu fassen, sondern sind gleich vorne raus, haben unsere Show abgezogen, sind wieder rein und haben ihm angemessen gedankt. Das Telefon klingelte zu dem Zeitpunkt bereits wie verrückt. Nicole sagte, sie werde sich darum kümmern, ging zu dem Apparat in der Lobby, an dem alle zwanzig Lichter blinkten, zog den Stecker raus und tat dann so, als spreche sie mit jemandem. Dann haben wir uns schnellstens verdrückt.«

»Und jetzt?«, fragte ich. »Wird der arme Wachmann entlassen?«

Daniel zuckte mit den Schultern. »Ich hoffe nicht. Aber wenn, dann ist das eine Entscheidung der Firmenleitung, nicht unsere. Die treffen viele falsche Entscheidungen – dabei haben wir ihnen heute gezeigt, welche Entscheidung die richtige wäre.«

Daniel und Thomas klatschten sich ab, während ich noch immer den Kopf schüttelte über so viel Chuzpe.

»Haben die Journalisten euch das wirklich abgenommen?«, fragte ich.

Daniel starrte mich entgeistert an. »Du warst doch mittendrin. Hast du etwa das Gefühl, dass auch nur ein Einziger an unserer Show gezweifelt hat?«

Ich musste zugeben, dass ich diesen Eindruck nicht gehabt hatte.

»Aber euer Darsteller sah doch sicher nicht genauso aus wie der Boss …«

»Aber so gut wie«, wandte Thomas ein. »Wobei es natürlich von Vorteil ist, dass der echte auch kein so ganz definierter Typ ist. Er ist eher etwas unauffällig.«

Damit hatte er auf ungewohnt zurückhaltende Art beschrieben, dass einer der wichtigsten europäischen Konzernlenker so unscheinbar aussah, dass man sein Gesicht schon nach fünf Minuten vollkommen vergessen hatte.

»Unser Darsteller ist ziemlich klein, was wir aber durch ein niedriges Rednerpult kaschiert haben. Zusätzlich hatten wir die Szenerie so aufgebaut, dass der Redner die Sonne im Rücken hatte.«

»Ja, alle diese genialen Tipps kamen von Thomas.«

»Dafür hat Daniel den Darstellern das Gehabe von Wichtigkeit und die nötige Arroganz beigebracht.«

»Und was passiert als Nächstes?«, fragte ich. Mir war die Sache nach wie vor unheimlich.

»Mal sehen.« Daniel holte seinen Laptop aus dem Koffer und öffnete mehrere Nachrichten-Seiten im Internet. Überall war die Meldung inzwischen angekommen.

»Energieriese überholt Regierung«

»Unerwartete Kehrtwende«

»Keine Kohle mehr mit Kohle«

»Sensation: Stromriese beendet fossiles Zeitalter«

Sekündlich ploppten neue Headlines auf. Die ersten Fotos von der Pressekonferenz erschienen, dann Videos. Wir starrten gebannt auf die Fülle der Meldungen, die alle eins gemeinsam hatten: Sie waren samt und sonders falsch.

»Wer ist Daniel Trust?«, lautete eine Zeile in einem Ticker.

»Experte hat Entwicklung vorhergesehen.«

»Aha«, sagte Daniel, »es geht schon los. Die ersten Superschlauen kriechen aus ihren Löchern und erklären uns, dass sie genau diese Entscheidung bereits vorhergesehen haben. Und die Journalisten fallen drauf rein und bitten die Herrschaften zum Interview, obwohl nirgendwo auch nur ein einziges Wort zu finden ist, das diese Herren vor unserer Aktion von sich gegeben hätten.«

»Genau wie bei allen Finanz-, Wirtschafts- oder Bankenkrisen«, ergänzte Thomas.

»Und immer noch keine offizielle Stellungnahme aus dem betroffenen Konzern«, wunderte ich mich.

Daniel winkte ab. »Die Vorstandsmitglieder müssen sich erst gegenseitig versichern, dass das ein Fake ist. Dann werden sie den Aufsichtsrat beruhigen, der üblicherweise erst mal gar nichts schnallt. Danach beginnen sie zu überlegen, was die Meldung für sie bedeutet, dazu brauchen sie ganze Heerscharen an Juristen, PR-Beratern und Strategen. Sie werden Rücksprachen mit den anderen drei Energieriesen halten und so geht es noch eine Zeit lang weiter. Und dann müssen sie sich überlegen, ob sie reagieren, und wenn ja, wie und wo und wann. Diese ganze Abstimmung hinter den Kulissen dauert mindestens einige Stunden. Die Tatsache, dass der oberste Chef sich für ein verlängertes Wochenende frei genommen hat, ist auch nicht gerade hilfreich. Vielleicht schaffen sie es heute nicht mehr, dann hätten wir auch noch die Tagesschau für uns.«

Das gelang nicht, die Gegenseite bekam die Tagesschau. Die erste Meldung lautete, dass der Energiekonzern Opfer einer Falschmeldung geworden sei. Unserer Begeisterung und Selbstzufriedenheit konnte das allerdings keinen Abbruch tun, und so feierten Daniel, Thomas und ich bis Mitternacht den ersten deutschlandweit erfolgreichen Mediencoup von »Hot Spott« auf dem Balkon. Zu eiskaltem Biobier, gesalzenen Erdnüssen und ökologisch korrekten Dinkelcrackern gab es laute Musik, zu der ich abwechselnd mit Daniel und Thomas tanzte. Ich hätte ewig so weitermachen können, aber als die Polizei das dritte Mal vorfuhr und uns um Rücksicht bat, war die Party vorbei. Schade. Ich hatte mich lange nicht mehr so gut amüsiert.

17

Ich arbeitete am Freitag normal, obwohl ich ja schon am Feiertag da gewesen war, und bekam PS nicht zu Gesicht. Nur Tin-Tin, die in der Schule einen Brückentag hatte, verbrachte einige Zeit in meinem Büro. Manchmal schien sie interessiert zuzuhören, wenn ich telefonierte, manchmal schien sie völlig in sich selbst versunken. Ich wurde aus dem Kind nicht schlau, aber es störte mich auch nicht. Wenn das Mädchen sich hier wohlfühlte, sollte es mir recht sein.

Bereits ab Mittag freute ich mich auf einen ruhigen Abend, denn die Nacht zuvor war sehr kurz gewesen. Und dann hatte ich, vermutlich wegen der Erdnüsse, auch noch schlecht geschlafen, war immer wieder aus wirren Träumen hochgeschreckt, in denen Daniel und Thomas eine ähnliche Aktion gegen Siebendt durchführten, PS auf der getürkten Pressekonferenz erschien, Daniel ihn mit seinem Spielzeuggewehr erschoss und Thomas seinen Kopf auf das Mikrofon einer Fernsehjournalistin spießte. Als um sieben Uhr der Wecker klingelte, war ich halb dankbar, dem Gemetzel meiner Träume zu entkommen, halb gequält, dass ich schon wieder aufstehen musste. Ich tröstete mich damit, dass ich den Abend mit einem guten Buch in meinem Zimmer verbringen und schnell beenden würde.

Natürlich wurde nichts aus dem gemütlichen Feierabend, aber das lag ausnahmsweise nicht an Daniel.

Mama erwartete mich bereits ungeduldig, als ich um sechs zu Hause ankam. »Wo bleibst du denn so lang? Wie sollen wir jetzt noch gemütlich essen gehen?«

Ich starrte sie verständnislos an.

»Ich habe dir doch einen Zettel hingelegt.«

Ich zuckte mit den Schultern und wollte an ihr vorbei ins Bad, aber da hatte ich mich getäuscht. Meine Mutter krallte ihre rechte Hand in meinen Oberarm und schenkte mir einen Blick aus der Reihe Ich-habe-meine-Lebensplanung-für-dich-geopfert-und-du-bist-so-undankbar. Davon hatte sie einige auf Lager und diese hier war mal wieder erste Sahne. Ich seufzte.

»Mama, was immer wir heute Abend vorhaben, als erstes muss ich aufs Klo.«

Da ich nicht wusste, was mich erwartete, sobald ich das Bad verließ, duschte ich sicherheitshalber noch und überschminkte die Schatten unter meinen Augen.

»Jetzt aber los«, drängte Mama dann auch schon durch die geschlossene Badezimmertür und ich hatte gerade noch Zeit, mich in eine schwarze Jeans und einen hellblauen Pullover zu zwängen. Wohin es ging, hatte ich immer noch nicht kapiert.

Es ging ins Theater.

»Eine Frau in meinem Alter sollte nicht allein ins Theater gehen müssen«, erklärte Mama mir auf dem Weg.

Ich nickte unverbindlich.

»Das ist entwürdigend.«

Ich hatte keine Erfahrung mit diesem Alter, konnte mir nicht vorstellen, was an einem Theaterbesuch ohne Begleitung entwürdigend sein sollte, und hielt daher lieber den Mund.

»Es ist aber auch so rücksichtslos von deinem Vater, mich in diesem Alter zu verlassen.«

Ich hätte es deutlich rücksichtsloser gefunden, sie zu einem früheren Zeitpunkt mit zwei kleinen Kindern sitzen zu lassen, aber ich wollte mich auf diese Diskussion auf gar keinen Fall einlassen.

»Und dann auch noch wegen eines anderen Mannes. Wenn es wenigstens wegen einer Frau gewesen wäre.«

Ich war mir sicher, dass Mama sich um keinen Deut besser gefühlt hätte, wenn sie für eine – womöglich noch jüngere – Geliebte verlassen worden wäre, aber auch diese Bemerkung behielt ich lieber für mich.

»Sicher fragen sich jetzt alle Weiber im Dorf, ob wir überhaupt in den letzten Jahren noch ... also, du weißt schon.«

Mama wurde rot, wobei sich ihre Gesichtsfarbe und die neue dramatische Haarfarbe unangenehm stachen, während ich mich dabei erwischte, mir genau dieselbe Frage zu stellen. Aber ich würde mir lieber die Zunge abbeißen, als Mama danach zu fragen. Zu genau konnte ich mich an den Moment erinnern, in dem Mama versucht hatte, mich über den Zusammenhang von Knutschen, Sex und Schwangerschaft aufzuklären. Damals war ich zwölf und hatte die technischen Details längst kapiert. Mama aber ging es um die Gefühlswelt, die Herrschaft der Hormone, wie sie es nannte, und die Frage, wie weit ich gehen durfte, wenn Jens, den ich damals anhimmelte, plötzlich die Finger unter meinen Pullover schieben wollte. Ihre Bemerkung, Sex sei schön und mache Spaß, den sie mir auch nicht verderben wolle, wirkte wenig glaubhaft, da sie dabei ein Gesicht machte, als hätte sie Zahnweh. Zum Glück hatte Daniel mir die Sache da schon lange auf seine Art erklärt.

»Sweetie, Sex ist echt geil. Aber mach es nur, wenn du es wirklich willst. Mach es mit niemandem, von dem du weißt oder vermutest, dass er innerhalb der letzten vier Wochen mit einer anderen Sex hatte. Und mach es erst, wenn du die Pille nimmst. Alles andere ist Scheiße.«

Die Situation mit Mama in der Küche endete damit, dass ich ihr sagte, ich würde keinen Sex haben, ohne mir vorher die Pille zu besorgen, das hätte ich mit Daniel schon so vereinbart.

Mama lief knallrot an und stammelte, dann sei es ja gut. Danach haben wir das Thema nie wieder angesprochen. Nur Daniel habe ich einige Jahre später noch einmal nach der Vier-Wochen-Frist gefragt. Ob die grundsätzlich gelte – also auch für ihn. Er lachte mich aus. »Natürlich nicht, Sweetie. Das habe ich einer Zwölfjährigen gesagt, damit sie nicht als Häkchen auf der Erfolgsstatistik des Schulcasanovas landet. Inzwischen wirst du wohl selbst entscheiden können, wer für dich infrage kommt. Und für Jungs gelten solche Regeln sowieso nicht.«

Im Zuge dieser Erinnerungen fragte ich mich, wie Daniel es eigentlich in den letzten Monaten mit seinem Liebesleben hielt. Ob der Schwur, seinen Lebensstil zu ändern, um Svenja würdig zu sein, auch Enthaltsamkeit beinhaltete? Ich würde ihn bei Gelegenheit darauf ansprechen.

»Was lächelst du denn so verträumt?«

Mamas barscher Ton brachte mich in die Gegenwart zurück.

»Ich dachte gerade an etwas, das Daniel ...«

Weiter kam ich nicht, denn auf dem Weg durchs Foyer zu unseren Sitzplätzen stand plötzlich Papa vor uns.

»Da sind ja meine beiden Liebsten!«, sagte er, zwinkerte mir zu und wandte sich an Mama. »Sybille ...«

Mama war blass geworden. »Du wagst es ...«, zischte sie ihn an.

Papa guckte irritiert. »Was? Ins Theater zu gehen?«

Ich hauchte Papa einen Kuss auf die Wange, Mama zog mich von ihm weg.

»Lass uns unsere Plätze suchen.« Ihre Stimme war so eisig, dass ich dachte, ihre Stimmbänder würden splittern.

Ich war total überrascht. Zu keinem Zeitpunkt hatte ich mir Gedanken darüber gemacht, dass meine Eltern sich wirklich gestritten haben könnten. Natürlich war mir klar gewesen, dass meine Mutter verletzt war, weil mein Vater sie verlassen hatte, aber ich hatte in meinem ganzen Leben keinen hässlichen Streit zwischen ihnen erlebt. Diskussionen, ja. Meinungsverschiedenheiten, die über längere Zeit ausgetragen wurden, auch mit erregten Disputen, aber nie Streit. Kein lautes Wort. Dass meine Mutter jetzt so giftig reagierte, zeigte mir eine ganz andere Seite an ihr.

»Sybille, bitte, können wir uns nicht wie zwei vernünftige Menschen …«

Mama blieb stehen, drehte sich wieder zu ihrem Noch-Ehemann um und ließ einen unsagbar verächtlichen Blick von Papas neuer Frisur über seinen schicken, hellblauen Leinenanzug auf seine weißen Schuhe wandern.

»Wenn du aussiehst wie ein schwuler Friseur im zweiten Frühling kannst du von mir nicht erwarten, dass ich dich ernst nehme.«

Papa und mir verschlug es gleichermaßen die Sprache. Ich lief knallrot an, Papa wurde bleich. Die umstehenden Theatergäste hatten das Schauspiel verfolgt – genau dafür waren sie schließlich hier. Für Emotionen, Leidenschaft, Drama. Allerdings hatte ich nicht vorgehabt, Teil der Aufführung zu sein. Genau genommen hatte ich nicht einmal vorgehabt, Teil des Publikums zu sein.

Und Papa war wirklich verletzt, das war kein Theater.

Ich gab den Versuch auf, im Boden zu versinken, und trat zu meinem Vater. »Du siehst toll aus«, flüsterte ich ihm zu, während ich ihn umarmte. »Mama ist noch im Schockzustand, bitte verzeih ihr.«

Dann rannte ich hinter meiner Mutter her, die hocherhobenen Hauptes zur Saaltür schritt. Ich holte sie ein, als sie unsere Eintrittskarten vorzeigte, nahm meinen Abschnitt entgegen und folgte ihr zu unseren Sitzplätzen.

Wir sahen ›Macbeth‹, eins von Mamas Lieblingsstücken. Ich hatte den Eindruck, dass sie sich im Verlauf des Stücks zunehmend mit der egozentrischen, machtgeilen und manipulativen Lady Macbeth identifizierte, und hegte die schlimmsten Befürchtungen für ihre persönliche Entwicklung. Wäre es denkbar, dass sie eines Tages ausrastete und als Überschrift in einem Sensationsblatt endete? Familiendrama: Verlassene Ehefrau tötet schwulen Gatten! Waren denn alle meine Familienangehörigen völlig durchgeknallt?

Weder in der Pause noch nach der Vorstellung konnte ich Papa entdecken. Ich war sicher, dass er das Theater verlassen hatte, bevor der Vorhang sich öffnete, denn sein Schmerz über die Zurückweisung und die Beleidigung war echt gewesen. Meine Nacht brachte daher wieder keinen erholsamen Schlaf, sondern weitere Albträume, sodass ich am Samstagmorgen in denkbar schlechter Verfassung am Frühstückstisch erschien.

Daniel und Mama saßen vor ihren Kaffeebechern und stritten sich.

»… wenigstens in einen Bioladen. Aber doch nicht in so einen Chemiepark!«, maulte Daniel.

Bioladen? Chemiepark? In welche Diskussion war ich denn hier geraten?

»Aber ich will keine gammeligen Möhren verkaufen, sondern Kosmetik. Davon verstehe ich etwas.«

Meine Mutter machte Ernst mit der Jobsuche! Das war immerhin eine gute Nachricht. Die Untätigkeit auf dem Land, der sie in den letzten Jahren gefrönt hatte, war in meinen Augen nicht zu ihrem Vorteil gewesen. Zudem musste sie in ihrer jetzigen Situation dringend unter Leute – und ich war froh, wenn das nicht nur an mir hängen blieb.

»Das ist doch Jahre her«, wandte Daniel ein.

Der Begriff Jahrzehnte wäre auch nicht falsch gewesen.

»Ich habe eine qualifizierte Ausbildung als Kosmetikerin und ich war fünf Jahre als Sekretärin in einem der größten und renommiertesten Kosmetikunternehmen der Welt beschäftigt. Diese Erfahrung verjährt nicht.«

»Du bist ein bisschen …«

Ich blieb wie angewurzelt auf halbem Weg zur Kaffeemaschine stehen. Wenn Daniel jetzt sagte: »… zu fett, zu alt, zu geschmacklos gekleidet und mit deinen roten Haaren eine Zumutung für jede Kundin«, dann wäre das zwar korrekt, könnte aber auch den Startschuss für die bereits erwähnte Familientragödie bedeuten. Der Messerblock stand in Mamas Reichweite, wenn auch außerhalb ihres Blickfeldes, aber in diesen besonderen Situationen, also kurz bevor jemand eine Bluttat begeht, soll sich die Wahrnehmung plötzlich schärfen und die Reaktionsgeschwindigkeit dramatisch zulegen. Jedenfalls habe ich das mal gelesen. Deshalb hielt ich mir lieber den Fluchtweg offen.

»… aus der Übung«, vollendete Daniel den Satz.

Ich stellte fest, dass ich den Atem angehalten hatte, und holte tief Luft. Das war ja gerade noch einmal gut gegangen.

»Das lässt sich beheben«, sagte Mama.

»Kleidung und Frisur benötigen auch ein Update«, fuhr Daniel fort.

»Darum werden deine Schwester und ich uns gleich als Erstes kümmern.«

Wie bitte?

»Dann ist es ja gut.« Damit war für Daniel das Thema erledigt.

»Ach, da ist sie ja.« Mama blickte mich mit strengem Blick an. »Iss was, Kind, dann können wir los, bevor es zu voll wird in der Stadt.«

Meine Weigerung wurde ignoriert. Mein Argument, ich müsse waschen und bügeln und noch etwas für die Firma ausarbeiten, wurde mit der Bemerkung weggewischt, das könne ich alles noch am Sonntag erledigen. Der Einwand, ich müsse außerdem für mich selbst einige Klamotten kaufen, entlockte meiner Mutter ein Lächeln.

»Wie schön, dann schauen wir einfach gemeinsam.«

Ich wies sie nicht darauf hin, dass wir kaum in denselben Geschäften einkauften. Ich bestand nicht darauf, mein Wochenende selbst zu gestalten. Ich sagte ihr nicht, dass ich keine Lust hätte, nach Altweiberklamotten in Größe vierundvierzig zu suchen. Ich sagte gar nichts, sondern gab auf, ließ mich auf einen Stuhl sinken, trank den Kaffee, den Daniel mir mit einem maliziösen Grinsen servierte, aß mein Müsli und zog bequeme Schuhe an. Wenn meine Mutter ihr gesamtes Erscheinungsbild erneuern wollte, wären wir den ganzen Tag beschäftigt.

Wir zogen durch unzählige Modegeschäfte. Ich liebte diejenigen unter den Konsumtempeln, die Espressobars für die Begleiter ihrer Kundinnen eingerichtet hatten. Zwar war ich regelmäßig die einzige Frau unter mehreren Ehemännern oder Lebensgefährten, die gelangweilt oder genervt in ihren Kaffeesatz schauten, aber ich suchte die Lounges ja nicht auf, um gepflegte Konversation zu betreiben, sondern um dem Shoppingkreuzzug meiner Mutter zu entfliehen. Sie probierte alles, was die Verkäuferinnen anschleppten, diskutierte mit ihnen, befragte andere Kundinnen nach deren Meinung und rief mit lauter Stimme nach mir, damit ich ihr sagte, ob die Sachen zu knapp, zu weit, zu bunt, zu grau und insgesamt passend oder unpassend seien. Sie kaufte Hosen, Röcke, Blusen und Pullover und zwei Hosenanzüge.

»Wofür sind die denn gut?«, fragte ich verwirrt.

»Ich habe Vorstellungsgespräche«, sagte sie, als sei es das Normalste der Welt.

»Vorstellungsgespräche?«

Mama runzelte die Stirn. »Glaubst du, ich hätte keine Chance mehr auf dem Arbeitsmarkt? Du bist aber auch wirklich immer so negativ.«

Ich hatte nichts dergleichen gesagt, aber natürlich unterstellte sie mir wieder einmal nur das Schlechteste. Was allerdings in diesem Fall der Wahrheit entsprach. Dass sie, wie ich erst am Frühstückstisch erfahren hatte, über eine Arbeit nachdachte, war positiv. Dass sie bereits aktiv geworden war und sich beworben hatte, war völlig an mir vorbeigegangen. Und dass sie bereits Einladungen zu Vorstellungsgesprächen hatte, brachte mein Weltbild ins Wanken. Ich hatte Kommilitonen, die auch nach fünfzig Bewerbungen noch kein einziges Vorstellungsgespräch hatten. Das waren gut ausgebildete, flexible Leute mit überdurchschnittlicher Motivation und der Bereitschaft, für wenig Geld zu arbeiten, um Berufserfahrung zu sammeln. Aber meine Mutter hatte bereits Vorstellungsgespräche, obwohl ich von keiner einzigen Bewerbung gehört hatte. Da mussten Beziehungen im Spiel sein.

»Wo denn?«

Sie nannte eine Parfümeriekette und einen Kosmetiksalon, die ich beide nur von außen kannte.

»Das klingt ja prima«, sagte ich und meinte es auch so. »Wie bist du so schnell daran gekommen?«

Mama stand immer noch vor dem Spiegel, drehte sich wieder einmal um sich selbst in dem Versuch, auch einen Blick auf die Rückansicht zu erhaschen, und nannte einen Namen, der mir irgendwie bekannt vorkam.

»Deine ehemalige Kollegin?«

»Genau. Sie betreibt den Kosmetiksalon, ihr Bruder hat eine leitende Funktion bei dieser Parfümeriekette.«

Ich hätte fast durch die Zähne gepfiffen, so beeindruckt war ich davon, dass Mama alte Kontakte genutzt hatte, um eine Arbeitsstelle zu finden.

Plötzlich ließ sie die Schultern hängen und blickte mich mit feuchten Augen an. »Meinst du, ich habe überhaupt eine Chance?«

Nein, hätte ich wahrheitsgemäß antworten müssen. Du bist nervlich labil, du siehst immer noch aus wie eine Frau, die viele Jahre lang zu wenig für sich getan hat, und du strahlst entweder Niedergeschlagenheit oder Zickigkeit aus, weil du so unglaublich verletzt worden bist, dass du um dich trittst wie ein Pferd, das man mit Stacheldraht aufzäumt. Aber ich schluckte alle gemeinen Bemerkungen runter, umarmte sie spontan und sagte: »Ja, ich glaube ganz fest daran, dass du eine Chance hast.«

Dann standen wir beide eng umschlungen und heulend mitten in der Damenoberbekleidungsabteilung eines bekannten deutschen Modefilialisten. Und es war mir kein bisschen peinlich.

Jedenfalls nicht, bis PS auftauchte.

»Leonie?«, fragte die Stimme, die ich unter Tausenden wiedererkennen würde. »Ist alles in Ordnung?«

Blöde Frage, wenn einem Rotz und Wasser übers Gesicht laufen und man lautstark die Nase hochzieht, damit die Absonderungen nicht das unbezahlte Kleidungsstück der Mutter ruinieren.

Ich drehte mich um und versuchte ein Lächeln, trotz meines vermutlich grässlichen Aussehens, trotz der Peinlichkeit, beim öffentlichen Heulen erwischt worden zu sein, und trotz der blöden Frage. Immerhin kam sie von PS.

PS stand vor mir in einer Jeans und einem rosafarbenen Poloshirt, das seine Sonnenbräune unterstrich. An seinem Arm hing eine Frau, die ich für seine Mutter hielt. Das lag nicht nur an ihrem Alter, sondern auch an einer gewissen Ähnlichkeit zwischen ihr und PS. Ich wurde rot.

So hatte ich mir das Zusammentreffen mit meiner künftigen Schwiegermutter nicht vorgestellt. Den Senior kannte ich zwar schon, aber das war ja rein geschäftlich. Privat hingegen hätte PS mich irgendwann, eines schönen, von mir herbeigeträumten Tages, seinen Eltern als die Frau seines Herzens vorgestellt. Sein Vater hätte mir lächelnd die Hand geschüttelt und mir gesagt, dass er mich seit Langem schätze, und seine Mutter hätte mich auf beide Wangen geküsst und geflötet, dass sie ja schon so viel von mir gehört habe.

An einen Wangenkuss war bei all der Tränenflüssigkeit nicht zu denken. Auch mein sonstiges Erscheinungsbild schien keine große Begeisterung hervorzurufen, denn sie betrachtete mich mit einer Mischung aus Mitleid und Ablehnung. Öffentliches Heulen stand bei der Unternehmergattin Siebendt offenbar nicht auf der Liste der erwünschten Beschäftigungen der zukünftigen Schwiegertochter.

Sofern sie überhaupt in diesen Kategorien dachte. PS hatte sich zwar ein paar Mal mir gegenüber sehr charmant verhalten, aber wild herumgeknutscht hatte er mit diesem mageren Model hinter dem Pferdestall. Die Knutschtussi würde sicher nicht in der Öffentlichkeit heulen. Und wenn doch, hätte sie keine rote Nase, sondern allenfalls eine Träne im Augenwinkel. Von Größe, Statur und Schönheit würde sie natürlich auch eher zu PS passen. Ich spürte, wie die Tränen wieder zu fließen beginnen wollten, drängte sie aber erfolgreich zurück.

Ich war also nicht die zukünftige Schwiegertochter dieser Frau, die mich immer noch abwartend betrachtete, sondern eine Angestellte, die man peinlicherweise leicht indisponiert angetroffen hatte. Allerdings kein kleines Licht, sondern die PR-Managerin genau der Produktlinie, die für die Zukunft der Siebendt GmbH entscheidend sein sollte. Ich streckte den Rücken durch, reckte das Kinn und zog zwei Papiertaschentücher aus meiner Tasche, von denen ich eins meiner Mutter reichte, die in ihrem Hosenanzug von der Stange keinen Zugriff auf ein eigenes hatte.

»Entschuldigung«, krächzte ich, drehte mich weg, wischte das Gesicht trocken und schnäuzte mich. Dann steckte ich das Taschentuch weg, atmete noch einmal tief durch und drehte mich wieder zu PS.

»Guten Morgen, Philip, darf ich dir meine Mutter vorstellen?«

Mama hatte sich inzwischen auch wieder hergerichtet und lächelte freundlich.

PS blickte von Mama zu mir, und ich konnte förmlich sehen, wie der Groschen fiel. Erst traf er meinen Vater mit seinem Lebensgefährten, dann meine heulende Mutter und mich. Damit waren die Familienverhältnisse klar. Zum Glück nicht ganz, denn von Daniel wusste er nichts.

Und das musste unbedingt so bleiben.

»Da kann ich mithalten«, sagte PS freundlich und machte eine Geste zu der Dame an seiner Seite. »Meine Mutter.«

Die beiden Mütter nickten einander abschätzend aber nicht unfreundlich zu, aber sprechen wollten sie offenbar beide nicht.

»Mama, das ist Frau Tutz, die PR-Managerin, über die wir letztens gesprochen haben.«

Er sprach das Wort Mama mit Betonung auf dem zweiten a aus, was ich ein bisschen albern fand. Ich hatte aber keine Muße, mich darüber lustig zu machen, weil ich mich fragte, warum er mit seiner Mutter über mich gesprochen hatte.

Frau Siebendt blickte nun viel freundlicher und sagte doch tatsächlich: »Guten Tag. Mein Mann und mein Sohn haben Sie sehr gelobt.«

Aha, es war also kein Mama-du-wirst-bald-eine-Schwiegertochter-haben-Gespräch gewesen, sondern eine geschäftliche Unterhaltung über die Frau, die die faustdicken Lügen über die Demonstration am Carlsplatz erfunden hatte und der Öffentlichkeit präsentieren musste, damit man einen Schuldigen hatte, falls die Wahrheit aufflog.

»Freut mich, Sie kennenzulernen.«

»Ich bitte um Entschuldigung für unsere Eile, aber wir haben gleich noch eine Verabredung«, sagte PS zu meiner Mutter, die ihn huldvoll anlächelte. Er nickte mir zu und reichte seiner Mutter den Arm. Wir sahen den beiden nach, wie sie in die hintere Ecke gingen, wo die teureren Marken von besser gekleidetem Personal an betuchtere Kunden verkauft wurden.

»Das ist dein Chef?«, fragte Mama, als sie außer Hörweite waren.

Ich nickte.

»Das ist aber ein sehr netter Mann.«

Ich nickte wieder.

»Und so gut aussehend.«

»Ja.«

»Verheiratet?«

Ich schüttelte den Kopf.

»Und du hast es auf ihn abgesehen.«

Ich seufzte. »Das klingt ja so, als wollte ich mir einen reichen Kerl angeln.«

»Nicht?«

»Nein, Mama. Mich interessieren weder sein Geld noch sein Status. Ich habe mich einfach in ihn verliebt.«

Meine Mutter nickte mit diesem Ich-weiß-es-besser-Kleines-glaub-mir-Blick, den ich immer schon gehasst hatte.

»Willst du noch etwas anprobieren oder können wir jetzt endlich zur Kasse?«, fragte ich genervt.

Meine Mutter drehte sich um, schritt hoch erhobenen Hauptes zur Kabine und ließ mich geschlagene zehn Minuten warten, bis sie wieder erschien – von allen Tränenspuren befreit und neu geschminkt.

An diesem Tag rissen wir ein riesiges Loch in ihren Kontostand.

18

Daniel hockte mit Thomas und Conny in der Küche, als wir nach Hause kamen. Auf dem Küchentisch standen Kaffee und ökologisch korrekte Dinkelcracker, dazwischen lagen zerknüllte Zettel. War meine Wohnung jetzt offiziell zur Kommandozentrale von Hot Spott geworden?

»Wir kommen ins Fernsehen«, rief Daniel mir schon von Weitem zu. »Ist das cool?«

Thomas grinste mich an. »Hallo, Leonie. Dein Bruder entschwebt gerade in höhere Sphären, vielleicht kannst du ihn wieder auf die Erde zurückholen?«

»Er darf gern entschweben – hier unten macht er mir das Leben unnötig schwer.«

Thomas trug wieder sein Che-Guevara-T-Shirt und hatte einen Notizblock vor sich liegen. Einige unleserliche Notizen befanden sich darauf, aber als ich mich näherte, nahm Daniel den Block an sich und schüttelte den Kopf.

»Du bist der Feind, du darfst das nicht lesen.«

»Zum Putzen und Waschen bin ich gut genug, ansonsten bin ich der Feind. Danke, Brüderchen.«

Ich wollte in mein Zimmer abhauen, aber dann fiel mir etwas ein. Ich drehte mich noch einmal zu Thomas um.

»Erinnerst du dich an unsere Wette, die dir eine Portion Nudeln einbringen kann?«

Thomas musste nicht eine Sekunde überlegen. Er nickte breit grinsend.

»Ist das hier ein Fall, um deine Fähigkeiten zu testen?«

Er schüttelte den Kopf. »Nicht nötig. Du bist nicht in der Schusslinie.«

Daniel blickte von Thomas zu mir und zurück. »Du konspirierst mit meiner Schwester?«, fragte er entgeistert.

»Yep.« Thomas zeigte keinerlei Reue.

»Du bist ein Doppelagent!«

»Mit der Lizenz zum Flöten«, sagte Thomas und pfiff fürchterlich schräg, aber gerade noch erkennbar, die Erkennungsmelodie der Bond-Filme.

»Ich verlasse mich auf dich«, sagte ich mit mühsam unterdrücktem Lachen.

»Wie blöd, dass ich so ehrlich bin«, seufzte Thomas und schlug sich die Hand vor den Kopf. »Hätte ich doch gesagt, Daniel würde die endgültige Bloßstellung deines Arbeitgebers planen und ich ihn jetzt heldenhaft davon abhalten, dann stündest du auf ewig in meiner Schuld. Aber so gibt es wieder keine Nudeln und auch sonst keinerlei Beweis deiner grenzenlosen Dankbarkeit …« Thomas zwinkerte mir zu. Seine grünen Augen strahlten.

»Ich fasse es nicht«, stöhnte Daniel. »Auf keinen Menschen ist mehr Verlass.«

»Doch«, sagte Thomas. »Auf Leonie. Bei ihr weißt du, dass sie gegen dich ist.«

Ich tippte mir mit dem Finger an die Stirn und trat den Rückzug an, stieß aber in der Tür mit Mike zusammen.

»Hey, Conny, du wolltest Kaffee holen und jetzt warte ich seit Stunden auf dich.«

Er trug wieder nur eine Jeans – und wieder starrte meine Mutter ihn an. Aber nicht etwa verächtlich, wie ich letztens noch geglaubt hatte, sondern interessiert.

»Ich mache bei Daniels Aktion mit«, nuschelte Conny.

Mir war es vollkommen unbegreiflich, wie ein Mensch ohne jegliche Muskelspannung lebensfähig war, aber sie bewies immer wieder, dass es funktionierte.

»*O no! That's kindergarden revolution*«, ätzte Mike.

»Wir machen keine Revolution, wir wollen die Leute wachrütteln. Das ist ein Unterschied«, erklärte Thomas freundlich. »Revolutionen gehen meist mit ziemlich viel Gewalt einher, das möchten wir gern vermeiden.«

»Siehst du«, murmelte Conny.

»Du kannst auch mitmachen«, sagte Daniel. »Aber du darfst Leo nicht verraten, was wir planen.«

»Ihr seid alle doof«, erklärte ich.

»Kommen Sie, Mike, ich mache uns einen Kaffee«, sagte meine Mutter.

Während Mama nach der Kaffeekanne griff, Daniel alle Zettel an sich raffte und Thomas mich spitzbübisch anlächelte, kam ich mir mal wieder wie der absolute Idiot vor. Das musste bald ein Ende haben. Ich ging in mein Zimmer, klappte mein Laptop auf und ging im Netz auf Wohnungssuche.

Ich schloss mich den restlichen Samstagnachmittag in meinem Zimmer ein, ging abends ins Kino und verbrachte den Sonntag erst bei einer Wohnungsbesichtigung, genau genommen ein Fall für das Betrugsdezernat der Kriminalpolizei, und dann am Rhein. Mit einem guten Buch und einer Auswahl an Brot, Käse und Obst vom Markt auf dem Carlsplatz genoss ich das Treiben auf den Wiesen vor Oberkassel und las den Reiseführer für Namibia von vorn bis hinten durch. Nur noch sechs Tage trennten mich von der gemeinsamen Reise mit PS und meine Aufregung wuchs minütlich.

Ich hörte kein Radio, sah kein Fernsehen, surfte nicht im Internet und fand die Wohnung bei der Heimkehr leer und verlassen vor. Deshalb erfuhr ich auch erst am Montagnachmittag, dass mein Bruder Daniel zum Fernsehstar geworden war. Und zwar erfuhr ich es von Tin-Tin.

»Ich habe ein Küken«, sagte Tin-Tin.

Sie war in mein Büro gekommen, während ich telefonierte, hatte sich auf den Stuhl neben der Tür gesetzt und still gewartet, bis ich den Hörer auflegte.

»Es heißt Pipilotta. Und Jenny hat eins, das heißt Prusseliese. Und die beiden hocken immer zusammen.«

Die Augen der Kleinen leuchteten, sie trug keine Kopfhörer und hielt den Kopf hoch und den Rücken gerade. So gut gelaunt hatte ich sie lange nicht gesehen.

»Wie kommst du zu dem Küken und wer ist Jenny?«, fragte ich.

»Das Küken habe ich gestern geschenkt bekommen und Jenny ist meine Tischnachbarin in der Schule. Eigentlich ist sie ziemlich doof, aber sie wollte auch ein Küken und hat sich gemeldet, als Frau Grimm fragte, wer von uns helfen wollte.«

Frau Grimm war Tin-Tins Lehrerin, das wusste ich bereits aus früheren Gesprächen. Trotzdem musste ich noch viele Fragen stellen, bis ich kapiert hatte, wie Tin-Tin zu dem Küken gekommen war. Und das war so passiert:

Daniel und seine Aktionsgruppe hatten eine Lieferung Küken aufgekauft, die eigentlich für einen Legebetrieb gedacht gewesen waren. Zwanzigtausend Tiere. Die putzigen gelben Flauschebälle hatten sie dann in einen riesigen Drahtkäfig mitten auf die Rheinpromenade gesetzt und Passanten angeboten. Als »Brathähnchen« für drei neunundneunzig oder als Legehenne für hundertzwanzig Euro.

»Hundertzwanzig Euro für ein Huhn?«, fragte ich unkonzentriert, denn ich war mit meinen Gedanken bereits wieder bei meiner Werbekampagne, die am Tag unserer Rückkehr aus Namibia starten sollte.

»Weil eine Legehenne in Bodenhaltung zwischen dreihundert und dreihundertdreißig Eier im Jahr legt und ungefähr zwei Jahre lebt. Das macht sechshundert Eier à zwanzig Cent«, erklärte Tin-Tin mir mit ernstem Gesicht. »Wenn es im Käfig leben müsste, würde es nur ein Jahr legen, aber das ist ja nicht gut für das Huhn.«

Daniel hatte einen Verkaufsstand aufgebaut, auf dem er zur Illustration seines Angebotes zwei Küken in Käfigen mit dem nötigen Zubehör zeigte. Das Küken, das zum Brathähnchen werden sollte, wurde gezeigt mit einer Lampe und einem Sack Futter (»ausreichend für sechsunddreißig Tage, länger lebt ein Brathähnchen nicht«), das Legehennenküken mit sechzig Eierkartons für je zehn Eier und einem deutlich größeren Sack Legemehl.

»Legemehl«, wiederholte Tin-Tin angewidert. »Ich hatte immer gedacht, dass Hühner Körner vom Boden picken. So sah das jedenfalls früher in meinen Bilderbüchern aus.«

Inzwischen hatte mich die Erzählung so weit gefesselt, dass ich aufmerksam lauschte. Ja, Daniel hatte ein Händchen für plakative Informationsvermittlung. Wer sich für das Thema interessierte, wusste, dass ein Brathähnchen in nur fünf Wochen gemästet wurde. Eigentlich konnten Hühnchen gar nicht so schnell wachsen, weil sie bei Dunkelheit schlafen. Wenn man sie aber zwanzig Stunden am Tag beleuchtet, schlafen sie weniger und fressen mehr und dann erreichen sie das Schlachtgewicht schon nach sechsunddreißig Tagen. In unserer WG hatte es nie Brathähnchen und auch nur ganz selten Biogeflügel gegeben, weil wir natürlich Bescheid wussten.

»Meine Lehrerin hat mit den Leuten geschimpft, weil sie die Küken verkaufen, aber die waren gar nicht zum Verkauf gedacht. Das war nur eine Protestaktion. Die Küken sind am Abend auf einen Bauernhof gebracht worden, wo sie jetzt leben.«

Daniel hatte also sein altes Tradingmodell auf eine Ladung Küken angewandt, vermutlich allerdings ohne Gewinnmitnahme – ich musste ein Grinsen unterdrücken.

»Meine Lehrerin hat den Leuten aber gesagt, dass sie ein paar von den Küken für den Schulgarten haben möchte, und dann hat sie uns heute gefragt, wer sich um die Küken kümmern will. Und jetzt haben Jenny und ich jede ein Küken und Kevin, Bülent und Sofia haben auch eins. Das darf man aber nicht die ganze Zeit streicheln.«

Diese Regel gefiel Tin-Tin offensichtlich gar nicht, aber sie saß hier auf meinem Stuhl, statt im Schulgarten Küken zu streicheln, also hielt sie sich wohl daran.

»Habt ihr denn einen Hühnerstall in der Schule?«, fragte ich überrascht.

»Der Hausmeister baut einen. Bis dahin wohnen die Küken in einem großen Karton in unserer Klasse. Deshalb müssen wir jetzt auch immer leise sein, auch in den Pausen, und auch die Jungen dürfen nicht schreien oder mit Sachen werfen, weil sie ja die Küken treffen könnten.«

Ich stellte mir vor, wie der Klassenrowdy, den es sicher in jeder Schule gab, die Küken ärgerte, wenn niemand hinsah. Sie mit Filzstiften anmalte oder Klebstoff in den Karton strich, damit sie daran hängen blieben … Aber vielleicht liebten alle Kinder die kleinen flauschigen Piepmätze und niemand tat ihnen etwas zuleide. Die Lehrerin jedenfalls wusste hoffentlich, was sie tat.

»Das ist prima, weil ich ja bei meinem Opa kein Tier haben kann. Er ist gegen Tierhaare allergisch und ein Huhn soll man nicht in der Wohnung halten.«

»Wer kümmert sich denn in den Schulferien um die Hühner?«, fragte ich.

»Frau Grimm und ihr Papa. Der hatte früher Hühner

und Pferde und so, aber jetzt wohnt er auch in der Stadt und die Tiere fehlen ihm, hat die Lehrerin gesagt. Der weiß auch, was sie fressen dürfen und was nicht, und das bringt er uns bei. Er kommt jeden Tag und schaut nach, dass alles in Ordnung ist.«

Mir schien die Lehrerin an alles gedacht zu haben und Tin-Tin hatte sowohl in Pippilotta und Prusseliese als auch in Jenny neue Freunde gefunden und war so fröhlich, wie ich sie niemals zuvor gesehen hatte.

»Bestell deinen Küken einen schönen Gruß von mir«, sagte ich und Tin-Tin nickte ernsthaft. Dann sprang sie vom Stuhl und ging grußlos hinaus.

Nur noch eine Woche arbeiten. Fünf Tage, um genau zu sein. Dann noch ein Wochenende überstehen, an dem ich vermutlich weder essen noch schlafen könnte, und dann, endlich …

Meine Aufregung wuchs. Die Geschäftsreise nach Namibia rückte unaufhaltsam näher, aber PS wollte mir auch am Montagnachmittag, als er kurz in meinem Büro vorbeischaute, keinerlei Auskunft über unser Programm geben.

»Lass dich doch einfach überraschen«, sagte er mit breitem Grinsen, als ich ihn zum wiederholten Mal fragte, welche Reiseroute wir nähmen, welche Leute wir träfen und wie ich mich vorbereiten solle.

»Ich möchte, dass du diesem großartigen Land spontan und unvoreingenommen begegnest, also entspann dich und lass dich überraschen.«

Mir blieb wohl nichts anderes übrig, als mich überraschen zu lassen, aber entspannen würde ich mich sicherlich nicht.

Er war charmant genug, das Zusammentreffen am Samstag in der Damenoberbekleidung nicht zu erwähnen, und ich hatte nicht vor, daran etwas zu ändern. Auch sein Verhalten mir gegenüber war wie immer: kollegial, manchmal ein kleines bisschen vertrauter, als es zwischen Kollegen üblich wäre, und gelegentlich sogar richtig verschwörerisch. Nichts, was mir einen Hinweis darauf gab, ob er etwas für mich empfand, das über das reine Arbeitsverhältnis hinausging. Ich war unsicher, wie sich die Woche in Namibia auf unser Verhältnis auswirken würde. Immerhin stand uns eine längere Zeit der Zweisamkeit in einem exotischen Land bevor. Würde ich es schaffen, meine Gefühle für ihn zu verbergen? Wollte ich das überhaupt? Immerhin wollte ich mich nicht blamieren, indem ich ihm meine Gefühle offenbarte und ihn dadurch zwang, mich abzuweisen. Andererseits befand sich PS vielleicht in derselben Zwickmühle. Als mein Chef war er in einer Machtposition, die ihm eine Annäherung genauso schwer machte wie mir. Es gab genügend Fälle, in denen Mitarbeiterinnen sich von ihren Vorgesetzten bedrängt gefühlt hatten und rechtlich gegen Belästigung vorgegangen waren. Dieses Risiko würde PS sicher nicht eingehen wollen. Vielleicht war der erste Schritt deshalb sowieso nicht von ihm zu erwarten? Aber war er tatsächlich so ängstlich? Immerhin war doch eine kleine Geste der Annäherung denkbar, die mir die Wahl der angemessenen Reaktion offen ließ. Und wenn die Geste klein genug wäre, könnte auch eine ablehnende Reaktion ohne negative Folgen für beide Seiten bleiben.

Andererseits schien er sich durchaus für andere Frauen zu interessieren, wie die Szene beim Polo mir mehr als deutlich vor Augen geführt hatte. Ich war also nicht sehr optimistisch, dass …

PS sah mich auffordernd an. Himmel, ich hatte keine Ahnung, was er zuletzt gesagt oder gefragt hatte.

»Bitte? Ich war gerade gedanklich woanders.«

Er sah mich lächelnd an. »Das war ja auch nicht zu übersehen.«

Ich wurde rot.

»Wie war deine Frage?«

Sein Gesichtsausdruck verdüsterte sich spontan. »Ob du diese Bande Verrückter gestern im Fernsehen gesehen hast?«

»Ich war total offline. Was war denn los?«, fragte ich vollkommen unschuldig, als hätte ich die Geschichte nicht gerade eben von Tin-Tin gehört.

»Es gibt eine Gruppe, die sich ›Hot Spott‹ nennt. Das sind die Typen, die gegen den Klimawandel im Rhein geschwommen sind und die gefakte Pressekonferenz über die Energiewende gehalten haben. Außerdem haben sie den Holzlaster vor dem ›eat meat‹ gechartert! Was das gekostet haben muss!«

Mir wurde heiß.

»Erst das Klima allgemein, dann die Energieversorger und jetzt haben sie einen neuen Lieblingsfeind: die Fleischindustrie.«

Mein Atem stockte.

»Gestern haben sie zwanzigtausend lebende Küken auf die Rheinpromenade geschafft, um Stimmung gegen die Geflügelindustrie zu machen. Im WDR war ein langer Beitrag, und dann haben sie es sogar mit einer Meldung und einem Foto in die Tagesschau geschafft.«

PS schüttelte fassungslos den Kopf. Ich hatte Mühe, überrascht auszusehen, aber dass ich geschockt wirkte, war sicher sehr überzeugend. Ich erwartete nämlich jeden Augenblick, dass PS mich mit seinem durchdringendsten Blick ansehen und fragen würde, ob ich etwas dazu sagen wolle, dass der Anführer dieser Bande denselben Namen trüge wie ich.

»Und sie haben angekündigt, dass sie sich weiter für einen Bewusstseinswandel in der Bevölkerung einsetzen werden. Es sei unmenschlich, dass wir Tiere züchten, um sie zu töten und zu essen. Das sei Kannibalismus, denn auch wir seien nicht die Krone der Schöpfung, sondern nur ein Mitgeschöpf unter vielen.«

Was war denn nun mit Daniel? Hatte er seinen Namen nicht genannt? War ich noch sicher? Ich musste mehr erfahren, konnte aber erst nach einem heftigen Räuspern überhaupt einen Ton herausbringen

»Wer, äh, wer ist das denn überhaupt? Sind das Leute von Greenpeace, oder …«

»Nein, eine neue Gruppe. Der Anführer ist ein bekehrter Banker. Ein Feigling, der seinen richtigen Namen nicht genannt hat.«

»Ha!«, rief ich aus.

PS schaute irritiert.

»So ein Feigling!«, fügte ich hinzu und verbarg meine Erleichterung nur mit größter Mühe.

»Der Kerl ist eine Seuche für uns und unsere ganze Branche. Eigentlich dürften wir jetzt gar nicht weg, weil jeden Moment so eine Aktion gegen uns laufen könnte und dann müssten wir schnell reagieren.«

Ich starrte ihn entgeistert an. Natürlich hatte er vollkommen recht. Eigentlich hätte ich selbst auf diese Idee kommen müssen, aber ich freute mich so wahnsinnig auf unsere Reise …

»Aber das wäre ja noch schöner, dass wir uns die Termine unserer Geschäftsreisen von solchen Spinnern diktieren ließen«, sagte PS wütend. »Wenn der Kerl es wagt, mir in die Quere zu kommen, dann kann er sich auf einen Ritt gefasst machen.«

Ich hoffte, dass er juristische Schritte meinte und keine brutale Gewalt, konnte mir aber PS nicht als Schläger vorstellen und beruhigte mich wieder. Allerdings nicht viel, denn nach dieser öffentlichen Kampfansage konnte es nur noch eine Frage der Zeit sein, bis jemand Daniels Namen herausbekam und die Verbindung zu mir herstellte. Ich unterdrückte die Tränen nur mühsam. Daniel, du Hornochse, warum musstest du mir das antun?

Ich brachte den Tag wie in Trance hinter mich, verhandelte weiter mit divenhaften Fernsehköchen und war glücklich, dass ich in der Straßenbahn nach Feierabend einen Sitzplatz ergatterte.

Es dauerte eine ganze Weile, bis ich wirklich realisierte, was meine Augen schon eine Zeit lang wahrgenommen hatten: Die Internetadresse www.hot-spott.de sprang dem Betrachter von jedem Trafokasten, jeder Mauer, jedem Bauzaun und jedem Ampelmast entgegen. Als Graffiti gesprüht, als Poster geklebt oder als Abreißblock angeschraubt.

Wie hatte Daniel das so schnell nach seinem inzwischen offenbar berühmten Fernsehauftritt geschafft? Das musste er doch schon lange im Voraus geplant haben. Und ich war der Feind, mir hatte niemand etwas gesagt, ich saß jetzt hier und schwitzte Blut und Wasser und wurde langsam wirklich sauer.

In entsprechender Stimmung war ich, als ich nach Hause kam, aber Daniel war leider nicht verfügbar, um meine Wut an ihm auszulassen. Stattdessen fand ich Mike und meine Mutter selig vereint in der Küche über zwei großen, blutigen Steaks.

»… man sich von anderen Menschen sein Leben diktieren lässt, dann wacht man plötzlich auf und stellt fest, dass man gar kein eigenes Leben hatte«, erklärte meine Mutter gerade mit vollem Mund. Ein kleiner Tropfen Fleischsaft lief ihr über das Kinn.

Mike nickte und bekräftigte seine Zustimmung durch heftiges Gestikulieren mit seinem Messer. Ich war in einer Stimmung, in der es mir nicht das Geringste ausgemacht hätte, wenn er meine Mutter und sich selbst in einer unbedachten Geste abgestochen hätte. Nur die Schweinerei in meiner Küche hätte meinen Unmut erregt, aber zur Not hätte ich das in Kauf genommen.

»Welche unheilige Allianz schmiedet ihr zwei denn hier?«, fragte ich unwirsch, während ich den Wasserkocher anstellte.

»Cornelia ist mit Daniel und seinen Freunden unterwegs und hat Mike einfach sitzen gelassen«, sagte meine Mutter mit deutlichem Vorwurf in der Stimme.

Na und?, dachte ich bei mir. Kiffen kann er auch allein.

»Sie ist von Daniels Ideen infiziert, will jetzt auch vegan leben und gegen Tiertöter in die Schlacht ziehen.«

Na super, dachte ich mir. Der Feind sammelt seine Truppen.

»Und Mike hat beschlossen, sich dem Diktat fremder Leute nicht länger zu unterwerfen. Warum sollte er sein Leben auf eine vegane Ernährung umstellen, nur weil dein Bruder es will?«, fuhr Mama fort.

Nun, die Antwort war verhältnismäßig einfach: Mike war eine faule Socke, deshalb aß er das, was andere für ihn einkauften. Bis vor Kurzem waren Mikes Wünsche und die Einkaufsgewohnheiten der WG-Mitglieder einigermaßen kompatibel gewesen und er maulte nur gelegentlich über einen zu geringen Fleischanteil. Dann zog Conny los und kaufte für ihn eine extra Ration. Seit Neuestem wurde vegan eingekauft, also aß Mike meist vegan mit gelegentlichen Fleischeinlagen, die seine Freundin besorgte. Wenn Conny sich nun allerdings der Beschaffung verweigerte, hatte er ein Problem. Es war insofern nicht erstaunlich, dass Mikes Zufriedenheit neuerdings sank, sondern eher, dass er vier Jahre lang mit seinem Verhalten durchgekommen war.

Das Einzige, was Mike regelmäßig selbst besorgte, waren die Konsumartikel, die unter das Betäubungsmittelgesetz fielen – und das auch nur, weil sich alle anderen bisher geweigert hatten, ihn damit zu versorgen.

»Wer hat denn das Steak gekauft?«, fragte ich also.

»Ich«, erwiderte Mama ungerührt.

Na bitte, das hatte ich mir doch gedacht. Mir hatte sie weder Sahne noch Erdbeeren abgegeben, aber für Mike ging sie los und kaufte Steaks. Woran lag es nur, dass manche Männer immer wieder eine Frau fanden, die sich bereitwillig ausnutzen ließ? Ich seufzte.

Mike hörte uns zwar zu, unterbrach seine Nahrungsaufnahme allerdings nicht. Er futterte das Steak und die aufgebackenen Pommes, als hätte er vier Wochen gehungert. Hatte er vielleicht auch, jedenfalls sah er deutlich magerer aus als noch zu Jahresbeginn. Das konnte ich so leicht feststellen, weil er wieder nur in Jeans am Tisch saß. Der Blick meiner Mutter ging öfter als nötig zu seinen nackten Schultern.

Dieses Elend wollte ich mir nicht ansehen. Das Wasser kochte, ich goss einen Kaffee auf und verzog mich mit der Tasse auf Daniels Balkon. Als ich die Wohnung später verließ, um meine Nerven mit einem sehr großen Eisbecher mit sehr viel Likör und sehr viel Sahne zu beruhigen, war die Küche leer. Wusste der Teufel, wo Mike und meine Mutter abgeblieben waren.

Josef war so fröhlich, als ich am nächsten Morgen an seiner Pförtnerloge vorbeikam, dass ich ihn nach dem Grund fragte.

»Martina ist so glücklich mit diesen Küken«, sagte er. Sein Lächeln war breit und strahlend und ließ ihn um Jahre jünger aussehen – trotz der Zahnlücke oben links.

»Wie schön!« Ich freute mich wirklich, sowohl für Josef als auch für Tin-Tin selbst. Endlich gab es mal eine gute Neuigkeit.

»Und die neuen Freunde, die sie dadurch gefunden hat, tun ihr auch gut.«

Ich stellte mir vor, wie Tin-Tin mit Jenny, Kevin und den anderen Kindern um den Karton mit den Küken herumhockte und jede Bewegung der Tiere beobachtete und kommentierte, wünschte Josef lächelnd einen schönen Tag und ging in mein Büro. Die bevorstehende Reise würde mich eine Woche von meinem Arbeitsplatz fernhalten, also musste ich bis dahin noch ziemlich fleißig sein.

19

»Das ›eat meat‹ kauft die Wildspezialitäten zukünftig bei uns«, sagte PS sichtlich zufrieden.

Er lehnte sich in seinem schicken Ledersessel zurück und grinste wie jemand, dem ein guter Streich gelungen war. »Außerdem haben wir vereinbart, dass Gantini auf seiner Speisekarte ausdrücklich darauf hinweist, welche Fleischsorten von uns stammen.«

Ich zog eine Augenbraue hoch. Eine derartige Vereinbarung hatten wir bisher mit keinem Gastronomen. Allerdings war sie auch nicht übermäßig interessant, denn die Endverbraucher konnten unsere Ware im Einzelhandel meist nicht erkennen. Auf dem Carlsplatz stand natürlich der Firmenname am Stand, aber viele Fleischereien und Delikatessengeschäfte, die unsere Produkte vertrieben, taten dies, ohne den Namen Siebendt zu erwähnen.

PS hatte meine Reaktion auf seine Mitteilung beobachtet und grinste nun. »Sag es ruhig.«

Ich legte ihm meine Überlegungen zur fehlenden Wiedererkennung unserer Marke im Einzelhandel dar und konnte bereits während ich sprach, an seinem ungeduldigen Nicken erkennen, dass das Argument überholt war.

»Deswegen werden wir eine Marke für den Endverbraucher entwickeln.«

»Sehr gut«, sagte ich spontan. Das eröffnete ganz neue Marketingmöglichkeiten.

»Deshalb ist es ganz gut, dass die Vereinbarung mit den Fernsehköchen etwas zäh läuft. Auch in dem Segment können wir mehr erreichen, wenn wir erst die Einzelhandelsmarke positionieren und dann mit den Kochshows ins Fernsehen kommen.«

Ich nickte und machte mir einen Vermerk, dass ich bei den Anfragen momentan keinen zeitlichen Druck machen würde. Im Gegenteil. Ich würde den Dampf aus meinen Aktivitäten nehmen und bei den Herren, die Interesse angemeldet hatten, auf Zeit spielen, bis ich genauere Informationen von PS über die weitere Vorgehensweise bekäme. Damit konnte ich die Liste an Themen, die vor der Reise noch erledigt werden mussten, gleich um eine Position kürzen.

»Außerdem überlege ich, offizieller Sponsor eines Leichtathletikwettbewerbs zu werden.«

Ich starrte PS an.

»Oder eines Sportlers.«

Jetzt drängte sich mir das Bild einer eleganten, kraftvollen, schnellen Gazelle auf. Wieder hatte PS mein Mienenspiel beobachtet und nickte nun, als er sah, dass der Groschen gefallen war.

»Sprint?«, fragte ich. »Oder Hochsprung?«

Er zuckte mit den Schultern.

Ich machte eine weitere Notiz unter der Rubrik »nach der Reise«. Gute Ideen hatte PS ja, allerdings fragte ich mich langsam, wie ich all die Projekte umsetzen sollte. Ich arbeitete bereits mehr als neun Stunden täglich und alles, was er jetzt wieder ausgebrütet hatte, würde das Arbeitspensum dramatisch erhöhen. Ich unterdrückte einen Seufzer. Die Arbeit war interessant, machte Spaß und brachte mich mit PS zusammen. Kein Grund zum Jammern, also.

»Und nun zu den schlechten Neuigkeiten.«

Ich blickte irritiert auf.

»Hast du die Kampagne von Hot Spott schon gesehen?«

Kampagne? Ich spürte, dass ich blass wurde. »Nein.«

»Die haben ihre Internetadresse auf jeden freien Zentimeter öffentlicher Fläche gesprüht.«

Ach so, das meinte er mit Kampagne. Ich nickte.

»Ich gehe also davon aus, dass sie nach dem Fernsehauftritt und dieser Werbekampagne massenhaft Zulauf bekommen.«

Ich nickte.

»Wir sollten uns auf jede Menge Gegenwind gefasst machen.«

Wie machte man sich in so einer Situation auf Gegenwind gefasst? Ich hatte keinen Schimmer, was er meinte.

»Du meldest dich bei dieser Initiative und versuchst herauszubekommen, was sie vorhaben.«

»Nein!«, rief ich reflexartig.

PS runzelte die Stirn.

»Äh, ich bin doch nach dem Interview wegen dieses Junggesellenabschieds bei denen sicher bekannt«, murmelte ich.

In meinem Kopf schwirrten tausend Bilder durcheinander von Daniel, wie er mit seinem Spielzeuggewehr die verkleideten Tiere erschoss, wie er an meinem Küchentisch Pläne schmiedete, die er vor mir verheimlichte, wie glücklich er nach der gelungenen Pressekonferenz war.

Dann drängten sich Bilder von Thomas dazwischen, dem viel mehr als meinem eigenen Bruder bewusst zu sein schien, in welch grässlicher Situation ich mich befand. Mehr als einmal hatte er mich mit einem verständnisvollen Blick betrachtet, wenn er spürte, dass ich mich über die fehlende Loyalität meines Bruders geärgert hatte. Er hatte mir sogar die Wette angeboten bei Aktionen, die eindeutig zu meinen Lasten gehen sollten und von denen er meinen Bruder dann abhalten wollte. Aber würde er es im Zweifelsfall wirklich mit Daniel aufnehmen? Gehörte seine Loyalität meinem Bruder oder mir?

Und wem gehörte meine? Meinem Arbeitgeber oder meinem Bruder? Dem Mann, den ich liebte, natürlich. Allerdings liebte ich beide, wenn auch auf unterschiedliche Art und Weise. Meine Loyalität gehörte dem, der in all diesen Aktionen das Opfer war. Meinem Boss. Oder?

»Du sollst ja nicht persönlich bei dem Spinner auftauchen. Melde dich für den Newsletter und die Facebook-Gruppe an. Sobald du erfährst, um welche Aktion es geht, haben wir immerhin einen Informationsvorsprung.«

Ich nickte schweigend und machte mit tief über das Papier gebeugtem Kopf eine Notiz auf meinem Block.

Ich war erleichtert, als das Telefon klingelte und PS die Sitzung für beendet erklärte. Immer noch verwirrt stürmte ich in mein Büro, schloss die Tür hinter mir und legte den Kopf auf den Schreibtisch. Aber dann hob ich ihn wieder und gab mir gedanklich einen Tritt in den Hintern. Zwar hatte ich nie in Daniels Zimmer einbrechen und nach geheimen Zetteln oder Plänen suchen wollen, aber auf die Idee, mich inkognito auf Daniels Website umzusehen und als Helfer zu melden, hätte ich schließlich selbst kommen können. Das würde ich nun nachholen. Ich ging online, richtete mir einen neuen, kostenlosen E-Mail-Account ein und meldete mich bei www.hot-spott.de als willige Aktivistin. Leider wurden keine der geplanten Aktionen konkret mit Thema und Termin genannt, sondern nur die grundsätzliche Bereitschaft abgefragt. Genaueres gäbe es dann jeweils kurzfristig per SMS oder E-Mail.

Nach den Aufregungen der letzten Tage war ich froh, abends niemanden in der Wohnung anzutreffen. So konnte ich in Ruhe duschen, Kaffee trinken und ein paar Nudeln essen. Danach ging es mir besser, aber es war erst acht Uhr an einem schönen, sonnigen Abend Anfang Juni, und den wollte ich dann doch nicht zu Hause verbringen. Außerdem hatte ich, abgesehen von dem Gespräch in Gebärdensprache im »eat meat« und der kurzen Umarmung im Theater noch gar nicht mit meinem Vater über sein neues Leben gesprochen, also rief ich ihn an.

»Wo bist du?«, fragte ich.

»Zu Hause.«

»Wo ist das?«

Ich konnte hören, wie er stutzte, dann lachte er leise. »Die Frage ist berechtigt, aber im Moment bin ich dort, wo wir dreißig Jahre lang als Familie zusammengelebt haben. Ich muss ein paar Sachen holen.«

Ich war enttäuscht und natürlich hörte Papa das sogar durch das Telefon. »Ich bin hier aber fertig und wollte gerade wieder los. Wollen wir uns gleich noch in der Stadt treffen?«

Er klingelte eine halbe Stunde später. Seine helle Baumwollhose und das hellblaue Poloshirt waren modisch, mein Vater war gebräunt und machte einen sportlichen Eindruck. Dynamischer. Jünger. Ich stellte überrascht fest, dass mein Vater ein attraktiver Mann war.

Dieser Mensch führte mich zu einem Eiscafé, das ich nicht kannte. Wir bestellten zwei Erdbeerbecher, saßen entspannt und schweigend nebeneinander, bis der Kellner zwei monströse Glasvasen voller bunter Eiskugeln, frischer Erdbeeren, Schokoladensauce und Sahne vor uns hinstellte. Erst als wir beide den Mund voll hatten, begannen wir zu sprechen.

»Es tut mir leid, dass es so gelaufen ist«, sagte Papa. »Ich habe seit Monaten versucht, es euch zu sagen, aber irgendwie …«

»Wie lange weißt du denn schon, dass du …«

Er zuckte mit den Schultern, fischte eine Erdbeere aus der Schokoladensauce, häufte etwas Sahne darauf und zerdrückte sie mit der Zunge am Gaumen. »Ich hatte nur zwei Freundinnen vor deiner Mutter, habe mich aber auch nicht für Männer interessiert. Ich dachte wohl, ich wäre einfach nicht der leidenschaftliche Typ.«

Ich versteckte mein Grinsen hinter einem Berg Sahne. Papa war mundfaul aber humorvoll, langweilig aber zuverlässig, ruhig aber hilfsbereit. Das Wort Leidenschaft jedenfalls wäre mir wahrlich nie in den Sinn gekommen.

»Als dann im Büro die neue Kollegin kam, Sonja, ich habe von ihr erzählt …«

Ich nickte. Den Erzählungen meines Vaters nach musste diese Sonja eine Frau mit dem Aussehen von Penelope Cruz und der Intelligenz von Stephen Hawking sein.

»… da habe ich zum ersten Mal bemerkt, dass ich ganz anders reagiere als meine Kollegen. Die konnten gar nicht genug um sie herum balzen. Ich hingegen bekam mein erstes Herzklopfen in ihrer Gegenwart, als ihr Freund sie abholen kam. Das ist ungefähr sieben Jahre her.«

Mit offenem Mund starrte ich meinen Vater an. Sieben Jahre sind eine verdammt lange Zeit.

»Ich habe natürlich vor mir selbst so getan, als sei alles ganz normal, habe mich selbst belogen nach Strich und Faden, bis ich eines Tages im Fernsehen zufällig einen Bericht über Männer gesehen habe, die nach zwanzig, dreißig oder sogar vierzig Ehejahren feststellten oder sich selbst eingestanden, dass sie schwul waren. Das hat mich umgehauen.«

»Das war letztes Jahr Ostern«, sagte ich spontan.

Er nickte.

Papa war damals von heute auf morgen wie ausgewechselt gewesen. Er, der eigentlich nie krank gewesen war, hatte plötzlich unspezifische Magenschmerzen, die ihn zu einer ganzen Reihe von Ärzten führten. Es gab keinen körperlichen Befund.

»Irgendwann wollte ich es wirklich wissen und bin zu einer Beratungsstelle gegangen. Dort hat man mir einen Psychotherapeuten empfohlen, der mir geholfen hat, die Wahrheit herauszufinden und auch zu akzeptieren.«

»Aber selbst dann hast du nichts gesagt.«

Es hatte nicht vorwurfsvoll klingen sollen, aber es war trotzdem so herausgekommen.

Papa nickte in seinen Eisbecher, der bereits halb leer war. Wir beide waren sehr gut im Simultan-Essen-und-Reden. Das hatte Mama immer auf die Palme gebracht.

»Ich wollte unsere Familie nicht aufgeben. Bildete mir ein, es könne doch eigentlich alles so bleiben, wie es war. Es war ja nicht so, dass ich deine Mutter nicht mehr liebte. Ich liebe sie immer noch, wenn auch nicht körperlich.« Er schob sich eine halbe Kugel Eis in den Mund und musste kurz pausieren. »Aber dann traf ich Mauro.«

Ich versuchte mir vorzustellen, wie mein Vater in eine Schwulenbar ging, um heimlich einen Geliebten aufzureißen, und dort auf Mauro traf, aber ich konnte nicht.

»Wo hast du ihn getroffen?«, fragte ich also, anstatt weiter meine Fantasie zu strapazieren.

»Er arbeitete in dem Hotel, das ich prüfte, als Leiter der Gastronomie.«

Ich verschluckte mich an meinem Eis, als ich mir vorstellte, wie der Steuerprüfer sich mit dem Gastronomieleiter heimlich in ein leer stehendes Zimmer verzog.

»Natürlich haben wir uns während der Prüfungsphase nicht privat getroffen.«

Hatte ich das Wort »Hotelzimmer« mal wieder auf der Stirn stehen gehabt? Sicher wurde ich auch wieder rot.

»Aber sobald ich meinen Abschlussbericht abgegeben

hatte, haben wir uns verabredet. Und dann ging alles ziemlich schnell.«

Obwohl ich meinen Vater liebte und ihm nur das Beste wünschte, konnte und wollte ich mir nicht vorstellen, wie das mit Mauro angefangen hatte. Mein Papa in aufgeregter Umarmung mit einem anderen Mann, dann ein erster, vorsichtiger Kuss, der inniger wurde … Nein, auf diese Details wollte ich gern verzichten und ich war Mauro wirklich dankbar, dass er in meiner Gegenwart auf die Zurschaustellung von Zärtlichkeiten verzichtet hatte. Hoffentlich blieb das so.

Wir löffelten unsere Gläser leer und bestellten Cappuccino, um den Magen wieder auf Betriebstemperatur zu bringen.

»Und du, Kleines?«, fragte Papa schließlich. »Wie steht es bei dir mit der Liebe?«

Ich erzählte ihm von PS.

Er machte ein nachdenkliches Gesicht.

»Was ist?«, fragte ich endlich.

Er druckste herum.

»Was gefällt dir daran nicht?«

»Bist du sicher, dass es Liebe ist und keine Schwärmerei?«

Ich nickte.

»Sicher, dass er nicht einfach das verkörpert, was du auch endlich willst? Beruflichen Erfolg, Geld, Kompetenz, Ansehen …«

Ich lachte. Mein Vater hatte schon immer eine geradezu unheimlich treffende Vorstellung davon gehabt, was mich gerade beschäftigte.

»Du hast recht, dass ich genau das endlich will. Ich habe die Nase so voll von den Schattenseiten des Studentenlebens. Von dem Wohnen in einer WG, in der man niemals seine Ruhe hat, in der man für die Faulen mitarbeitet und in der noch nicht mal genug Platz für ein vernünftiges Sofa ist. Ich habe lange genug von abgezähltem Geld gelebt, habe Secondhand-Klamotten gekauft, bin lange genug von arroganten Professoren oder Doktoranden herumgeschubst worden, obwohl die zum Teil weniger Ahnung hatten als ich. Ich will zeigen, was ich kann, will Geld verdienen, mir schöne Sachen kaufen, die Welt sehen. Das ist alles richtig. Aber es hat nichts mit meinen Gefühlen für PS zu tun.«

»Nun, du bist noch jung …«, sagte Papa, und das machte mich wirklich wütend, denn es bedeutete im Klartext, dass er nicht daran glaubte, dass aus PS und mir ein Paar würde. Ich schnaubte unwillig und bedauerte, dass ich ihm überhaupt von meinen Gefühlen erzählt hatte.

Ich würde ihm einfach beweisen, dass das mit PS und mir eine ernste Sache war, indem ich unsere Reise dazu nutzen würde, PS endlich meine Gefühle zu gestehen. Dann würde auch er sich trauen, mir sein Herz zu öffnen. Solange er aber meine Gefühle nicht kannte, würde er sich zurückhalten, das war klar. Für einen Vorgesetzten gehörte es sich schließlich nicht, eine Untergebene anzugraben, das konnte leicht als sexuelle Belästigung missverstanden werden. Ich musste also den ersten Schritt machen, und in diesem Moment wurde mir klar, dass ich es tatsächlich tun würde.

»Schau nicht so biestig, das steht dir nicht«, sagte Papa mitten in meine Gedanken hinein.

Ich lachte – glücklich, weil ich endlich beschlossen hatte zu handeln. »Und ich dachte, wahre Schönheit kann nichts entstellen.«

Papa nickte erleichtert. »Lachend gefällst du mir trotzdem besser.«

Nach der Aussprache mit meinem Vater kam ich am Dienstag in blendender Laune ins Büro. Auch Josef strahlte, berichtete wieder von Tin-Tins neuen Freunden und dass sie es morgens gar nicht erwarten könne, in die Schule zu kommen. Die Lehrerin hatte, da die Kinder so viel Interesse an den Tieren zeigten, offenbar Besuche von Menschen mit Tieren in der Schule organisiert. So war jemand mit einem Schaf und zwei Ziegen gekommen und noch ein Mann war wegen der Küken da gewesen. Ich hörte nur mit einem Ohr zu und war mit dem Rest meiner Aufmerksamkeit bereits an meinem Schreibtisch, denn in den letzten Tagen vor der Reise musste ich noch eine ganze Menge Arbeit erledigen.

Gegen halb drei saß Tin-Tin wieder bei mir und wir wollten gerade das Büro verlassen, um in der Kantine zwei Stücke Kuchen, einen Kakao für sie und einen Kaffee für mich zu ergattern, als die Fensterputzer das Büro betraten. Tin-Tin wusste, was das bedeutete, und begann, die Fensterbank abzuräumen. Den Kaktus, die Chilipflanzen und das Zitronenbäumchen stellte sie rechts neben dem Fenster auf den Boden, die Palme überließ sie mir, da der Topf für sie zu schwer war. Mit der Palme auf dem Arm drehte ich mich um und starrte in Thomas' grüne Augen.

Thomas trug eine Jeans, ein dunkelblaues Polohemd mit dem Schriftzug des Reinigungsunternehmens, und hielt einen Eimer in der Hand. Er grinste mich an.

»Wie läuft die Arbeit?«, fragte er leise.

Tin-Tin beobachtete uns mit schief gelegtem Kopf.

Mir wurde heiß. Ich wurde rot. Mein Puls schlug in Notfallfrequenz.

»Was machst du denn hier?«, flüsterte ich.

»Ein Kumpel von mir arbeitet hier.« Er zeigte auf das Logo auf seiner Brust. »Hat aber jetzt Urlaub. Also bin ich eingesprungen.«

Bevor ich zu einer vernünftigen oder überhaupt einer Erwiderung ansetzen konnte, klingelte mein Telefon. Da ich mit beiden Händen die Palme trug, konnte ich den Hörer nicht aufnehmen. Thomas kapierte schnell, griff nach dem Hörer und hielt ihn an mein linkes Ohr.

»Tutz.«

»Wildenroth. Bitte kommen Sie umgehend zum Juniorchef.«

»Natürlich.«

Thomas zog fragend die Augenbraue hoch, ich nickte und er legte den Hörer auf. »Immer zu Diensten«, sagte er mit einer leichten Verbeugung.

»Ich muss zu meinem Chef«, sagte ich. »Wehe, wenn du hier herumspionierst ...«

Er blickte mich entrüstet an. »Was hältst du von mir?«

Ich nickte Tin-Tin zu. »Pass auf ihn auf, ja?«

Dann setzte ich die Palme auf dem Schreibtisch ab und hetzte los.

20

PS hatte mir noch eine Sonderaufgabe aufs Auge gedrückt, die zwar erst nach unserer Rückkehr wirklich dringend wurde, für die ich aber bereits einige Anfragen schreiben musste. Die Tage bis zum Abflug vergingen rasend schnell. Ich vergaß Thomas und seinen Besuch in meinem Büro, arbeitete täglich bis neun oder zehn Uhr abends und hatte deshalb die größte Mühe, Klamotten aufzutreiben, die ich für safaritauglich hielt. Nicht, weil es so etwas nicht gab, sondern weil ich zu wenig Zeit hatte. Letztlich kleidete ich mich am Samstag kurz vor Ladenschluss in einem Fachgeschäft für Outdoorbedarf vom Kopf bis zu den Füßen neu ein und bezahlte fast ein ganzes Monatsgehalt für Hosen, Blusen und Unterwäsche, die gegen übermäßige UV-Strahlen, Moskitostiche und vermutlich auch gegen die Finanzkrise helfen sollten, jedenfalls klangen die Versprechungen samt und sonders zu schön, um wahr zu sein.

Auf den Hut mit der breiten Krempe verzichtete ich, weil ich damit so dämlich aussah, dass er mir in Bezug auf meine romantischen Absichten mit PS kontraproduktiv erschien. Wie übrigens auch die Unterwäsche aus Funktionsfasern nicht ganz mit meinen Vorstellungen von verführerischen Dessous übereinstimmten. Nun, zum Abendessen – und allem, was danach kam – würde ich mich eben umziehen.

Weg mit den karierten Blusen und den Hosen mit Taschen an jeder erreichbaren Stelle und rein in ein luftiges Kleid und seidige Wäsche. Bei diesen Vorstellungen wurde mir siedend heiß, allerdings nicht wegen der erotischen Vorfreude. Ich besaß ja gar keinen Koffer. Ein Blick auf die Uhr bestätigte meinen Verdacht: Samstagabend halb neun. Jetzt war es zu spät, noch einen zu kaufen.

Das rosafarbene Teil meiner Mutter, das sie in den späten Achtzigern im Angebot erstanden hatte, würde ich keinesfalls mitnehmen.

Daniel musste mir helfen.

»Ich soll dir einen Koffer für eine Flugreise leihen? Weißt du eigentlich, wie schädlich das Fliegen für das Klima ist?«

»Es ist mein Job und …«

»Diese billige Ausrede zählt nicht, wenn es um die Existenz der Menschheit geht.«

Er stand mit verschränkten Armen in der Küche vor mir und plusterte sich sichtlich amüsiert auf.

»Wenn ich mir jetzt noch einen Koffer kaufe, ist die Wirkung auf die Umwelt deutlich schlechter, als wenn du mir deinen leihst«, argumentierte ich. »Du sagst doch selbst: nutzen statt besitzen.«

»Da hat sie recht«, mischte Thomas sich ein. Er betrat die Küche hinter mir und stellte Einkaufstüten auf dem Küchentisch ab. Seit seinem Auftritt als Fensterputzer vier Tage zuvor hatte ich ihn nicht mehr gesehen, aber er grinste mich freundlich an. Keine Spur von schlechtem Gewissen. Ich hoffte also, dass er wirklich nicht zum Spionieren gekommen war. Tin-Tin jedenfalls hatte ich nicht fragen können, denn sie hatte ich seitdem auch nicht mehr gesehen.

Thomas begann die Lebensmittel auszupacken und holte Schneidbrett und Messer aus der Schublade. Wie war er eigentlich in die Wohnung gekommen? Besaß er einen

Schlüssel? Wohnte er inzwischen auch hier? Ich war mir zwar ziemlich sicher, dass das nicht der Fall war, hatte aber trotzdem das Gefühl, langsam den Überblick zu verlieren.

»Erstens«, sagte Daniel mit einem breiten Grinsen im Gesicht, »nutzen ja, aber nicht für eine Flugreise. Da muss ich konsequent sein, Sweetie. Das kann ich nicht unterstützen.«

Ich ballte die Fäuste.

»Und zweitens kannst du jetzt keinen Koffer mehr kaufen.«

Ich hätte die geballten Fäuste am liebsten mit aller Gewalt gegen Daniels Brust getrommelt. Mein Bruder genoss es, mich zappeln zu lassen. Was hatte ich ihm bloß getan, dass er mir das Leben derartig schwer machte? Und auch noch diese diebische Freude dabei empfand?

»Dann frage ich Papa«, sagte ich wütend.

Mein Vater bedauerte zutiefst, konnte mir aber auch nicht helfen. Sein alter Koffer ließ sich nicht schließen. Ich verfluchte die Tatsache, dass meine Eltern einen Wohnwagen besaßen, mit dem die Familie jahrelang verreist war. Da brauchte man gar keinen Koffer. Das rosafarbene Teil meiner Mutter war das einzige funktionsfähige Relikt aus der Zeit vor dem Caravan und das würde ich nicht nehmen, basta.

In Gedanken ging ich die Liste meiner Freunde oder Studienkolleginnen und Kollegen durch, aber von denen war ja niemand mehr in Düsseldorf. Wo sollte ich innerhalb von sechsunddreißig Stunden einen vernünftigen Koffer herzaubern? Ich warf das Handy in die Ecke und ging missmutig in die Küche, um mit Thomas und Daniel zu essen. Eigentlich nett, dass die beiden mich eingeladen hatten, aber die Stimmung am Tisch war angespannt, weil ich sauer war. Thomas versuchte mich aufzuheitern und erzählte, was er vor ein paar Jahren bei der Besichtigung eines neuen Safariparks erlebt hatte.

»Es war der Rundgang für Journalisten und ausgewählte Gäste und quasi die Generalprobe für die offizielle Eröffnung. Im Grunde war alles ganz in Ordnung, bis wir in das Affengehege kamen. Das war eine große Halle, in der sich die Affen frei bewegen konnten.«

»Die Tierhaltung in Zoos und Parks ist hoch problematisch. Überhaupt nicht artgerecht«, warf Daniel ein.

Weder Thomas noch ich beachteten ihn.

»Durch dieses Gehege führte ein Weg, der durch ein kleines Geländer von vielleicht dreißig Zentimeter Höhe abgetrennt war. Natürlich war das Geländer nur eine symbolische Grenze, aber die Wärter hatten die Affen so abgerichtet, dass sie diese Grenze akzeptierten. Zumindest dachten die Wärter das bis zu dieser Besichtigungstour.«

Daniel reichte mir die Schüssel mit den Nudeln und ich nahm reichlich. Thomas runzelte nur kurz die Stirn, erzählte dann aber bereitwillig weiter.

»Die Wärter hatten Wasserpistolen, um besonders vorwitzige Affen, die sich in die verbotenen Zonen vorwagten, nass zu spritzen. Da die Affen das nicht mochten, hielten sie sich an die vorgegebenen Grenzen. Zumindest, solange die Wärter in ihre Richtung schauten.«

Ich vernachlässigte meine Nudeln mit der rotbunten Möhren-Paprika-Zwiebel-Curry-Sauce und lauschte gebannt. Thomas machte eine Pause, schaufelte sich Nudeln und Sauce in den Mund und kaute genüsslich.

»Sobald ein Wärter den Affen den Rücken zudrehte, hopsten sie übermütig auf dem Geländer herum oder überquerten den Weg. Drehte der Wärter sich wieder zu ihnen hin, taten sie ganz unschuldig und saßen schön hinter dem Zaun.«

Ich musste grinsen.

»Einer der Affen trieb es besonders toll, er turnte wie ein Artist auf dem Geländer herum, schlug Purzelbäume auf dem Weg und war sofort der Liebling aller Anwesenden. Die Wärter waren gerade mit einer ganzen Horde von Strolchen beschäftigt, als der kleine Clown einem Journalisten die Kamera wegnahm. Er verzog sich damit auf einen Baum und natürlich hatten alle Angst, dass er das teure Ding fallen lassen würde. Stattdessen legte er das Objektiv in einer Astgabel ab und spielte an dem Apparat herum. Als die Wärter das gute Stück endlich gerettet hatten, war ein erstklassiger Schnappschuss von dem Besitzer der Kamera drauf. Einen so dämlichen Gesichtsausdruck hätte er bei sich selbst nie für möglich gehalten.«

Thomas versuchte, den Gesichtsausdruck nachzumachen, und wir prusteten gemeinsam los.

»Und was war deine Rolle bei dieser Besichtigung?«, fragte ich in die allgemeine Heiterkeit hinein.

»Ach, ich kannte da jemanden in dem Park«, winkte er ab, aber ich hätte schwören können, dass das nicht die ganze Wahrheit war.

Ich wusste immer noch nicht, was er getrieben hatte, bevor er zu Hot Spott gestoßen war. Ich hatte keine Ahnung, wie er an den Fensterputzjob gekommen war, denn die Geschichte von der Urlaubsvertretung für einen Freund war doch ziemlich dürftig. Womit verdiente er sein Geld? Wo wohnte er überhaupt? Und warum verheimlichte er alle diese Dinge vor uns?

Natürlich nahm ich Mamas rosafarbenen Koffer. Natürlich schämte ich mich. Und das wurde noch schlimmer, als ich PS vor der Abflughalle am Flughafen traf. Völlig entgeistert starrte er das bunte Knallbonbon an, das ich hinter mir herzerrte. Es kostete ihn deutlich sichtbare Überwindung, den Blick von dem hässlichen Monstrum zu wenden, mir in die Augen zu schauen und ein Lächeln zustande zu bringen. Und selbst dann war das Lächeln nicht ganz fehlerfrei.

»Tut mir leid, ich hatte keinen Koffer und es ist mir zu spät eingefallen und …«

Auch meine sonstige Erscheinung schien PS zu überraschen. Ich trug eine Kombination meiner neu erstandenen Outdoorklamotten. Er trug Anzug und Hemd.

»Wir haben gleich nach der Landung einen Termin mit einem unserer Lieferanten«, verkündete er mit einem Blick auf die zahlreichen Taschen meiner Safarijacke.

»Ach …« Mehr fiel mir dazu nicht ein. Ich spürte, wie ich bis in die Haarwurzeln errötete. Meine Ohren glühten.

»Ich kann mich ja noch schnell umziehen«, schlug ich vor, nahm meinen Koffer und wuchtete ihn wieder auf meinen Koffertrolley.

»Ganz ruhig«, sagte er und sein Lächeln hatte schon fast wieder die normale Strahlkraft. »Wir sind ja noch lang unterwegs.«

Das half mir nicht, denn obwohl ich natürlich wusste, dass wir einen Zwischenstopp in Frankfurt hatten und dann mit dem Nachtflug nach Windhoek flogen, obwohl ich wusste, dass wir uns kurz vor der Ankunft im Flieger frisch machen konnten, obwohl ich also eine zweite Bluse und Wäsche und Socken mitgenommen hatte, entsprach auch dieser Teil meiner Garderobe dem Stil der Gesamtausstattung. Kurz gesagt: Ich hatte in meinem Bordgepäck keinen Hosenanzug dabei. Wohl aber in meinem grässlichen rosafarbenen Koffer.

In der Damentoilette der Abfertigungshalle gelang es mir trotz der beklemmenden Enge, einen Hosenanzug und eine hellblaue Bluse anzuziehen und auch das Bordgepäck neu zu sortieren. Da aber die knöchelhohen Stiefel beim besten Willen nicht mehr in den Koffer passten, musste ich sie anbehalten.

Warum zum Teufel hatte PS mir nicht einfach den Reiseplan gezeigt?

Ich war in meinem bisherigen Leben zwei Mal geflogen. Das erste Mal flogen meine Eltern mit Daniel und mir nach London. Das war in Daniels zweitem Semester auf dem Weg zum Finanzguru oder Spekulant oder Börsengenie. Welche dieser drei kriminellen Karrieren er einschlagen wollte, wusste er damals noch nicht genau, aber dass er reich werden wollte, bevor er dreißig war, das hatte er bereits beschlossen.

Daniel also wollte nach London, um die City zu sehen, mein Vater wollte zur Queen und Mama kam mit, weil sie nicht allein zu Hause bleiben wollte. Ich war zwölf und wollte zu Madame Tussauds. Ich war von uns vieren die Einzige, die im Flugzeug nicht gekotzt hat. Jahre später flog ich mit einer Freundin pauschal nach Mallorca, woran unsere Freundschaft zerbrach, weil wir uns beide in denselben Engländer verliebten. Beide Flugreisen waren das, was landläufig mit dem Begriff »Billigflieger« beschrieben wird.

Kein Vergleich zu dem Erlebnis an der Seite meines Chefs, der als Vielflieger Vorzugsbehandlungen bekam, von denen ich nicht einmal gewusst hatte, dass sie überhaupt existierten.

Man kümmerte sich um unser Gepäck. Man brachte uns in eine Lounge, in der ein kalt-warmes Buffet von exquisiter Qualität die anwesenden Gäste erfreute. Man brachte eiskalten Champagner in den gewünschten Mengen. Man sagte uns fünfzehn Minuten vor Abholung Bescheid, wann die Limousine käme, und brachte uns auf direktem Weg und unter Umgehung von Bussen oder Flugsteigen über das Rollfeld bis ans Flugzeug. Im Flugzeug waren die Platzverhältnisse deutlich komfortabler als in meiner Wohnung, das

Essen war ebenfalls besser, der Champagner kälter und das Unterhaltungsangebot geradezu galaktisch gut – wenn man denn gewollt hätte. Ich wollte eigentlich gar nicht. Ich hätte alles darum gegeben, dass PS mir von der bevorstehenden Reise erzählt hätte. Aber er vertiefte sich in geschäftliche Unterlagen und ließ mich Filme gucken, wobei mir die Auswahl nicht ganz leicht fiel, weil ich mich beobachtet fühlte.

Ich mag gut gemachte Actionfilme, in denen die Helden echte Helden sind, aber einen gehörigen Schuss Selbstironie aufbringen können. Diese Leidenschaft ist mir peinlich, deshalb halte ich sie üblicherweise geheim. Außerdem liebe ich rührselige Liebesfilme, bei denen ich allerdings immer heulen muss. Das Heulen ist mir auch peinlich, weshalb ich auch auf diese Art Film lieber verzichtete. Was ich gar nicht mag sind Dramen und alberne Männerkomödien. Die Auswahl war also eher beschränkt.

Während ich mich noch durch die endlose Liste der Bordunterhaltung klickte, forderte der ungewohnt reichhaltige Alkoholgenuss seinen Tribut: Ich fiel von einem Moment auf den anderen in einen komatösen Schlaf. Im aufrecht stehenden Sitz mit den dicken Schuhen an den Füßen. Entsprechend mies fühlte ich mich dann auch, als ich wieder aufwachte. Meine Füße waren dick und heiß, mein Rücken tat weh und mein Nacken war verdreht und steif. Um mich herum schliefen alle anderen Fluggäste mehr oder weniger geräuscharm. Kein Wunder bei einem Nachtflug. Allerdings ärgerlich, wenn man selbst nicht mehr einschlafen kann. Ich zog die Schuhe aus, ging ins Bad und legte mich ins Bett, das eine bemühte Stewardess für mich umgebaut hatte, während ich mir die Zähne geputzt und mich gewaschen hatte. Dann lag ich wach und starrte an die Kabinendecke, malte mir aus, wie ich PS begrüßen würde, wenn er aufwachte, wie wir gemeinsam durch die Wildnis reisen, an Wasserlöchern in der Abenddämmerung die Tiere beobachten und in romantischen Baumhäusern schlafen würden. Diese wunderbaren Wachträume gingen nach einigen Stunden endlich in echte Träume über, in denen ein gefährliches Tier immer wieder an dem Stamm unseres Baumhauses sägte. Das Geräusch kam von dem korpulenten Herrn in der Reihe hinter mir, dessen Schnarchen im Verlauf der Nacht beängstigende Dimensionen angenommen hatte. Mein Unterbewusstsein war immer schon sehr gut darin gewesen, Geräusche oder Gerüche, die mich umgaben, in meine Träume einzubauen.

Als ich nach einem unruhigen Schlummer aufwachte, war ich übermüdet und hatte Kopfschmerzen. Die hätte ich schon allein von der schlechten Kabinenluft bekommen, denn Luft aus der Klimaanlage führte bei mir immer zu einem Brummschädel, aber auch die vier oder fünf Gläser Champagner hatten sicher noch dazu beigetragen. Um mich herum waren bereits alle wach, hatten die Betten wieder in Sitze verwandelt und ließen sich das Frühstück servieren. Ich beeilte mich im Bad und bestellte dann Kaffee, Rührei mit Speck, Toast, Orangensaft, Obst und eine Kopfschmerztablette. PS grinste, als er das Tablett sah, das die nette Stewardess vor mir abstellte.

»Was hast du diese Nacht geleistet, dass du so viel Energie nachtanken musst?«, fragte er.

Ich zuckte mit den Schultern. Sprechen wollte ich mit vollem Mund lieber nicht.

Da ich keinen Fensterplatz hatte, bekam ich einen ersten Eindruck von Namibia, als ich aus dem Flugzeug trat. Es war hell. Die Sonne war so intensiv, dass ich die Augen kaum offen halten konnte. In dem Moment fiel mir auch ein, was ich vergessen hatte: Meine Sonnenbrille. Mein Gott, wie konnte man nur so dämlich sein? Alle Passagiere verließen die Maschine mit Sonnenbrillen auf der Nase. Auch PS. Dadurch wurde sein Gesichtsausdruck für mich noch undurchsichtiger.

Natürlich gab es wieder einen VIP-Service, der unser Gepäck vom Band holte und uns in eine stark klimatisierte Lounge brachte, Champagner (den ich dankend ablehnte) und Fruchtsäfte (von denen ich drei Gläser trank). Wir machten uns nochmals frisch, PS telefonierte mehrmals und lang und dann wurde uns mitgeteilt, dass unser Auto da sei.

Das Auto war eine Stretchlimousine mit Chauffeur. Wieder lag Champagner in einem Kübel voller Eis, aber jetzt wollte auch PS nichts mehr trinken. In meinem Bauch grummelte der Fruchtsaft.

»Diese ganzen Enzyme aus der Ananas und der Papaya sind nicht für alle Menschen so gut verträglich«, erklärte PS mir gedankenverloren, nachdem mein Bauch ein lautes, glucksendes Geräusch von sich gegeben hatte. »Hoffentlich bekommst du keinen Durchfall.«

»Diese Warnung kommt ein bisschen spät«, gab ich zurück.

PS zuckte mit den Schultern. »Ich dachte, dass du dich damit auskennst.«

Nein, ich hatte noch nie in einem afrikanischen Land frischen Ananassaft getrunken, da ich noch nie aus Europa herausgekommen war, aber ich sagte nichts. Selbst schuld, dachte ich. Ab sofort würde ich von neuen kulinarischen Genüssen jeweils nur homöopathische Mengen zu mir nehmen, um das Risiko physischer Komplikationen auf das absolute Minimum zu reduzieren.

21

Das Land war heiß, staubig und trocken, jedenfalls war das mein Eindruck, als wir das Flughafengelände verließen. Die Straßen waren lang und gerade und außer Sand, Straße und wenigen eher unspektakulären Gebäuden war nichts Aufregendes zu sehen. Ich war enttäuscht, schalt mich aber selbst gleich dafür. Es war wohl kaum zu erwarten gewesen, dass der internationale Flughafen mitten in einem Nationalpark lag.

Erst als wir uns der Stadt näherten, ließ das Reißbrettgefühl ein wenig nach.

Unser erster Geschäftstermin war ein Exporteur in Windhoek. Wir stiegen aus dem Auto, das uns für die Zeit, die wir in Windhoek verbrachten, zur Verfügung stand, und betraten das moderne Gebäude aus Stahl und Glas – und mit einem bewaffneten Wachposten vor der Tür.

»Ist es hier so gefährlich?«, flüsterte ich.

PS lachte. »Tagsüber nicht. Sieht aber wichtig aus, oder?«

Ich kam mir zwar mit meinen knöchelhohen Expeditionsschuhen zum Hosenanzug immer noch ein bisschen blöd vor, wurde aber sehr freundlich empfangen. Kein Wunder,

der Exporteur war ein Holländer (ein echter aus Edam, wie er betonte, also kein afrikanischer Bure), der ebenso rote Haare und ebenso viele Sommersprossen hatte wie ich. Damit allerdings endeten die Gemeinsamkeiten, denn er wog geschätzte zweihundert Kilo. Er wollte mich vom Fleck weg adoptieren.

»Sorry, Henk, aber sie bleibt bei mir«, sagte PS lächelnd, während er dem Berg von einem Mann die Hand schüttelte. »Sie ist meine PR-Managerin und sie ist verdammt gut in diesem Job.«

Der Holländer riss die Augen auf. »Diese kleine Frau ist deine PR-Managerin? Du bist ein Schlitzohr, Philipus. Ein Schlitzohr. Eine so niedliche Person macht sich gut im Marketing.«

Die niedliche Person fand die Unterhaltung etwas unangemessen, lächelte aber weiter, wenn auch inzwischen leicht verkniffen. Vor allem Henk schien mich als eine Art Maskottchen zu betrachten, das man der Optik wegen der Presse präsentierte, um gemeine Fragen zu verhindern. PS hatte mich zwar korrekt vorgestellt, korrigierte Henks Einschätzung dann aber nicht mehr. Nun, da dieser Mann nicht mit der PR-Abteilung von Siebendt zu tun hatte, sondern mit dem Einkauf, war das wohl auch nicht nötig.

PS und Henk redeten über Fleischqualitäten, Mengen und Preise und schienen mich völlig zu vergessen. Das war mir ganz recht, denn inzwischen hatte ich richtig schlimmes Bauchgrimmen. Ich konnte mich kaum auf das Gespräch konzentrieren. Als die Männer sich erhoben und zu einer großen Wandkarte gingen, hatte ich Mühe, Philips Aufforderung zu folgen und mich hinter sie zu stellen.

»Hier«, Henk zeigte mit seinem dicken Zeigefinger auf eine Stelle auf der Karte, »werdet ihr Antilopen finden. Jede Menge. Momentan sind die Herden sehr groß, es gibt viel

Wasser. Hier und hier«, er zeigte auf andere Stellen, »gibt es Impalas, hier Blessböcke.«

Jetzt hatte ich Krämpfe und unterdrückte nur mit Mühe ein Keuchen, während ich leicht in der Mitte einknickte.

»Was hat die Kleine denn?«, fragte Henk. Er betrachtete mich interessiert, vielleicht so, wie man eine zappelnde Maus beobachten würde, deren Schwanz in einer Falle feststeckte.

»Zu viel Fruchtsaft getrunken«, sagte PS, während er mir einen Arm um die Taille legte und mich mit der anderen Hand am Oberarm stützte.

Henk ging zu seinem Schreibtisch, patschte mit seiner riesigen Hand auf eine Telefonanlage und bellte etwas in einer seltsamen Sprache hinein. Die Tür öffnete sich, eine kleine Asiatin betrat den Raum, kam zielstrebig auf mich zu, packte mich mit einem eisernen Griff und führte mich hinaus. Ich wandte den Kopf zu PS, der mir reglos nachstarrte, dann spürte ich nur noch die Krämpfe in meinem Bauch und die Hände der Frau, die meine Arme wie Schraubstöcke umfassten. Selbst wenn ich jetzt auf der Stelle in Ohnmacht gefallen wäre, hätte sie mich aufrecht gehalten, dessen war ich mir ganz sicher. Sie schleifte mich den Flur entlang, um eine Ecke, noch einige Meter weiter und stieß dann eine Tür auf. Die Damentoilette, in der ich mich befand, konnte es vom Luxusfaktor sicher mit dem Bad eines Fünfeinhalb-Sterne-Nobelhotels aufnehmen, aber das interessierte mich momentan überhaupt nicht. Ich wankte in eine der Kabinen, ließ mich auf die Klobrille sinken und hockte dort ungefähr eine Viertelstunde lang, während meine Innereien sich offenbar der Reihe nach verflüssigten und den Körper verließen.

Als ich endlich wieder aufstehen konnte, war ich in kalten Schweiß gebadet und sah so aus, wie ich mich fühlte: Wie von einem Krokodil gefressen und wegen Unverdaulichkeit wieder ausgespuckt.

Ich trank etwas Wasser, blieb noch eine Weile im Bad, weil ich nicht sicher war, ob das Wasser drinbleiben würde, und wankte schließlich zurück zu Henks Büro. Es war leer.

»Die Herren sind essen gegangen«, erklärte mir die Asiatin, die lautlos hinter mir aufgetaucht war. »Sie sollten sich etwas hinlegen. Kommen Sie.«

Ich hatte Ferienjobs und Praktika in diversen Unternehmen gemacht, die alle einen sogenannten Erste-Hilfe-Raum hatten, in dem auch eine Liege stand. So etwas erwartete ich nun am anderen Ende des Korridors, aber da hatte ich mich getäuscht. Ich wurde in einen Aufzug geführt, wir fuhren nach oben und dann betrat ich den unglaublichsten Dachgarten, den ich je gesehen hatte. Nicht, dass ich besonders viele Dachgärten gesehen hätte, aber selbst ein ausgewiesener Dachgartenexperte hätte hier noch etwas zum Staunen gefunden. Zum Beispiel den Pool, der bis an die Kante des Gebäudes ging, sodass es aussah, als könne man einfach immer weiter in die flimmernde Luft schwimmen. Oder die Palmen, die hier wuchsen, ebenso wie die Bananenstauden, die etwa einen Meter hohe Düne aus rotem Sand oder die Ananas, deren Anblick mir gleich wieder den Magen hob.

Die Asiatin führte mich in eine Ecke, in der mehrere Sonnensegel über einem Springbrunnen eine schattige Oase bildeten, deutete auf eine Liege, die sich als sehr bequem herausstellte, rückte eine Klingel in Reichweite, und verschwand. Ich schlief fast augenblicklich ein.

Ich wachte auf, weil mich jemand leicht am Arm zog. Es war Philip, der auf der Kante meiner Liege hockte und mich angrinste.

»Gut geschlafen?«

Ich rappelte mich auf, bemerkte den feuchten Fleck auf meiner Wange, wischte mir den Sabber aus dem Mundwinkel und nickte. Tatsächlich hatte ich tief und fest geschlafen. Ein Blick an mir herab zeigte, dass meine Klamotten verknittert waren. Meine Augen waren verklebt und meine Wange fühlte sich an, als hätte sich das Muster des groben Leinenkissens hineingedrückt.

»Damit hast du den ersten Geschäftstermin dieser Reise ja schmerzlos hinter dich gebracht«, sagte PS.

»Schmerzlos trifft die Sachlage nicht ganz«, murmelte ich verschämt.

Er lachte. »Bisher war mir nicht aufgefallen, dass du einen empfindlichen Magen hast. Im Gegenteil.«

Wenn er darauf anspielte, dass ich futtern konnte wie ein kanadischer Holzfäller nach einem Zwölf-Stunden-Tag, dann hatte er wohl recht.

»Aber mit Fruchtsäuren und Enzymen haben schon einige Leute Schwierigkeiten gehabt. Man muss sich daran gewöhnen.«

Ich hatte nicht vor, mich daran zu gewöhnen, sondern wollte Obst in jeder Zubereitungsart meiden, wo immer es ging. Noch so einen Ausfalltag konnte ich mir nicht leisten.

»Komm, unser Flieger steht bereit. Wir wollen zum Abendessen doch nicht zu spät kommen.«

Flieger? Schon wieder? Wir waren doch eben erst aus dem Flugzeug gestiegen. Ich seufzte – mein Magen unterlegte den Ton mit einem tiefen Brummen. Erst in diesem Moment bemerkte ich, dass ich riesigen Hunger hatte. Kein Wunder. Ich hatte seit dem Frühstück nichts mehr gegessen und mein Verdauungssystem war vermutlich komplett restentleert.

»Wie lange dauert es denn noch bis zum Abendessen?«, fragte ich.

»Vier Stunden etwa.«

Das würde ich nicht überleben. »Ob ich wohl einen Zwieback bekommen könnte?«, fragte ich leise.

Philip blickte mich fassungslos an.

Ich zuckte mit den Schultern. »Ich habe ja heute praktisch noch nichts … jedenfalls nicht bei mir behalten.«

»Komm, wir fragen Mai.«

Er nahm meine Hand, was mir eigentlich ganz gut gefiel, mir aber auch peinlich war, weil meine Hände genauso verschwitzt waren wie alles an mir, und brachte mich zurück zu Henks Assistentin. Sie lächelte mich ein wenig herablassend an und besorgte auf Nachfrage einige trockene Kekse, die sie mir mit leiser Verachtung überreichte. Ich dankte mit gesenktem Kopf.

Am Flughafen steuerte PS den Eingang für die Privatflieger an, aber da ich nicht ohne Sonnenbrille starten konnte, musste er mich erst in die Halle begleiten und nach einem Schutz für meine empfindlichen Augen suchen. Ich kramte bei den preiswerten Brillen herum, während er die unglaublich schöne, große, schlanke Frau an der Theke der Parfumerieabteilung des Duty-Free-Shops ansprach.

Offenbar wurden die beiden sich schnell einig, denn als ich ein Modell ausgewählt hatte, das ich für passabel hielt, lagen bereits drei Modelle vor PS auf der Lederunterlage.

»Die hier gefällt mir am besten«, sagte er und reichte mir die Brille.

Ich zögerte kurz, aber dann setzte ich sie auf. Sie saß zu locker, überhaupt war das ganze Gestell zu groß für meinen Kopf, was die grazile Bedienung zum Glück bestätigte. Das zweite Modell passte und gefiel PS, das dritte passte und gefiel mir.

PS kaufte das zweite. Er zückte seine Kreditkarte und zahlte einen Betrag, für den ich ungefähr dreißig Brillen der von mir gewählten Preiskategorie hätte kaufen können.

Dann setzte er mir die Brille auf, nahm meine Hand und zog mich zum Rollfeld.

Der Flieger stellte sich als kleine Propellermaschine heraus, deren Innenausstattung allerdings nichts zu wünschen übrig ließ. Weiche Ledersitze, Wurzelholzverkleidungen, elektronische Rundumversorgung von Audio- über Video- bis zur Telefonausstattung. Ein GPS-Gerät war mit mehreren Displays verbunden, sodass man entweder auf der Konsole in der Armlehne oder an der Kabinenwand die jeweilige Position ablesen konnte. Die Klimaanlage lief bereits, als wir das Flugzeug bestiegen, der Kühlschrank enthielt mehrere Flaschen eisgekühltes Wasser und Bier und Säfte. Beim Blick auf Letztere zog sich mein Magen gleich wieder zusammen, deshalb griff ich nach einem Wasser, das ich erst anwärmen wollte, bevor ich meinen Magen damit belastete. Dann ging es auch schon los.

Wir flogen nach Nordosten, wie ich dem Display des GPS-Gerätes entnehmen konnte, das die Flugroute zeigte. Ich hatte natürlich Reiseführer gelesen, und als wir die Staatsgrenze nach Botswana überflogen, hatte ich eine Idee, wohin es ging.

»Victoria Falls«, sagte ich laut. »Richtig?«

PS, der es sich ebenfalls an einem Fenster bequem gemacht hatte, applaudierte grinsend.

»Ich habe mir schon gedacht, dass du nicht unvorbereitet bist. Wenn man von der Sonnenbrille mal absieht.«

Ich zog eine Grimasse und schaute wieder aus dem Fenster. Nun, da ich wusste, wohin die erste Etappe ging, war ich deutlich entspannter, denn Überraschungen konnte ich gar nicht leiden. Jedenfalls nicht von meinem Boss, den ich auf dieser Reise mehr als nur ein bisschen beeindrucken wollte. Das war allerdings schwierig, wenn man unvorbereitet in ungewohnte Situationen geworfen wurde – wie die Sache mit dem Fruchtsaft ja schon deutlich gezeigt hatte.

Unter uns waren einzelne gerade Straßen zu sehen, auf denen wenig Autos fuhren. Diese allerdings zogen lange Staubwolken hinter sich her. Die Weite der Landschaft beeindruckte mich mehr, als ich erwartet hatte. Zwar war Namibia nur doppelt so groß wie Deutschland, aber mit einer Bevölkerung von zwei Komma zwei Millionen Menschen mehrheitlich leer, wie mir von hier oben drastisch klar wurde.

Dafür gab es jede Menge Tiere. Und von denen waren die meisten entweder groß und gefährlich oder klein und gefährlich. Ich schluckte. Worauf hatte ich mich hier bloß eingelassen?

Wir sahen die Wasserfälle zuerst aus der Luft. Der Pilot drehte eine Runde über der mehr als eineinhalb Kilometer langen Abbruchkante, an der das Wasser einhundertzehn Meter in die Tiefe stürzte. Die Gischt, die dabei aufgewirbelt wurde, brach das Sonnenlicht millionenfach, sodass man meinte, durch ein Feld fliegender Diamanten zu gleiten. Regenbogen überspannten das intensive Grün des Regenwaldes, der nach den Stunden über grauem, gelbem oder rotem Sand vollkommen unwirklich erschien. Ich hatte Fotos gesehen, die aber nicht im Entferntesten an die Wirklichkeit heranreichen. Ich starrte mit offenem Mund aus dem Fenster. So grandios hatte ich mir das Schauspiel nicht vorgestellt.

»Mir scheint, es gefällt dir«, sagte PS, der mich grinsend beobachtet hatte.

Mist, was er wohl dachte? Da kommt die Landpomeranze endlich mal aus ihrer kleinen Welt heraus? Sollte ich jetzt ganz kosmopolitisch tun und lässig die Schulter zucken? Nein, das war mir definitiv zu doof.

Ich zeigte mit dem Finger auf den Mund und machte »Äh, äh …«

PS blickte mich mit gerunzelter Stirn an, dann lachte er. »Du bist sprachlos.«

Ich nickte. Dann drehte ich mich wieder zum Fenster und schaute fasziniert hinaus. Ich musste zugeben, dass die Schönheit der Landschaft unter mir dem schönen Mann an meiner Seite eindeutig den Rang ablief.

Nach der Landung und einer Taxifahrt zu den Aussichtspunkten taten wir, was alle Touristen tun: schauen, staunen, kreischen, wenn uns eine Gischtwolke traf – na gut, ich kreischte. PS ließ sich nicht anmerken, dass er bis auf die Haut durchnässt wurde. Aber selbst er staunte.

»Ich war schon sieben Mal hier und bin immer wieder beeindruckt«, sagte er lächelnd. »Das musste ich dir unbedingt zeigen.«

Ich strahlte ihn an und nickte. Worte hatte ich schon lange keine mehr.

Wir verbrachten die Nacht im beeindruckenden Victoria Falls Hotel, das noch den Charme der Kolonialzeit ausstrahlte – einschließlich einiger Möbel, die in ihrem Abnutzungszustand aussahen, als seien sie seit der Eröffnung weder ersetzt noch repariert worden. Die abgewetzten Sitzbezüge und zerschlissenen Teppiche passten eigentlich nicht zu den fünf Sternen, aber PS hatte uns auch hier eine absolute Vorzugsbehandlung erkauft, die die leichten Ausstattungsmängel, die mich sowieso nicht störten, mehr als wettmachte.

Ich will nicht alle Details dieses und der kommenden Tage ausbreiten, nur so viel: Der Abend im Victoria Falls Hotel war angenehm, aber kurz, denn schon um neun Uhr fielen mir die Augen zu. PS brachte mich zu meinem Zimmer, gab mir einen Kuss auf die Wange und verschwand wieder nach unten. Zur Bar, wie ich vermutete.

Am nächsten Vormittag stand wieder ein Geschäftstermin an, zu dem der Partner ins Hotel kam, nachdem wir gefrühstückt hatten. Genauer gesagt hatte PS schon gefrühstückt, wie mir die Dame von der Rezeption erklärte, die mich um halb acht telefonisch weckte. Sie richtete mir aus, dass der Termin um neun Uhr im Konferenzsaal im ersten Stock stattfände, und so hatte ich ausreichend Zeit für Dusche und Frühstück, bevor ich mit PS einem Mann gegenüber saß, der wie eine schlechte Kopie von Crocodile Dundee aussah. Er redete in einer Mischung aus Englisch und Afrikaans auf PS ein, wobei ich selbst vom Englischen höchstens die Hälfte verstand.

»Er kann uns neue Lieferquellen erschließen. Henk wird übermütig, da ist es gut, mehrere Eisen im Feuer zu haben«, flüsterte PS mir in einer kurzen Gesprächspause zu, die unser Geschäftspartner nutzte, um auf Kosten der Siebendt GmbH ein längeres Auslandstelefonat zu führen.

Wir verließen Victoria Falls nach einem leichten Mittagessen und flogen westwärts Richtung Küste. Ich war ausgeschlafen und satt und musste eine Entscheidung treffen: Weiter aus dem Fenster sehen, wo der Ausblick mich mehr faszinierte als alles, was ich je gesehen hatte, oder endlich mein Ziel weiterverfolgen, meinem Boss in dieser Woche näherzukommen. Ich entschied mich für Option Nummer zwei.

»Wie oft warst du schon hier?«, fragte ich, während ich meine Augen krampfhaft auf PS richtete, damit sie nicht den Elefantenherden folgten, die unter uns gemächlich ihres Weges zogen.

»Fünfzehn oder zwanzig Mal, genau weiß ich es nicht.

Bei einer der ersten Reisen ist ja überhaupt die Idee entstanden, Wildfleisch aus Namibia zu importieren.«

»Und vorher hatte Siebendt nur Rind und Schwein im Angebot?«

»Wir waren genauso wie alle anderen Großfleischereien. Ob du bei Großmäster A oder Großmäster B kaufst, macht ja schon lange keinen Unterschied mehr. Alle Mastbetriebe füttern dasselbe Futter, also Maissilage oder importiertes Sojaschrot. Auf so einem Markt kann man kein Alleinstellungsmerkmal entwickeln.«

Das war mir nicht neu, aber wenn man jemandem näherkommen wollte, sollte man ihm nicht gleich über den Mund fahren, wenn er olle Kamellen von sich gab.

»Und du warst zufällig in Namibia, hast hier Wildfleisch gegessen und dir gedacht: Das sollten wir auch verkaufen?«

Er lachte. »Ja. Ziemlich genau so war das. Meine erste Reise hierher habe ich kurz nach dem Abitur unternommen. Wir waren ein paar Freunde von der Schule, hatten noch Zeit bis zum Studium und wollten etwas erleben. Also haben wir eine Safaritour gebucht.«

»Eine Fotosafari«, sagte ich.

»Nein. Eine richtige Safari.«

Ich schluckte.

»Damals war das noch nicht so ein Drama wie heute – oder sagen wir, es war noch nicht so teuer.«

Er grinste mich an. Natürlich wusste ich, dass neben den offiziellen Safaris mit Jagdgenehmigungen auch illegale Safaris für Leute mit dem entsprechenden Geldbeutel durchgeführt wurden. Aber dass Philip sich auf so etwas einließ? Das hatte er zwar mit keinem Wort zugegeben, aber seine Bemerkung ließ sich durchaus so deuten. Ich hatte mir diese illegalen Jäger immer als tendenziell rechtslastige Altherren vorgestellt, die sich gern ein Gefühl totaler Macht verschafften. Wozu sonst sollte man Tiere töten, als um sich zu beweisen, dass man die Macht hatte, Leben auszulöschen?

»Es war natürlich nicht nur eine Laune. Wildfleisch schmeckt eben wirklich lecker. Nicht so blutarm und geschmacksneutral wie Rind und Schwein aus Massenhaltung. Das hat mir gut gefallen. Ich kam nach Hause und habe meinem alten Herrn vorgeschlagen, afrikanisches Wildfleisch zu importieren. Er war von der Idee nicht übermäßig begeistert, freute sich aber, dass ich Engagement für die Firma zeigte. Also schlug er vor, dass ich in den Semesterferien für ihn arbeite und auch die vorgeschriebenen Praktika in der Firma machen sollte, und gab mir die Genehmigung, dieses Geschäftsfeld zu entwickeln. So hatte ich schon kurz nach dem Studienbeginn eine Aufgabe für das Unternehmen und bin dann immer weiter reingewachsen.«

»Und dein Vater will sich noch nicht zur Ruhe setzen?«, fragte ich. Das war nun kein Small Talk, sondern echtes Interesse. Siebendt senior war weit über sechzig, er hätte sich seinen Ruhestand mehr als verdient.

Philip lachte. »Er geht, wenn ich verheiratet bin.«

Ich musste wohl ein ziemlich dämliches Gesicht gemacht haben, denn Philip lachte noch lauter, als er mir einen Seitenblick zuwarf.

»Tja, er will nicht aufhören und ich will nicht heiraten. Wir beide wollen aber, dass jeweils der andere genau das tut ...«

»Also hast du ihm gesagt, dass du erst heiratest, wenn er im Ruhestand ist.«

»Genau.«

»In welchem Zeitraum?«

»Innerhalb eines Jahres.«

»Wo bekommst du so schnell eine Frau her, wenn es so weit ist?«, fragte ich mit klopfendem Herzen und hoffentlich ohne zu viel Tremolo in der Stimme.

Philip blickte mich an. »Das wird sich schon machen lassen.«

Ich schluckte. Aus diesem Blick konnte man alles herauslesen, von »das geht dich nichts an, Kleines«, bis zu »vielleicht wärst ja du die Richtige«.

»Wenn du die dunkle Seite von Namibia sehen willst, solltest du jetzt auf der anderen Seite aus dem Fenster sehen«, sagte PS einige Stunden später, in denen er gearbeitet und ich aus dem Fenster geschaut hatte. Ich wechselte den Platz und verschluckte mich fast vor Schreck, als unten am Boden eine Explosion riesige Mengen Staub aufwirbelte.

»Die Rössing-Mine«, sagte PS lakonisch. »Hübsch, oder?«

Wer in Düsseldorf wohnt, kommt nicht umhin, einmal den Braunkohlentagebau zu besichtigen – ob nun gewollt oder ungewollt. Es wäre schon ein Wunder, wenn man bei einem Ausflug auf die linke Rheinseite Richtung Jüchen oder Grevenbroich nicht wenigstens zufällig an einem der riesigen Schaufelradbagger vorbeikäme, die sich inzwischen bis auf wenige Kilometer an die Landeshauptstadt herangefressen haben. Insofern war ich nicht vollkommen unvorbereitet, aber Löcher dieser Größenordnung sind immer schockierend, ob nun am Rhein oder in Namibia.

»Diamanten?«, fragte ich.

»Uran.«

Jetzt wurde mir wirklich mulmig. Der Staubpilz der Explosion zog weit über das Land hin. Wenn ich mir vorstellte, dass radioaktive Teilchen auf diese Art über die einzigartige Landschaft zerstreut wurden …

»Wir wollen Strom, also muss irgendwo das Uran herkommen, nicht wahr?«, sagte PS gelangweilt.

Ich war froh, dass er den »Atomkraft-Nein-Danke«-Aufkleber an meinem Kühlschrank nicht kannte.

Wir landeten in Swakopmund, wo wir auf die typische deutsche Küche verzichteten und stattdessen kiloweise Wildfleisch aßen. Wir schliefen in einem Hotel, das so exklusiv war, dass es als solches nicht mal zu erkennen war. Außer uns logierte dort ein amerikanisches Ehepaar, das verflixte Ähnlichkeit mit Bill und Melinda Gates hatte. Ich traute mich nicht, PS zu fragen, ob sie es wirklich waren, aber ich hätte das Leben meiner Mutter dafür verwettet.

Am nächsten Tag beobachteten wir Delfine in der Walvis Bay und versuchten uns im Sandboarden auf einer der roten Dünen, wobei PS den sportlichen Part übernahm und ich ihm dabei zusah. Da ich in einem der zahlreichen Reiseführer gelesen hatte, dass ganz in der Nähe ein Wanderweg zu den seltsamen Zwei-Blatt-Pflanzen führte, überredete ich PS und konnte eine mehrere Hundert Jahre alte Welwitschie aus der Nähe betrachten. Sie sah noch unwirklicher aus als auf den Fotos und ich kam mir vor wie auf einem fremden Planeten. Das Auftauchen einer außerirdischen Lebensform hätte mich nicht für zwei Cent überrascht.

Der vierte Tag führte uns in die Wüste Namib mit ihren roten Sanddünen, wo wir in einem Zelt schliefen, das luxuriöser war als das Penthouse meines Bruders in Düsseldorf. PS nahm eine heiße Dusche unter freiem Himmel. Vier hölzerne Paravents schützten ihn dabei vor neugierigen Blicken. Ich gönnte mir ein heißes Bad in einem Karree aus weißen Leintüchern, die sich im Wind bewegten. Es gab eisgekühlten Champagner vor dem Abendessen und exquisit zubereitetes Wildfleisch vom Grill.

Alles das hatten Einheimische mit einem großen Truck mitten in die Wüste gebracht und aufgebaut, während wir im luxuriösesten Geländewagen der Welt gemütlich dorthin fuhren. Dieser Abend war – abgesehen von dem Luxus, der uns umgab – der erste, der meiner Vorstellung von einer Reise nach Namibia zumindest entfernt ähnelte.

Wir hatten zwar noch nicht viele Tiere gesehen, aber die würden, wie PS mir auf Nachfrage erklärt hatte, an unserem letzten Reiseziel kommen. Zumindest befanden wir uns hier mitten in der Wüste, und das war ein Gefühl, wie ich es mir niemals hätte ausmalen können. Vor allem, als die Sonne unterging.

Ich hatte noch niemals einen solchen Sternenhimmel gesehen.

Ich hatte noch niemals überhaupt eine solch schwarze Nacht erlebt. Es gab keine Lichtverschmutzung. Es gab nur die Wüste – und uns.

»Zufrieden?«, fragte Philip, als wir nach dem Essen vom Tisch aufstanden und ein paar Schritte Richtung Dunkelheit schlenderten. Die dienstbaren Geister räumten den Tisch ab, verstauten Silberbesteck, weiße Leinentischdecke und Champagnerkelche in Kisten oder verschwanden irgendwohin zum Spülen, ich wusste es nicht und es interessierte mich auch nicht. Heimlich schimpfte ich mich selbst aus, weil ich mich so schnell an dieses Kolonialherrengehabe gewöhnt hatte, aber da PS offensichtlich nichts Schlimmes daran fand, kam ich mir allein bei den Gedanken ein bisschen spießig vor.

»Es ist himmlisch schön«, seufzte ich.

Er trat hinter mich und legte seine Arme um meine Schultern. »Siehst du sie? Saturn, Uranus, Mars und Venus.«

Er deutete mit einer Hand an den Himmel, damit ich seinem Blick folgen konnte.

»Er ist wirklich rot!«, flüsterte ich, denn tatsächlich hatte der Mars einen roten Schimmer.

»Natürlich.« PS lachte leise. »Weiter: Die Milchstraße, das Kreuz des Südens … Hm.«

»Was heißt ›hm‹?«, fragte ich, als er nicht weitersprach.
»Dein Haar duftet.«
Okay, klang kitschig wie eine Hollywood-Schnulze, aber er hatte recht. Ich hatte mir die Haare mit einem Honigshampoo gewaschen, das ich im Seifenhalter der Badewanne gefunden hatte.
Ich hielt den Atem an. Jetzt gleich würde er mich an den Schultern fassen, zu sich herumdrehen und dann würde er mich küssen …
»Morgen möchte ich den Sonnenaufgang auf der Düne erleben, das heißt, dass wir verdammt früh aufstehen müssen. Also, ab in die Federn.«
Er gab mir einen Gutenachtkuss auf die Wange und ging zu seinem Zelt.
»Pass auf die Schlangen auf!«, rief er mir noch über die Schulter zu, dann war er verschwunden.
Ich blieb mit hängenden Armen in der klaren Nacht stehen und starrte in die Dunkelheit, bis mir kalt wurde.

22

Der Aufstieg auf die dreihundert Meter hohe Sanddüne im Stockdunkeln war der Horror und mehr als einmal fluchte ich leise aber inbrünstig über diese völlig bescheuerte Idee. Aber dann leistete ich PS im Stillen Abbitte, denn die Mühen hatten sich gelohnt.

Der Sonnenaufgang auf der Düne war unbeschreiblich, deshalb versuchte ich gar nicht erst, meine Gefühle in Worte zu fassen. Hätte ich in dem Moment einen Wunsch frei gehabt, hätte ich mir dieses Erlebnis als Beginn jedes weiteren Tages meines Lebens gewünscht. Erst als die Sonne schon so stark wärmte, dass mir unter dem Pullover der Schweiß über den Rücken lief, machten wir uns auf den Rückweg und stapften oder rutschten den Abhang wieder hinunter. Als ich unten ankam, war ich staubig, verschwitzt und völlig ausgehungert. Für eine kurze Dusche blieb noch Zeit, dann gab es Frühstück und gleich danach ging es los. In den Etosha Nationalpark, in dem wir die restlichen Tage verbringen wollten.

»Dort siehst du Tiere«, versprach PS und er hielt Wort. Von morgens bis abends durchstreiften wir den Park, sahen Kudus, Springböcke, Streifengnus, Kirkdik-Diks, die noch putziger aussahen als Bambi. Steppenzebras, Giraffen, Löwen und Schabrackenschakale und eine ganze Horde verspielter Zebramangusten ließen sich gnädig sehen, nur der Leopard zeigte sich nicht.

Am besten gefielen mir die Rotichneumons, putzige, hermelinähnliche Jäger, die uns gern vom Baum herunter beobachteten. Elefanten und Nashörner gaben sich die Ehre und bei jedem einzelnen Tier blieb mir die Luft weg vor Ehrfurcht. Sie alle waren beeindruckend schön. Selbst die Elefanten hatten etwas Majestätisches, trotz ihrer runzeligen Haut, der tapsigen Schritte und der massigen Leiber. Einmal hatten wir das Glück, ein übermütiges Elefantenkalb herumalbern zu sehen. Es hüpfte förmlich zwischen den erwachsenen Tieren herum, schubste hier einen Riesen weg oder drängelte dort an einem anderen vorbei, nur um zwischen den Beinen Slalomlaufen zu spielen und von der anderen Seite zurückzukehren. Nie im Leben hätte ich mir vorstellen können, dass die Dickhäuter mit den verständnisvollen Blicken albern sein könnten.

»Zum Glück darf man sie hier jetzt schießen«, sagte PS, als wir die Szene beobachteten. »Sie haben ja keine natürlichen Feinde mehr und die Population wächst stärker, als das ökologische Gleichgewicht verträgt.«

Ich musste mich abwenden, um meine Tränen zu verbergen. Der Gedanke, ein solches Tier zu töten, war absurd.

Philip war, besonders in den Tagen, an denen wir durch den Nationalpark streiften, entspannt, lässig, zuvorkommend und fröhlich, aber nie wieder machte er eine Bemerkung oder eine Einladung, die ich hätte aufgreifen können, um ihm näherzukommen. So verging die Zeit wie im Flug, wir wurden in der luxuriösen Lodge verwöhnt wie die Könige, aber je entspannter er wurde, desto angespannter wurde ich. Nur noch zwei Nächte, dann mussten wir zurück nach Deutschland. Wenn es etwas gab, das ich tun konnte, um mein Ziel noch zu erreichen, dann musste es heute oder spätestens morgen geschehen. Allerdings war das Schicksal mir gnädig und Philip kam mir zuvor.

»Du siehst toll aus«, sagte Philip, als ich an unserem Tisch erschien. Er erhob sich, schob mir den Stuhl zurecht und winkte, als er wieder saß, dem Kellner. Er bestellte zwei Champagner.

»Was feiern wir denn?«, fragte ich.

Er sah umwerfend aus in seinem weißen Leinenhemd, mit der Sonnenbräune, die in diesen wenigen Tagen tief und gleichmäßig geworden war, und mit dem strahlenden Lächeln im Gesicht. Einem Lächeln, das mir galt. Und heute fühlte ich mich, als hätte ich es verdient. Aus dem Badezimmerspiegel hatte mir eine attraktive Frau entgegengeschaut. Die blasse sommersprossige Haut ein winziges bisschen gebräunt, mit strahlenden Augen und hellrot leuchtendem Haar. Die Sonne hatte es nicht wirklich gebleicht, aber sie hatte ihm einen besonderen Glanz verliehen, anders konnte ich es nicht beschreiben. Die grüne Tunika betonte meine Augenfarbe und verdeckte die Pölsterchen an den Hüften, die sich leicht verringert hatten. Auch die Oberschenkel waren straffer geworden in den letzten Tagen, in denen ich viel zu Fuß gegangen war und keine Süßigkeiten gegessen hatte. Die weiße Hose spannte also nicht, fühlte sich bequem an und sah auch nicht verknittert aus, denn ich hatte sie extra heute Morgen schon aus dem Koffer genommen und aufgehängt.

»Dich.«

Ich war sprachlos und wollte dem Moment auch nicht durch blödsinniges Geplapper den Zauber nehmen, also lächelte ich schweigend, errötete schweigend und nahm schweigend das Glas entgegen. Wir stießen an.

»Auf dich«, sagte Philip.

»Auf dich«, entgegnete ich.

»Das macht zwei, also: auf uns.«

Ich nippte am Champagner, ohne Philip aus den Augen zu lassen.

Wie oft hatte ich mir vorgestellt, dass wir die Gläser heben und den Toast »Auf uns« ausbrachten? Tausendmal? Zehntausendmal? Aber das hier war irgendwie anders. Das hier war mehr so eine Art mathematische Gesetzmäßigkeit statt eine romantische Absichtserklärung. Auf dich plus auf dich macht auf uns. Nicht: »Ich will nicht ohne dich leben, also auf uns«. Oder: »Wir gehören zusammen, das weiß ich schon lang – auf uns.«

»Was ist los?«, fragte Philip.

O je, hatte ich die Stirn gerunzelt, während ich mir überlegte, ob dieses »Auf uns« den in meinen Träumen geäußerten »Auf uns« das Wasser reichen konnte?

»Ich habe in meinem ganzen Leben nicht so viel Champagner getrunken wie auf dieser Reise.«

»Das solltest du ändern. Champagner ist ein hervorragendes Getränk.«

Schon wieder so eine seltsame Bemerkung, die man in jede beliebige Richtung interpretieren konnte.

»Das kann sich die kleine Angestellte nicht leisten«, entgegnete ich.

»Du bekommst eine Gehaltserhöhung.«

»Wie viel?«, fragte ich.

»Eine Kiste Champagner pro Monat gratis.«

Ich schüttelte den Kopf. »Nein, danke. Ich will nicht zum Alkoholiker werden, nur weil mein Chef ein Snob ist.«

Philip blickte mich überrascht an. »Du hältst mich für einen Snob?«

Ich hätte mir auf die Zunge beißen können vor Ärger. Wir waren mitten in einer romantischen Unterhaltung und dann hatte ich nichts Besseres zu tun, als meinen Chef zu beleidigen. Wie blöd kann man eigentlich sein?

»Na, traust du dich jetzt nicht mehr, zu deiner Meinung zu stehen?«, fragte Philip mit einem spöttischen Grinsen. »Keine Angst, ich werfe dich nicht raus.«

»Klar bist du ein Snob«, sagte ich also mit hochgerecktem Kinn und einem verwegenen Lächeln im Gesicht. Zumindest hoffte ich, dass es verwegen war. »Du trägst handgefertigte Maßschuhe, Klamotten von den teuersten Designern, trinkt Schampus wie andere Leute Limonade, trägst Uhren, die ein Jahresgehalt deiner PR-Managerin kosten und leihst dir für die dreckigsten Straßen, die ich je im Leben gesehen habe, ein Auto, das vermutlich einen sechsstelligen Betrag kostet.«

Philip war irritiert. »Und du kennst dich für einen Nichtsnob überraschend gut aus.«

Ich kapierte nicht. »Womit?«

Er machte eine vage Geste, die von seinem Scheitel zu den Schuhen und mit einem Schwung nach draußen vermutlich seine Ausstattung und die seines Autos einschloss. Dann dämmerte es mir. Er trug Markenklamotten und Uhren, die in Deutschland noch als Geheimtipp galten. Designer und Manufakturen aus New York, Mailand, Tokyo oder weiß der Teufel woher, jedenfalls nicht von der Kö. Eine kleine Studentin, die in einer ökologisch angehauchten WG wohnte und bis vor wenigen Monaten von dreihundert Euro verfügbarem Einkommen gelebt hatte, würde solche Marken nicht kennen.

Ich hingegen kannte diese Sachen, weil mein Bruder ein Snob gewesen war. Daniel allerdings wollte ich auf gar keinen Fall erwähnen.

Dummerweise bin ich eine extrem schlechte Lügnerin, besonders wenn Spontaneität gefragt ist. Geplante Lügen fallen mir leichter, wie man an meiner PR-Kampagne gegen Daniels Aktion auf dem Carlsplatz zweifelsfrei sehen konnte.

In dieser Situation, die ziemlich romantisch begonnen hatte und sich nun gefährlich nah am Abgrund meiner familiären Leiche im Keller bewegte, fiel mir spontan keine andere Bemerkung ein, als ein mit größter Resignation vorgetragenes: »Mein Bruder hatte deinen Geschmack.« Damit würde sich das Gespräch weiter in Richtung Daniel bewegen, Philip würde weiterfragen, ich würde mich um Kopf und Kragen reden und …

»Hatte?«, fragte Philip.

Ich nickte mit gesenktem Kopf.

»Oh. Das tut mir leid.«

Was tat ihm leid? Ich brauchte einen Moment, bis ich kapierte, dass er dachte, mein Bruder sei tot. Vor Erleichterung wäre ich fast aufgesprungen und jubelnd um den Tisch gehüpft, aber das hätte komisch ausgesehen angesichts dieses vermeintlichen Todesfalls in der allerengsten Verwandtschaft. Also kämpfte ich um Beherrschung, verbarg meine Begeisterung, nahm einen ausgiebigen Schluck Schampus und sagte: »Lass uns von etwas anderem reden.«

Philip übernahm die Gesprächsführung und erzählte von seinen Reisen, seinen Sportwettkämpfen und seinen Plänen für die Zukunft der Firma Siebendt. Er war ein blendender Unterhalter, der Begebenheiten, Orte und Menschen so anschaulich beschreiben konnte, dass man meinte, dabei gewesen zu sein. Er kannte Stars und Sternchen persönlich und ich lauschte ihm fasziniert. Nicht, dass ich jemals davon geträumt hätte, zu den handverlesenen Gästen irgendeines Sportlerballs, einer Filmpremiere oder eines ähnlichen Events zu gehören, aber die Berichte klangen beeindruckend.

Das Essen wurde serviert und ich aß, ohne den Köstlichkeiten allzu viel Aufmerksamkeit zu schenken. Die gehörte ganz Philip. Er schien sich über mein Interesse zu freuen und redete bis nach dem Dessert, das für ihn aus einem großen Obstsalat bestand. Ich nahm sicherheitshalber nur einen Espresso.

»Du bist eine gute Zuhörerin«, lobte Philip mich, nachdem das Geschirr abgeräumt war.

»Du bist ein blendender Erzähler.«

Er nickte geschmeichelt. »Lass uns ein bisschen frische Luft schnappen.«

Wir saßen natürlich sowieso an der frischen Luft, da die Häuser der Lodge keine Wände hatten, aber nun traten wir unter dem Dach hervor auf die hintere Veranda. Der Himmel erstrahlte in einem Meer aus blitzenden Sternen, die Luft war erfüllt vom aufdringlichen Duft einer nachts blühenden Pflanze und einige Tiere riefen oder heulten oder keckerten.

Es war märchenhaft.

Und dann legte Philip seinen Arm um meine Schultern, drehte mich zu sich und küsste mich.

Ich zierte mich nicht, küsste ihn wieder und war ganz und gar nicht davon angetan, als er sich von mir löste.

»Wir sollten lieber …«

Oh nein, nicht vernünftig sein!

»… reingehen.«

Wir gingen zu mir. Ich schob noch schnell ein verschwitztes T-Shirt mit dem Fuß unters Bett, dann konzentrierte ich mich ganz auf Philip.

Er war ein wahrhaft fantasievoller Liebhaber, der mir zeigte, dass auch Fußsohlen erogene Zonen haben. Und er knetete nicht. Weder meine kräftigen Hüften noch meine Brüste. Wenn er ein Kneter gewesen wäre, hätte ich den Wunsch nach einer gemeinsamen Zukunft sofort aufgegeben, denn ich hatte es nie gemocht, mich wie Teig unter den Händen eines Pizzabäckers zu fühlen. Unter Philips jedenfalls war ich ganz Frau.

Philip kitzelte und piekte nicht, er kniff nicht und er rammelte nicht. Er machte Liebe. Zum ersten Mal verstand ich, was diese Formulierung bedeutete. Er war leidenschaftlich und zärtlich, aufmerksam und interessiert, erregt und erregend. Ich überließ mich seiner Führung und fühlte mich wie im siebten Himmel. Nie im Leben hätte ich mir vorher vorstellen können, wie wunderbar es war, wie vollkommen ich mich fühlte.

Als ich noch vor Morgengrauen erwachte, war ich allein. Ich war enttäuscht und verunsichert. Hatte Philip einfach nur Sex haben wollen? So hatte er nicht gewirkt. Aber vielleicht war er nur aufmerksam, fantasievoll und zärtlich, bis er hatte, was er wollte, und dann – zack weg. Aber nein, auch das konnte ich mir nicht vorstellen. Vielleicht hatte ich geschnarcht und ihn dadurch vertrieben. Die Gedanken raubten mir die Ruhe und so stand ich auf, anstatt mich mit einem Kopf voller Zweifel weiter hin und her zu wälzen.

Ich duschte ausgiebig, zog meine Safarihose und ein grünes T-Shirt an und machte mich auf den Weg zum Frühstück. Philip saß an dem Tisch, an dem wir auch am Abend vorher gegessen hatten. Vor ihm stand ein Teller, auf dem sich nur noch Reste von Rührei und Speck befanden, die er gerade auf ein Stückchen Toastbrot schaufelte. Als er mich sah, erstrahlte ein Lächeln auf seinem Gesicht.

»Ich hatte so einen Hunger, wollte dich aber nicht wecken, also bin ich schon mal vorgegangen. Ich hoffe, das stört dich nicht.«

Ich lachte, während mein Magen ein lautes Knurren von sich gab. »Mir geht es genauso.«

Der Kellner kam und brachte Kaffee, Tee, Saft (nicht für mich) und Champagner, für den ich mir aber erst eine Unterlage am Buffet beschaffte. Dann stieß ich mit Philip an.

»Auf uns«, sagte ich mit klopfendem Herzen. An seiner Reaktion würde ich ja sehen, wie er heute Morgen dazu stand.

»Auf uns«, wiederholte er lächelnd.

Ich war selig.

Das Gefühl hielt den ganzen Tag an, immer wieder angefacht von kleinen Zärtlichkeiten. Das erste Mal erwischte er mich kalt, als er sanft mit dem Zeigefinger über meinen Nacken strich. Ich hatte nicht bemerkt, dass er neben mich getreten war, war ganz in die Beobachtung einer Herde Zebras versunken gewesen und wollte die Fliege, die mir da im Nacken herumkroch, mit einem kräftigen Klaps verscheuchen. Wir erschraken beide, prusteten los, versuchten aber gleich wieder still zu sein, um die Tiere nicht zu verscheuchen. Je mehr wir aber versuchten, uns zu beruhigen, desto weniger gelang es. Irgendwann hatte ich ein Einsehen, wandte mich ab und ging mit zuckenden Schultern zum Auto. Dort konnte ich endlich lachen, bis ich nach Luft japste.

Normalerweise war ich nicht so albern.

Normalerweise hatte ich aber auch kein Verhältnis mit meinem Chef.

Normalerweise, und das konnte ich nun, da die Einsamkeit vorbei war, endlich einmal zugeben, hatte ich überhaupt kein Verhältnis.

Vielleicht war das hier sogar mehr als ein Verhältnis. Von meiner Seite aus war es das auf jeden Fall. Philip war die Liebe meines Lebens, da war ich mir sicher. Und diese Liebe wurde erwidert. Ich konnte spüren, wie mein Herz hüpfte, wenn ich nur daran dachte. Was es tat, wenn er mich ansah oder gar berührte, hätte in einem anderen Zusammenhang den Kardiologen auf den Plan gerufen.

Ich hätte noch tage-, wochen-, monatelang mit Philip durch die Wildnis streifen wollen, aber tatsächlich war dies unser letzter Tag in Afrika, der von einer letzten leidenschaftlichen, sinnlichen Nacht gekrönt wurde, die erst in den Morgenstunden in tiefen Schlaf mündete. Kein noch so rosiger Traum hätte schöner sein können als diese Nacht. Dieses Mal wachten wir gemeinsam auf, denn der Weckdienst rief uns viel zu früh zurück in die Wirklichkeit. Frühstück, packen und dann zurück nach Deutschland. Ein Jammer. Aber leider unvermeidbar. Der einzige Trost war meine absolute Überzeugung, dass unsere Liebe den Kontinentalsprung überstehen würde.

23

Die Rückkehr nach Windhoek und damit in die Zivilisation war ein Kulturschock. Der Lärm der Stadt, das Gedränge der vielen deutschen Touristen, die sich gegenseitig an Safarijägerlatein zu übertreffen versuchten, und die Hitze über dem Asphalt machten mir noch einmal bewusst, wie paradiesisch die Tage in der Natur gewesen waren. Seit Anfang des Jahres hatte ich fast nur gearbeitet, wenig Freizeit gehabt und diese viel zu selten im Freien verbracht. Das musste sich dringend ändern. Ich war bereit, Überstunden zu machen, aber nicht zehn Stunden pro Woche. Ich sehnte mich nach Ausflügen ins Grüne, nach faulen Sommertagen und nach Urlaub. Gleich nach unserer Rückkehr würde ich mit PS darüber sprechen müssen.

Wieder schlief ich im Flieger etliche Stunden, denn nach zwei Nächten mit viel Liebe aber wenig Schlaf und Tagen, die durch die Fußmärsche und die Hitze körperlich anstrengend waren, hatten meine Batterien einen Tiefstand erreicht. Da sich auch das Unterhaltungsangebot seit dem Hinflug nicht verbessert hatte, entging mir nichts.

Dachte ich.

Bis ich beim Aufwachen irgendwo über dem Mittelmeer Philips Gesicht sah.

Es sah nicht gut aus.

Er kochte vor Wut.

»Es gibt eine Anti-Werbe-Kampagne gegen uns«, erklärte er.

»Gegen uns? Siebendt?«, fragte ich zurück.

»Gegen unsere Werbekampagne. Deine Werbekampagne. Die mit den eleganten afrikanischen Wildtieren.«

Die Betonung der Tatsache, dass dies meine Werbekampagne sei, klang vorwurfsvoll. Das gefiel mir ganz und gar nicht, denn die Kampagne war erstens gut und zweitens einvernehmlich beschlossen worden. Ich hatte mir keinerlei Mühe geben müssen, Philip zu überzeugen. Er war genauso darauf abgefahren wie ich selbst. Und alle anderen Entscheider im Haus, einschließlich Siebendt senior, hatten sie ohne Einwände abgesegnet.

»Woher weißt du jetzt davon?«, fragte ich.

»Von meinem Vater. Er tobt.«

Das konnte ich mir inzwischen gut vorstellen, denn die Selbstbeherrschung des Seniorchefs war legendär schlecht.

Ebenso wie die Laune des Juniors.

Jetzt gab es also Ärger auf der ganzen Linie, aber Philip kapselte sich in seinem Unmut ein, daher wollte ich nicht weiter fragen, was ich mir unter einer Anti-Kampagne vorzustellen hatte. Philip starrte für den Rest des Fluges aus dem Fenster und ich litt still und leise unter seiner schlechten Laune und dem vorwurfsvollen Ton, mit dem er bereits begonnen hatte, die ganze Schuld – wofür auch immer – auf mich abzuwälzen. Was war mit unserer jungen Liebe geschehen?

So hatte ich mir unsere Rückkehr nicht vorgestellt.

Natürlich kam wieder der Limousinenservice zum Flieger, um Philip und mich über das Rollfeld zu fahren, natürlich wurden wir in Frankfurt am Buffet verwöhnt und natürlich stand eisgekühlter Champagner bereit, aber dieses Mal machte es keinen Spaß. Philip saß mit zornigem Blick in einem Loungesessel und warf mir schräge Blicke zu, weil ich etwas aß. Nicht, dass es mir wirklich geschmeckt hätte, aber ich war hungrig und handelte nach der Devise, dass eine gute Unterlage so manche Katastrophe besser überstehen lässt. Ein niedriger Blutzuckerspiegel jedenfalls würde meine Abwehrkräfte schwächen und ich fürchtete, dass ich, schneller als mir lieb war, in eine Situation kommen würde, in der ich mich gegen eine Übermacht von Siebendts würde verteidigen müssen. Also aß ich Nudeln mit Spinat und ließ mir von einem beflissenen Mitarbeiter die Flasche mit dem Chiliöl bringen. Während sich meine Kohlenhydratspeicher füllten, wurde Philips Gesicht immer düsterer.

In Düsseldorf wurde uns derselbe Premiumservice zuteil und wir hätten in kürzester Zeit im Taxi sitzen können, wenn nicht ein freundlicher Zöllner zielstrebig auf Philip zugekommen wäre und ihn gebeten hätte, seinen Koffer zu öffnen.

»Darf ich fragen, warum Sie gerade meinen Koffer sehen wollen?«, fragte Philip genervt.

»Stichprobe, Herr Siebendt.«

Stichprobe, Herr Siebendt? Wer sollte das glauben? Der Zöllner hatte Herrn Siebendt zielgerichtet aus der Masse gefischt. Wer hatte ihn dazu wohl angestiftet? Mir rutschte das Herz in die Hose. Philips schlechte Laune hatte meinen Energievorrat bereits in bedenklichem Maße zum Abschmelzen gebracht und die Ahnung, die ich in den letzten Stunden entwickelt hatte, wurde hier und jetzt zur Gewissheit.

Auch diesmal war wieder jemand am Werk, der Strippen ziehen konnte wie kein Zweiter. Jemand, der eine krankhafte Fokussierung auf meinen Arbeitgeber hatte und alles tat, um ihm zu schaden. Jemand, der sich noch nicht einmal zu schade dafür war, Philip eine unnötige Zollkontrolle auf den Hals zu hetzen, nur um ihn zu ärgern.

Und dieser jemand war mein Bruder Daniel, daran hatte ich keinen Zweifel mehr.

»Geh nur, wir treffen uns am Ausgang«, sagte Philip und drängte mich weiter.

Ich konnte den Zollbereich unbehelligt verlassen und trat durch die automatischen Türen in die Ankunftshalle. Ich war müde, verschwitzt und schlecht gelaunt und hockte mich abseits der Menschenmassen auf meinen rosafarbenen Koffer. Was hatten wir gestern Abend noch über das unmögliche Ding gelacht! Philip hatte mir gestanden, dass er fast in Ohnmacht gefallen war, als er mich vor einer Woche mit dem Monster am Flughafen auftauchen sah. Dann hatte er mir das Versprechen abgenommen, dass er diesen Koffer nie im Leben wieder sehen müsste. Ich hatte es ihm feierlich gelobt. Und nun hockte ich hier und schämte mich nicht einmal mehr, so niedergeschlagen war ich über das enttäuschende Ende unserer schönen Reise. Und darüber, dass Philip sich in seinem Ärger vor mir verschloss.

Als er endlich aus dem Zollbereich kam, hatte seine Stimmung den absoluten Nullpunkt erreicht. Er winkte mir zu, dass ich ihm folgen solle, und stürmte zum Taxistand. Dort packte er meinen Koffer in den ersten Wagen, hielt mir die Tür auf, sagte: »In zwei Stunden im Büro«, warf die Tür zu und klopfte auf das Dach. Der Fahrer fuhr los. Ich hockte stumm auf dem Sitz und kämpfte mit den Tränen.

Die Wohnung war leer, wenigstens dieses Zugeständnis machte das Schicksal an diesem grässlichen Tag. Ich stellte den Koffer in mein Zimmer, duschte, zog mich um und machte mich auf den Weg ins Büro.

Josef empfing mich exakt zwei Stunden später mit sorgenvoller Miene.

»Der Junior hat schon nach Ihnen gefragt.«

»Ich gehe gleich zu ihm.«

»War denn die Reise wenigstens schön?«

Ich nickte, kämpfte aber schon wieder mit den Tränen. Die Verzauberung war vorbei, der Arbeitsalltag hatte mich schneller wieder als erwartet. Eigentlich hatte ich zwei Tage freihaben sollen nach der Rückkehr, denn wir waren über das Wochenende weg gewesen und zumindest offiziell handelte es sich bei der Reise ja um eine Geschäftsreise.

Ich hätte die freien Tage gut brauchen können, um mich von der Klimaumstellung zu erholen, meine Sachen in Ordnung zu bringen und meine Beziehung zu Philip außerhalb des Büros, also abends, ein bisschen zu festigen, bevor wir uns dann beruflich wieder begegneten. Alles hätte so schön sein können, wenn nicht irgendjemand während unserer Abwesenheit eine Kampagne gegen Siebendt gestartet hätte. Und dass dieser Jemand nur mein Bruder sein konnte, machte die ganze Sache noch hundertmal schlimmer.

Mitten auf Philips Besprechungstisch lagen zwei DIN-A4-Blätter. Ich ahnte nichts Gutes. Ich sah auf den ersten Blick, dass es sich um die aus einem Magazin gerissenen Seiten von ganzseitigen, vierfarbigen Hochglanzanzeigen handelte. Die linke Anzeige war unsere, die rechte war offensichtlich die der Gegenkampagne.

Als ich die beiden Motive näher betrachtete, wusste ich auch, warum Philip so sauer war.

Die Gegenkampagne war genial. Auf unser Motiv einer Oryx-Antilope in graziösem Lauf folgte ein Foto desselben Tiers – blutig und tot. Die Oryx-Antilope der Gegenkampagne hing an nur einem Hinterhuf von einem Kran, der auf einen Pick-up montiert war. Auf der Ladefläche des

Pick-ups lagen bereits weitere tote Tiere. Im unteren Drittel der Seite stand: Wollen Sie daran schuld sein?

Ich schluckte. Philip hatte meine Reaktion beobachtet und sah mich nun auffordernd an. Sein Vater und der Anwalt, der mir vor nicht allzu langer Zeit noch sehr wohlgesonnen war, saßen mit abweisenden Gesichtern am Tisch. Schweigend warteten alle drei, dass ich etwas sagte.

Das Problem war: Ich wusste nicht, was ich hätte sagen sollen. Dass die Gegenkampagne gut gemacht war, würden die drei nicht hören wollen. Und einen klugen Vorschlag, was wir nun tun könnten, um den Schaden zu begrenzen, hatte ich so spontan auch nicht auf Lager. Ich sah Philip stumm an, fand aber in seinem Blick keine Unterstützung.

»Das Motiv der Gegenkampagne ist genau auf der folgenden Seite erschienen.«

Die Stimme des Anwalts klang neutral, sachlich, kühl. Wenigstens nicht vorwurfsvoll.

»Wie erklären Sie sich das?«

Die Frage haute mich um, ich schnappte nach Luft. Der Vorwurf lag nicht in der Stimme, sondern ganz unverblümt in dieser Frage.

Als ob ich etwas damit zu tun hätte!

»Bisher gar nicht«, stammelte ich. »Dazu fehlen mir noch ein paar Informationen.«

»Zum Beispiel?« Eiskalte Stimme, Siebendt senior.

Ich musste mich sammeln, meinen Schock überwinden, um nicht wie ein totaler Trottel dazustehen.

Erst einmal die Situation einschätzen.

Ich stand hier unter Anklage.

Philip war nicht auf meiner Seite.

Ich überlegte fieberhaft. Unsere Anzeige war die erste in einer ganzen Reihe, sie war in der heutigen Ausgabe des

Nachrichtenmagazins erschienen. Ich hatte den Anzeigenplatz bereits vor Wochen gebucht, um passend zur heißen Phase der Grillsaison die gehobene Alternative zu Grillwurst und Bauchfleisch anzupreisen. Allerdings hatte ich keine Ahnung, wie kurzfristig jemand, der uns schaden wollte, seine ganze Seite direkt im Anschluss an unsere Seite noch hätte buchen können. Schon allein von dieser Frage hing ab, in welcher Richtung wir nach dem Übeltäter suchen müssten.

Die Suche nach dem Übeltäter wäre natürlich nur dann von Interesse, wenn es überraschenderweise nicht der wäre, den ich hinter der Aktion vermutete. Aber selbst wenn Daniel diese Gegenkampagne gestartet hatte, blieb die Frage, woher er seine Informationen bekommen hatte, denn von mir hatte er sie mit Sicherheit nicht. Ich hätte meinem Bruder nicht einmal die Farbe des unternehmensinternen Klopapiers verraten aus Angst, dass er diese Information gegen uns verwenden würde.

»Ich müsste wissen, wer die Anzeigen aufgegeben hat und wann. Wer von unserer Kampagne Kenntnis hatte …«

Ein Blick in Siebendt seniors Gesicht zeigte mir, dass die Person, die davon Kenntnis hatte, bereits vor ihm stand.

»Immerhin wussten jede Menge Leute davon, als da wären der Grafiker, der Setzer, die Mitarbeiter der Anzeigenabteilung …«

Der Anwalt nickte leicht und Siebendt senior entspannte sich etwas.

»Das sind nur die Leute, mit denen wir in direktem Vertragsverhältnis stehen. Ob sie einen Auftrag eventuell an Dritte vergeben oder sich Hilfe bei der Bearbeitung holen, ist mir nicht bekannt.«

»Unterzeichnen diese Leute keine Vertraulichkeitsvereinbarung?«, fragte der Anwalt.

Langsam fühlte ich mich wieder auf sichererem Terrain

und nickte. »Natürlich. Aber das schließt nicht aus, dass einer dieser Leute oder jemand in der zweiten Reihe auf die Vereinbarung pfeift und auf den Putz haut, wenn ihm unsere Anzeige nicht gefällt.«

»Finden Sie heraus, wer uns das angetan hat«, sagte Siebendt senior und nickte dem Anwalt zu. Gemeinsam erhoben sich die beiden und verließen Philips Büro. Ich ließ mich erschöpft auf einen Stuhl sinken.

»Dir ist klar, dass das der Markting-Gau schlechthin ist?«, fragte Philip.

Ich nickte.

Er legte eine Hand auf meine Schulter. »Ich hoffe, du kannst da noch was retten.«

Ich war mir unsicher, ob der leichte Druck seiner Finger Unterstützung oder Drohung signalisieren sollte.

Ich telefonierte den ganzen restlichen Tag und hatte nur eine unklare Vorstellung, was die Tageszeit, das Wetter oder sonstige Eckpunkte anging. Der Anzeigenleiter des Magazins war nicht zu sprechen. Ich hinterließ drei Bitten um Rückruf, bis ich keine Lust mehr hatte, mich vertrösten zu lassen, und seinen Vorgesetzten anrief. Auch der wollte sich erst verleugnen lassen, kam dann aber doch an den Apparat. Nein, er habe keine Kenntnisse von den Vorgängen, er habe nur das Resultat gesehen. Ja, er könne sich vorstellen, dass wir nicht erbaut seien. Nein, er habe aktuell keine Lösung, die er uns anbieten könne. Ja, sicher wisse er, dass er einen wichtigen Anzeigenkunden erheblich – ich wiederholte das Wort – verärgert hätte. Ja, er werde mit dem Anzeigenleiter sprechen und dieser werde sich so schnell wie möglich bei mir melden mit einem Vorschlag, was man nun zu tun gedenke. Und natürlich würde er mir dann auch die von mir gewünschten Auskünfte geben können.

Das Telefonat mit dem Grafiker, der die Anzeige gestaltet hatte, lief anders ab, denn er leugnete alles. Er hätte mit niemandem darüber gesprochen, den Entwurf niemandem gezeigt, die Datei nur verschlüsselt versandt und so weiter. Ich glaubte ihm. Immerhin war mir inzwischen etwas eingefallen, was ich offenbar in der ganzen bisherigen Situation verdrängt hatte.

Es gab jemanden, der von unserer Anzeigenkampagne hatte wissen können, weil er hier in meinem Büro gestanden hatte. Hier, wo die Kampagnenmotive an den Wänden hingen. Hier, wo mein Computer eingeschaltet und nicht mehr passwortgeschützt war, während ich den Raum verlassen musste. Hier, wo alle Unterlagen, alle Kontakte, alle Termine offen herumgelegen hatten. Es wäre ein Leichtes gewesen, die Datei auszudrucken, in der alle Informationen übersichtlich zusammengefasst waren. Dann nur noch ein Bild von einem getöteten Tier suchen, das zu meinem Motiv passte, und schon war die Gegenkampagne fertig.

Mein Verdacht belastete mich so stark, dass ich Magenschmerzen bekam. Ich wollte ihn entkräften. Wollte bei meinen Telefongesprächen mit den Designern, Grafikern und Anzeigenverkäufern einen anderen finden, der die Schuld auf sich nahm. Schon allein deshalb ließ ich mich nicht abwimmeln.

Der Rückruf des Anzeigenleiters kam innerhalb der nächsten Stunde und bestätigte mir, was ich bereits befürchtet hatte. Auftraggeber der Gegenanzeige war die Gruppe Hot Spott.

»Ist das eine rechtsfähige Organisation?«, fragte ich.

»Keine Ahnung«, entgegnete er lässig.

»An wen haben Sie denn die Rechnung gestellt?«

»An Hot Spott, Düsseldorf.«

»Sie haben keinen Namen, keine Anschrift?«

»Nein. Die haben im Voraus bezahlt – und zwar den vollen Preis, ohne Rabatte.«

Natürlich bekam Siebendt als Dauer-Anzeigenkunde Rabatt. Das war marktüblich und absolut kein Grund, das Wort zu betonen, als wäre es verwerflich. Wir hatten bis Jahresende jede Woche eine ganze Seite gebucht, damit war bereits ein erklecklicher Teil des Gehalts von diesem arroganten Typ, den ich da am Rohr hatte, abgedeckt.

»Wie lief der Kontakt? Telefonisch?«

»Ja. Da rief so ein Typ an, sagte, er sei von Hot Spott und er wolle einen Anzeigenplatz buchen. Und zwar den jeweils hinter Ihrem.«

»Dann hat er Ihnen die Grafikdatei geschickt und selbst da hatten Sie zu keiner Zeit das Gefühl, dass Sie uns, als einen Ihrer Premium-Anzeigenkunden, vielleicht vorwarnen sollten?«, fragte ich.

Ich war inzwischen nicht mehr nervös oder verunsichert. Nein. Ich war eiskalt. Ich wusste genau, was hier gespielt wurde. Das Einzige, was mir noch nicht in den Kopf wollte, war, wie dieser Mensch am Telefon einen seiner Premium-Kunden derart hintergehen konnte. Da war der Ärger doch vorprogrammiert. Der Kerl war in seinem Job untragbar – er verprellte genau die Werbekunden, die seinem Magazin das Überleben sicherten. Der lächerliche Verkaufspreis am Kiosk konnte schließlich keins dieser Druckerzeugnisse finanzieren.

»Wissen Sie«, fuhr der Anzeigenleiter in herablassendem Ton fort, »ich habe die Aktionen von diesen Hot-Spott-Leuten von Anfang an verfolgt. Der Typ, der damals im Rhein fast ersoffen wäre, der ist ein Held.«

Ein Held! Daniel! Mir fiel die Kinnlade herunter.

»Er hat die Pressekonferenz von dem Energieversorger gefakt und alles, was er sagt und tut, hat Hand und Fuß. Ich habe die Schnauze so voll von diesem ganzen Konsumscheiß, für den wir hier Werbung machen. Autos, Flugreisen, Luxusgüter, die keine Sau braucht, und die wir uns auch selbst nie leisten können, weil unsere Bezahlung scheiße und unser Job alles andere als sicher ist. Ich will in diesem Zirkus nicht mehr mitmachen. Ich habe gekündigt. Das hier, meine Liebe, ist mein Abschiedsgeschenk.«

Er hatte sich richtig in Rage geredet, und mir fiel beim besten Willen keine Erwiderung ein. Das war allerdings auch nicht nötig, denn er legte grußlos auf.

24

Es war also wirklich mein eigener Bruder, der diesen Frontalangriff auf meinen Arbeitgeber führte. Mein eigener Bruder, der sich das Recht herausnahm, nicht nur sein eigenes Leben von Grund auf zu ändern – was ich sehr positiv fand –, sondern auch die Herrschaft über das Leben seiner Mitmenschen zu übernehmen. Mein eigener Bruder, dem es furchtbar egal war, dass mein Arbeitsplatz mit dieser Aktion zum Teufel ging – und mein Lebensglück auch. Mir stiegen Tränen der Wut in die Augen. Ab sofort war ich Einzelkind. Mein Bruder war für mich gestorben und ich würde seine Existenz bis an mein Lebensende vollkommen ignorieren.

Daniel, du Arschloch, dachte ich, und das war ungewöhnlich, denn normalerweise benutzte ich Schimpfwörter nicht einmal in Gedanken, geschweige denn, dass ich sie aussprach. Jetzt allerdings meinte ich, dass das auch mal gesagt werden müsste, also schlug ich mit den flachen Händen auf meine Schreibtischunterlage und brüllte: »Du Arschloch!«

Die Tür ging auf und Frau Wildenroth blickte sich gehetzt um. »Ist alles in Ordnung?«

Ich musste fast lachen, beherrschte mich aber gerade noch. Sie hätte sonst sicher den psychiatrischen Notdienst verständigt. »Ja, danke. Alles in Ordnung. Ich musste nur gerade etwas, äh, Dampf ablassen.«

Ihr Busen zuckte. Aha, sie war also nicht mehr im Sorge-Modus sondern wieder im Normalbetrieb angekommen: Missfallen. Sie nickte mir zu und schloss die Tür.

Ich schrieb einen Brief an den Vorgesetzten des illoyalen Anzeigenleiters, kündigte an, unsere Anzeigenbuchung für den Rest des Jahres zu stornieren und eine Schadensersatzklage anzustrengen, wenn mir nicht ein angemessener Vorschlag zur Schadensbegrenzung gemacht würde, und ging zu Philip.

Er verschanzte sich hinter seinem Schreibtisch, stand nicht auf, kam nicht zu mir, vermied jeden Körperkontakt, als ich ihm den Brief hinlegte. Er las ihn aufmerksam, unterschrieb und reichte ihn mir zurück.

»Was stellen wir uns unter einer angemessenen Schadensbegrenzung vor?«, fragte er.

Natürlich hatte ich mir darüber auch schon Gedanken gemacht, denn wenn man etwas forderte, sollte man wissen, was man wollte.

»Vollständiger Kostenerlass für diese Anzeige und die Übernahme der Kosten für die Entwicklung einer neuen Kampagne, denn diese Motive hier sind verbrannt. Die neuen Anzeigenmotive schalten wir nur gegen einen fünfzigprozentigen Rabatt auf alle weiteren Anzeigen in diesem Jahr.«

Er nickte.

»Außerdem einen mindestens zweiseitigen redaktionellen Beitrag über Siebendt und die Qualität des Fleisches, die nachhaltige Jagd, die selbst auferlegten Richtlinien bezüglich ökologischer und sozialer Kriterien, die jeder Lieferant erfüllen muss, der an uns liefern will. Zu guter Letzt eine Zusicherung über das Verhalten bei ähnlichen Ansinnen. Wenn es jemanden gibt, der eine Anzeige schalten will, die uns schädigt, wird man uns sofort darüber in Kenntnis setzen und uns die Daten des entsprechenden Auftraggebers mitteilen. Eine Veröffentlichung einer wie auch immer gegen uns gerichteten Anzeige kommt natürlich nicht infrage.«

Philip nickte wieder, diesmal anerkennend, aber noch immer ohne Lächeln oder auch nur das kleinste bisschen Wärme. »Das klingt nach einer guten Strategie. Aber wird es reichen?«

Ich zuckte mit den Schultern, spürte aber, dass die Antwort ihm nicht genügte. »Das wird die Zeit zeigen, aber ich bin optimistisch. Die Leser dieser Zeitschrift sind überdurchschnittlich gebildet und eher analytisch als emotional. Sie wissen, dass ihr Fleisch von toten Tieren stammt, und werden nicht aufhören, Fleisch zu essen, nur weil sie eine tote Antilope gesehen haben. Es war halt ein Glück, dass die Gegenanzeige in diesem Magazin stand und nicht in einem Blatt, das auf Sensationen oder Emotionen setzt und eine entsprechende Leserschaft anspricht.«

Noch während ich die Wörter aussprach, lief mir ein eisiger Schauer über den Rücken. Was, wenn Hot Spott die Gegenanzeige überall dort platziert hatte, wo auch unsere Anzeige stand? Aber das war undenkbar. Nicht jeder Werbekundenbetreuer war so fertig mit seinem Job wie der Typ, mit dem ich eben telefoniert hatte …

Philip hatte offenbar den gleichen Gedanken gehabt, denn er sah mich mit hochgezogener Augenbraue an und klopfte nervös mit den Fingern auf seine Schreibtischunterlage.

»Ich will keine weiteren Überraschungen mehr erleben«, sagte er, nickte mir abschließend zu und widmete sich wieder den Papieren, in denen er gelesen hatte, als ich hereinkam. Ich rannte förmlich hinaus.

Die folgenden Telefongespräche waren aufschlussreich, obwohl ich praktisch niemanden zu fassen bekam. Das allein war Aussage genug, denn Kundenbetreuer für Werbekunden sind immer erreichbar, sie beantworten Telefonate oder E-Mails sogar sonntags, nachts oder im Aufwachraum der Intensivstation. Wenn sich Kundenbetreuer verleugnen lassen, dann tun sie das, weil sie einen triftigen Grund haben. Nachdem ich drei erfolglose Anrufe getätigt hatte, wandte ich mich gleich zwei Etagen höher und rief die Geschäftsführungen an. Dort wurde mir gesagt, man werde sich um Klärung bemühen und sich wieder melden.

Jeder Geschäftsführer wusste, worum es ging, das war deutlich zu merken. Die Sabotage unserer Anzeigenkampagne war das Gesprächsthema Nummer eins in der Branche. Ein Novum. Ein Skandal. Eine echte Nachricht, in der die Medien die Hauptrolle spielten. Es ging darum, was den Zeitungen wichtiger war: Der Anzeigenkunde oder die Reichweite? Der Geschäftspartner oder die Sensation? Noch letzte Woche hätte ich diese Frage entrüstet zurückgewiesen. Hätte gesagt, die Antwort liege ja wohl auf der Hand. Hätte nicht einmal im Traum daran gezweifelt, dass der Anzeigenkunde für das Überleben der Presse so wichtig war, dass er gehegt und gepflegt würde. Heute allerdings … Zum ersten Mal an diesem Tag hatte ich den Eindruck, die ganze Sachlage kühl und analytisch betrachten zu können. Und was ich da sah, gefiel mir ganz und gar nicht.

Ich kürze hier mal ab, um die alten Wunden nicht wieder in vollem Umfang aufzureißen: Niemand rief zurück. Damit war das Todesurteil über unsere Werbekampagne gesprochen. Schlimmer: Sie starb nicht einfach einen bedauernswerten, aber leisen Tod, sondern krepierte öffentlich und unter lautem Geheul. Sie würde im Sterben noch andere mit ins Verderben reißen. Und ich würde mit an

Sicherheit grenzender Wahrscheinlichkeit zu den Verlusten gehören.

Ich machte Feierabend irgendwann nach neun Uhr abends, nachdem alle anderen die Firma bereits verlassen hatten. Ganz allein ging ich durch die dunklen Flure, an der leeren Pförtnerloge vorbei und durch die Automatiktür hinaus auf die Straße. Die Luft war sommerlich warm und seidenweich, aber das nahm ich nur am Rande wahr. Wie in Trance ging ich die Straße entlang, lief in Gedanken versunken an der Straßenbahnhaltestelle vorbei und einfach weiter. Es war nach elf, als ich zu Hause ankam.

Mein Koffer stand noch genau so in meinem Zimmer, wie ich ihn vor unendlich lang scheinender Zeit abgestellt hatte. Die Küche hatte inzwischen allerdings eine deutliche Veränderung durchgemacht. Während früher am Tag nur einige wenige schmutzige Geschirrteile in der Spüle gestanden hatten, sah es jetzt aus, als hätte jemand den gesamten Vorrat an Geschirr aus den Schränken geholt, mit fettiger Sauce übergossen und dann schief aufeinandergestapelt. Offenbar hatte hier eine Fete stattgefunden. Und ich konnte mir verdammt gut vorstellen, was man gefeiert hatte.

Ich öffnete den Kühlschrank, fand aber nichts Essbares. Dabei hatte ich, wie ich jetzt feststellte, brüllenden Hunger. Den ganzen Tag hatte ich gearbeitet, nicht mal einen Gedanken hatte ich ans Essen verschwendet, und jetzt kam ich fast um vor Schmacht, fand aber nicht einmal mein Müsli oder ein Stück Obst. Ich hatte definitiv keine Lust, noch mal wegzugehen, also rief ich das Pizza-Taxi an und bestellte eine Salami-Pizza extra scharf und zwei Flaschen Bier.

Die Pizza wurde geliefert von – Thomas!

»Ich stand gerade vor eurer Tür, als der Pizzadienst kam.«

Ich nahm ihm den Karton ab, drehte mich wortlos um

und ging in die Küche. Thomas folgte mir, öffnete beide Flaschen Bier und stellte eine vor mich hin. Mit der anderen prostete er mir zu.

Ich nahm ihm die Flasche aus der Hand. »Raus!«

»Leo, ich …«

»Du hast ihm die Infos gegeben, richtig? Du hast dich als Fensterputzer in mein Büro geschlichen, die Datei ausgedruckt, und damit hattest du alles. Erscheinungsdaten, Kontaktdaten, Anzeigenmotive …«

Meine Augen füllten sich mit Tränen.

»Nein, ich …«

Ich lachte bitter und gurgelnd, weil mir inzwischen der Rotz aus der Nase und die Tränen aus den Augen liefen. »Ach, und wer war es dann? Der Heilige Geist, der den neuen Messias Daniel mit ein paar himmlischen Tricks unterstützt?«

Thomas öffnete den Mund und schloss ihn wieder.

»Das wäre deine Chance gewesen, Daniel von einer wirklich großen Dummheit abzuhalten. Nicht, weil du meine lächerlichen Nudeln haben wolltest, sondern weil du hättest verhindern können, dass dieses Arschloch mein Leben zerstört. Gerade war ich Philip nähergekommen und jetzt ist es eine Frage der Zeit, bis ich nicht nur meinen Job, sondern auch gleich noch die Liebe meines Lebens verliere.«

Inzwischen heulte ich Rotz und Wasser und sprach nur noch undeutlich.

»Dein Chef … und du?«, stammelte Thomas. »Das wusste ich nicht. Und Daniel auch nicht, oder?«

»Natürlich nicht!«, brüllte ich. »Denkst du vielleicht, ich wollte mir das auch noch madig reden lassen? Mein Bruder hat mein Leben gekapert und zerstört und ich hatte dem nichts entgegenzusetzen. Ihr habt alles vor mir verheimlicht und seid mir ständig in den Rücken gefallen und du bist genauso schlimm wie er.«

Ich brach in lautes Schluchzen aus und ließ mich auf einen Stuhl fallen.

»Wenn ich dir irgendwie helfen kann ...«, murmelte er.

»Das hättest du dir überlegen sollen, bevor du in meinem Büro spionierst hast. Jetzt ist es zu spät«, schluchzte ich.

Die ganze Enttäuschung der vergangenen Stunden entlud sich in einer wahren Flut von Tränen. Thomas hockte sich neben mich, legte seinen Arm um meine Schulter, zog mich an sich und streichelte mir übers Haar. Ich war so unglaublich sauer auf ihn und fand es trotzdem tröstlich, nicht ganz allein heulen zu müssen, also lehnte ich meinen Kopf an seine Schulter und heulte sein T-Shirt nass.

So fanden uns Mama und Mike.

Beide waren nackt und überrascht, in der Küche jemanden anzutreffen. Mama versteckte sich hinter Mike und wurde rot.

»*Hi, how was Africa*?«, fragte Mike.

Ich blickte fassungslos von einem zum anderen, Thomas starrte mit.

»Mama ...«

»Sag bitte Sybille. Mama klingt so ... altbacken.« Meine Mutter kicherte wie ein Schulmädchen, dann verschwand sie in ihrem Zimmer. Mike drehte sich um und folgte ihr.

Ich verlor vollends die Fassung und heulte, bis ich vor lauter Erschöpfung an Thomas' Schulter einschlief. Stunden später erwachte ich ausgezogen und zugedeckt in meinem Bett. Ich war hungrig, denn die bestellte Pizza hatte ich nicht gegessen. Der Karton stand noch in der Küche und ich vertilgte das ganze Ding, trank eine Flasche Bier dazu und ging wieder schlafen. In meinen Träumen zielte Philip mit einem riesigen Gewehr auf Antilopen, ich warf mich heldenhaft dazwischen und Daniel überwältigte Philip.

Die Antilope überlebte, ich starb.

Die Zeiten, als ich noch von romantischen Küssen unter afrikanischer Sonne geträumt hatte, waren wohl definitiv vorbei.

Ich duschte eiskalt, arbeitete mit mäßigem Erfolg eine halbe Stunde an meinem Aussehen und ging früh zur Arbeit. Ich grüßte Josef in der Pförtnerloge und erhaschte einen Blick auf Tin-Tin, die vornübergebeugt auf ihrem Hocker saß und Musik über riesige Kopfhörer hörte. Auf ihren Knien lag ein dickes Buch, in dem sie konzentriert las. Josef stieß sie an, um sie auf mich aufmerksam zu machen, und sie hob den Kopf, riss die Augen auf, nickte mir zu und widmete sich wieder ihrem Buch. Ihre fröhliche Phase schien vorbei zu sein, aber mit plötzlichen Schicksalsschlägen kannte ich mich aus, daher nahm ich ihr Benehmen ohne Überraschung zur Kenntnis.

»Keine Schule?«, fragte ich Josef.

Ich wusste selbst, dass ich den Zeitpunkt hinauszögerte, an dem ich in meinem Büro von neuen Katastrophenmeldungen erfahren würde, aber diese kleine Verschnaufpause gönnte ich mir.

»Schulferien. Sechseinhalb Wochen. Zum Glück hat sie ja jetzt die Küken und diese Gruppe mit ihrer Lehrerin, sonst würde sie vermutlich verrückt werden, den ganzen Tag hier in dem Kabuff bei mir.«

Ich nickte ihm mit einem gezwungenen Lächeln zu und ging schweren Herzens in mein Büro. Mein Pessimismus hatte mich nicht getrogen. Auf dem Schreibtisch lag ein weiteres Wochenmagazin, in dem ich unsere Anzeige geschaltet hatte. Dieses hier enthielt eindeutig mehr Unterhaltung als Information, die Zielgruppe war emotionaler. Die Tatsache, dass es ganz allein mitten auf meinem Schreibtisch lag, verhieß nichts Gutes. Ich blätterte. Unsere Anzeige befand sich auf Seite 27. Die Gegenanzeige auf Seite 29.

Ich warf das Heft auf den Tisch, kreuzte die Arme darüber und legte den Kopf darauf. Die Katastrophe nahm ihren Lauf – und ich konnte nichts dagegen tun.

25

Niemand sprach im Büro mit mir – und das war deutlich schlimmer, als wenn man mich zur Sau gemacht hätte.

PS war nicht im Haus. Er besuchte die wichtigsten Kunden aus Hotel und Gastronomie, wie ich zufällig erfuhr, als ich ein Telefonat von Frau Wildenroth mithörte. Er rief nicht an, um über die aktuelle Entwicklung zu sprechen, er rief noch nicht einmal an, um mich zusammenzustauchen oder um mir zu sagen, was ich als Nächstes tun sollte. Er war auch nicht erreichbar, ging einfach nicht an sein Handy, drückte vermutlich das Gespräch jedes Mal weg, wenn meine Nummer auf dem Display erschien.

Ich fand dieses Verhalten ungerecht und unprofessionell und wurde langsam sauer. Das Mittagessen in der Kantine und den damit verbundenen Spießrutenlauf ersparte ich mir, aber da ich am Morgen auch nicht daran gedacht hatte, mir etwas zu essen mitzunehmen, war ich um drei Uhr hungrig und genervt. Was war das für eine Art, mich völlig zu ignorieren? Ich machte das einzig Sinvolle: Feierabend.

Das Wetter war sommerlich warm aber nicht heiß, ein angenehmer Wind strich sanft durch die Straßen und nach dem Regenschauer vom Vormittag roch die Luft sauber und frisch. Ich beschloss, zu Fuß in die Innenstadt oder zum Rhein zu gehen, etwas zu essen, mir vielleicht sogar zusätzlich noch ein Eis zu gönnen und über meine Situation nachzudenken. Über mich, meinen Job, meine Mutter, die offenbar eine Affäre mit meinem faulen, kiffenden Mitbewohner hatte, und über meinen Bruder Daniel und wie ich ihn foltern könnte. Langsam, schmerzvoll, endgültig. Das klang nach einem guten Plan und so machte ich mich auf den Weg. Mein Handy ließ ich eingeschaltet, denn für den Fall, dass mein Chef sich doch noch eines Besseren besann und den Kontakt zu mir wieder aufnähme, wollte ich erreichbar sein.

Das Klingeln meines Handys erwischte mich mit vollem Mund und fettigen Fingern, aber es gelang mir, die türkische Pizza abzulegen, die rechte Hand an der Serviette zu säubern und das Telefon hervorzuziehen. Eine Mail. Von Hot Spott. Ein Flashmob an der Rheinpromenade. In einer Stunde. Die Presse würde kommen und man würde eine Erklärung zu einer Anzeigenkampagne abgeben, die aktuell in allen namhaften Magazinen lief.

Ich war einigermaßen fassungslos, dass Daniel mir eine Ankündigung für diese Aktion schickte, aber dann fiel mir wieder ein, dass ich mich ja mit einer neuen E-Mail-Adresse bei Hot Spott angemeldet und eine Weiterleitung auf mein Handy eingerichtet hatte. Das hatte ich in der Aufregung der letzten Tage ganz vergessen. Ich sah auf die Uhr. In etwas weniger als einer Stunde würde mein Bruder vor die Presse treten und über seine Anzeigensabotage sprechen. Wie lange konnte es dann dauern, bis die Leute kapierten, dass der oberste Saboteur der Bruder der PR-Managerin von Siebendt war, die die Kampagne entworfen und durchgeführt hatte?

Ich musste meine Strafe für Daniel überdenken. Ignorieren kam jetzt nicht mehr infrage, ich musste ihn sprechen. Dringend.

Ich rief Daniel an und bemühte mich um einen lässigen Tonfall. »Hi, wir haben uns ja noch gar nicht gesehen nach meiner Rückkehr. Wie geht es und was machst du so?«

Daniel zögerte, konnte sich vermutlich nicht erklären, warum ich ihn nicht anbrüllte oder verfluchte, sondern freundlich nach seinem Befinden erkundigte. Seine Stimme klang dann auch zurückhaltend und vorsichtig. »Och, nichts Besonderes. Wo bist du?«

Haha, lieber Bruder, als ob ich dir das auf die Nase binden würde. »Rate mal«, sagte ich. Damit hatte ich nichts verraten und nicht gelogen.

»Wie geht es denn so?«, fragte Daniel.

»Ein bisschen aufregend hier im Moment, aber sonst alles prima.«

Ich interpretierte das Schweigen am anderen Ende als Ausdruck seiner wachsenden Verwirrung. Ich stellte mir seinen Gesichtsausdruck vor und hätte gegrinst, wenn mir mein Humor nicht in den letzten achtundvierzig Stunden abhandengekommen wäre.

»Sag mal, Brüderchen, wäre es wohl möglich, dass du die Information über unsere Verwandtschaft aus der Pressekonferenz gleich heraushalten könntest?«, fragte ich zuckersüß.

Daniel schnappte nach Luft. »Wie …«

»Es käme bei meinem Boss gerade nicht gut an, wenn er erführe, dass mein eigener Bruder seine Firma kaputt macht.«

Eine Sekunde, zwei, drei, vier … Das Schweigen dauerte. Dann: »Leo, ich wusste nicht, dass du diesen Typen liebst.«

»Hätte das einen Unterschied gemacht?«

»Äh …«

»Danke, das genügt als Antwort.«

»Außerdem hatte ich nie vor, unsere Verwandtschaft zum Thema zu machen, Leo. Im Gegenteil. Ich wollte dich immer schützen. Deshalb ja mein Pseudonym: Daniel Trust. Ich gebe dir mein Ehrenwort …«

»Das Ehrenwort eines Finanzjongleurs oder das Ehrenwort eines Bruders, der das Leben seiner Schwester zerstört?«

Na gut, das hatte jetzt nicht so lässig geklungen, aber immerhin waren auch keine Schimpfworte drin. Bis auf Finanzjongleur – wenn man das als Schimpfwort betrachten wollte. Noch vor wenigen Monaten hätte Daniel diese Bezeichnung als Schmeichelei aufgefasst.

»Leo, ich verspreche es dir. Von mir wird niemand etwas erfahren. Ganz großes Indianerehrenwort.«

Ich zögerte, aber dann sagte ich mit beschwörender Stimme: »Ich verlasse mich darauf.«

Als ob ich eine Wahl gehabt hätte!

Der Flashmob war nicht überragend, aber gut genug. Ungefähr zweitausend Leute standen in einem großen Kreis um ein provisorisches Podest herum, direkt vor dem Rednerpult drängelten sich etwa vierzig Journalisten. Einige klemmten mithilfe von zwei Hot Spott-Groupies Mikrofone an das Pult, andere hielten ihre Notizblöcke parat. Zwei Fernsehkameras waren auch da, um Daniels Auftritt für die Nachwelt festzuhalten.

Und dann kam mein Bruder, von dem niemals jemand – und schon gar nicht mein Boss – erfahren durfte, dass er mein Bruder war. Er trug eine olle Jeans und ein T-Shirt mit dem Aufdruck www.hot-spott.de.

Er wartete in aller Seelenruhe ab, bis der Applaus sich legte und begrüßte die anwesenden Freunde und Förderer und die Journalisten zu dieser kurzfristig einberufenen Erklärung.

»Ich möchte mit der Quintessenz dessen beginnen, was den Erfolg von Hot Spott ausmacht und was der Grund dafür ist, dass Sie jetzt hier stehen und mir zuhören: Sie wissen, dass wir recht haben.«

Es gab eine Sekunde der Überraschung, dann kreischten einige Anhänger vor Begeisterung und die Menge applaudierte frenetisch. Die Journalisten grinsten und schüttelten den Kopf in Fassungslosigkeit über so viel Selbstbewusstsein oder nickten in ehrlicher Zustimmung. Alle kritzelten diesen Satz wörtlich mit oder überprüften ihre Aufzeichnungsgeräte, denn hier stand endlich jemand, der Klartext sprach. Daniel jedenfalls hatte mit diesem einen Satz, den er unbeschwert fröhlich und ohne jeden Anflug von Arroganz rausgehauen hatte, alle Zuhörer in der Tasche.

»Wir sind etwa zehn Leute in der Lenkungsgruppe. Das klingt nicht besonders beeindruckend. Unseren Newsletter haben allerdings schon zwanzigtausend Menschen abonniert und über fünftausend sind bereit, uns bei unseren Aktionen zu unterstützen.«

Mit dem nun folgenden Applaus feierte ein Teil der Meute sich selbst.

»Was macht uns so attraktiv?«, fragte Daniel mit einem spitzbübischen Lächeln und hatte spätestens jetzt das Herz jedes Zuschauers und jeder Zuschauerin gewonnen. Bis auf meins, natürlich, aber das hatte er in Kauf genommen, als er seinen Feldzug gegen mich und meine Arbeit begonnen hatte.

»Wir sprechen das aus, was die meisten Menschen schon lange wissen. Wir sprechen Klartext. Wir eiern nicht herum, versprechen sowohl Wachstum als auch die Rettung der Welt, obwohl jeder denkende Mensch weiß, dass das nicht zusammenpassen kann in einer Welt, die natürlich Grenzen hat. Und wir tun all dies auf unterhaltsame Art und Weise.«

Ich hatte Mühe, mich der charismatischen Wirkung meines Bruders zu entziehen, wollte aber nicht länger zusehen, wie er seinen Erfolg feierte, denn für diesen Erfolg hatte er mich geopfert.

Ich riss also meinen Blick von Daniel los und beobachtete stattdessen die Menge, als mein Blick auf zwei Menschen fiel, die etwas abseits standen und in ein intensives Gespräch verwickelt waren.

Der eine war Thomas. Ihn zu sehen, gab mir einen Stich, denn er hatte mit Daniel gemeinsame Sache gemacht, hatte in meinem Büro spioniert, anstatt Daniel von diesem Vernichtungsfeldzug abzuhalten. Trotzdem hatte ich mich gestern an seiner Schulter ausgeheult. Dafür verachtete ich mich. Sich derartig dem Feind an den Hals zu schmeißen war mehr als nur peinlich – dafür musste man schon ganz schön durchgeknallt sein.

Die Person, mit der Thomas die Köpfe zusammensteckte, war Bettina Haltermann, die Journalistin, die mit Papa und Philip und mir an einem Tisch im »eat meat« gesessen hatte. Die beiden waren völlig in ihr Gespräch versunken. Offenbar war das, was Thomas da erzählte, interessant und überraschend, denn die Haltermann schaute ihn erstaunt an, fragte nach und Thomas nickte noch einmal zur Bekräftigung. Dann kam jemand, tippte Thomas auf die Schulter, flüsterte ihm etwas ins Ohr und zog ihn mit sich, sodass er aus meinem Blickfeld verschwand.

Gleichzeitig nahm ich aus dem Augenwinkel eine Bewegung wahr, etwas, das sich aus meinem Blickfeld entfernte und ein Wiedererkennen auslöste, das ich aber nicht zu fassen bekam. Dort war jemand gewesen, den zu sehen ich hier nicht erwartet hatte, aber mein Hirn hielt die Identität der Person vor mir geheim.

Daniel war mit seinem Statement fertig und beantwortete Fragen der Journalisten. Er konnte Zahlen über den

Fleischkonsum nennen, über den Rückgang der Artenvielfalt und über die Zusammenhänge von fleischlastiger Ernährung und Zivilisationskrankheiten. Er kannte Zahlen über Subventionen für Tiermast, Tiertransporte und den Anbau von Mais für Biogas, der Anbaufläche für Lebensmittel vernichtete. Er konnte darlegen, dass die Kreditvergabe der Weltbank an der Armut der afrikanischen Länder mitschuldig war, er sprach über Land Grabbing und die Arroganz, die Abholzung des Regenwaldes zu kritisieren, während wir selbst das Fleisch aßen, für dessen Aufzucht der Wald gerodet wurde. Er hatte alle diese Zahlen und Fakten im Kopf, kapierte die Strukturen hinter den Finanzströmen und konnte die Zusammenhänge einfach und anschaulich erläutern.

Ich hasste mich selbst für das, was ich in diesem Moment fühlte, aber ich konnte es einfach nicht unterdrücken: Ich war verdammt stolz, dass dieser coole Typ da vorn mein Bruder war.

Daniel wurde nach dem Interview von Fans umlagert und ich war todmüde, wollte aber nicht nach Hause gehen, weil ich dann nur depressiv geworden wäre zwischen ungespültem Geschirr, einer Mutter – Sybille –, die ihren zweiten Frühling mit einem dauerbekifften Nichtsnutz erlebte, und meinem Zimmer, in dem mir inzwischen wirklich die Decke auf den Kopf fiel. Deshalb ging ich ins Kino. Ich konnte der Handlung nicht folgen, was mich aber nicht weiter störte, denn der Film lenkte mich trotzdem ab. Danach gönnte ich mir noch einen großen Eisbecher, dann trottete ich nach Hause und fiel ins Bett. Im Zimmer nebenan, das früher von Mike, dann von meiner Mutter – Sybille – und jetzt offenbar von beiden bewohnt wurde, fand ein lautstarker erotischer Nahkampf statt. Ich musste mir das Kissen auf den Kopf legen, um einschlafen zu können.

Am nächsten Morgen saß Josef allein in seiner Loge und begrüßte mich mit ernstem Gesicht. »Die Herren sind außer sich.«

Ich konnte mir vorstellen, dass Daniels Fernsehauftritt nicht dazu geeignet war, die Wogen zu glätten, auch wenn ich nicht in allen Details verfolgt hatte, was er von sich gab, aber er war aktiv und Siebendt war passiv, und das war in der öffentlichen Wahrnehmung immer schlecht. Wir Aktiven – denn damals stand ich ja auf Daniels Seite – hatten auch über den passiven Energiekonzern gelästert, der keine Verlautbarung zustande bekommen hatte, sodass die Medien stundenlang die von Daniel auf der gefakten Pressekonferenz in die Welt gesetzten Argumente wiederkäuten.

Leider stand ich heute auf der anderen, der Verliererseite. Das war Grund genug, mich schlecht zu fühlen, aber mehr Schuld wollte ich nicht auf mich nehmen. Immerhin hatte ich PS gestern zwanzigmal sprechen wollen, um über eine Strategie zur Rettung unseres Bildes in der Öffentlichkeit zu beraten, aber er hatte meine Anrufe nicht entgegengenommen und nicht zurückgerufen.

Trotzdem wusste ich, dass sie mir die Schuld geben würden.

Allerdings hatte ich noch keine Ahnung vom Ausmaß der Katastrophe, die sich hinter meinem Rücken zusammengeballt hatte.

Ich war kaum an meinem Schreibtisch angekommen, als das Telefon auch schon klingelte. Frau Wildenroth, die treue Seele, hatte also meine Ankunft sofort gepetzt.

»Kommst du bitte in mein Büro?«, sagte PS ohne Begrüßung.

»Ich habe noch keine Mails gecheckt …«

»Sofort.«

Oh, das klang nach Ärger. Ich streckte den Rücken

durch, hob das Kinn und machte mich auf meinen besten Schuhen in meinem besten Kostüm auf den Weg in die Höhle des Löwen.

Wieder saßen Siebendt senior und der Anwalt an Philips Besprechungstisch, wieder stand Philip daneben. Er bedeutete mir, Platz zu nehmen. Ich setzte mich den älteren Herren gegenüber. Die beiden hatten Kaffeetassen vor sich, mir wurde nichts angeboten. Philip blieb hinter dem Stuhl am Kopfende stehen. Seine Hände umfassten die Armlehne, seine Fingerknöchel waren weiß. Auf dem Tisch lagen einige Magazine, in denen ich Anzeigen geschaltet hatte. Ich musste sie nicht durchblättern, um zu wissen, dass hinter jeder Anzeige von uns eine Gegenanzeige von Hot Spott erschienen war. Die Perfektion der Sabotage war erschreckend und ich hatte mir immer noch keine Erklärung dafür zurechtgelegt, wie Hot Spott an die Informationen gekommen sein könnte. Denn dass ich den als Fensterputzer verkleideten Feind in meinem Büro allein gelassen hatte, würde ich maximal unter Folter zugeben.

»Wie konntest du mich so anlügen?«, fragte Philip leise.

Damit erwischte er mich auf dem falschen Fuß. Ich schnappte nach Luft. »Wie kommst du denn darauf?«, fragte ich verblüfft. »Ich habe dich nicht angelogen.«

Die Muppets mir gegenüber rührten sich nicht. Ich hätte diese Szene gern ohne die beiden hinter mich gebracht, aber ich war mir sicher, dass es nicht gut angekommen wäre, wenn ich jetzt darum gebeten hätte, sie hinauszuschicken.

Philip stieß ein unwilliges Schnauben aus, drückte sich vom Tisch ab, drehte seinen Computermonitor herum und gab einen Befehl auf seiner Tastatur ein. Auf dem Bildschirm erschien Daniel bei seiner Pressekonferenz.

Ich hatte gestern zwar nicht seinen ganzen Text mitbekommen, aber trotzdem sah und hörte ich jetzt nichts wirklich Neues. Zumindest bis Daniel geendet hatte. Dann schwenkte die Kamera über die Menge und erfasste – mich. Ich spürte, wie ich blass wurde.

»Ich habe mich auf deine Anregung hin bei der Gruppe angemeldet und von ihnen den Aufruf für den Flashmob bekommen«, sagte ich mit äußerster Beherrschung. »Also bin ich hingegangen, um zu sehen, mit wem wir es da zu tun haben.«

Philip verzog das Gesicht zu einer hässlichen Fratze, die zwischen Verachtung und Wut schwankte. »Du weißt doch ganz genau, mit wem wir es hier zu tun haben.«

Damit griff er zu einer Zeitung, die auf seinem Tisch gelegen hatte, und warf sie auf den Konferenztisch. Ein Bild von Daniel während seiner Pressekonferenz war der Eyecatcher. Ein kleines Bild von kaum mehr als Briefmarkengröße war in die Ecke hineinmontiert. Es zeigte mich bei der Pressekonferenz, die ich am Carlsplatz gegeben hatte. Die Überschrift lautete: Es bleibt in der Familie.

Ich griff nach der Zeitung, um den Text zu lesen, aber Philip riss sie an sich. »Für dich kann das doch wohl keine Neuigkeit sein.« Seine Stimme troff vor Sarkasmus. »Dein eigener Bruder, von dem du mir erzählt hast, er sei tot.«

Ich erinnerte mich an die Unterhaltung in Afrika.

»Er war Finanzjongleur, das habe ich bestätigt. Dass er tot ist, hast du vermutet und ich habe das nicht kommentiert.«

»Das kommt doch auf dasselbe hinaus.«

Man muss immer die Wahrheit sagen, aber nicht immer die ganze Wahrheit, hatte mein Vater mir manchmal zugeflüstert, wenn meine Mutter mich mal wieder wegen kleinerer Verfehlungen zur Rede stellte, und daran hatte ich mich gehalten. Die Erwiderung behielt ich aber lieber für mich.

»Und du hast ihm alle Anzeigenplätze auf dem Silbertablett serviert und so getan, als wüsstest du von nichts!«

Das allerdings ging zu weit. Ich spürte, dass ich zitterte, ob vor Überraschung, vor Wut oder vor Selbstmitleid, wusste ich nicht. Nur eins wusste ich: Ich war unschuldig. Trotzdem wurde hier über mich gerichtet, ohne mir die Chance einer Verteidigung zu geben. Und zwar von dem Mann, der mich noch vor zweiundsiebzig Stunden zärtlich in seinen Armen gehalten hatte.

»Ich habe dich nicht angelogen. Ich habe meinem Bruder kein Wort gesagt. Ich habe keinerlei Information aus meinem Büro herausgetragen, weder mündlich noch in Form einer Datei auf dem Laptop oder per Mail oder auf meinem Handy oder sonst irgendwie. Ich verbitte mir diese Anschuldigungen. Und ich verbitte mir den Ton, der hier herrscht.«

Ich stand auf, obwohl ich inzwischen am ganzen Körper schlotterte und nicht sicher war, ob ich mich überhaupt würde aufrecht halten können.

»Ich war und ich bin dem Unternehmen Siebendt gegenüber loyal und zwar jederzeit und ohne Ausnahme.«

Niemand sagte etwas.

Ich fühlte das dringende Bedürfnis, den Raum zu verlassen und mich in eine dunkle Ecke zu verkriechen, in der ich mich ausheulen konnte, bis ich klein und runzelig war wie ein Rosine, aber das wäre ein Eingeständnis meiner Schuld gewesen, deshalb blieb ich hier und blickte die Anwesenden der Reihe nach an.

»Pack deine Sachen und geh«, sagte Philip. Er sah mich dabei nicht an.

»Nein«, sagte ich mit kieksender Stimme. »Ich bin hier beschäftigt und tue meine Arbeit.«

»Sie bekommen Ihre Kündigung per Post«, sagte der Anwalt.

»Dann arbeite ich, bis ich sie habe«, entgegnete ich.

»Ich kann Sie in meinem Unternehmen nicht mehr dulden«, sagte der Senior mit Wut in der Stimme.

»Ich habe mir nichts zuschulden kommen lassen«, entgegnete ich störrisch.

»Sind Sie mit einem Aufhebungsvertrag einverstanden?«, fragte der Anwalt. »Oder wollen Sie selbst kündigen?«

Verdammt, was sollte ich darauf antworten? Ich hatte hier meinen ersten Job, unbefristet, bei dem Unternehmen, in dem es mir während meines Praktikums so gut gefallen hatte und in dem meine große Liebe arbeitete – ich wollte also weder kündigen noch einen Aufhebungsvertrag, daher sagte ich nichts.

»Für Ihre Reputation ist es besser, wenn Sie selbst kündigen, aber dann bekommen Sie erst mal kein Geld vom Arbeitsamt«, erklärte der Anwalt sachlich.

»Gibst du jetzt dieser Schlange noch eine private Rechtsberatung?«, zischte der Senior. Himmel, diesen Mann hatte ich bereits als zukünftigen Schwiegervater betrachtet!

»Dann kündige ich lieber selbst«, erklärte ich.

Damit war alles gesagt, also drehte ich mich auf dem Absatz um und verließ hoch erhobenen Hauptes den Raum. Die Tränen, die langsam aber stetig zu fließen begannen, wischte ich mit den Resten der Wimperntusche auf dem Klo ab. Dann warf ich mir so lange kaltes Wasser ins Gesicht, bis ich wieder einigermaßen gefasst aussah.

Ich ging in mein eigenes Büro, tippte meine Kündigung, druckte sie aus, unterschrieb sie, machte eine Kopie und brachte sie in Philips Büro.

Er hatte bereits ein Schreiben aufgesetzt, das mich mit sofortiger Wirkung von meinen Pflichten entband, und so tauschten wir die Papiere aus, ließen uns jeweils den Empfang quittieren und dann stand ich vor seinem Schreibtisch und wollte gern noch etwas Geistreiches sagen.

Leider fiel mir nichts ein.

Philip schaute mich wortlos und mit undurchdringlicher Miene an, als warte er geduldig auf meinen Geistesblitz, aber dann wandte er den Blick ab und studierte die Papiere auf seinem Tisch.

Ich drehte mich um und ging.

26

Die Sonne schien, es war ein strahlend schöner Sommertag, aber ich dachte weder ans Eisessen noch ans Schwimmengehen oder sonstige schöne Dinge, die man an solch einem Tag tun könnte. Ich dachte an gar nichts. Ich stand unter Schock.

Ich stieg in die erstbeste Straßenbahn und fuhr durch die Stadt, ohne etwas wahrzunehmen. Irgendwo stieg ich aus und nahm die nächste Bahn in Gegenrichtung, nahm wieder eine und wieder und kam schließlich wieder in der Innenstadt an. Ich ging an den Rhein, setzte mich auf die Stufen an der Uferpromenade und blickte auf das Wasser, ohne etwas zu sehen. Einige Stunden lang starrte ich blöd vor mich hin, dann stand ich auf und ging zu einem Kiosk. Ich kaufte die Zeitung, in der meine Identität enthüllt worden war und blätterte sie noch vor der Tür des Kiosks durch. Ich fand den Artikel auf Seite sieben. Er machte natürlich mit dem Knaller unserer Verwandtschaft auf und ließ ein paar Zeilen über meine Arbeit bei Siebendt folgen, in denen ich als professionell, kreativ und erfolgreich gelobt wurde. Dann wurden die Aktionen von Hot Spott beschrieben und als ebenso professionell und kreativ beurteilt. Familienähnlichkeit eben. Im Anschluss gab es eine Übersicht über die interessante Biografie von Daniel Tutz, der vom Finanzguru zum Umweltaktivisten geworden war. Die Informationen über die Aktionen waren alter Wein in neuen Schläuchen und Daniels Biografie konnte man sicher online ganz einfach recherchieren – sofern man Daniels richtigen Namen kannte, den er aber in Verbindung mit Hot Spott nie erwähnt hatte.

Der Artikel war geschrieben von Bettina Haltermann, der Journalistin, die ich im »eat meat« kennengelernt hatte. Sie kannte mich und sie kannte meinen Vater, aber woher kannte sie Daniels richtigen Namen? Hatte mein Vater ihr die Verbindung erläutert? Ich musste es wissen. Die Frage, wer dieser Frau Daniels richtigen Namen verraten hatte, war für mich plötzlich lebenswichtig geworden. Ich musste meinen Vater fragen.

Ich schaltete mein Handy, das ich viele Stunden früher nach einem zehnminütigen Dauerklingeln ausgemacht hatte, wieder ein und rief meinen Vater an. Er antwortete nach dem ersten Klingeln.

»Leo, wie geht es dir? Das ist ja schrecklich, was in der Zeitung steht. Hast du Ärger bekommen deswegen?«

»Ich bin fristlos entlassen worden, sonst ist alles in Ordnung.«

Mir ging kurz die Frage durch den Kopf, warum ich tatsächlich nicht fristlos entlassen worden war, aber das hatte sicher mit dem Fehlen von stichhaltigen Beweisen oder einer verpassten Abmahnung oder sonstigen juristischen Feinheiten zu tun und war auch eigentlich nicht weiter interessant.

Papa verlieh seiner Bestürzung Ausdruck, fragte, wie er mir nun helfen könne, bot mir an, sich mit mir zu treffen, und fragte irgendwann, als er keine Antwort bekam, ob ich noch dran sei.

»Hast du dieser Journalistin gesagt, dass Daniel mein Bruder ist?«

Es war einen Moment still in der Leitung. »Natürlich, jetzt weiß ich auch, woher der Name mir bekannt vorkam. Es ist diese Frau aus dem ›eat meat‹, nicht wahr?«

»Genau.«

»Nein. Ich hatte sogar ihren Namen schon wieder vergessen, du weißt ja, dass ich mir Namen nicht merken kann.«

»Danke.« Ich hatte keine Lust auf weitere Konversation und legte einfach auf. Nachdenklich schaute ich mich um. Ich stand auf der Straße, die Zeitung unterm Arm, das Handy in der Hand und düstere Gedanken im Kopf, während um mich herum die Menschen den schönen Sommertag genossen. Ein Mann filmte offenbar seine Familie vor der Altstadtsilhouette, dirigierte sie hierhin und dorthin, Menschen machten Platz, manche amüsiert, andere genervt von dem Stau, der durch die Gruppe entstand.

In meinem Hirn blitzte eine Erinnerung auf.

Kameras, die auf Daniel gerichtet waren, das gesamte Interesse konzentrierte sich auf das, was er sagte – nur einige Meter weiter waren zwei Menschen in ein Gespräch vertieft, zu dem sie die Köpfe zusammensteckten.

Thomas und Bettina Haltermann.

Das war es.

Nicht Daniel hatte unsere Verwandtschaft verraten, er hatte mir sein großes Indianerehrenwort gegeben und das galt auch heute noch. Sein bester Kumpel Thomas, der bei uns am Küchentisch gesessen, mit uns gekocht, gegessen und die kleinen und die größeren Siege gefeiert hatte – der hatte erst die Informationen aus meinem Büro geklaut und Daniel und mich dann noch gemeinsam verraten.

Ich spürte die Tränen kommen. Tränen der Wut und der Enttäuschung über diesen letzten Verrat. Monatelang hatte ich Thomas vertraut. Ich hatte ernsthaft geglaubt, dass er Daniel *und* mir gegenüber loyal sein könnte. Vielleicht hatte ich ihn sogar gemocht. Aber alles das war völlig egal, denn jetzt kannte ich nur eine Empfindung, und das war echter, tiefer, kalter Hass. Auf meinen Bruder und seinen besten Freund, die beiden Männer, die mein Leben zerstört hatten.

Ich ging nach Hause, packte ein paar Sachen zusammen, rief ein Taxi und ließ mich zum Haus meiner Eltern bringen. Solange mein Vater bei seinem schwulen Geliebten und meine Mutter bei ihrem jugendlichen Lover waren, konnte ich hier wohnen. Zumal ich nicht mehr das Problem hatte, in die Stadt zur Arbeit zu müssen. Ich trank eine ganze Flasche Weißwein, schaute bis tief in die Nacht fern und schlief auf der Couch ein.

Daniel kam mich am dritten Tag meiner selbst gewählten Einsiedelei besuchen, weil er sich Sorgen um mich machte.

»Erst stichst du mir das Messer in den Bauch und dann fällt dir ein, dass ich verbluten könnte? Sehr witzig«, ranzte ich ihn an.

»Ich verstehe ja, dass du mir böse bist, aber Thomas tust du Unrecht.«

»Dann sag mir, wer dir die Informationen für die Kampagne gegeben hat und wer der Journalistin gesteckt hat, dass wir Geschwister sind.«

»Das kann ich nicht«, flüsterte er.

»Dann verpiss dich«, sagte ich kalt. »Ich will mit dir nichts mehr zu tun haben.«

Daniel schluckte. »Ich hoffe, dass du mir vergeben kannst, Leo, ich werde wiederkommen und dich auf Knien darum bitten, aber im Moment liegt mir Thomas mehr am Herzen als mein eigenes Schicksal. Er versucht seit Tagen, dich zu erreichen und mit dir zu sprechen.«

Ich schüttelte unwillig den Kopf. »Warum sollte er? Um mir zu erklären, warum er mich gleich mehrfach verraten musste?«

Daniel verdrehte die Augen. »Du bist so blind, Leo. Thomas hat dich nicht verraten. Kein einziges Mal. Er hat sich in dich verliebt.«

»Halt die Klappe.«

»Du hattest natürlich nur Augen für diesen Idioten, der dich bei der ersten Gelegenheit fallen lässt. Ich kenne diese Typen, ich war selbst mal so einer. Hättest du mich eingeweiht, hätte ich dir gleich sagen können, dass der Kerl nichts für dich ist.«

»Was glaubst du wohl, weshalb ich dir nichts von ihm erzählt habe«, knurrte ich. »Deine Bevormundung ist doch das ganze Problem. Ständig bildest du dir ein zu wissen, was gut für mich ist und was nicht. Deshalb hast du meinen Job torpediert, nicht wahr? Weil du der Meinung warst, dass er nichts für mich ist.«

Daniel nickte.

»Ich bin erwachsen, Daniel. Geh zurück zu Thomas und mach lustige Aktionen mit ihm, ihr beiden habt ja sowieso nichts Besseres zu tun, aber lasst mich in Frieden.«

Daniel schwieg bedrückt.

»Was ist los?«, fragte ich endlich.

»Thomas ist verschwunden.«

Daniel hielt mir sein Handy hin. Auf dem Display war eine SMS von Thomas: »muss ne pause einlegen, gruess leo – t.«

»Seine Handynummer ist abgeschaltet, eine andere Kontaktmöglichkeit habe ich nie gehabt«, jammerte Daniel.

»Dann war das mit der Liebe wohl nicht so doll. Gut, dass er es kapiert hat«, sagte ich ruppiger als beabsichtigt.

Warum war ich trotzdem nicht erleichtert?

Der Juni und der Juli vergingen mit der Suche nach einer neuen Arbeitsstelle, die ein ziemlicher Horror war. Egal welchem Unternehmen in Düsseldorf und Umgebung ich meine Bewerbung schickte, ich erhielt Absagen. Oft innerhalb von wenigen Minuten nach Absenden meiner E-Mail. Natürlich kannte ich den Grund dafür. Jeder Unternehmer, jeder Personalchef und jeder Abteilungsleiter wusste – oder glaubte zu wissen –, dass ich die PR-Managerin war, die ihren Arbeitgeber für eine coole Aktion ihres radikalen Bruders verraten hatte.

Das einzig Positive in diesen grässlichen Wochen war die Arbeit im Garten meiner Eltern, dem man die Vernachlässigung ansah. Ich ackerte drei oder vier Stunden pro Tag, um die Gemüsebeete vom Unkraut zu befreien, Kürbisranken am Zaun festzubinden und massenhaft von dem zu ernten, was meine Mutter noch vor dem Zusammenbruch ihrer Ehe gesät und gepflanzt hatte. Leider brachte mich diese Betätigung einer neuen Arbeitsstelle um keinen Deut näher.

Der August begann in beruflicher Hinsicht so erfolglos, wie der Juli geendet hatte. Die ersten zwei Wochen war ich trotz des hervorragenden Wetters deprimiert.

Dann wurde ich wütend.

Ich rief Bettina Haltermann an.

»Sie schulden mir was«, sagte ich kühl. »Ich will Sie sehen.«

»Warum sollte ich Ihnen etwas schulden?«, fragte die Journalistin, als wir uns in einem Eiscafé gegenübersaßen.

Ich bestellte einen Triple-Chocolate-Cup mit Schokoladeneis, Schokokuchen und Schokosauce. Ich konnte es mir erlauben. Der Stress der letzten Wochen hatte mir den Appetit versaut und ich hatte drei Kilo abgenommen. Leider war ich selbst darüber nicht glücklich, denn jetzt rutschten die Röcke und Hosen meiner teuren Business-Outfits. Auch die Tatsache, dass ich kein Vorstellungsgespräch bekam und mir daher die Passgenauigkeit meiner Kleidung schnuppe sein konnte, besänftigte mich nicht. Ich hätte lieber ein Vorstellungsgespräch in einem schlecht sitzenden Hosenanzug gehabt als gar keins. Daher war ich wirklich ungehobelt zu Frau Haltermann.

»Wegen Ihrer rücksichtslosen Enthüllung habe ich meinen Job verloren.«

Sie nippte an ihrem Milchshake und schwieg.

»Wenn ich wenigstens die Gelegenheit gehabt hätte, meinen Arbeitgeber selbst davon in Kenntnis zu setzen …«

Sie schwieg weiter. Vermutlich war das die Taktik einer Journalistin. Genüsslich abwarten, während das Gegenüber sich um Kopf und Kragen redet. Ich schluckte.

»Sie haben meinen Ruf ruiniert, jetzt müssen Sie ihn wiederherstellen.«

Aha, wenigstens eine Reaktion. Eine hochgezogene Augenbraue und ein spöttisches Lächeln.

»Ich bewerbe mich überall, aber niemand lädt mich ein. Die Absagen kommen postwendend, ich bekomme nicht mal eine Chance. Dabei war ich loyal, ich habe keinerlei Informationen weitergegeben, ich habe mir nichts vorzuwerfen und ich will, dass Sie das klarstellen.«

»Wie sollte ich?«, fragte sie.

»Ich schwöre Ihnen, dass ich meinem Bruder nichts von der Kampagne erzählt habe. Vor allen Dingen habe ich ihm nicht verraten, in welchen Medien und zu welchen Terminen die Anzeigen erscheinen.«

»Ich weiß.«

»Daniel wird Ihnen …« In dem Moment wurde mir erst klar, was sie gerade gesagt hatte. »Wie bitte?«, fragte ich nach. »Das wissen Sie?«

Sie nickte.

Ich brauchte einen weiteren Moment, um die Tragweite dieser Information zu erfassen. »Sagen Sie mir, was Sie wissen«, forderte ich sie auf. »Alles.«

»Ich weiß, wer diese Information aus der Firma Siebendt herausgeschmuggelt hat.«

»War es derselbe, der Ihnen auch verraten hat, dass Daniel mein Bruder ist?«, fragte ich. Mein Herz klopfte so laut, dass ich dachte, sie müsste es hören.

»Ach«, sagte sie mit einem amüsierten Lächeln. »Das war ein Zufall. Ich habe einen Kollegen, der mir seit seiner Scheidung nachstellt. Er schreibt für den Gesellschaftsteil und kennt Ihren Bruder von den Partys, auf denen Daniel früher mit den Stars und Sternchen geturtelt hat. Er hat ihn bei der gefakten Pressekonferenz erkannt und wollte mit dieser Information bei mir Eindruck schinden.«

Ich stöhnte.

»Und da ich den Namen Tutz gerade vorher gleich in doppelter Ausführung gehört hatte, war er mir sehr geläufig …«

Ich schob mir einen großen Löffel voll Schokoladenkuchen in den Mund und spürte, wie die Sauce mir aus dem Mundwinkel zum Kinn lief.

»Ohne diesen balzenden Kollegen hätte die Enttarnung Ihres Bruder höchstens zwei Tage länger gedauert, denn die ganze Branche wollte doch wissen, wer hinter diesem lächerlichen Pseudonym Daniel Trust steckt.« Sie grinste. »Allerdings hätte dann vermutlich nicht ich den Treffer gelandet.«

Ich stöhnte. Auf die Idee, dass Daniel früher oder später jemandem auffallen musste, der ihn noch aus seiner Zeit als Börsenguru kannte, war ich gar nicht gekommen. Auf diese Enthüllung brauchte ich einen großen Löffel Eis. Es dauerte einen Moment, bis ich wieder sprechen konnte.

»Sie sagten, Sie wüssten auch, wer die Informationen

meiner Kampagne an Daniel weitergegeben hat?«, fragte ich matt.

Bettina Haltermanns Gesicht verschloss sich. »Darüber habe ich Stillschweigen gelobt.«

Ich hatte mir vorgenommen, diese Frage nicht zu stellen, aber dann konnte ich mich doch nicht beherrschen und fragte: »Was hatten Sie auf der Pressekonferenz mit Thomas zu bereden?«

Sie lächelte belustigt. »Ich habe ihn gefragt, was er bei Hot Spott zu suchen hat, und er hat mir erklärt, dass er beruflich dabei war.«

»Beruflich?« Ich kapierte gar nichts mehr.

»Natürlich«, sagte Haltermann mit einem breiten Grinsen. »Sie wussten wohl nicht, dass er ein Kollege ist?«

Ein Kollege? Thomas war Journalist? Jetzt ergab plötzlich so vieles einen Sinn. Darum hatte er uns nicht seinen ganzen Namen verraten und nie auf die Fragen nach dem Beruf geantwortet. Darum hatten ihn so viele Schreiberlinge auf der Pressekonferenz in Essen gegrüßt, und nur aus diesem Grund – ich fühlte, wie ich rot wurde – hatte er mich nach Daniels Aktion auf dem Carlsplatz zum Nudelessen eingeladen und mir all diese Fragen gestellt. Von wegen persönliches Interesse. Er hatte mich von Anfang an ausgenutzt.

Ich war schockiert. Fassungslos. Starrte ins Leere und bekam kaum mit, wie Bettina Haltermann auf ihre Uhr sah, sich hastig verabschiedete, einen Zehn-Euro-Schein auf den Tisch legte und ging.

27

Der Artikel erschien am achtzehnten August, zehn Wochen nach meiner Kündigung, und stellte meinen guten Ruf wieder her. Ich wurde mit meiner Unschuldsbeteuerung zitiert, Daniel wurde mit der Erklärung zitiert, dass er von mir niemals auch nur den Hauch einer Information bekommen habe. Auf die Frage, woher er die Information denn dann bekommen hätte, verweigerte er die Antwort. Der Anwalt der Firma Siebendt wurde zitiert mit den Worten, man habe keinerlei Erkenntnisse darüber, ob überhaupt Informationen aus der Firma nach außen getragen worden seien. Außerdem habe die Tatsache, dass ich aus freiem Willen das Unternehmen verlassen habe, sowohl ihn persönlich als auch die Unternehmensleitung mit großem Bedauern erfüllt.

Zwei Tage später klingelte mein Handy und ich nahm das Gespräch entgegen, ohne auf das Display zu schauen. So war ich völlig überrumpelt, als ich die Stimme meines Ex-Chefs und Ex-Lovers Philip Steffen Siebendt hörte.

»Ich muss dich sehen«, sagte er. »Treffen wir uns um acht im ›eat meat‹?«

Mein Herz machte einige Stolperschritte, aber nach einem tiefen Atemzug klang meine Stimme fast normal, als ich fragte: »Was gibt es denn zu besprechen?«

»Das würde ich dir gern unter vier Augen sagen. Also, kannst du heute Abend?«

»Nicht im ›eat meat‹«, machte ich zur Bedingung. Was auch immer das Thema des Abends wäre, wollte ich nicht unter den Augen von Mauro oder meinem Vater diskutieren.

Er nannte mir ein gutes italienisches Restaurant in Oberkassel und wir verabredeten uns für sieben Uhr. Mir blieb gerade noch genug Zeit, siebenundzwanzig verschiedene Outfits anzuprobieren und jedes einzelne als unmöglich, zu formell, zu wenig formell, zu knapp, zu weit, zu offenherzig, zu streng oder sonst wie unpassend zu verwerfen. Um kurz nach sieben kam ich abgehetzt in einer hellgrauen Leinenhose und einem weißen Baumwollpullover in dem Lokal an und ließ mich auf den Platz gegenüber Philip sinken.

Er starrte mich so intensiv an, dass ich verunsichert an mir heruntersah. Hatte ich auf dem Weg hierher einen Taubenschiss auf den Pullover bekommen? Ich konnte keinen Fleck erkennen.

Philip räusperte sich. »Du siehst toll aus«, sagte er mit ehrlichem Erstaunen in der Stimme. »Braun gebrannt, schlanker als ich dich in Erinnerung habe … Wahnsinn.«

Braun gebrannt ist bei einer Rothaarigen mit Sommersprossen natürlich gelogen, aber tatsächlich hatte ich Farbe. Zehn Wochen war ich fast nur draußen gewesen, war neben der Gartenarbeit viel Fahrrad gefahren und an Tagen mit schlechterem Wetter gejoggt. Ich hatte überwiegend das selbst angebaute Obst und Gemüse gegessen und dadurch reinere, straffere Haut bekommen. Ja, ich sah pumperlgesund aus. Dazu betonte die Hochsteckfrisur, die ich wegen der Wärme gewählt hatte, meinen langen Hals, der als einziges Körperteil immer schon ganz nach meinem Geschmack gewesen war.

»Danke«, sagte ich und gab das Kompliment absichtlich nicht zurück, obwohl es natürlich angebracht gewesen wäre. Philip sah immer aus, als wäre er gerade einem Mode- oder Sportmagazin entstiegen, so also auch jetzt. Nur die leichten Schatten unter den Augen sah ich zum ersten Mal.

»Sollen wir erst bestellen?«, fragte er.

»Gern.«

Ich nahm den Seeteufel auf Spinat mit Bandnudeln, Philip das Saltimbocca. Er bestellte eine Flasche Weißwein und Wasser, dann noch Bruschetta vorneweg, und endlich war der Ober verschwunden und Philip wandte sich mir zu.

»Ich möchte dich wieder einstellen.«

Ich verschluckte mich an dem Wasser, von dem ich gerade genippt hatte, und prustete eine kleine Fontäne über den Tisch. Philip wich zurück, sagte aber nichts.

»Ich habe eine neue PR-Managerin eingestellt, gleich nach deinem, äh, Weggang. Sie gibt sich Mühe, aber sie ist weder kreativ noch besonders engagiert. Wir haben immer noch keine neue Kampagne und so langsam aber sicher wird mein Vater ungeduldig.«

Ich beschäftigte mich mit meiner Serviette, rieb die Weingläser, die ich bespuckt hatte, trocken, polierte das Besteck und legte die Serviette auf den feuchten Fleck in meinem Schoß, der auf der hellen Leinenhose auffiel wie eine reife Tomate in der Badewanne.

»Ich kann dir eine Gehaltserhöhung anbieten oder einen Firmenwagen, ganz wie es dir lieber ist.«

»Wie viel?«, fragte ich.

»Fünfzehn Prozent.«

Ich spielte mit meinem Wasserglas und wartete darauf, dass Philip weitersprach, aber er schwieg und sah mich erwartungsvoll lächelnd an.

»Ich denke darüber nach«, sagte ich. »Erzähl mir, wie es dir ergangen ist.«

Während wir mit den Bruschettas beschäftigt waren, beklagte sich Philip über meine Nachfolgerin, dann sprach er über sich. Er hatte ein wichtiges Segelrennen absagen müssen wegen »der Sache«, was ihn natürlich wurmte. Dann war er beim Polo vom Pferd gefallen und hatte sich zwei Rippen geprellt, die immer noch schmerzten. In der Firma liefen die Geschäfte schleppend, auch wenn man mit dem ›eat meat‹ inzwischen einen guten Kunden gefunden hatte. Die Fernsehköche benahmen sich weiterhin wie Diven und Siebendt senior hatte das Budget für das Projekt gekürzt, sodass man die Herren nun nicht wie geplant in den besten Lodges Afrikas kochen lassen konnte.

Die Hauptgerichte wurden serviert und wir aßen schweigend. Der Seeteufel war hervorragend, der Spinat frisch und die Bandnudeln selbst gemacht. Nach der Gemüsediät der letzten Wochen ließ ich mir diesen Luxus schmecken. Ich trank zwei Gläser Wein, nahm auf Philips Anregung auch noch ein Tiramisù und hätte stöhnen können, so gut war es. Meine Beteiligung an der Unterhaltung beschränkte sich auf gelegentliche Aufmerksamkeitsgeräusche oder seltene Nachfragen, ansonsten konzentrierte ich mich vornehmlich auf das Essen.

Damit war es beim Espresso dann leider vorbei.

»Was sagst du zu meinem Angebot?«, fragte Philip, als wir die kleinen Tässchen vor uns stehen hatten.

Aha, die Stunde der Wahrheit war gekommen. Noch vor anderthalb Stunden hatte ich befürchtet, mich zu verhaspeln, wenn es so weit wäre, aber jetzt war diese Sorge völlig unnötig. Ich war angenehm gesättigt und vom Wein leicht beschwingt und ich wusste, was ich wollte. Und ich wusste, dass ich recht hatte. Und deshalb war ich vollkommen ruhig, als ich Philip fest in die Augen sah.

»Nein, danke.«

Das siegesgewisse Lächeln auf seinen Lippen verschwand. Er runzelte die Stirn. »Hast du schon eine andere Stelle?«

»Nein.«

Jetzt starrte er mich verständnislos an. »Willst du mehr Geld?«

»Nein. Ich möchte weder für dich noch für die Firma Siebendt arbeiten, das ist alles.«

Philip schüttelte ärgerlich den Kopf. »Du bist also auch so ein fanatischer Ökofreak wie dein Bruder.«

»Nein, Philip, auch das ist nicht der Grund. Ich hatte kein Problem damit, in einer Fleischgroßhandlung zu arbeiten und ich hätte es auch in Zukunft nicht.«

Die Verwirrung in seinen Zügen nahm zu. »Aber … warum denn dann nicht?«

Fast hätte ich gelacht. Er kapierte es wirklich nicht. Okay, ich war bereit, es ihm zu erklären. »Du hast fast zwei Stunden auf mich eingeredet, aber du hast dich mit keinem Wort für das entschuldigt, was passiert ist.«

»Aber …« Er schluckte, räusperte sich. »Gut, du hast recht. Entschuldige bitte.«

»Nun …«

Da ich immer noch zögerte, wurde er offenbar ungeduldig, wie die steile Falte zwischen seinen Augenbrauen zeigte. »Es tut mir leid, wie es gelaufen ist, aber was hätte ich denn tun sollen?«

»Zuhören«, sagte ich freundlich. »Du hättest mir zuhören sollen. Ich hätte dir gern erklärt, dass ich unschuldig bin. Ich hätte dir gern eine ganze Menge Dinge erzählt darüber, wie mein Bruder in mein Leben eingedrungen ist und mich mit seinen Aktionen terrorisiert hat. Über meine panische Sorgfalt, bloß keine noch so kleine Information mit nach Hause zu nehmen, wo Daniel sie hätte finden können. Über meine Familie, die plötzlich von total normal zu komplett übergeschnappt mutiert ist. Über alles Mögliche hätte ich gern mit dir geredet. Auch über die Frage, wie es mit uns weitergehen sollte nach unserer … ja, was eigentlich? Affäre?«

Philip wischte meine Worte mit einer Geste weg. »Ich stand unter Zugzwang, ich musste …«

»Nein«, sagte ich. »Als Allererstes hättest du mir die Chance zur Verteidigung geben müssen. Mir ist es völlig egal, ob du tote Tiere oder Möhren verkaufst. Aber du hast mich ohne jede Anhörung verurteilt. Und das ist mir nicht egal. Das ist eine Frage des Charakters.«

Er warf die Serviette auf den Tisch und hob die Schultern. »Gut, wenn du immer noch beleidigt sein willst …«

»Ich bin nicht beleidigt«, sagte ich mit einem fröhlichen Lächeln, das aus tiefstem Herzen kam. »Ich bin total erleichtert. Dein Auftritt heute Abend hat mir klargemacht, wie verblendet ich war, als ich glaubte, dich zu lieben.«

Philip schnappte nach Luft.

»Ich wünsche dir viel Glück, Philip. Das meine ich ernst, denn Leute wie du, die Menschen benutzen und dann wegwerfen, brauchen verdammt viel Glück, wenn sie langfristig Erfolg haben wollen.«

Ich stand auf, nickte dem Kellner auf dem Weg nach draußen freundlich zu und verließ das Restaurant hoch erhobenen Hauptes.

Ein gelungener Abgang, gratulierte ich mir selbst. Selbstbewusst und cool. Leider hatte in dieser Inszenierung der Besuch der Toilette keinen Platz mehr gehabt, daher musste ich schnellstens einen anderen Ort finden, an dem ich meinem Bedürfnis nachgeben konnte. In dem Weinbistro, in dem ich zu diesem Zweck landete, trank ich zur Feier des Tages noch zwei Gläser Sekt. Ziemlich spät am Abend ließ ich mich im Taxi in mein selbst gewähltes Exil zurückbringen. Ein würdiger Abschluss für alles, was mit dem Namen Siebendt verbunden gewesen war.

28

Ich ließ noch einige Tage ins Land ziehen, in denen ich dem Garten meiner Eltern den letzten Schliff gab und den Umzug in meine erste eigene Wohnung vorbereitete, und begann erst in der darauffolgenden Woche wieder, Bewerbungen zu schreiben. Und plötzlich kamen keine standardisierten Absagen, sondern Einladungen. Bevor ich allerdings eine dieser Einladungen wahrnehmen konnte, stand noch das aufregendste Ereignis dieses zu Ende gehenden Sommers an: Svenjas Rückkehr.

»Ich bin so gespannt, ich kann es gar nicht mehr abwarten.«

Ich seufzte. Genau diesen Spruch hatte Daniel jetzt schon mindestens siebzehnmal von sich gegeben.

»Dann hilf mir, das lenkt dich ab.«

Ich reichte ihm den Schraubenzieher herunter und prüfte die Festigkeit der Gardinenstange. Daran könnte man einen Ochsen aufhängen, dabei musste das Ding nur einen leichten Vorhang tragen. Ich gab Daniel Anweisungen, wie er mir den Stoff anreichen sollte, und er verhedderte sich nur zweimal. Beim dritten Versuch klappte es. Ich ließ den letzten Vorhang vor die bodentiefen Fenster des Penthouse gleiten.

»Gefällt es dir?«, fragte ich.

Geistesabwesend murmelte Daniel »Ja, ja«, während er wieder auf die Uhr sah.

Kopfschüttelnd klappte ich die Leiter zusammen und stellte sie in den Abstellraum neben dem Bad. Die Wohnung war fünfundsiebzig Quadratmeter groß, sie war brandneu und sie war gerade frisch saniert. Die Wärmedämmung entsprach dem Passivhausstandard, heißes Wasser wurde über Solarkollektoren erzeugt und der Luftaustausch erfolgte mit Wärmerückgewinnung. Und ich hatte diese Wohnung bekommen.

Das lag natürlich daran, dass Daniel das Haus sechs Wochen zuvor bezugsfertig gekauft hatte, da der Investor auf der Zielgeraden bankrottgegangen war.

»Gebäudesanierung ist eins der effizientesten Energiesparprogramme, die es gibt«, hatte Daniel mir erklärt. Er bot seine alte Penthousewohnung und sein Apartment in New York zum Verkauf an und suchte nach weiteren Mietshäusern, die er kaufen und energetisch sanieren wollte. Das Leben als Vollzeitaktivist war offenbar doch nicht ganz so erfüllend, wie es eine Zeit lang ausgesehen hatte. Vor allem, seit Thomas nicht mehr da war.

Mit dem Wohnungsangebot hatte Daniel mich bestechen wollen und ich gestehe, dass er mir damit sehr entgegenkam. Ich war es leid, ihm böse zu sein. Er fehlte mir. Ich hatte gerade beschlossen, ihm großmütig zu vergeben, als er sich bei mir meldete. Nicht nur die Aussicht auf ein Leben in geordneten Verhältnissen, sondern auch die Wiederherstellung unserer Beziehung verbesserte meine Laune erheblich.

»In meiner Wohnung entscheide allein ich«, hatte ich zur Bedingung gemacht. »Sowohl was die Ausstattung angeht als auch den Einkauf von Lebensmitteln, Putzmitteln und allen anderen Verbrauchsmaterialien.«

»Selbstverständlich«, hatte Daniel erklärt.

»Du bekommst keinen Schlüssel.«

Er wurde blass, nickte aber.

»Und wenn jemals wieder ein männliches Wesen mein Interesse weckt oder Interesse an mir zeigt, dann behältst du deine Meinung für dich.«

»Sehr wohl, Gnädigste.«

Wir gaben uns die Hand, gaben uns zusätzlich das große Indianerehrenwort und fielen uns dann um den Hals.

Erst von diesem Moment der Versöhnung an fühlte ich mich wieder wirklich gut.

Daniel hatte direkt neben mir sein neues Domizil aufgeschlagen. Er hatte das ursprünglich riesige Dachgeschossloft in zwei Wohnungen aufgeteilt, die wir nun Wand an Wand aber voneinander unabhängig bewohnten. Letzte Woche hatte die WG mit Daniels und meinem Umzug dann endlich ihr offizielles Ende gefunden. Conny hatte sich in einer anderen WG eingemietet und Mike war wegen mehrfachen Verstoßes gegen das Betäubungsmittelgesetz exmatrikuliert und des Landes verwiesen worden. Mama wohnte wieder zu Hause und pendelte jeden Tag mit dem Auto in die Stadt zu ihrer neuen Arbeitsstelle in der Parfümerie, bis sie eine eigene Wohnung gefunden hatte. Daniels Angebot, eine Wohnung in seinem Haus zu bekommen, hatte sie abgelehnt mit der Begründung, nun endlich flügge werden zu wollen.

Natürlich hatte Daniel bei der Auswahl meiner Möbel und der Vorhänge seine Meinung kundgetan, aber er hatte – unter sichtlichen Mühen – meine Entscheidungen akzeptiert und mir bei der Einrichtung geholfen. In den letzten

Stunden allerdings nur noch sehr unkonzentriert, weil der große Tag von Svenjas Rückkehr nun endlich gekommen war.

»Lass uns fahren«, schlug ich vor, als alles aufgeräumt war, denn zu weiteren Aktionen war Daniel nicht zu gebrauchen. Er war mit den Gedanken sowieso schon am Flughafen.

Wir standen nebeneinander in der Flughafenhalle und suchten unter den Passagieren nach Svenja. Sie hatte mir ihre Ankunftszeit per SMS mitgeteilt und gefragt, ob sie ihre Sachen bei mir abholen könne. Ich antwortete, dass wir sie am Flughafen erwarten würden.

Daniel aß seit Svenjas SMS kaum noch, schlief nicht mehr und war inzwischen vollkommen durch den Wind. Ich hoffte, dass die Begegnung mit Svenja ihn heilen würde. In welcher Form auch immer.

Und dann stand sie vor uns – und wir blickten an ihr vorbei.

»Entschuldigung, könnten Sie vielleicht ein Stück zu Seite ...«, murmelte Daniel und reckte sich, um die Leute zu sehen, die hinter der Frau in dem Businesskostüm durch die automatischen Türen in die Halle traten.

»Daniel! Das ist ja nett, dass du mitgekommen bist. Hast du deinen Wagen vor der Tür stehen?«

Wir starrten die Frau an.

Fassungslos.

Sie nahm die Sonnenbrille ab, die in der Halle sowieso nicht nötig war, und schob sie mit einer geübten Bewegung auf den Kopf. Dann blickte sie ungeduldig von Daniel zu mir und wieder zurück. Schließlich wedelte sie mit der Hand vor meinen Augen herum.

»Svenja?«, stammelte Daniel.

»Können wir jetzt gehen? Ich habe ein straffes Programm.«

Sie legte mir eine Hand auf die Schulter, hauchte ein Küsschen rechts und eins links neben meine Wangen und schritt um uns herum Richtung Ausgang.

Wir verdrehten unsere Köpfe, um ihr hinterherzuschauen. Sie sah aus wie ein Filmstar und wusste es. Sie stöckelte auf mindestens fünfzehn Zentimeter hohen Absätzen durch die Halle. Ihr Kostüm hatte Tausende gekostet, das Haar war zu einem festen Dutt geknotet und die Aktentasche an ihrer linken Hand hätte auch dem Präsidenten der Weltbank zur Ehre gereicht.

Daniel stand wie erstarrt, daher nahm ich seine Hand. Er ließ sich von mir mitziehen. Vor der Tür holten wir Svenja ein.

»Wo steht der Wagen?«

»Wir sind mit der Bahn«, sagte ich.

Svenja blickte mich mit hochgezogenen Augenbrauen an, drehte sich um und schritt mit knallenden Absätzen zum Taxistand. Daniel und ich dackelten hinterher.

Svenja stellte sich nicht in der Reihe an. Sie ging dem ankommenden Taxi entgegen, auf das bereits dreißig Menschen ungeduldig warteten, ließ sich hineinsinken und winkte ab, als der Taxifahrer sie auf die vorgeschriebene Reihenfolge aufmerksam machen wollte. »Sie bekommen fünfzig Euro extra, also los.«

Der Taxifahrer gehorchte. Ich nannte unsere Adresse. Svenja klappte einen Taschenspiegel auf, blickte hinein, wischte sich kurz mit einem Finger über die rechte Augenbraue und wandte sich dann zu uns um.

»Was ist mit deinem Auto, Daniel?«

Mein Bruder hatte sich inzwischen wieder so weit im Griff, dass er Buchstaben zu Wörtern und Wörter zu Sätzen kombinieren konnte.

»Verkauft. Ich habe dir doch bei deinem Abflug geschworen, dass ich mein Leben ändere. Nun, das habe ich getan.« Er räusperte sich. »Und du auch, wie ich sehe.«

»Ach, das war ja auch längst überfällig.«

»Was meinst du damit?«, fragte ich. »Überfällig?«

Svenja drehte sich halb auf dem Beifahrersitz herum. »Ich meine damit, dass man irgendwann erwachsen werden muss. Diese grüne Spinnerei ist gut und schön, solange man in seiner eigenen, kleinen Welt lebt, aber global betrachtet ist das einfach lächerlich. Es gibt Milliarden Menschen, die verzweifelt auf die Errungenschaften der Zivilisation warten. Denen kann man doch nicht sagen, dass sie wegen des Weltklimas auf alles verzichten sollen, was wir seit hundertfünfzig Jahren an Komfort erreicht haben.«

»Aber ...«, warf Daniel ein. Svenja schüttelte ungeduldig den Kopf.

»Die Leute sind arm und das wollen sie nicht mehr sein. Es ist einfach nur westliches Herrschaftsdenken, ihnen ihren Lebensstil vorschreiben zu wollen. Sie wollen Entwicklung und sie brauchen sie.«

»Welche Art von Entwicklung meinst du?«, fragte Daniel.

»Wirtschaftswachstum natürlich, was sonst.«

Daniel stöhnte.

»Die Leute brauchen Jobs. Sie wollen konsumieren. Sie wollen an unserem Wohlstand teilhaben. Es ist zynisch, ihnen das zu verwehren.«

»Wie bist du zu der Erkenntnis gelangt?«, fragte ich matt.

»Ich habe einen Mann kennengelernt, der ihnen eine Perspektive eröffnet. Er hat die erste indische Billigfluglinie gegründet. Damit kann er Millionen von Menschen, die bisher nicht aus ihrem Dorf herausgekommen sind, bezahlbare Mobilität bieten. Und Mobilität ist eine Voraussetzung für Wachstum.«

»Fluglinie«, murmelte Daniel schockiert. »Ausgerechnet eine Fluglinie.«

»Hat alles das, was du in deinem Studium der Sozialen Ökologie gelernt hast, keinen Wert mehr?«, fragte ich.

»Das ist Ökoromantik. Die Leute wollen aber keinen selbstgenügsamen Lebensstil auf einem ökologischen Kleinbauernhof. Sie wollen partizipieren. Sie wollen in die Städte, wollen Lebensmittel kaufen, statt sie mühsam selbst anzubauen.«

»Aber das ist der Klima-GAU«, warf Daniel ein. »Damit ist das Zwei-Grad-Ziel unerreichbar.«

Svenja winkte ab, dabei rutschte der Ärmel hoch. Das Zifferblatt der Uhr an ihrem Handgelenk war von einem Ring aus Diamanten umschlossen. »Reine Stimmungsmache, um die Kräfteverhältnisse zu erhalten. Der reiche Norden will den Süden arm halten. Aber damit ist jetzt Schluss.«

»Was ist deine Rolle bei dem Ganzen?«, fragte Daniel kühl.

»Ich bin die persönliche Assistentin des Inhabers.«

»Und privat?«, fragte er nach.

Sie streichelte die Uhr. »Er ist verheiratet.« Dieses maliziöse Lächeln hatte ich noch nie an ihr gesehen.

Der Rest der Fahrt verlief weitgehend schweigend. Zu Hause nahm Daniel wie immer die Treppe. Svenja bestand auf dem Aufzug, also fuhr ich mit ihr und dem Taxifahrer, den sie für weitere fünfzig Euro als Träger verpflichtet hatte, nach oben. Ich holte ihre Sachen aus meinem Abstellraum, half dem Taxifahrer, sie in den Aufzug zu laden und verabschiedete den Mann, der sich ein Grinsen über seinen unverhofften Reichtum kaum verkneifen konnte.

Dann stand ich Svenja in meinem Wohnzimmer gegenüber.

»Nett«, sagte sie nach einem Rundumblick über das Ledersofa, das ursprünglich im Wohnzimmer meiner Eltern gestanden hatte, den Tisch, den ich mit Daniel vom Sperrmüll gerettet hatte, weil er mit seinen gedrechselten Beinen und den wackeligen Schubladen so wunderbar kitschig war, und den Schreibtisch, der aus einer ebenfalls vom Sperrmüll geretteten Altbautür bestand. Das Türblatt hatte ich abgeschliffen und neu lackiert, die Glaseinsätze mit den geätzten Eisblumen lagen nun unter passgenau eingesetzten Sicherheitsglasscheiben, sodass eine glatte Arbeitsfläche entstanden war. »Sehr kreativ«, fügte sie hinzu.

»Fliegst du direkt wieder zurück?«, fragte ich, obwohl es mich eigentlich nicht mehr interessierte.

»Nein, wir haben einige Termine in Europa. Also heute nur nach Frankfurt, mein Flug geht in zwei Stunden. Aber erst muss ich den Plunder loswerden.«

Ich bot ihr nicht an, den Plunder einer karitativen Einrichtung weiterzugeben oder wenigstens die Bücher der Bibliothek zu stiften. Ich hatte ihre Besitztümer, die für die alte Svenja einen erheblichen Wert besessen hatten, gern verwahrt. Aber wegschmeißen durfte die neue Svenja sie nun allein.

Svenja hauchte zwei Küsschen in die Luft, sagte »Leb wohl, Kleines«, und verschwand.

29

Ich ging hinüber zu Daniel. Natürlich besaßen wir trotz meiner lächerlichen Bedingung die Schlüssel zur jeweils anderen Wohnung, aber die waren nur für Urlaubsversorgung oder Notfälle gedacht. Ich musste trotzdem nicht klingeln, Daniel hatte die Tür offen gelassen.

»Sie ist weg!«, rief ich laut, als ich die Diele betrat.

»Gut«, klang es aus dem Wohnzimmer herüber.

Daniels Wohnung war anders geschnitten als meine. Das Wohnzimmer war größer, die Küche kleiner und in provisorischem Zustand. Daniel schob immer wieder Zeitmangel vor, aber ich vermutete eher, dass er sich nicht entscheiden konnte, wie er seine Wohnung einrichten wollte. Daher stand im Wohnzimmer ein alter Holztisch mit sechs Stühlen einsam und unpassend mitten im Raum, es gab einen Sitzsack, den ein Hot-Spott-Aktivist ihm geschenkt hatte, und das war es auch schon. Ich bot immer wieder meine Hilfe für Planung, Kauf oder Sperrmüllfischzüge an, aber er blieb unentschlossen.

Vielleicht hatte Daniel darauf gewartet, dass Svenja zurückkam und sie diese Wohnung gemeinsam einrichteten. Der Gedanke kam mir ganz plötzlich, als ich Daniel am Fenster stehen sah.

»Alles okay bei dir?«, fragte ich vorsichtig.

»Klar«, gab er zurück, aber seine Stimme war ohne Modulation.

»Bist du sehr enttäuscht?«

Er zuckte mit den Schultern.

»Soll ich dich lieber allein lassen?«

Er schwieg einen Moment und ich betrachtete seinen Rücken, der sich kurz darauf straffte. »Ich gehe ein bisschen spazieren, aber um sechs bin ich wieder da. Ich lade dich zum Essen ein. Mach dich fein, wenn du magst, es geht in ein richtig angesagtes Restaurant.«

Drei Stunden später betraten Daniel und ich das »eat meat«. Meine Überraschung wurde noch größer als ich sah, dass Daniel einen Tisch für sechs Personen reserviert hatte. Vier Menschen saßen bereits da, und ihre Haltung zeigte, wie unwohl sie sich miteinander fühlten. Es waren Papa und Mauro sowie Mama und ein Mann, den ich nicht kannte.

»Wie hast du die vier so spontan an einen Tisch bekommen?«, flüsterte ich Daniel zu.

»Ich habe angekündigt, dass ich ihnen etwas Wichtiges sagen muss.«

Mir wurde flau. Daniel würde doch jetzt nicht wieder in sein altes Leben zurückkehren? Mit dem Besitz oder den Schulden fremder Menschen, Unternehmen oder gar Staaten rücksichtslos zur eigenen Gewinnmaximierung spekulieren, Reichtümer erst anhäufen, dann mit vollen Händen ausgeben und wieder der oberflächliche Egoist werden, der er früher war?

Ich begrüßte meine Eltern und Mauro und streckte dem Unbekannten die Hand hin.

»Max Ziegler, sehr erfreut«, stellte er sich vor.

Ich erinnerte mich an den Namen. Meine Mutter hatte ihn anlässlich unserer Shoppingtour für ihr neues Business-Outfit erwähnt und seitdem mehrmals wieder. Er war der Bruder einer ihrer ehemaligen Kolleginnen, der eine leitende Funktion in der Parfümeriekette innehatte, bei der Mama nun arbeitete. Ziegler war allerdings mit an Sicherheit grenzender Wahrscheinlichkeit nicht in seiner Eigenschaft als Mamas Chef hier. Hatte sie ihn nicht früher schon ein bisschen angehimmelt? Oder war er nur ein guter Freund, der ihr in dieser Runde beistand, damit sie nicht das fünfte Rad am Wagen war? Mir schwirrte der Kopf, aber ich drückte seine große Hand und murmelte einen freundlichen Gruß.

Daniel machte es spannend. Er ließ erst sechs Gläser Prosecco kommen, dann griff er nach der Speisekarte. Ich tat es ihm gleich, die Generation über uns hatte offenbar schon gewählt. Daniel bestellte eine gebackene Süßkartoffel und den gemischten Beilagensalat. Ich atmete auf. Immerhin warf er nicht gleich seine ganzen Überzeugungen über Bord und bestellte die große Grillplatte mit Känguru, Krokodil, Strauß und Antilope. Vielleicht war, was immer er uns zu sagen hatte, also doch kein Rückfall in die ganz schlimmen Zeiten.

»Leo. Was willst du essen?«

Ich hatte keinen Appetit auf irgendetwas, das aus Afrika kam, und bestellte australische Schlange am Spieß.

»Eine hervorragende Wahl«, lobte Mauro mich.

Er war von der alten Riege der Lockerste.

»Ich war ein Idiot und möchte mich bei euch allen entschuldigen«, begann Daniel, nachdem er seinen Prosecco getestet und für gut befunden hatte.

Wir lauschten atemlos.

»Ich habe das von euch verlangt, was ich selbst für richtig hielt. Damit habe ich euch mehr als einmal das Leben schwer gemacht, besonders dir, Leo.«

Ich nickte. »Stimmt.«

»Es tut mir leid. Ich habe mich bei dir entschuldigt, Leo, und du hast mir dankenswerterweise verziehen, aber ich möchte mich noch einmal in aller Form bei euch allen entschuldigen.«

Wir nickten und prosteten Daniel zu, wenn auch Mauro ihm neckisch mit dem Finger drohte und murmelte: »Hauptsache, es kommt nicht wieder vor.«

Wirklich böse war Mauro meinem Bruder allerdings nicht, denn die Aktion mit dem Holzlaster vor dem »eat meat« war tatsächlich die beste Werbung, die das Lokal sich wünschen konnte. Vom ersten Tag der offiziellen Neueröffnung an war kein Platz im Restaurant mehr freigeblieben.

»Ich habe festgestellt, dass das Leben als Aktivist lustig und aufregend ist, aber das ist sicher nicht auf Dauer so. Deshalb habe ich seit einiger Zeit vorsichtig die Fühler ausgestreckt nach einer Beschäftigung, die mich reizen könnte.«

Meine Mutter klatschte vor Glück in die Hände. »Das ist gut, Daniel. Das war ja kein Zustand, ein Mann in deinem Alter …«

Ich verbiss mir ein Grinsen. Papa nickte zufrieden. Max Ziegler und Mauro tauschten einen schnellen Blick, der auf Zieglers Seite eher unsicher, auf Mauros Seite eindeutig spöttisch war. Ziegler entspannte sich sichtlich.

»Und heute habe ich einige Entscheidungen getroffen.«

Ich hatte also recht gehabt mit meiner Vermutung, dass er sich zunächst wegen Svenja alle Optionen offenhalten wollte. Da sie in seinem Leben nun keine Rolle mehr spielte, hatte er, wie es seine Art war, nicht länger gezögert sondern prompt reagiert.

»Ich habe ein Angebot, als Fundraiser für eine internationale Umweltschutzorganisation zu arbeiten, und das werde ich nun annehmen. Ich kann hier in Düsseldorf wohnen bleiben und werde auch nicht allzu häufig unterwegs sein, denn Reisen, besonders Flugreisen, schädigen die Atmosphäre immer, egal welchem Zweck sie dienen.«

Das sollte er mal den ganzen Klimarettern erklären, die auf dem Weg von einer Rio- oder Kyoto-Folgekonferenz zur nächsten zwischendurch noch schnell in der Arktis vorbeischauten, um zu sehen, wie schlecht es den armen Eisbären ging, dachte ich, hielt aber meinen Mund.

»Ich werde weiterhin vegetarisch, wenn möglich sogar vegan leben und würde mich freuen, wenn es im ›eat meat‹ mehr vegetarische oder vegane Gerichte gäbe, aber ich erwarte von niemandem, dass er sich so ernährt wie ich.«

Ziegler entspannte sich weiter, mein Vater und Mauro warfen sich einen verliebten Blick zu und meine Mutter zuckte mit den Schultern. An ihr waren seine entsprechenden Bemühungen sowieso abgeperlt.

»Was mir außerdem auf der Seele liegt, ist unsere familiäre Situation.«

Mama und Papa tauschten einen verlegenen Blick.

»Herrscht zwischen euch beiden jetzt Frieden?«, fragte Daniel. »Kann ich euch gemeinsam zu meiner Wohnungseinweihung einladen, ohne dass es Streit gibt?«

»Mehr als Frieden«, sagte Papa und legte seine Hand auf Mamas. »Freundschaft.«

Mauro legte seine Hand noch dazu und bekräftigte: »Freundschaft!«

Mama nickte und warf einen eindeutig verliebten Blick zu Max Ziegler, der sie anlächelte. Na super, die alten Herrschaften machten jetzt offenbar eine WG auf Wolke sieben.

»Gut. Das war alles.«

»Genug gesülzt, Brüderchen«, sagte ich erleichtert und boxte Daniel auf den Arm. »Jetzt will ich endlich futtern!«

Daniel begann seinen Job als Fundraiser praktisch sofort, sodass ich in den nächsten vier Wochen viel Zeit allein verbringen musste. Ich absolvierte Einstellungstests, Assessment Center und Vorstellungsgespräche, aber die Entscheidungen fielen entweder gegen mich oder zogen sich in die Länge. Ich schrieb weiter Bewerbungen, genoss den September und wurde Mitte Oktober endlich zu dem Vorstellungsgespräch eingeladen, an dem mir wirklich etwas lag.

Guallatiri – das Wort war für mich immer schon gleichbedeutend mit Abenteuer gewesen, seit ich es im zarten Alter von neun Jahren zum ersten Mal von meinem Freund Federico gehört hatte. Einer der aktivsten Vulkane der Anden. Er zog mich allerdings nicht als Reiseziel an, es war nur der Klang dieses Namens, der mich begeisterte. Seit die Firma Guallatiri Outdoorkleidung herstellte, wollte ich solche Kleidung besitzen – aber da die Preise etwa so hoch waren wie der Berg selbst, hatte ich sie mir nicht leisten können. Der Großteil der Kleidung bestand aus recycelten Materialien, jedes Stück war unglaublich funktionell, sehr reparaturfreundlich und umweltverträglich. Das Unternehmen forderte die Kunden auf, nur das Nötigste zu kaufen und im Bedarfsfall reparieren zu lassen. Erst wenn gar nichts mehr zu retten war, wurden die Klamotten zurückgenommen und wieder recycelt.

Diese Firma eröffnete nun ihre neue Europazentrale sowie einen Flagship-Store in Düsseldorf. Noch bevor das Unternehmen Jobangebote veröffentlichen konnte, hatte ich bereits eine Initiativbewerbung geschrieben und prompt eine

Einladung zum Vorstellungsgespräch bekommen. Ich war wahnsinnig nervös.

»Willkommen auf dem Guallatiri«, sagte Ken Diggers, der Mann, der mich einstellen und mein Chef werden sollte. Er war achtundvierzig Jahre alt, verheiratet, wie mir der Ehering an seiner linken Hand zeigte, und ausgesprochen unattraktiv. Sehr gut.

»Sie haben ja einen ganz schönen Wirbel veranstaltet«, sagte er, als wir uns gegenübersaßen. Er hatte Kopien der beiden Zeitungsartikel vor sich liegen, in denen ich erst beschuldigt und dann entlastet wurde, die Kampagne meines früheren Arbeitgebers torpediert zu haben.

Ich seufzte.

»Wie ist es dazu gekommen?«

Ich erzählte ihm die Geschichte ohne die romantischen Aspekte und betonte, dass ich die Daten nicht verraten hatte.

»Hat Ihr Bruder eine Abneigung gegen Outdoorkleidung?«

Ich schüttelte lachend den Kopf. Nachdem das Eis erst einmal gebrochen war, unterhielten wir uns über eine Stunde lang, dann kam der berühmte Satz: »Wir melden uns bei Ihnen.«

Zwei Wochen später, am zweiten November, hatte ich meinen ersten Arbeitstag.

Die Einarbeitung war hart und der Zeitplan ambitioniert, denn pünktlich zum Weihnachtsgeschäft sollte der Laden eröffnet werden. Trotzdem machte es mir Spaß, denn die Produkte waren ebenso zukunftsfähig wie die Unternehmensphilosophie und das Team war engagiert und sympathisch. Ich arbeitete viel und bekam kaum mit, wie der sonnige Herbst verging und die Tage kürzer wurden.

Es war Ende November, als ich im Gewühl eines Supermarktes plötzlich ein vorsichtiges Zupfen an meinem Ärmel spürte. Ich drehte mich um und schaute einem Mädchen ins Gesicht, das mich aus dunklen Augen anstarrte.

»Ja?«, fragte ich gehetzt. Ich wollte für Daniel und mich kochen und war schon spät dran.

»Ich wollte mich bei dir entschuldigen.«

Die Stimme kam mir bekannt vor, ebenso wie die Augen, aber ich hatte keine Ahnung, wo ich das Kind schon einmal gesehen hatte. Die langen, schwarzen Haare, die sie zum Zopf gebunden hatte, und die blasse Haut ließen das Mädchen jünger wirken, als es vermutlich war. Die hellblaue Jacke stand ihr gut, der Stehkragen passte hervorragend zu dem leicht asiatischen Gesicht mit den mandelförmigen Augen.

Mandelförmige Augen?

Ich kannte eigentlich nur ein Mädchen mit mandelförmigen Augen, aber das trug ausschließlich Schwarz, hatte Piercings und Sicherheitsnadeln in Haut und Klamotten stecken und war die Enkelin von Josef, dem Pförtner bei Siebendt.

Das Mädchen lächelte. »Jetzt hast du mich erkannt.«

»Tin-Tin?«, stammelte ich.

»Martina.« Sie errötete. »Schnell, bevor Opa uns bemerkt und mithört. Er weiß es bis heute nicht und ...«, sie wurde noch röter, »... es wäre toll, wenn du es ihm nicht sagen würdest.«

Ich hatte keine Ahnung, wovon sie sprach. Offenbar konnte sie Gedanken lesen – oder meine Mimik war sehr aussagekräftig, denn sie blickte zerknirscht und flüsterte: »Weil ich doch damals deinem Bruder die Anzeigenplanung kopiert habe.«

Ich starrte sie fassungslos an.

»Wirklich, es tut mir leid.« Ihr Blick war flehentlich.

Natürlich! Warum war ich früher nie auf diese wirklich naheliegende Erklärung gekommen?

Tin-Tin hatte wahnsinnig viel Zeit in meinem Büro verbracht. Sie liebte Tiere. Sie mochte die Anzeigen nicht, weil die ganze Kampagne eine Lüge war. Wir zeigten das Foto der eleganten Gazelle, die tatsächlich schon tot und zerstückelt im Kühlhaus lag. Aber woher kannte sie Daniel?

»Meine Lehrerin hat ihn doch bei der Küken-Aktion kennengelernt. Und dann kam dein Bruder in die Schule und hat uns erzählt, was er mit seiner Gruppe so macht. Meine Lehrerin war oft bei Aktionen dabei und manchmal hat sie mich mitgenommen …«

Martinas Stimme wurde immer leiser.

»Oh, das ist aber eine nette Überraschung«, sagte eine ebenfalls bekannte Stimme neben mir.

»Ja, das ist es«, murmelte ich und riss meinen Blick von Martina los. Josefs Lächeln war herzlich wie eh und je.

Ich blickte zwischen Martina und ihrem Opa hin und her, die jetzt Schulter an Schulter vor mir standen. Josef legte einen Arm um das Mädchen und blickte stolz, Martina blickte mich halb bittend, halb verzweifelt an.

»Ich habe Ihre Enkelin gar nicht erkannt«, sagte ich zu Josef. »Sie ist eine richtige Dame geworden.«

Noch mehr Stolz in Josefs, beginnende Erleichterung in Martinas Gesicht.

»Sehr erwachsen«, fügte ich hinzu.

Martina blinzelte hoffnungsvoll, Josef nickte eifrig.

»Ja, die Zeit vergeht so schnell. Nächstes Jahr geht sie schon aufs Gymnasium …«

Ich griff in meine Tasche und zog eine Visitenkarte heraus, die ich Martina in die Hand drückte. »Wenn du ein Praktikum brauchst oder einfach mal schnuppern kommen willst, melde dich.«

Ich zwinkerte ihr zu.

»Danke sehr«, sagte sie und meinte damit nicht nur die Visitenkarte.

Ich nickte den beiden zu und rannte nach Hause. Ich musste mich auch bei jemandem entschuldigen.

30

»Ich weiß nicht, wo er steckt«, sagte Daniel zum dritten oder vierten Mal. »Er hat die Handynummer abgemeldet, ich kenne nicht einmal seinen Nachnamen. Das habe ich dir doch alles schon vor Monaten erklärt.«

»Aber damals hat es mich nicht interessiert«, sagte ich.

»Leider ...« Daniel seufzte.

»Blödmann.« Ich warf ihm eine Möhrenschale an den Kopf. »Wo hat er gewohnt?«

Daniel zuckte mit den Schultern und wischte sich die Tränen aus den Augen. Dann nahm er die nächste Zwiebel unters Messer.

»Warum hast du mir damals nicht gesagt, wer dir die Infos für die Kampagne gegeben hat?«

»Ich hatte es dem Mädchen versprochen.«

Ich fragte mich wieder einmal, nach welchem Schema Daniel seine Loyalität verteilte, aber das war momentan nebensächlich.

»Wusste Thomas, woher du die Informationen hattest?«

»Zunächst wusste er gar nichts von der Kampagne. Als sie erschien, war er total sauer und hat mich zur Rede gestellt. Unter dem Siegel der absoluten Verschwiegenheit habe ich ihm die Wahrheit gesagt. Er hat sich an sein Versprechen gehalten und dir nichts erzählt.«

»Kurz gesagt«, fasste ich zusammen, »Thomas hat sich wie ein echter Gentleman verhalten, hat sich von mir beschimpfen lassen, weil er zu seinem Wort stand so wie du zu deinem Versprechen dem Mädchen gegenüber standst. Ich war bei all dem der Depp, der von nichts wusste. Dadurch habe ich ihm Unrecht getan und jetzt kann ich mich nicht bei ihm entschuldigen.«

Daniel grinste. »Als ob es um die Entschuldigung ginge.«

»Was soll das denn heißen?«, bellte ich ihn an.

Daniel grinste. »Ich sage nichts mehr, das würde sowieso nur gegen mich verwendet werden.«

Ich warf Möhren und Zwiebel mit dem Knoblauch, den Chilischoten, Oliven, Kapern und Tomaten in die Pfanne und schmorte die Nudelsauce, während Daniel eine Flasche Rotwein aus seinem Vorrat holte und den Tisch deckte.

Beim Essen war ich ganz in meine Gedanken versunken und Daniel störte mich nicht. Er schaufelte Nudeln in sich hinein, als hätte er tagelang nichts Richtiges gegessen.

Dieses Gericht hätte ich für Thomas gekocht, das hatte ich ihm bei unserem ersten und einzigen gemeinsamen Restaurantbesuch vor einer Ewigkeit versprochen. Na ja, ich hatte es ihm nicht versprochen, sondern als Wetteinsatz in Aussicht gestellt. Dass er seinen Teil der Abmachung nicht hatte einhalten können, war nicht seine Schuld gewesen, wie ich jetzt wusste.

Zu spät.

Was hätte ich darum gegeben, dieses Essen nachholen zu können. Thomas' Lächeln tanzte vor meinem inneren Auge, sein Lachen war immer fröhlich und warm gewesen.

Nie schadenfroh, herablassend oder zynisch.

Wie das von PS.

Wie hatte ich nur glauben können, dass Philip Steffen Siebendt, der angeberische, selbstverliebte Snob, für den nur Äußerlichkeiten zählten, der Mann meines Lebens sei? Diese Art von Oberflächlichkeit war doch überhaupt nicht mein Stil. Warmherzigkeit, Humor und Ehrlichkeit waren mir immer mehr wert gewesen als Geld, Ansehen oder Macht. Immer – bis auf eine Zeit der Verirrung, in der ich leider blind gewesen war für die Tatsache, dass der Richtige monatelang an meinem Küchentisch gesessen hatte.

Oder redete ich mir das jetzt auch nur ein, weil mein schlechtes Gewissen Thomas in meiner Erinnerung idealisierte?

Ich seufzte.

»Sei nicht traurig, Sweetie«, sagte Daniel mit vollem Mund. »Wenn es sein muss, finde ich den Typ.«

Mein Bruder überließ mir mehr als die Hälfte des Rotweins. Nachdem ich ihn ausgetrunken hatte, wusste ich zwar immer noch nicht genauer, aus welchem Grund ich Thomas wiedersehen wollte, aber es war mir für den Rest des Abends auch egal.

Am Tag der Eröffnung unseres neuen Flagship-Stores war ich nicht mehr aufgeregt. Ich hatte alles in meiner Macht Stehende getan, um die Eröffnung zu einem Erfolg werden zu lassen, und ich hatte mit einem tollen Team zusammengearbeitet. Wir waren kaputt, aber glücklich. Noch bis in die frühen Morgenstunden hatten wir gemeinsam mit den Dekorateuren den Laden auf Vordermann gebracht. Selbst Ken Diggers und seine ganze Familie hatten mitgeholfen. Um halb drei waren wir verdreckt und verschwitzt, aber zufrieden nach Hause gewankt, hatten ein paar Stunden geschlafen und heute Morgen im Büro literweise Kaffee in uns hineingeschüttet.

Dann kam der große Moment: Die Türen gingen auf. Die ersten Kunden kamen und wir versuchten, an ihren Gesichtern abzulesen, ob ihnen der Laden gefiel. Eineinhalb Stunden später begann die große Pressekonferenz, denn Ken hatte einen weiteren Meilenstein zu verkünden: Das Unternehmen übernahm die Patenschaft für ein SOS Kinderdorf, das im Düsseldorfer Süden gebaut werden sollte.

Ich stand am Eingang des Cafébereichs, den wir für die Pressekonferenz hergerichtet hatten, und achtete darauf, dass nur Pressevertreter die Stühle besetzten. Die Reihen füllten sich und ich wollte schon nach hinten gehen, um die letzten Details mit Ken zu besprechen, als plötzlich Thomas vor mir stand. Er hielt mir seine Einladung und seine Visitenkarte unter die Nase und schenkte mir ein unsicheres Lächeln.

»Hallo Leo.«

Ich starrte auf die Visitenkarte in meiner Hand. Thomas Reitbaum, Journalist. Eine Adresse in Krefeld. Mein Blick wanderte zurück zu Thomas' Gesicht. Er wartete auf eine Reaktion.

»Lassen Sie ihn nicht rein, der will nur Ihren Kaffee trinken.« Die Stimme gehörte einem jungen Mann, der Thomas lachend auf die Schulter schlug, mir seine Karte entgegenstreckte und Thomas mit zu den Stühlen ziehen wollte.

»Geh schon vor«, sagte Thomas, der die Begrüßung lässig erwidert und den Spruch unkommentiert eingesteckt hatte. Der Mann verschwand aus meinem Blickfeld, das so verengt war, dass nur Thomas hineinpasste.

»Wer hat dich eingeladen?«, fragte ich. Dämliche Frage, aber etwas Geistreicheres fiel mir nicht ein.

»Dein Boss. Ich kenne ihn von einer Serie über nachhaltige Lebensstile. Er weiß, dass das mein Thema ist …«

»Du hast dich bei Hot Spott eingeschlichen, um eine Insider-Reportage zu schreiben.« Ich war mir nicht sicher, ob meine Bemerkung als Vorwurf gemeint war oder einfach das Einzige war, was mir gerade einfiel.

Thomas nickte.

»Und wo ist die erschienen?«

Er blickte verlegen auf seine Füße. »Ich habe sie nicht angeboten nach dem Ärger, den du hattest …«

»Wenn Sie dann bitte Platz nehmen würden«, ertönte Kens Stimme vom Rednerpult.

»Ich muss jetzt los«, sagte ich und stürmte davon. Die Unterbrechung kam mir gerade recht.

Ken trug die Fakten in seiner ebenso kompetenten wie lässigen Art vor und beantwortete Fragen nach den Produkten, dem Store, den Geschäftszahlen und natürlich nach dem Kinderdorf. Dabei erfuhr ich, dass er selbst in einem solchen Dorf aufgewachsen war und sich der Organisation daher verbunden fühlte. Die Journalisten nahmen diese Information interessiert auf und fragten weiter, Ken ließ keine Antwort aus.

Die Atmosphäre hatte sich verändert. Von der latenten Langeweile der Journalisten, die sie routinemäßigen Pressekonferenzen eines Großunternehmens entgegenbringen, war nichts mehr zu spüren. Ich stellte fest, dass ich stolz war, Teil dieses Teams zu sein.

»In Zukunft werden Sie häufig mit Frau Tutz zu tun haben, sie ist verantwortlich für die Öffentlichkeitsarbeit hier in Düsseldorf. Leo, kommst du mal hoch?«

Das hatten wir nicht abgesprochen und da ich durch Thomas' Anwesenheit sowieso ein bisschen aus dem Konzept war, machte mich die Aufforderung kurz nervös, aber Ken empfing mich auf dem winzigen Podest am Rednerpult mit einem so strahlenden Lächeln, dass meine Aufregung verflog. »Wir zwei stehen Ihnen gern noch für persönliche Rückfragen zur Verfügung. Denjenigen, die sich jetzt schon verabschieden möchten, wünschen wir noch einen schönen Tag und bis bald.«

Die Radioleute belagerten Ken, um knackige O-Töne zu bekommen, und ich geriet schnell an den Rand des Pulks. Ich suchte Thomas und fand ihn mit Kollegen am Kaffeeautomaten. Er bemerkte mich und löste sich aus der Gruppe.

»Warum hast du den Kontakt zu Daniel abgebrochen?«, fragte ich.

Er schaute mich nachdenklich an. »Ich musste irgendwann in mein echtes Leben zurück. Arbeiten, Geld verdienen, solche langweiligen Sachen.« Er ließ den Ansatz eines Grinsens sehen. »Ich bin kein reicher Revolutionär. Und zwar weder reich noch Revolutionär.«

»Daniel hat dich vermisst«, sagte ich.

»Nur Daniel?«, fragte Thomas.

Da war sie, diese Frage. Mein Herz klopfte laut und unregelmäßig. »Wer sonst?«, fragte ich betont lässig.

»Du?«

Thomas blickte mir in die Augen. »Ich habe dich jedenfalls vermisst. Sehr sogar. Daniel auch, und den Unfug, den wir gemeinsam angestellt haben, das war wie ein Rückfall in Kinderzeiten, wo man jeden Tag einen neuen Streich ausheckt.«

Seine grünen Augen strahlten.

»Aber vor allem habe ich dich vermisst.«

»Du hättest ja nicht gleich vom Erdboden verschwinden müssen«, sagte ich.

Thomas wurde ernst. »Ich habe die Flucht ergriffen, weil ich dir gegenüber ein schlechtes Gewissen hatte und auf Daniel sauer war. Weil er – und als Mitglied von Hot Spott ja auch ich – dir deinen Job versaut haben. Und deine Liebe …«

Ich lächelte. Dann kicherte ich und dann lachte ich lauthals.

Einige Köpfe drehten sich zu mir um, aber das war mir völlig schnuppe.

Thomas schaute erst verunsichert, aber dann breitete sich ein Grinsen auf seinem Gesicht aus. »Genau so albern warst du auch, als ich dich kennengelernt habe. Du hast mit Daniel eine Wasserschlacht in der Küche ausgetragen, weißt du noch?«

Ich beruhigte mich langsam und nickte. »Im Moment bin ich aber gar nicht albern. Ich habe nur inzwischen kapiert, dass ihr mir mit eurer Job-weg-Aktion den größten Gefallen meines Lebens getan habt.«

Thomas Grinsen wurde zu einem Strahlen. »Gibt es für diesen Gefallen eine Belohnung?«

»Welche Art Belohnung stellst du dir denn vor?«, fragte ich neckisch.

»Nudeln.«

Ich tat, als müsse ich darüber nachdenken.

»Für den Anfang«, fügte Thomas hinzu.

»Leo, kommst du mal kurz?«, rief Ken.

»Sofort!«, rief ich zurück, ohne den Blick von Thomas zu wenden.

»Ja«, sagte ich. »Nudeln – für den Anfang.«

»Wann hast du Feierabend?«, fragte Thomas.

»Um acht.«

»Ich hole dich ab.«

Ich beugte mich vor und drückte Thomas einen Kuss auf den Mund, dann drehte ich mich um und ging zu meinem Boss.

Sieben Stunden und siebenundvierzig Minuten bis zum Feierabend.

Sieben Stunden und siebenundvierzig Minuten im tollsten Job der Welt.

Mein Tag war gerettet.